S. QUINN

Blackwell Lessons

Entfesselte Lust

Von Marc Blackwell erzählt

GOLDMANN
Lesen erleben

Buch

Marc Blackwell. Hollywoodstar, Leiter der Schauspielschule Ivy College, unglaublich attraktiv, charmant – und gefährlich dominant. Die Frauen liegen ihm zu Füßen, seine Studentinnen vergöttern ihn. Doch er hält sich strikt an eine Regel: keine Affären mit seinen Schauspielschülerinnen. Bis er bei einem Vorsprechen an seinem College Sophia kennenlernt und mit ihr eine leidenschaftliche Affäre beginnt. Sie ist die Einzige, die in sein tiefstes Inneres sieht, seine Hoffnung, sich von seinen Obsessionen zu befreien …

Es ist die letzte Nacht, die Marc und Sophia heimlich miteinander verbringen. Morgen wollen sie ihre Beziehung öffentlich machen. Marc betrachtet die neben ihm schlafende Sophia und ist innerlich aufgewühlt. Er will mit ihr zusammensein, ohne Zwänge, ohne Heimlichtuerei. Aber er weiß auch, dass die Paparazzi sich auf sie beide stürzen und seine dunkle Vergangenheit ans Licht zerren werden. Aus seiner Sicht erzählt Marc, wie aus ihm der selbstbewusste, disziplinierte Mann wurde, der stets die Kontrolle haben will. Erst als er Sophia trifft, ist er bereit, sich für die Liebe zu öffnen – eine Liebe, ebenso tief erfüllend wie zerbrechlich …

Weitere Informationen zu S. Quinn
sowie zu lieferbaren Titeln der Autorin
finden Sie am Ende des Buches.

S. Quinn

BLACKWELL LESSONS

Entfesselte Lust

Von Marc Blackwell erzählt

Band 2

Erotischer Roman

Aus dem Englischen
von Angela Schumitz

GOLDMANN

Die englische Originalausgabe erschien 2016
unter dem Titel »Mr Blackwell«.

Dieses Buch ist auch als E-Book erhältlich.

MIX
Papier aus verantwortungsvollen Quellen
FSC® C014496
FSC
www.fsc.org

Verlagsgruppe Random House FSC® N001967

1. Auflage
Deutsche Erstveröffentlichung März 2017

Umschlaggestaltung: UNO Werbeagentur, München
Umschlagmotiv: FinePic®, München
Redaktion: Susanne Bartel
KS · Herstellung: Str.
Satz: omnisatz GmbH, Berlin
Druck und Bindung: GGP Media GmbH, Pößneck
Printed in Germany
ISBN: 978-3-442-48508-6
www.goldmann-verlag.de

Besuchen Sie den Goldmann Verlag im Netz

Für meine beiden Engel
Lexi und Laya

1

Mitternacht
Ivy College
Die Nacht, in der ich losließ

Ich sehe Sophia liebend gern beim Schlafen zu. Manchmal kann ich es kaum ertragen, wie schön sie ist.

»Marc?« Sophia regt sich. »Ist es etwa schon Morgen?«

»Nein«, erwidere ich. »Schlaf weiter.«

Draußen ist es noch dunkel, aber ein neuer Tag wird kommen. Die Sonne geht immer auf. Und morgen früh wird sie ihr Licht auf Sophia und mich werfen, und die ganze Welt wird uns sehen.

Morgen werden wir unsere verbotene Beziehung öffentlich bekanntgeben, und jeder wird von dem Dozenten erfahren, der sich in seine Studentin verliebt hat.

Ich kann mir gut vorstellen, was in den Zeitungen stehen wird.

Marc Blackwell, mit dem Oscar gekrönter Schauspieler und Leiter sowie Gründer des Ivy College, verführt junge unschuldige Studentin.

Es ist mir egal, was sie über mich schreiben. Aber wenn die Presse morgen Sophia oder ihre Verwandten durch den Schmutz zieht, werde ich zum Mörder.

Meine Güte.

Sophia und ich – bald für alle Welt erkennbar ein Paar.

Aber es geht nicht anders. Wir können nicht mehr wegrennen.

Wir lieben uns so sehr, dass es schon fast an Besessenheit grenzt.

Wir sind füreinander bestimmt. Nichts kann uns trennen. Egal welche Herausforderungen wir ertragen müssen, wir werden sie ertragen.

Würde Sophia nicht begreifen, worauf sie sich eingelassen hat, hätte ich auf sie verzichtet. Wäre einfach gegangen. Aber sie ist ein erwachsener Mensch. Sie weiß, dass es schwer wird.

Die Zeitungen werden Geschichten aus meiner Vergangenheit ausgraben – Geschichten, die Sophia verletzen werden.

Ich kann mir kaum noch vorstellen, dass es jemals Marc Blackwell ohne Sophia Rose gegeben hat. Aber es hat ihn gegeben: einen zornigen jungen Mann, der im Dunkeln wild um sich schlug.

Sophia hat mich verändert, sie hat meine helle Seite entdeckt. Ich will nie mehr der Mann sein, der ich früher war.

Gemeinsam werden wir in die Zukunft schreiten.

Die Dunkelheit hinter uns lassen.

Ich lehne mich zurück, verschränke die Hände unter meinem Kopf auf dem Kissen und starre an die Decke.

Erinnerungen steigen in mir auf.

Es gab eine Zeit vor Sophia – eine düstere, einsame Zeit. Ich hoffe inständig, dass Sophia sie mir verzeihen kann.

2

Zehn Jahre zuvor
Los Angeles
Am Filmset von *Their War*

Ich sitze auf einem Plastikstuhl und trinke Kaffee aus einem Styroporbecher, während die Crew das Set für Rias große Szene aufbaut.

Ria stolziert nur mit Strumpfhalter und Korsett bekleidet herum und hält sich Kostüme vor ihren gebräunten Körper. Sie müsste nicht halb nackt am Set sein, aber sie genießt es, wenn sie die Crew aufgeilen kann.

Bei mir funktioniert ihre Taktik allerdings nicht mehr, weil ich sie schon nackt gesehen habe.

In dem Film spielt Ria meine Mutter. Aber wenn die Kameras nicht mehr laufen, ziehen wir uns in ihren Wohnwagen zurück und treiben es miteinander.

Während ich Ria beobachte, sinkt die massige Gestalt von Baz Smith auf den Plastikstuhl neben mir.

Baz ist eine Legende – ein berühmter Action-Star, der seine große Klappe dank seiner nicht minder großen Muskeln nicht zügeln muss.

Baz spielt Terry Scott, einen General, der mich vor einer Landmine rettet. Ich bin im Film ein minderjähriger Soldat, der gelogen hat, um in die Armee aufgenommen zu werden.

Bevor ich Baz kennenlernte, war er mein Idol. Die meisten pubertierenden Jungs tapezieren ihre Wände mit Postern von Unterwäschemodels, aber bei mir hängen Bilder von Hollywood-Legenden wie Baz direkt neben denen von De Niro und Pacino.

Als ich herausfand, wie viele Szenen ich gemeinsam mit Baz drehen würde, nahm ich mir vor, mich von ihm nicht an die Wand spielen zu lassen. Ich wollte mich neben ihm behaupten. Bislang ist mir das ganz gut gelungen.

»Sieht nicht schlecht aus, die Kleine«, bemerkt Baz, als Ria ihre langen braunen Haare nach hinten wirft. »Diese brasilianischen Kurven … Wirklich nicht schlecht, auch wenn sie nicht echt sind. Hast du sie schon gevögelt?«

Ich nicke.

»Ich auch«, sagt Baz und stützt die Ellbogen auf die Knie. »Sie war gut. Aber ziemlich anspruchsvoll, braucht viel Aufmerksamkeit.«

Ich ziehe eine Braue hoch. »Du hast auch mit ihr Sex gehabt?«

»Du bist doch nicht etwa eifersüchtig?«, fragt Baz. »Lass dir von der nicht das Herz brechen, mein Sohn. Sie ist es nicht wert.«

»Das wird sie schon nicht tun.«

Ria stolziert zu uns herüber, noch immer in Unterwäsche, setzt sich auf meinen Schoß und flüstert mir ins Ohr: »Ich werde später in meinem Wohnwagen auf dich warten. Nackt.«

»Tu, was dir gefällt, Schätzchen«, sagt Baz. »Aber nimm ihn nicht allzu sehr ran. Wir haben noch eine schwierige Szene vor uns.«

Ria kichert. »Es ist wohl eher so, dass er mich rannimmt.«

3

Eine Stunde später klopfe ich an Rias Wohnwagentür.

»Herein!«, ruft sie.

Ich folge der Aufforderung. Ria liegt splitterfasernackt auf einem weißen Ledersofa. Ihr Körper sieht aus wie der jeder anderen Schauspielerin in L.A.: schimmernde gebräunte Haut, riesige falsche Brüste, ein straffer Bauch.

Ich schließe und verriegle die Tür.

Eigentlich sollte das der Traum eines jeden Teenagers sein. Mein Körper freut sich, aber in mir ist eine große Leere.

Ich gehe zu Ria, lege eine Hand auf ihre Brust und streichle die Kurven ihres Körpers. Als meine Hand zwischen ihren Beinen landet, seufzt sie auf.

»So ist es gut«, sagt sie. »Bewege die Hand genau so, auf und ab.«

Ich beobachte, wie ihr Kopf zurücksinkt und sie die Augen schließt.

Ihr Stöhnen wird lauter.

Ich drehe sie auf den Bauch und lege die Hände auf ihren runden gebräunten Hintern.

»Noch nicht!«, ruft sie und dreht sich wieder um. Sie nimmt meine Hand, beginnt, an meinen Fingern zu lutschen, und starrt mich mit ihren großen braunen Augen eindringlich an. »Wie sehr willst du mich?«

»Ich will dich.«

Ria setzt sich hin, rückt ein Stück von mir ab. Ihre schönen Brüste sind rund und prall. Lächelnd betrachtet sie ihren nackten Körper. Dann nimmt sie eine Brust in die Hand und drückt sie. Mit einem verführerischen Blick auf mich sagt sie: »Das fühlt sich gut an. Willst du mich nicht anfassen?«

Doch als ich näher trete, zieht sie sich noch etwas zurück und winkt mit dem Finger. »O nein, noch nicht.« Sie spreizt die Beine. »Erst musst du es mir besorgen.«

Ich lege die Hand wieder zwischen ihre Beine, doch sie schüttelt den Kopf.

»Nicht so, mit dem Mund.«

Ich knie mich hin und mache mit der Zunge, was sie von mir erwartet.

»Du bist richtig gut«, stellt sie fest. Ihr Kopf fällt wieder zurück. »O ja. Ja! Ja! Ja!«

Sie kommt.

Ich reiße mir das Hemd vom Leib und klettere auf ihren nackten Körper. Ihre großen Brüste pressen sich gegen meinen Oberkörper. Ich vergrabe mich in ihr und hebe eins ihrer Beine, damit ich noch tiefer in sie eindringen kann.

»Oh! Oh!«, schreit Ria mit geschlossenen Augen. »O ja!«

Ich stoße immer wieder tief in sie, höre ihre Lustschreie kaum noch, je näher ich meiner eigenen Erfüllung komme.

Sie schlingt das freie Bein um mich und flüstert mir etwas ins Ohr. Aber ich verstehe nichts, weil ich kurz vor dem Orgasmus bin.

Ich stoße noch ein paarmal tief in sie, dann komme ich und breche auf ihrem Körper zusammen.

Erst als ich auf ihr liege, wird mir klar, was sie gerade geflüstert hat.

»Marc, ich glaube, ich liebe dich.«

Ich suche auf dem Set nach Baz. Wo zum Teufel steckt er?

Schließlich entdecke ich ihn. Er lässt seine künstlichen Wunden gerade von einer hübschen jungen Maskenbildnerin abschminken.

»Baz, kann ich mit dir reden?«, frage ich.

Offenbar hört er meiner Stimme an, dass es etwas Dringendes ist. Er schiebt die Hände der Maskenbildnerin weg und sagt: »Entschuldige, Süße, kannst du uns für ’ne Minute allein lassen?«

»Aber …« Sie macht große, traurige Augen.

»Casey, mein Schatz.« Baz schenkt ihr ein Lächeln, bei dem er einen abgebrochenen Vorderzahn entblößt. »Ich sehe später noch mal bei dir vorbei, okay?«

Sie hebt fragend eine Braue. »Versprochen?«

»Ich mache nie Versprechen, aber ich werde es versuchen.«

Casey trottet davon, wobei sie Baz noch einen bedauernden Blick über die Schulter zuwirft.

»Ist die nicht ein bisschen zu jung für dich?«, frage ich ihn.

»Ausgerechnet du willst mir etwas über das passende Alter erzählen? Du, der du mit deinen sechzehn Jahren die Frau vögelst, die deine Mutter spielt?«

»Genau darüber …«

»Oh, oh.« Baz legt mir einen Arm um die Schultern. »Hab ich dir nicht gesagt, dass das in Tränen enden wird? Komm, Kleiner, besorgen wir dir was zu trinken.«

4

Eine halbe Stunde später sitzen Baz und ich an der Theke im *Dog's Bollocks*, einer Bar, in der es wie in einem englischen Pub aussieht.

Die Kneipe hat natürlich Baz ausgesucht. Er hasst die »großkotzigen Bars« in L.A.

Ich bin der Einzige, der ein Jackett trägt. Die mit Tätowierungen übersäten Gäste mustern mich neugierig. Viele haben Narben im Gesicht.

Baz ruft dem Barkeeper zu: »Hey, Tony, zweimal wie üblich.«

Der kahl rasierte, mürrisch aussehende Mann verschränkt die Arme. »Trinkt lieber schnell. In fünf Minuten geht's los.«

»Was denn?«, fragt Baz.

»Der Kampf. Heute ist Samstag, hast du das vergessen?« Der Barmann starrt mich düster an. »Wer ist der Bursche im Jackett?«

Baz grinst. »Ein sehr talentierter junger Schauspieler, Marc Blackwell. Wir drehen zusammen einen Film.«

»Noch nie von ihm gehört«, schnaubt der Barkeeper.

»Dann siehst du nicht genug fern«, erwidert Baz. »Er hat schon in vielen Filmen mitgespielt. Ist seit seiner Kindheit dabei.«

Der Barmann lacht. »Ein verwöhnter Kinderstar? Erspar ihm um Himmels willen den Kampf. Der scheißt sich doch in die Hosen.«

»Er ist nicht verwöhnt«, widerspricht Baz. »Er hat vom Leben schon mehr mitbekommen als die meisten der hier Anwesenden. Er wird sich im Ring wacker schlagen.«

»Windelweich geprügelt wird er.«

»Vielleicht, aber vielleicht auch nicht.«

Der Barkeeper knallt uns zwei helle Biere auf die Theke und schüttelt dann den Kopf. »Ganz ehrlich, Baz, halt den kleinen L.A.-Prinzen aus dem Kampf raus.«

Baz verschränkt die Arme. »Wenn er kämpft, dann bürge ich für ihn, okay?«

Der Barmann entfernt sich. »Meinetwegen, solange er nicht die Bullen ruft.«

Baz schiebt mir ein Bier zu. »Trink das, dann wird dir dein Ärger mit Ria nur noch halb so schlimm vorkommen.«

»Was geht hier ab?«, frage ich. »Ein Kampf? Ich dachte, wir sind hier, um miteinander zu reden.«

»Und das werden wir auch. Ich hatte leider völlig vergessen, dass der Kampf heute stattfindet. Aber da es nun mal so ist, können wir genauso gut einen Mann aus dir machen, mein Kleiner.« Er greift zum Glas und leert es in einem Zug zur Hälfte. »Gutes Zeug.« Er knallt das Glas auf die Theke. »Also, mein junger Marc Blackwell – erzähl mir deine Sorgen.«

»Ria hat gesagt, dass sie mich liebt.«

»Ach du Scheiße. Das habe ich vorher noch nie gehört. Mir hat sie so etwas bisher jedenfalls noch nicht gesagt.«

»Was soll ich tun?«

»Nichts.«

»Soll ich nicht … Ich meine, ich will sie nicht verletzen. Soll ich ihr sagen, dass ich sie nicht liebe?«

»Sag ihr einfach gar nichts. Verhalte dich wie bisher, und nach den Dreharbeiten vergisst du sie und sie dich.«

»Ich will sie aber nicht an der Nase herumführen.«

»Manchmal muss man einer Frau eben ein bisschen was vorschwindeln.«

»Das ist nicht meine Art.«

»Hör mir mal gut zu, mein Freund: Ria sieht nicht schlecht aus.

Warum bist du dir so sicher, dass du sie nicht auch liebst? Immerhin treibt ihr zwei es jetzt schon eine ganze Weile miteinander.«

»Ich bin mir sicher.«

»Na gut, dann vergiss sie und such dir eine nette Freundin in deinem Alter. Ein junges Mädchen, meine ich. Du solltest dich verlieben, das machen Teenager doch ständig, oder?«

»Ich gehöre nicht zu den Leuten, die sich verlieben.«

»Warum nicht, zum Teufel?«

»Es scheint mir einfach keine gute Idee für mich zu sein.«

Baz leert sein Glas. »Wegen deinem Dad?«

»Er ist jetzt weg. Vergessen.«

»Ja, aber … Wie er deine Mutter behandelt hat … Ziemlich schlecht, oder?«

»Ja.«

»Befürchtest du, dass du genauso wirst?«

»Vielleicht.«

In der Bar läutet es schrill.

»Oh, oh.« Baz deutet mit dem Kopf auf mein Bier. »Du solltest jetzt lieber austrinken. Beeilen wir uns, dass wir rübergehen. Zeit zu kämpfen.« Er grinst mich schief an. »Du wirst schon sehen, das wird dein Durchbruch, Kid.«

Die Gäste lassen ihre Gläser stehen und drängen zu einer Holztür im hinteren Bereich der Bar.

Zwei verwirrt wirkende Touristen beobachten den Exodus.

Baz und ich gesellen uns zu der Masse muskulöser, kahl rasierter Männer in farbbefleckten Overalls und Arbeiterjacken.

Es gibt auch ein paar Teenager in meinem Alter, die sich durch die Tür zwängen. Sie sehen hart aus. Böse. Kampferprobt.

Meine schwarze Jeans und mein Polohemd sind hier völlig fehl am Platz. Genauso wie der ordentliche Schnitt von meinem braunen Haar.

Hinter der Tür befindet sich ein großer dunkler, mit Gummimatten ausgelegter Raum. In der Mitte ist mit dicken Seilen ein Boxring markiert.

»Boxen?«, murmle ich und hebe eine Braue. »Du weißt, dass ich noch nie geboxt habe, oder?«

»Öfter mal was Neues«, erwidert Baz grinsend.

Neben dem Ring steht eine nur mit einem Bikini bekleidete Wasserstoffblondine um die zwanzig mit emotionsloser Miene. An ihrem fleckig gebräunten Bein lehnt ein Stapel Punktekarten.

Der Barkeeper legt einen fleischigen Arm um das Mädchen und zieht es zu sich heran. »Bereit für ein bisschen Action?«, fragt er.

Sie weicht vor ihm zurück. »Hör auf damit, Tony.«

Tony gibt ihr einen Klaps auf den Hintern, und sie kreischt abermals: »Hör auf!«

Bevor ich zu ihr eilen kann, wird Baz' Griff um meinen Oberarm fester. »Lass es gut sein, mein Sohn. Das Mädchen kann schon allein auf sich aufpassen. Heb dir deine Kräfte für den Ring auf.«

5

Lautes Gebrüll erfüllt den Raum.

Tony, der Barmann, klatscht in die Hände und schreit: »Wer ist der Erste?«

Baz nimmt meine Faust und zieht sie nach oben. »Marc Blackwell.«

Ich spüre, wie Adrenalin durch meine Muskeln rast. »Baz, diese Burschen werden mich in Stücke reißen.«

»Aber nur, wenn du es zulässt.«

Die Menge starrt mich an und schnaubt höhnisch, als sie mein ordentliches Äußeres wahrnimmt. Der Barmann schüttelt den Kopf, seine Lippen sind abfällig verzogen.

»Was ist jetzt?«, fragt Baz. »Willst du kämpfen oder nicht?«

»Ich werde kämpfen.«

»Gut für dich, Kid. Ich hab gewusst, dass du Mumm hast.«

Ein grobschlächtiger Junge mit roten Haaren ruft: »Ich trete gegen ihn an!«

Die Zuschauer johlen.

Der Rotschopf stolziert auf mich zu. Seine Haare sind kurz geschoren, nahe der Lippe hat er eine tiefe Narbe. Er hat sein Hemd ausgezogen, sein bleicher nackter Oberkörper ist mit Schlangentattoos übersät. Ich schätze ihn auf achtzehn oder ein paar Jahre älter.

Er mustert mich ausgiebig. »Ich heiße Jaden, und ich werde dich heute windelweich prügeln.« Sein Akzent klingt britisch – als käme er aus Manchester.

Die Männer um uns herum brüllen vor Lachen.

»Marc könnte dich überraschen«, brummt Baz.

»Tony meint, er ist Schauspieler«, sagt Jaden. »Was versteht der schon vom Kämpfen?«

Baz gibt mir einen Schubs. »In den Ring mit dir, mein Sohn. Zeig ihm, aus welchem Holz du geschnitzt bist.«

Ich klettere in den Boxring, ziehe mein Hemd aus und reiche es Baz.

»Warte«, raunt mir Baz zu, »drei Runden, okay? Alles ist erlaubt, und damit meine ich wirklich alles.«

Jaden betrachtet meinen Oberkörper. »Immerhin bist du fit. Ich hoffe, auf dem Set gibt es morgen genug Schminke für deine Blutergüsse.«

Wieder biegen sich die anderen vor Lachen.

Ich warte auf das Erklingen einer Glocke, aber nichts passiert. Stattdessen versetzt mir Jaden einen derart harten Kinnhaken, dass ich zurücktaumle und beinahe hinfalle. Während ich noch immer schwanke, finden Jadens Schläge ihre Ziele auf meinem Kinn und Oberkörper.

Ich gehe zu Boden, und Jaden tritt mir so lange in die Rippen, bis sich alles um mich herum dreht.

Ich höre jemanden rufen: »Gib's ihm!«

Verschwommen nehme ich wahr, dass das Bikinimädchen ein Schild hochhält, auf dem »K. O.« steht.

Aber ich bin noch nicht k. o. Ich rapple mich wieder auf.

Baz ruft: »So ist's gut! Steh auf, steh verflixt noch mal auf, Marc Blackwell, und fang an, dich zu wehren.«

In dem Moment, in dem ich wieder einigermaßen sicher auf den Füßen bin, laufe ich direkt in einen weiteren Schlag.

Ein paar Leute grölen und lachen, als ich wieder zu Boden gehe.

»Jaden hat angefangen, bevor das verdammte Schild unten war!«, ruft Baz.

»Wenn du das noch mal machst, fliegst du raus«, erklärt das Bikinimädchen Jaden.

Ich reibe mein Kinn und stehe wieder auf.

Jaden knurrt: »Nimm das Schild runter, Schlampe, damit ich ihn fertigmachen kann.«

Schlampe. Ich kann es nicht ausstehen, wenn Männer so mit Frauen reden. Ich werde so wütend, dass ich kaum noch etwas sehen kann.

Mein Schlag kommt so heftig und schnell, dass sogar ich überrascht bin. Aber nicht so überrascht wie Jaden, der rückwärts taumelt und zu Boden geht.

K. o.

Ein Schlag – mehr hat es nicht gebraucht.

Ich starre ungläubig auf meine Faust.

Eine unheimliche Stille tritt ein.

Rasch wird klar, dass Jaden nicht mehr aufstehen wird.

»Er ist bewusstlos!«, ruft Tony.

Baz nimmt dem Mädchen das K.-o.-Schild aus der Hand, hält es hoch und zieht meine Faust nach oben. »Sieger!«, ruft er.

Aber niemand applaudiert. Ich glaube, die Zuschauer sind immer noch geschockt.

Jemand ruft: »Das war nur Glück!«

»Zeit zu gehen, Kid«, sagt Baz, während Jaden von ein paar rothaarigen Männern, die aussehen wie seine Brüder, aus dem Ring gezerrt wird.

»Nein«, sage ich und entziehe mich seinem starken Griff. »Ich will noch mal kämpfen.«

»Bitte? Du willst noch mal kämpfen? Das brauchst du nicht, Kid. Du hast das gesehen, was du sehen solltest. Dass du ein verdammt guter Kämpfer bist.«

»Den da.« Ich deute auf Tony, den Barmann. »Den will ich.«

Tony lässt ein tiefes Lachen hören. »Mach mal halblang, Junge. Ich bin ein erwachsener Mann, ich reiß dir deinen verdammten Kopf ab.«

»Dann steig in den Ring und beweise es.«

Tony wirft dem Bikinimädchen sein Hemd zu, und ich sehe seinen harten Oberkörper. Er ist etwa so groß wie ich, aber doppelt so breit. Stämmig und muskelbepackt. »Wollt ihr sehen, wie der kleine Kinderstar in Stücke gerissen wird?«, ruft er.

Die Männer brüllen.

Tony klettert in den Ring. »Vergiss die Runden. Entweder du oder ich, Kid.«

Er schiebt das Nummerngirl zur Seite, und wieder sehe ich rot.

Meine Faust landet auf seinem Kinn – drei harte Schläge, bumm, bumm, bumm.

Er geht zu Boden.

Ein weiterer K.-o.-Sieg. Das war leicht.

Baz hat recht, ich bin gut im Boxen.

Die Menge weiß erst nicht, was sie tun soll. Zögernd beginnen ein paar zu klatschen, dann wird das Johlen lauter, und ein paar Männer klopfen mir auf den Rücken.

»Gut gemacht, Junge.« Baz umarmt mich. »Sehr gut gemacht. Wie geht es dir jetzt?«

»Super«, gebe ich zu, während Baz mich durch die Zuschauer zum Ausgang zieht.

»Und was ist mit Ria? Hast du einen Plan, was du mit ihr machst?«

»Nein.«

»Sie wird heute Abend bei der Party zum Abschluss der Dreharbeiten aufkreuzen. Das weißt du, oder?«

»Dann gehe ich nicht hin.«

»Moment mal – du hast mir versprochen, dass du mich begleitest. Ich lerne doppelt so viele Mädchen kennen, wenn du dabei bist. Du bist ein verdammter Frauenmagnet.«

»Okay.« Ich halte meine Versprechen. »Ich gehe zu der Party, aber ich werde Ria auf Abstand halten.«

6

Himmel noch mal, ich hasse diese Nullachtfünfzehn-Nachtclubs in L.A. Sie sehen alle gleich aus.

So wie diese Bar: Champagner auf Eis, Wände aus Glasbausteinen und hübsche Mädchen, die im Stroboskoplicht posieren.

Ich erkenne einige Leute vom Set und andere aus Seifenopern, TV-Shows und Filmen. Zum Glück ist Ria noch nicht da.

Ich hole eine Packung Marlboro aus meinem Jackett und stecke mir eine Zigarette in den Mund.

»Eigentlich darfst du hier nicht rauchen«, sagt Baz, hält mir aber ein Feuerzeug mit einem Union-Jack-Aufdruck entgegen.

»Holen wir uns einen Drink«, schlage ich vor und ziehe den Rauch tief in die Lunge.

Frauen beobachten mich. Ich runzle die Stirn.

Besonders eine – eine große junge Frau mit knallroten Lippen und langen kohlschwarzen Haaren – fixiert mich mit ihren grünen Augen.

In der normalen Welt wäre sie hübsch. Vielleicht sogar umwerfend, dank der kühnen Farbe ihres Kleides. Aber in dieser Menge ist sie einfach nur eine von vielen umwerfenden Frauen, die sich alle aufgedonnert haben.

»Die Mädchen lieben dich wirklich«, sagt Baz, als wir zur Bar gehen. »Mr Wangenknochen.«

Ich spüre den Blick der Schwarzhaarigen auf meinem Rücken. »Sie kennen mich nicht. Wenn sie mich kennen würden, würden sie mich nicht mehr mögen.«

»Ach, so schlimm bist du nun auch wieder nicht«, widerspricht Baz. »Du hast nur für dein Alter schon ziemlich viel erlebt.«

»Die Aufmerksamkeit ist mir nicht recht«, sage ich. »Ich kann diesen Mädchen nichts bieten.«

»Ach nein?« Baz stupst mich mit dem Ellbogen an. »Da hat Ria aber etwas ganz anderes gesagt.«

Meine Zähne pressen sich aufeinander, während ich mich an die Theke lehne und den Barmann herbeiwinke: »Zwei Jack Daniels.«

»Wie hast du das gemacht?«, fragt Baz.

»Was?«

»Der Typ ist für die ganze Bar zuständig, und wir sind gerade erst gekommen. Wie hast du es geschafft, dass er dich gleich bedient?«

»Ich habe ihm nur gewunken.« Ich sehe neben Baz' Schulter etwas Schwarzes aufblitzen – die dunkelhaarige junge Frau. Sie lehnt über der Bar und starrt den Barkeeper an. Nachdem er unsere Drinks abgestellt hat, wendet er sich ihr zu.

»Offenbar hat sie auch ein wenig von deiner Zauberkraft«, sagt Baz und deutet mit dem Daumen auf die Frau. »Allerdings schummelt sie ein bisschen, indem sie so ein Kleid trägt.« Er wendet sich ihr zu. »Na, Süße, was hat ein nettes Mädchen wie du an einem solchen Ort zu suchen?«

Sie wendet sich ihm zu und betrachtet ihn aus grünen Augen. »Das kommt ganz darauf an.«

»Ach ja? Worauf denn?«

»Auf deinen Freund.« Sie lächelt mich an und zeigt dabei gerade weiße Zähne.«

Baz grinst. »Na gut. Dann trete ich jetzt mal zur Seite, damit ihr euch einander vorstellen könnt.«

»Hi«, sagt sie. »Ich heiße Cassandra.«

Sie hat einen leichten New Yorker Akzent, einen, der nach Oberschicht klingt. Unter ihrem grünen Lederkleid trägt sie hochhackige schwarze Stiefel.

»Cassandra.« Baz pfeift. »Ein langer Name. Wie sollen wir dich nennen? Cassie?«

»Nein.« Sie sieht mich noch immer an, lächelt aber nicht mehr. »Bist du nicht ein bisschen zu jung, um Alkohol zu trinken?«

»Er ist einundzwanzig«, lügt Baz mit der Leichtigkeit eines Schauspielers.

»Er könnte zwar dafür durchgehen, ist es aber nicht«, sagt Cassandra.

Baz runzelt die Stirn. »Was willst du? Dass er rausfliegt? Er wird sich schon benehmen. Er könnte die meisten Männer unter den Tisch trinken. Selbst ich muss mich anstrengen, um mit ihm mitzuhalten.«

»Ich will nicht, dass er rausfliegt«, erwidert Cassandra. »Aber vielleicht will ich, dass er mit mir die Bar verlässt.«

Baz lacht. »Nun denn, lass dich nicht aufhalten. Dort drüben ist ein Mädchen, das so aussieht, als könnte es meine zukünftige Ehefrau werden. Also, viel Spaß.« Er marschiert auf eine kurvige Blondine zu, die wie eine Stripperin gekleidet ist – genau sein Typ.

Ich starre stirnrunzelnd auf meinen Jack Daniels. Nach dem Chaos mit Ria brauche ich jetzt wirklich keinen weiteren Ärger mit einer Frau.

»Keine Lust zu reden?«, fragt Cassandra und nimmt dem Barkeeper ein Glas Wodka ab.

»So könnte man es nennen.«

»Ich auch nicht. Willst du ein paar Leute kennenlernen?«

»Im Moment will ich weder das eine noch das andere.«

»Zu schade. Du siehst nämlich so aus, als könntest du meine Hilfe gebrauchen.«

»Ach ja?«

»Ja.« Sie leert ihren Wodka in einem Zug. »Ich werde jetzt heimgehen. Aber ich habe keinen Begleiter. Kommst du mit?«

Ich trinke einen Schluck Whiskey. Er brennt. »Hier sind Hunderte von Männern, die dich nur allzu gern nach Hause bringen würden.«

»Und ich würde mich bei keinem von ihnen sicher fühlen.«

Ich hebe eine Braue. »Und bei mir fühlst du dich sicher? Du kennst mich doch kaum. Du hast ja noch nicht mal eine Ahnung, wie ich heiße.«

»Doch. Marc Blackwell.«

»Woher weißt du das?«

»Ich habe mich umgehört.«

Ich lache. »Also, Cassandra, wenn es dir um Sicherheit geht, bin ich wirklich nicht der Richtige. Meiner Meinung nach bin ich sogar der Letzte, bei dem du sicher wärst.« Ich kippe den Whiskey hinunter und knalle das Glas auf die Bar. »Wenn du mich jetzt entschuldigen würdest …«

»Du irrst dich.« Ihre grünen Augen sind in meine versenkt. »Sehr sogar. Du und ich – wir sind uns ähnlich. Wir sind eins.«

»Wir sind eins?« Ich lache zynisch. »Ich glaube nicht, dass das stimmt, Cassandra.« Ich wende mich von ihr ab und schicke mich an zu gehen.

»Du willst eine Frau, aber du hasst es, die Kontrolle zu verlieren.«

Ich zögere. Eine Hand von mir liegt noch auf der Theke.

»Ich kann das in dir sehen«, fährt sie fort. »Eigentlich sogar in jedem, der ähnlich tickt. Und auch du wirst es mit der Zeit sehen können.«

»Hör mal, es war nett, mit dir zu plaudern, aber ich weiß wirklich nicht, was …«

»In meiner Wohnung kann ich dir das besser erklären.«

»Was erklären?«

»Die Kontrolle.«

Gegen meinen Willen fasziniert mich das Gespräch. Ich drehe mein Glas auf der Theke, es hinterlässt einen feuchten Kreis auf dem Holz. »Du willst auch die Kontrolle bewahren?«

»Nein«, erwidert Cassandra lächelnd. »Ich will jemanden, der die Kontrolle übernimmt.«

Ich lasse das Glas los und lege die Hand auf die Theke. »Ich muss jetzt gehen.« Ich wende mich von Cassandra ab und bahne mir einen Weg zum Ausgang.

Himmel noch mal! Ich muss hier raus. Ich muss nachdenken.

Ich will jemanden, der die Kontrolle übernimmt.

Ich spüre, wie jemand an meinem Ärmel zupft.

»Warte.«

Es ist Cassandra. In ihren Lederstiefeln mit hohen Absätzen ist sie fast so groß wie ich. »Ich brauche immer noch eine Begleitung.«

»Du willst dich von einem Jungen in meinem Alter nach Hause bringen lassen? Der Club ist voller Männer, such dir einen aus.«

»Ich habe dir doch schon gesagt, dass ich mich bei keinem von ihnen sicher fühle. Die wollen alle nur mit mir schlafen.«

»Und du denkst, ich nicht?«

»Du wirst nicht versuchen, mich zu überreden. Dafür bist du viel zu kontrolliert.«

Ich schließe die Augen, und als ich sie wieder öffne, mustert mich Cassandra erwartungsvoll.

Ich seufze. »Na gut, ich besorge dir ein Taxi.«

»Wir brauchen kein Taxi. Ich wohne in dieser Straße.« Sie klimpert mit ihren dichten schwarzen Wimpern. »Bitte! Eine Frau sollte nachts nicht allein herumlaufen.«

»Na gut.« Einer Dame in Nöten kann ich keine Bitte abschlagen.

7

Als wir ins Freie treten, schlägt uns schwülwarme Luft entgegen. Ich halte einen gewissen Abstand zu Cassandra, wie es sich für einen Gentleman gehört.

Der Türsteher blickt auf die Uhr. »Sieht aus, als hätte jemand das große Los gezogen. Und es ist noch nicht mal zehn Uhr. Viel Glück mit ihr, Kid. Sie wird dich bei lebendigem Leib verschlingen.«

In dem Moment entdecke ich Ria in der VIP-Schlange. Sie starrt mich gekränkt aus großen Augen an.

Scheiße.

»Ria …« Ich will ihr die Hand geben, doch sie weicht zurück. Sie trägt ein silberfarbenes Kleid, dessen Ausschnitt bis zum Nabel reicht.

»Ich begleite sie nur nach Hause«, sage ich. »Mehr nicht.«

»Wer ist das?«, will Ria wissen.

»Ich habe dir nie etwas versprochen«, sage ich leise.

Ria schüttelt den Kopf. »Vergiss es. Ich bin selbst daran schuld. Du bist sechzehn. Natürlich kannst du deinen Schwanz nicht in deiner Hose lassen. Aber ich verzeihe dir, okay? Vergiss sie und komm mit mir auf die Party.«

»Warum sprechen wir nicht morgen darüber, Ria?«

»Nachdem du sie gevögelt hast?«

»Ich habe doch schon gesagt, dass ich sie nur nach Hause bringe.«

Der Türsteher schnaubt.

»Bring lieber mich nach Hause«, bettelt Ria. »Ich verspreche dir die Nacht deines Lebens.«

»Ich glaube nicht, dass das so eine gute Idee ist, Ria. Ich hatte viel Spaß mit dir, aber …«

»Spaß!«, kreischt Ria und will mich ohrfeigen.

Ich packe sie am Handgelenk. »Hör auf, du bist betrunken.«

»Ach, fick dich, Marc Blackwell.« Sie windet sich aus meinem Griff und greift sich einen gut aussehnenden blonden Mann, der vor ihr in der Schlange steht.

Gemeinsam gehen sie in die Bar. Der blonde Mann sieht aus, als hätte er im Lotto gewonnen.

Cassandra schüttelt den Kopf. »Sehr gut gemacht, junger Mr Blackwell. Aber merk dir eines: Sag einer Frau nie, dass du Spaß mit ihr hattest.«

»Ich werde in Zukunft daran denken.«

Cassandra hängt sich bei mir ein. »Hör mal«, sie führt mich vom Club weg, »so wie sie sich gerade verhalten hat – so bin ich nicht. Ich will keinen festen Freund. Ich will keinen Mann, der mir Blumen schenkt. Ich werde dich nicht um drei Uhr nachts tränenüberströmt anrufen. Ich will nur, was ich will. Verstanden?« Sie wirft mir einen brennenden Blick zu.

Meine Güte – ich brauche weiß Gott ein Ventil. Den ganzen Tag hat wie alle Tage das Chaos in mir gewütet, und ich muss mich abreagieren.

»Ich begleite dich heim«, sage ich.

»Und du kommst noch auf einen Drink zu mir hoch?«

»Ja.«

Cassandra wohnt in einem silberfarbenen Apartmentblock, nicht weit von dem Club entfernt.

Als wir in den Aufzug treten, werde ich nervös. »Hör mal«, sage ich, als die Lifttür aufgeht. »Nur ein Drink, okay? Dann gehe ich.«

»Wie du meinst«, erwidert sie und führt mich in den Flur. »Nur ein Drink. Aber eines würde ich dir gern noch zeigen.«

»Was denn?«

»Eine Überraschung.«

8

Cassandras Wohnung ist wunderschön.

Sehr L.A.-mäßig: große Glasfenster, aus denen man auf die Stadt blickt, minimalistische Sofas und einzelne Orchideen in hohen Vasen.

»Was arbeitest du, dass du dir eine solche Wohnung leisten kannst?«, frage ich.

»Ich bin Schauspielerin.« Sie lacht über meinen Gesichtsausdruck. »Überrascht dich das? Jede Frau in L.A. ist Schauspielerin.«

»Ich dachte nur …«

»Ich weiß. Du hast mich noch nie in einem Film gesehen. Auf der Leinwand sehe ich anders aus. Ich bin sehr wandelbar.«

»Wandelbar?«

»Setz dich.« Sie deutet auf ein Sofa. »Was möchtest du trinken? Noch einen Whiskey?«

Ich hocke mich verlegen auf den Rand der Couch. Meine Beine fühlen sich zu lang an. »Ja, gern.«

»Trinken Teenager normalerweise nicht lieber Bier?«

»Ich bin kein normaler Teenager.«

»Ich weiß.« Sie reicht mir einen großen Whiskey in einem viereckigen Glas. »Bitte.« Sie setzt sich neben mich. »Ich muss dir noch etwas zeigen. Du hast mir versprochen, so lange zu bleiben.«

»Ich kann mich nicht daran erinnern, dir irgendetwas versprochen zu haben.«

»Nur etwas ganz, ganz Kleines. Bitte! Du wirst es nicht bereuen.« Sie verschwindet im Schlafzimmer.

Ein paar Minuten später ruft sie: »Okay, es ist so weit.«

»Was ist so weit?«

»Komm ins Schlafzimmer und sieh selbst.«

»Cassandra ...«

»Komm einfach her und sieh es dir an, okay?«

Ich nehme einen großen Schluck Whiskey und stelle das Glas auf den Couchtisch.

Was immer sie mir zeigen will, ich weiß, dass das keine gute Idee ist.

Ich gehe zur Wohnungstür, zögere aber, als ich den Türknauf in der Hand halte.

Mein Verstand rät mir, so schnell wie möglich zu verschwinden.

Lauf, Marc Blackwell. Aber dann wirst du es nie herausfinden. Nie wissen, wie finster es in dir aussieht.

Ich muss weg. Unbedingt. Ich sollte gehen und das hier nicht vertiefen. Meine Neigungen verborgen halten. Verschlossen.

Vom Kopf her ist mir das alles völlig klar, aber mein Körper hört meinem Verstand nicht zu. In mir ist etwas Dunkles, Mächtiges, das unbedingt bemerkt werden will. Es kann nicht länger eingeschlossen bleiben. Es muss an die Oberfläche gelangen, muss atmen.

Kontrolle.

Bei dem Gedanken läuft ein Zittern durch meinen Körper. Meine Finger lassen den Türknauf los, und ich mache einen Schritt zurück. Dann wende ich mich um und gehe zu Cassandras Schlafzimmer.

9

Die Tür steht einen Spaltbreit offen.

Ich schließe die Augen und atme tief durch.

Ich bin kurz davor, den entscheidenden Schritt zu machen. Dessen bin ich mir sicher. Und wenn ich ihn mache, werde ich damit den dunklen Teil von mir freilassen. Dann gibt es kein Zurück mehr.

Wenn ich älter wäre … Wenn ich gelernt hätte, meinen Körper besser zu kontrollieren … Wenn ich mehr sexuelle Erfahrungen hätte … dann würde ich vielleicht widerstehen können. Aber im Moment kann ich es nicht.

Meine Finger streifen die Schlafzimmertür, die sich sofort weiter öffnet.

Zuerst fällt mein Blick auf eine brennende Kerze auf dem Nachttisch. Ich weiß nicht, warum ich die Kerze als Erstes bemerke, aber so ist es nun mal. Dann wandern meine Augen zum Bett. Cassandra liegt darauf, voll bekleidet.

Sie ist nicht nackt!

Erleichterung macht sich in mir breit. Vielleicht wird nichts Schlimmes passieren. Vielleicht will sie sich einfach nur unterhalten. Oder mich überreden, normal mit ihr zu schlafen.

Doch dann bemerke ich die Stricke, mit denen ihre Handgelenke ans Bett gefesselt sind.

Herr im Himmel.

Ich will weg. Aber mein Körper spannt sich an. Ich habe so etwas noch nie erlebt. Erregung durchflutet mich. Es sind einfach nur Stricke, mehr nicht. Trotzdem ist ihre Wirkung auf mich immens.

»Du willst die Kontrolle behalten«, flüstert Cassandra, »richtig?«

»Richtig.« Meine Stimme klingt sehr tief.

»Dann kontrolliere mich.« Sie zerrt an den Stricken. »Ich bin verletzlich. Ich warte auf dich. Siehst du?«

»Willst du das wirklich?«

»Unbedingt.«

O Gott.

Mein Schwanz ist steinhart.

»Wie kannst du – ich meine, du bist gefesselt. Wie kann dir das gefallen?«

»Es gefällt mir sogar sehr.«

»Es gefällt dir sehr, gefesselt zu sein?«

»Ich bin nicht die Einzige. Es gibt sehr viele Frauen, die es mögen, wenn der Mann das Kommando übernimmt. Wirklich das Kommando übernimmt. Es macht mir großes Vergnügen. Immense Lust. Wie wirke ich auf dich?«

»Zufrieden«, gebe ich zu.

Was zum Teufel ist mit mir los? Wie kommt es, dass es mir gefällt, wenn ich eine gefesselte Frau sehe?

Cassandra verzieht das Gesicht. »Du hasst dich gerade, stimmt's?«

»Ja.«

»Lass mich raten … Gewalt in der Familie?«

»Ja.«

»Du würdest dich wundern, wie oft beides zusammenfällt.«

»Deshalb bin ich so?«

»Mit dir ist alles in Ordnung. Du hast einfach nur … bestimmte Vorlieben. Du willst das Kommando übernehmen. Damit fühlst du dich wohl. Sicher.«

»Machst du das oft?«, frage ich. »Mit Männern?«

»So oft es geht. Bitte sag mir nicht, dass du jetzt eifersüchtig wirst. Du willst mich doch nicht fragen, ob ich deine Freundin werden will, oder? Hier geht es nur um eines: um Sex, okay?«

»Was soll ich tun?«

Sie windet sich wieder, sodass sich die Stricke um ihre Handgelenke fester zurren. »Ich bin hilflos und verletzlich. Vermutlich könntest du mit mir tun, was immer du willst.«

»Nein. Nichts, was du nicht willst.«

»Ein richtiger Gentleman.«

Ich trete ans Bett und schiebe ihr Kleid hoch.

»Du musst nicht so vorsichtig sein«, sagt sie.

»Doch.«

Meine Finger finden ihr schwarzes Höschen, ich ziehe es herunter.

»Ich möchte, dass du etwas heftiger wirst«, sagt sie. »Übernimm die Kontrolle. Das gefällt mir.«

»Und wenn ich dir wehtue?«

»Keine Sorge.« Sie lacht. »Es gefällt mir auch, wenn mir jemand wehtut.«

»Wirklich?«

»Ja. Nimm die Kerze.«

Ich weiche zurück. »Cassandra, ich werde dich nicht mit der Kerze verbrennen.«

»Du sollst auch nur ein bisschen Wachs auf meine Oberschenkel tropfen, okay? Es wird mir minimal wehtun. Komm schon, mach mit.«

Ich starre auf die Kerze. Cassandra hat recht, ein paar Wachstropfen werden sie nicht verbrennen. Ich neige die Kerze so, dass etwas Wachs auf ihre Schenkel tropft.

»Oh«, stöhnt sie und bäumt sich auf. »Jetzt kannst du mich ficken. Sei hart dabei und lege die Hände um meinen Hals.«

Ich stelle die Kerze weg. Schweiß tritt mir auf die Stirn, mein ganzer Körper brennt vor Verlangen. »Aber nur mit einem Kondom.«

»In der Schublade«, flüstert sie.

Kurz darauf dringe ich tief in sie ein und beobachte, wie sie sich gegen die Fesseln auflehnt.

Anfangs habe ich das Gefühl, die Kontrolle bewahren zu können. Komplett. Es ist das beste Gefühl der Welt. Ich habe das Kommando inne. Ich kontrolliere die Situation.

Cassandra ist ans Bett gefesselt, sie kann nichts tun.

Ich ziehe meinen Schwanz aus ihr und fahre mit den Händen über ihre Arme bis hin zu den Stricken um ihre Gelenke.

Dann schiebe ich ihr Kleid weiter hoch und bearbeite ihre Brüste.

Als ich wieder in sie eindringe, wird ihr Gesicht sanft vor Lust.

Ich liebe dieses Gefühl. Ich liebe es, die Kontrolle zu übernehmen. Und ihr gefällt es auch. Mir kommt es vor, als hätte ich etwas Wertvolleres als Gold entdeckt.

»Woher hast du das gewusst?«, keuche ich und stoße weiter in sie. »Woher hast du gewusst, was ich will?«

»Das habe ich dir doch schon gesagt«, murmelt sie. »Bald wirst du die Richtigen selbst erkennen. Ich kann es nicht in Worte fassen, aber du wirst Frauen wie mich überall sehen können – bald.«

Ich genieße es, wie Cassandra unter mir immer weicher wird. Sich mir voll und ganz hingibt.

Aber als ich kurz davor bin zu kommen, verändert sich alles.

Ich verliere die Kontrolle, ein Gefühl, das ich hasse. Mein Körper bewegt sich, ohne dass ich es will, und ich kann mich nicht mehr zurückhalten.

10

Ich sehe, dass Cassandra die Augen schließt, und höre, wie sie stöhnt, als sie kommt. Ich kann mich nicht mehr stoppen. Ich stoße noch ein paarmal tief in sie, dann komme auch ich in einem Nebel aus Schweiß und Adrenalin.

Ich breche auf ihr zusammen. Mein Atem rast, ich fühle mich wie ein Tier in der Falle.

Ich fasse es nicht, dass ich soeben eine Frau gevögelt habe, die an ein Bett gefesselt war. Und dass ich Spaß dabei hatte …

Als ich gekommen bin, hatte ich keinerlei Kontrolle mehr über mich. Was, wenn ich ihr wehgetan habe? Ich muss hier raus.

Ich gehe ins Bad, werfe das Kondom in die Toilette, spritze mir kaltes Wasser ins Gesicht und starre in den Spiegel.

»Marc?«, ruft Cassandra.

Meine Güte, ich muss ihre Fesseln lösen. Ich kann sie so nicht liegen lassen. Aber dann höre ich ihre Schritte. Sie muss sich irgendwie selbst befreit haben.

Keuchend starre ich in mein Gesicht. »Gib mir noch eine Minute«, sage ich und fühle mich auf einmal sehr jung; wie ein erschrockenes kleines Kind, das mit dem Feuer gespielt hat.

Cassandra taucht im Spiegel auf. Sie legt ihre Arme über meine Schultern. »Das erste Mal kann sehr schwer sein«, sagt sie. »Eine Menge, mit dem man klarkommen muss.«

»Das erste und letzte Mal«, fauche ich und entziehe mich ihr.

»Nein«, flüstert sie. »Das war nicht dein letztes Mal. Du kommst zurück.«

»Ich sollte gehen.« Ich eile ins Schlafzimmer und ziehe mich rasch an.

»Du warst gut«, sagt Cassandra, die mir gefolgt ist. Sie reibt ihre Handgelenke. »Sogar sehr gut. Ein Naturtalent. Ich habe es genossen. Warum machst du dir solche Sorgen?«

»Das kann ich dir nicht erklären.«

»Du brauchst nur ein bisschen Übung.«

»Nein«, erwidere ich schneidend. »Das ist das Letzte, was ich brauche. Ich sollte jetzt nach Hause gehen und das Ganze vergessen.«

»Das wäre sehr schade«, sagt Cassandra. »Bei all dem, was du zu bieten hast.«

»Ich habe nichts zu bieten. Ich bin ein Monster.«

Cassandra lacht. »Nein, das bist du nicht. Dir gefällt es einfach nur, Dingc auf eine bestimmte Art zu tun. Und solange es der Frau auch gefällt, ist das kein Problem.«

»Wenn du aus einer Familie wie meiner stammst, ist das sehr wohl ein Problem.« Ich ziehe mein Jackett an und gehe zur Tür. Dort angekommen drehe ich mich noch einmal um. »Ist es in Ordnung, wenn ich dich jetzt allein lasse?«

Cassandra legt sich hin und stützt sich auf einen Ellbogen. »Natürlich. Das bin ich seit jeher.«

»Du willst nicht, dass ich bei dir bleibe?«

»Nein.«

Ich starre auf meine Füße. »Mir tut es bestimmt auch gut, jetzt alleine zu sein.«

Cassandra holt etwas aus der Nachttischschublade hervor und reicht es mir. »Da, nimm das.«

Es ist ihre Visitenkarte.

»Ich …«

»Schon gut, nimm sie einfach. Wenn du Zeit gehabt hast, darüber nachzudenken und zu begreifen, wer du wirklich bist …«

Ich stecke die Karte ein. »Gute Nacht, Cassandra.«

Sie lacht. »Ach, Marc Blackwell. Wir beide werden miteinander noch viel Spaß haben.«

Ich laufe die ganze Nacht durch die heißen Straßen und erreiche erst im Morgengrauen meine Wohnung.

Genau genommen ist es gar nicht meine Wohnung. Sie gehört dem Studio, und ich teile sie mir mit zwei weiteren jungen Schauspielern von *Their War*.

Im Wohnbereich sitzen Rory und Finn mit roten Augen vor ihren Computern, umgeben von Bierdosen und Jack-Daniels-Flaschen. Sie spielen irgendwelche Spiele. Zwei Mädchen sind ebenfalls dabei, ich kenne sie vom Filmset.

Eines der Mädchen liegt splitterfasernackt auf dem Sofa und schläft tief und fest. Die andere junge Frau trägt noch ihre Unterwäsche, hat den Kopf auf Rorys Schoß gebettet und döst ebenfalls.

»Hey, Spätheimkehrer!«, brüllt Rory. »Sieht fast so aus, als ob noch jemand bei einem Mädchen landen konnte.«

Das Mädchen in der Unterwäsche hebt den Kopf. Ihr Make-up ist verschmiert. Sie grinst mich betrunken an.

»Na, sag schon, wer war die Glückliche?«, fragt Rory. »Ich hab gehört, dass du die Party ziemlich früh verlassen hast. Ria war stinksauer. Sie hat die ganze Nacht mit einem blonden Kerl rumgemacht und ihn in der Karaoke-Kabine gevögelt. Danach hat sie sich zwei Stunden an meiner Schulter ausgeheult, wie sehr sie dich liebt.«

»Ich gehe unter die Dusche.«

Im Schlafzimmer schlage ich die Tür hinter mir zu.

Mein Handy läutet. Es ist Ria. Sie hat schon sechsundzwanzig Mal versucht, mich anzurufen.

Du meine Güte.

Ich ziehe mich aus und dusche eiskalt. Ein Schock für meine heiße Haut. Ich atme tief ein.

Eine Weile lasse ich das kalte Wasser einfach auf mich niederprasseln. Aber es wird nicht wegspülen, wer ich bin. Nichts kann etwas daran verändern, wer ich bin.

Plötzlich klopft es leise an meiner Tür.

»Wer ist da?«, knurre ich, halte den Kopf unter das kalte Wasser und lasse es mir übers Gesicht laufen.

Die Zimmertür geht auf, und auf der Schwelle steht die junge blonde Frau – die gerade noch auf Rorys Schoß geschlafen hat.

11

Hi!« Sie schlingt die Arme um den Oberkörper und lächelt mich an. »Ich habe dich mal geschminkt, weißt du noch? Als Trudy nicht da war.«

»Ich kann mich nicht erinnern.«

»Ich liebe es, dir bei deiner Arbeit zuzusehen«, fährt sie fort. »Du bist echt super.« Sie lächelt schüchtern. »Rory ist eingeschlafen. Vielleicht willst du ein bisschen Gesellschaft?«

Ich wische mir das Wasser aus den Augen.

Es gibt kein Entrinnen vor meinem wahren Selbst.

Die junge Frau starrt mich immer noch an.

Sie ist nicht richtig blond, eher rotblond. Ihre Haare hängen ihr schlaff über die Schultern. Sie ist nicht sehr groß, und ihr Körper wird sich im Alter wahrscheinlich deutlich runden. Ein Auge ist kleiner als das andere und ihr grauer Teint Zeichen dafür, dass sie kaum geschlafen hat. Als sie aus ihrer roten Unterwäsche schlüpft, funkeln ihre Augen vor Erregung.

Ich könnte mich kontrollieren. Aber warum sollte ich das tun? Jetzt weiß ich, wer ich bin.

Ich schiebe den Duschvorhang zur Seite und ziehe sie herein.

Sie lacht überrascht auf, als sie das Wasser spürt und auf dem glatten Boden ins Rutschen kommt. »Es ist kalt!«, kreischt sie und schlingt die Arme um meine Schultern.

»Eiskalt«, knurre ich.

»Rory macht das nichts aus«, sagt sie zitternd. »Er weiß, dass ich dich mag; das habe ich ihm von Anfang an gesagt.«

»Ich weiß, dass es Rory nichts ausmacht«, erwidere ich. »Sonst hätte ich dich nicht in meine Dusche gelassen. Rory ist nur eine einzige Frau wichtig, seine Verlobte. Sie heißt Katie und lebt in Kanada, wo er aufgewachsen ist.«

Rory fickt jede Nacht eine andere, aber wenn er kommt, ruft er jedes Mal Katies Namen.

Ich starre sie an. Ich könnte sie küssen und sie langsam und zärtlich nehmen. Aber so bin ich nicht.

Ich packe ihre Handgelenke, ziehe ihr die Arme über den Kopf und schubse sie gegen die Duschwand.

»Oh!« Sie wirkt überrascht, aber ihre Augen blitzen auf. »Du bist so wild.«

»Gefällt es dir?«.

»Ja.«

Ich mustere sie. Mein Herz pocht heftig. Mein Griff um ihre Handgelenke wird fester.

Stöhnend schließt sie die Augen. »Oh, Marc!«

Ich fange an, mit aller Kraft an ihrem Nacken zu saugen.

Sie schreit leise auf und bäumt sich mir entgegen.

Meine Hände wandern zu ihrem Hintern, und ich drücke fest zu.

»Ja!«, stöhnt sie, und ihr Kopf sinkt gegen die Duschwand.

Ich hebe sie hoch, ihre Beine legen sich um meine Hüften, und lasse sie auf meinen harten Schwanz sinken, bis sie so laut stöhnt, dass das Glas der Dusche vibriert.

Dann beginne ich mich zu bewegen, stoße wieder und immer wieder in sie hinein.

Ich bin nicht sanft. Oder rücksichtsvoll. Ich bin grob – so grob, dass sie später bestimmt ein paar Blutergüsse haben wird. Und es gefällt ihr.

»Oh, oh, oh!«, ruft sie, während ihr Kopf immer wieder gegen die Glaswand knallt.

Ich lenke den eiskalten Strahl der Dusche zwischen ihre Beine, und sie schreit lustvoll auf.

Das Blut in meinem Schwanz, er wird hart wie Stahl.

Ich hänge den Duschkopf wieder auf, nehme ihre langen Haare und zerre so fest daran, dass ihr Kopf zurückschnellt.

»Oh!« Sie kommt sofort und klammert sich an mich.

Ich will aufhören. Ich will mir beweisen, dass ich immer noch die Kontrolle habe. Aber es ist genauso wie vorhin bei Cassandra. Meine Hüften bewegen sich nun völlig eigenständig. Ich stoße zu, bis ich explodiere.

Erschöpft lasse ich mich gegen die junge Frau fallen. Die junge Frau. Ich weiß nicht einmal, wie sie heißt.

Kaltes Wasser strömt über uns, und ich höre sie lachen.

»Das war toll«, sagt sie und stellt ein Bein auf den Boden. »O mein Gott. Ich wusste, dass du gut bist. Sasha hat gesagt, du wärst ein arroganter Engländer, aber sie hat sich getäuscht. Ich schwöre, das war der beste Fick meines Lebens.«

Sie stellt auch das andere Bein auf den Boden, und ich gleite aus ihr heraus.

»Ich sollte dich in eine Klinik bringen«, sage ich und drehe den Duschhahn zu. Meine Hände zittern, aber nicht wegen der Kälte, sondern deshalb, weil ich mir eingestanden habe, wer ich wirklich bin. »Ich habe kein Kondom benutzt, obwohl ich das hätte tun sollen.«

Sie lacht. »Keine Sorge, ich nehme die Pille. Es sei denn, du hast mich mit irgendetwas angesteckt. Hast du das?«

»Nein, ich benutze immer ein Kondom.«

Sie kichert. »Gerade eben nicht.«

Meine Güte.

»Ist alles in Ordnung?«, fragt sie mich.

Die Schlafzimmertür geht auf, und Rory ruft: »Louise? Lou Lou?«

Immerhin weiß ich jetzt, wie sie heißt.

»Oh, oh.« Louise legt eine Hand vor den Mund, lächelt aber. »Ich hoffe, Rory bleibt cool.«

»Bestimmt. Er hat auch schon Mädchen gefickt, die ich mit nach Hause gebracht habe.«

Wie zum Beweis kommt Rory mit einem großen Karton Orangensaft herein.

Louise und ich stehen noch immer nackt unter der Dusche.

Rory bricht in wieherndes Gelächter aus. »Junger Marc Blackwell, du hast wohl die Nacht deines Lebens. Störe ich?«

Ich kratze mich am Nacken. »Nein, wir sind fertig.«

»Wirklich?«

»Ja.« Ich öffne die Tür der Duschkabine und helfe Louise hinaus. Ihre Haare sind tropfnass, auf ihrem Gesicht liegt ein breites, törichtes Grinsen.

»Ich hole dir ein Handtuch.« Ich greife nach dem einzigen Handtuch und werfe es ihr zu. »Trockne dich ab, dann lade ich dich zum Frühstück ein.«

12

Ich gehe mit Louise zu einem Diner gleich um die Ecke. Es ist berühmt für seine Hamburger und Chili-Fritten, aber es gibt auch Steak und Eier in sämtlichen Variationen.

Meine Mitbewohner sagen mir immer wieder, dass ich zu meinen Zufallsbekanntschaften zu nett bin. Aber ich kann doch nicht eine Frau vögeln und sie dann ohne Frühstück aus der Wohnung werfen. Ich respektiere Frauen. Jedenfalls dachte ich das bislang.

Als wir uns in eine der mit Leder gepolsterten Nischen setzen, stelle ich bedrückt fest, dass mich Louise mit großen, glasigen Augen und schiefem Lächeln anschmachtet.

»Dir ist schon klar, was gerade passiert ist, oder?«, frage ich und reiche ihr eine laminierte Speisekarte.

»O ja. Ja, ja, ja.« Sie stützt die Arme auf, legt das Kinn in die Hände und starrt mich an.

»Nein, ich glaube, du hast es nicht kapiert. Ich habe dich gerade extrem respektlos gevögelt.«

»Das stimmt«, erwidert sie atemlos und überfliegt die Karte.

Ich nehme sie ihr weg. »Du kapierst es immer noch nicht. Aus uns wird nicht die Liebesgeschichte des Jahrhunderts. Hast du das verstanden?«

»Aber es könnte doch …«

»Nein, das wird es nicht. Ich will dir nichts vormachen. Die meisten Männer sagen den Frauen nicht die Wahrheit, ich schon. Männer haben gern Sex. Es bedeutet ihnen nichts, egal wie gut der Sex war.«

»Aber er war wirklich sehr gut.«

Ich senke die Stimme. »Egal wie gut er war, es hat überhaupt nichts zu bedeuten, okay? Es wird kein weiteres Mal dazu kommen.«

Louise' Miene verdüstert sich. »Aber warum lädst du mich dann zum Frühstück ein?«

»Weil ich dafür sorgen wollte, dass du etwas zu essen bekommst. Du bist die ganze Nacht auf gewesen. Du siehst nicht gerade so aus, als ginge es dir gut.«

»Ach so.« Sie beschäftigt sich wieder mit der Karte.

Mein Magen verkrampft sich. »Es tut mir leid«, sage ich, »dass ich dir das antue, aber …«

»Es hat mir gefallen«, erklärt sie der Speisekarte. Sie atmet tief durch, sieht mich an und schenkt mir ein herzzerreißend zerbrechliches Lächeln. »Was nimmst du?«

»Ein Steak und Rührei. Das solltest du auch tun, es schmeckt gut.«

»Kommst du oft mit Frauen hierher?«

»Hierher nicht. Du bist die erste.«

Ich bemerke, dass sie sich darüber freut. Sie richtet sich ein bisschen auf und lächelt.

»Aber das hat nichts zu bedeuten, Louise, okay? Glaub mir, ich bin nicht der Richtige für dich.«

»Gibt es denn ein anderes Mädchen?«

»Nein. Ich bin für keine der Richtige.«

13

Neben mir schläft Sophia tief und fest.

Ich starre die weiße Decke an.

Manche Geister lassen einen niemals los.

Ich weiß, dass sie mich wieder verfolgen werden, wenn Sophia und ich morgen unsere Beziehung öffentlich machen.

Ich hasse meine Vergangenheit, und wenn ich daran denke, dann hasse ich mich selbst. Ich möchte nicht, dass Sophia mit meiner alten Hässlichkeit in Verbindung kommt. Es war eine andere Welt, ein anderes Leben; ein Leben, das ich nie mehr führen möchte.

In jener ersten Nacht mit Cassandra habe ich etwas Dunkles, Mächtiges entdeckt. Ich habe einen Teil von mir enthüllt, der sich nie mehr begraben ließ. Danach habe ich jede Frau in dieser Art genommen, gefesselt oder sonst wie festgehalten, während ich so lange wie möglich versuchte, die Kontrolle über sie und die Situation zu haben.

Ich wollte Cassandra nicht mehr wiedersehen, und ich wollte auch nicht weiter gehen, als ich bereits gegangen war. Und trotzdem war mir klar, dass ich das irgendwann tun würde …

14

Himmel noch mal, Danny, warum hast du mir das nicht gesagt?« Es ist meiner Karriere wahrscheinlich nicht gerade förderlich, meinen Regisseur anzubrüllen, aber im Moment ist mir das scheißegal.

»Was hast du für ein Problem?«, fragt Danny und sprüht den Spruch »Billy ist doof« auf die Tür eines Schulschließfachs.

Wir sind am Set von *Geokids*, und Danny, der Regisseur, hat beschlossen, dass es noch zu ordentlich aussieht. Deshalb hilft er jetzt selbst mit Neon-Sprühfarben nach.

Danny ist ein Bär von einem Mann mit grauweißem Bart und dicker Brille. Normalerweise trägt er eine Baseballkappe, aber heute ist sein braunes, von weißen Strähnen durchzogenes Haar unbedeckt.

Ich habe auf diesem Set schon einmal gedreht, auf genau demselben. Amerikanische Highschool-Filme sind beliebt. Seit meinem letzten Dreh haben sich ein paar Dinge verändert, zum Beispiel die Schmierereien auf den Schließfächern.

Ich bin wie ein Schuljunge gekleidet und trage einen Rucksack und ein Skateboard unter dem Arm. Und ich schreie Danny an, weil ich gerade erfahren habe, dass Cassandra als meine Freundin gecastet worden ist.

Ich wusste, dass wir einander wieder begegnen würden, aber ich hatte nicht damit gerechnet, dass ich mit ihr in einem Film spielen würde.

Danny untersucht die Düse der Sprühflasche. »Cassandra Kilburn ist eine verdammt gute Schauspielerin. Wir sind froh, dass wir sie bekommen haben. Oder hättest du lieber weiter mit Lynda gedreht?«

Ich verziehe das Gesicht. »Nein, natürlich nicht. Keiner will, dass Lynda zurückkommt.«

Himmel noch mal.

Damals habe ich Cassandras Visitenkarte weggeworfen und sie nie mehr angerufen. Aber L.A. ist ein echtes Kaff, wenn man im Showbusiness ist.

Danny tritt einen Schritt zurück, um sein Graffiti zu bewundern.

»Wer hat den Ersatz ausgesucht?«, frage ich.

»Du meinst Cassandra?«

»Ja.«

»Ich. Was ist dein Problem mit ihr? Jede ist mit Sicherheit besser als Lynda.«

Das stimmt wahrscheinlich. Lynda Corsell war ein wahrer Albtraum. Ständig ist sie zu spät am Set aufgetaucht, war verkatert und hat den Leuten verschreibungspflichtige Medikamente geklaut. Und sie hat Danny täglich angeschrien.

Als Deena Day war sie ein böses Mädchen. In der Hinsicht war Lynda für die Rolle die perfekte Besetzung. Eigentlich hat sie sie sogar wegen ihres Rufs als böses Mädchen bekommen.

Cassandra wirft mir ein wissendes Lächeln zu. Sie hat natürlich gewusst, dass ich in diesem Film dabei bin. Bestimmt wurde ihr eine Liste aller beteiligten Schauspieler gezeigt, mit Fotos und allem Drum und Dran, bevor sie gefragt wurde, ob sie einsteigen will.

Danny stupst mich an. »Was ist los? Hat dich der Blitz getroffen? Sie ist umwerfend, das gebe ich ja zu. Und ein bisschen zu alt für dich. Aber diese Lippen … Ich hätte nichts dagegen, wenn sich diese Lippen um …«

»Ich kenne sie«, knurre ich.

»Ach ja? Du siehst aus, als ob du mitten auf einer Straße stehst und ein Lastwagen auf dich zugedonnert kommt. Du kennst sie wohl ziemlich gut?«

»So gut nun auch wieder nicht.«

»Du hast also mit ihr geschlafen?«

Ich habe einen gewissen Ruf, der natürlich nicht unverdient ist.

»Na, was ist?« Danny schüttelt die Sprühdose.

»Es ist … nur ein bisschen komisch, das ist alles.«

»Nun denn, dann solltest du das ganz schnell vergessen. Jetzt drehen wir nämlich die Szene mit dir und ihr, dem neuen Mädchen.«

Ich schlucke. »Na gut.« Ich stehe auf und schlendere aufs Set, wo Cassandra schon wartet.

Sie wirft einen letzten Blick in ihr Drehbuch. Sie ist dünner, als ich sie in Erinnerung hatte, fast schon knochig. Und sehr bleich. Von ihrer Größe her könnte sie auch als Model arbeiten, und vielleicht hat sie das sogar getan, bevor sie zum Film ging. Ihre Wangenknochen sind wie gemeißelt.

Die langen schwarzen Haare reichen ihr bis auf den Rücken und schwingen hin und her, als sie das Drehbuch zur Seite legt und auf mich zukommt. Sie trägt ein schlichtes weißes T-Shirt und enge schwarze Jeans im Used Look. »Hi, Marc«, sagt sie und reicht mir eine schmale Hand. »Ich glaube, wir sind uns schon mal vorgestellt worden, oder?« Sie lächelt und zeigt dabei ihre perfekten Zähne hinter den großen, vollen Lippen.

»Allerdings«, sage ich und schüttle ihr die Hand. Ich bin auf der Hut, und das weiß sie.

Sie grinst, als wäre all das ein riesiges Spiel. Was es für sie vermutlich auch ist.

Ich runzle die Stirn. Ich habe meine dunkle Seite ausgelebt, nachdem ich Cassandra kennengelernt hatte, und mit zahllosen Mädchen geschlafen. Aber keine war wie sie. Trotzdem verspüre ich nicht den geringsten Wunsch, noch weiterzugehen.

»Nun denn.« Cassandra schüttelt mir immer noch die Hand. »Schön, dich wiederzusehen. Wir haben uns bestimmt eine Menge zu erzählen.«

»Nein.« Ich entziehe ihr meine Hand. »Wenn du mich kurz entschuldigen würdest, ich muss mit Danny reden.«

Danny beobachtet uns interessiert, einen Ellbogen auf eine Kamera gestützt. Er ist ein schlauer Bursche, zweifellos sind ihm die paar Sekunden, die Cassandra und ich miteinander gesprochen haben, nicht entgangen.

»Danny.« Ich trete zu ihm.

»Ach du meine Güte.« Danny lehnt seinen schweren Körper an die Kamera. »Also hast du wirklich schon mal mit ihr geschlafen. Ist das dein Problem?«

Danny kann man nichts vormachen.

Ich werfe einen Blick auf Cassandra, um zu sehen, ob sie uns beobachtet.

Das tut sie.

»Du brauchst mir nichts zu sagen.« Danny hält die Hand hoch. »Deine Mimik sagt alles. Okay – wir halten uns nicht allzu lange mit der Kussszene auf. Ist dir das recht?«

»Sehr sogar.«

»Marc?«

»Ja, Danny?«

»Wenn du mit halb Hollywood pennst, hinterlässt du überall Geister. Sie werden dich verfolgen. Vergiss das nicht. Im Grunde ist L.A. ein Dorf. Man treibt sich immer in denselben Bars rum und trifft dieselben Leute.«

15

Geister. Mich verfolgen viele.

Wenn Sophia und ich morgen aller Welt unsere Beziehung verkünden, werden einige von ihnen mit Sicherheit aus der Versenkung auftauchen.

Sophia behauptet, mich so zu lieben, wie ich bin. Einschließlich meiner Vergangenheit. Aber sie kennt nicht meine ganze Vergangenheit. Noch nicht. Sie weiß nicht, was mit Cassandra in jenem Sommer passiert ist.

16

Ich bin in meinem Wohnwagen. Es klopft leise an der Tür, aber ich tue so, als würde ich nichts hören.

Die Dreharbeiten waren anstrengend, vor allem wegen mir selbst. Ich habe alles getan, was ich konnte, um nicht mit Cassandra reden zu müssen.

Ich weiß, dass mein Verhalten komisch gewirkt hat, aber das ist mir egal.

Es gibt einen Teil von mir – einen dunklen, sehnsüchtigen Teil tief in mir –, der unbedingt herausfinden will, was Cassandra zu bieten hat. Und ich fürchte, ich werde diesen Teil nicht mehr sehr lange unterdrücken können.

Das Klopfen wird lauter.

Ich lege die Füße aufs Sofa und presse die Augen fest zusammen.

Als ich sie wieder aufschlage, steht Cassandra auf der Schwelle.

»Hi.« Sie lächelt.

Ich runzle die Stirn. »Wenn jemand nicht reagiert, heißt das normalerweise, dass er nicht gestört werden will.«

»Hübsch hast du es hier. Dein Wohnwagen ist viel netter als meiner.« Sie schließt die Tür. »Außerdem willst du gar nicht allein sein.«

»O doch.« Ich klinge streng. »Cassandra, vielleicht sollte ich mich klarer ausdrücken. Ich habe schon mit vielen Frauen geschlafen. Du bist nur eine von ihnen. Es tut mir leid, aber so ist es nun mal. Wenn du also so nett wärst …«

»Du hast es vorher noch nie getan, oder?«

Ich lache, richte mich auf. »Es hat vor dir Hunderte von Frauen gegeben.«

»Aber so, wie wir es getan haben – das war dein erstes Mal.«

Ich wende den Blick ab.

»Das stimmt doch, oder? Und du warst richtig gut, das muss ich zugeben. Ein Naturtalent.«

»Woher hast du das gewusst?«, frage ich mit brüchiger Stimme. Ich kann sie immer noch nicht ansehen.

»Das habe ich dir doch schon gesagt. Man lernt mit der Zeit, die Richtigen auszusuchen. Bei dir habe ich es auf den ersten Blick gemerkt.«

Ich lege den Kopf in die Hände. »Ich will nicht so sein. Ich will Frauen nicht wehtun.«

Cassandra setzt sich neben mich. »Das tust du auch nicht. Du bereitest ihnen Lust. Solange du die richtigen Frauen auswählst, ist das kein Problem.«

»Aber für mich ist es eins.« Ich hebe den Kopf, obwohl ich weiß, dass meine Augen gerötet sind. »Herrgott noch mal!«

»Es gibt mehr, so viel mehr zu lernen.«

»Cassandra …«

»Lass es mich dir zeigen.«

»Nein!«

»Du wirst dem Drang nicht widerstehen können, Marc Blackwell. Er ist stärker als wir beide. Je heftiger du es versuchst, desto mehr wird er dich plagen. Glaub mir, ich weiß, wovon ich rede.« Cassandra legt eine Hand auf mein Bein. »Zieh dich um und komm mit.«

Und Gott helfe mir, aber genau das tue ich.

17

Wir landen im *White Room*, einem Restaurant, in dem ich schon oft war.

Es ist bekannt in Hollywood, und wir entdecken viele berühmte Schauspieler, die hier zu Mittag ihren Salat essen.

Cassandra ist bekannter, als ich dachte. Der Türsteher begrüßt sie überschwänglich und bietet uns sofort einen Tisch an.

Als wir uns setzen, steht schon ein Champagnerkübel vor uns.

»Mit besten Grüßen vom Management, Miss Kilburn.«

»Großartig. Vielen Dank.« Cassandra fischt einen roten Lippenstift aus ihrer Handtasche und zieht ihre Lippen nach.

»Sie kennen dich hier recht gut«, sage ich.

»Ja. Trink einen Schluck Champagner.« Cassandra tupft sich die Lippenwinkel mit der Serviette ab und hinterlässt auf dem weißen Tuch einen knallroten Fleck. »Du musst dich locker machen. Loslassen. Du bist viel zu angespannt.«

»Ich trinke keinen Champagner.« Ich setze mich.

»Heute kannst du eine Ausnahme machen, aus Höflichkeit deiner Begleitung gegenüber. Teile die Flasche mit mir.«

»Wenn man bedenkt, was dir im Schlafzimmer gefällt, ist es seltsam, dass du sonst so dominant bist.«

»Du kennst mich noch nicht besonders gut. Nett hier, findest du nicht auch?«

»Ja.«

»Warst du schon mal hier?«

»Ja. Aber offenbar bist du ein Stammgast.«

»Ich bin sehr gern hier, sehe mindestens ein Mal die Woche vorbei. Und immer mit einem neuen Mann an meiner Seite.«

»Das Management weiß dich offenbar zu schätzen.« Ich deute mit dem Kopf auf den Champagner.

»Der Manager«, verbessert sie mich. »Ich treffe mich gelegentlich mit ihm, wir haben viel Spaß miteinander. Also …«

»Die Rechnung geht auf mich«, falle ich ihr ins Wort.

»Hier braucht keiner von uns beiden zu bezahlen«, sagt Cassandra und streckt die langen Beine unter dem Tisch aus. »Es geht aufs Haus.«

»Offenbar habt ihr sehr viel Spaß miteinander.«

»Schon.«

Unsere Beine berühren sich, und sie positioniert ihre langen, schlanken Waden zwischen meinen Knöcheln. Wir beobachten, wie der Kellner den Champagner einschenkt.

»Danke.« Cassandra nickt.

»Sehr gern, Miss Kilburn.« Der Kellner entfernt sich, und seiner Eile entnehme ich, dass er Cassandra gut kennt und unser Gespräch nicht weiter stören will.

Ich klopfe mit der in Leder gebundenen Speisekarte auf das weiße Tischtuch, sehe mich im Restaurant um und aus dem Fenster. Ich tue alles, um Cassandra nicht anblicken zu müssen.

»Nun denn.« Sie verschränkt ihre langen weißen Finger. »Warum sind Sie hier, Mr Marc Blackwell? Weil Sie mich so widerwärtig finden?«

Sie zieht mich auf.

»Ich finde dich nicht widerwärtig. Dich nicht. Aber das, was ich bin. Das, was ich in mir entdeckt habe, als ich mit dir zusammen war.«

»Aber was du dabei gefunden hast, war immer schon da.« Cassandra reibt ihre Füße an meinen Schienbeinen.

Ich rutsche mit meinem Stuhl zurück. »Cassandra ...«

»Hältst du das nicht aus?« Spöttisch zieht sie eine Braue hoch.

»Nein. Ich sollte jetzt besser ...«

»Warte.« Cassandra legt eine Hand auf meine. »Bleib noch ein bisschen. Bitte. Ich möchte dich jemandem vorstellen.«

Ich runzle die Stirn. »Du spielst mit mir.«

»Das mag schon sein. Aber Spiele sind doch lustig, oder?«

»Nein.«

»Wart's ab. Ich verspreche dir, es wird noch sehr lustig werden. Ah, da ist sie ja.«

Ich folge Cassandras Blick: Eine tief gebräunte Blondine hat das Restaurant betreten.

Sie winkt Cassandra zu, bedenkt mich mit einem koketten Lächeln und tritt an unseren Tisch. »Süß«, sagt sie zu Cassandra, ohne den Blick von mir abzuwenden. »Wo hast du ihn aufgetrieben?«

Die junge Frau sieht gut aus. Ihr naturblondes Haar – die meisten Blondinen in Hollywood sind gefärbt – ist kurz geschnitten.

»Man könnte wohl eher sagen, er hat mich aufgetrieben«, erwidert Cassandra und wirft mir einen schrägen Blick zu. »Stimmt's, Marc?«

»Moment mal – Marc Blackwell?«, fragt die junge Frau.

Cassandra nickt.

Eine Hand fliegt vor den Mund ihrer Freundin. »Ich fasse es nicht.«

O Gott – wieder ein durchgeknallter Fan.

»Cassandra.« Ich funkle sie warnend an. »Was soll das?«

Sie ignoriert mich und steht stattdessen auf, um den neuen Gast zu begrüßen. »Freut mich, dich zu sehen, Jessica.« Sie küsst sie auf beide Wangen. »Schön, dass du es geschafft hast.«

Jessica grinst. »Die Freude ist ganz meinerseits.« Sie wendet sich mir zu und reicht mir die Hand. »Jessica Goldberg. Und ja – bevor du mich fragst, ich bin eine von *den* Goldbergs.«

Die Goldbergs sind Filmkönige, angeführt von Jerry Goldberg, dem die Goldberg-Studios gehören.

Es war mir auf den ersten Blick klar, dass Jessica aus einer vermögenden Familie stammt. Alles an ihr weist sie als Hollywood-Prinzessin aus: ihr Selbstbewusstsein, ihre makellose Haut, die perfekten Zähne, die perfekte Kleidung, die perfekte Frisur.

Sie setzt sich und greift zur Speisekarte. »Habt ihr schon bestellt?«

»Noch nicht«, erwidert Cassandra und lehnt sich zurück.

»Nun denn«, Jessica lächelt mich an, »was nimmst du?«

»Eigentlich wollte ich gerade gehen.«

»Das passt ja wunderbar.« Jessica lächelt immer noch. »Cassandra – zu dir oder zu mir?«

18

Ich hätte Nein sagen können. Aber ich habe es nicht getan.

Eine klimatisierte Limousine brachte uns zu Jessicas Elternhaus, einer Villa in Beverly Hills. Ihr Vater und ihre Mutter besuchten an diesem Abend Freunde in New York.

Ich war bisher noch nie bei den Superreichen gewesen, bei Leuten, die in ihren Privatjet klettern, um abends in einer anderen Stadt auszugehen.

Für Jessica war das alles ganz normal – die Marmorfußböden, der riesige blaue Swimmingpool, der Privatjet.

Für mich war es eine völlig neue Welt, und zwar in mehrerlei Hinsicht. Ich stand kurz davor, einen noch dunkleren Teil von mir zu entdecken. Einen Teil, den ich mit der Zeit abgrundtief zu verabscheuen lernen sollte.

19

Verlegen sitze ich auf der Wildledercouch und balanciere ein Glas Whiskey auf den Knien.

Jessica ist im Obergeschoss verschwunden, um etwas vorzubereiten. Der Gedanke daran erschreckt und erregt mich gleichzeitig.

Cassandra sitzt mir gegenüber.

Auf der Fahrt haben wir nur belangloses Zeug geredet, aber wir wissen alle drei, warum wir hier sind.

Ich kann einfach nicht anders. Es ist die reine Wahrheit: Ich brauche mehr. Ich muss unbedingt herausfinden, wozu ich fähig bin.

Als ich noch jünger war, hat mein Dad getrunken. Viel getrunken. Ich habe mich immer gefragt, warum er nicht einfach damit aufhörte. Warum trank er, wenn es ihm doch so offenkundig schadete? Wenn er dumme Sachen sagte und noch dümmere anstellte, Jobs verlor, ständig in Streit verwickelt wurde und sich selbst erniedrigte? Warum tat er sich das an, wenn er sich doch hätte entscheiden können, es nicht zu tun?

Jetzt verstehe ich zwanghaftes Verhalten – es ist eine Sucht. Sie gewinnt die Oberhand über dich. Dein Körper verlangt, wonach er will, und du kannst nichts dagegen tun. Du kannst dich ihm nur fügen.

Ich sehe auf und bemerke, dass Cassandra lächelt. Es ist kein freundliches Lächeln, sondern ein beobachtendes, raubtierhaftes. Das Lächeln einer Katze, die eine Maus gefangen hat.

Ich bin nervös. Das muss auch für Cassandra offensichtlich sein, so angespannt, wie ich herumsitze und ab und zu hastig einen Schluck trinke.

»Kann ich hier rauchen?«, frage ich.

Cassandra fläzt auf einem Wildledersessel. Sie hat ihre langen bleichen Beine an den Knöcheln verschränkt und die Hände hinter dem Kopf ausgestreckt. »Ja.« Sie deutet mit dem Kopf auf einen goldenen Aschenbecher, der auf dem Couchtisch zwischen uns steht.

»Sicher?« Ich hole meine Zigaretten aus der Jackentasche.

»Sehr sicher. Die Goldbergs sind ziemlich cool. Jessie kokst, seit sie zwölf ist.«

»Das tut mir leid für sie.«

»Nimmst du keine Drogen?«

»Nein.«

»Ach ja, natürlich nicht. Weil du gern die Kontrolle behältst.« Wieder die sich hochziehende, spöttische Braue.

»Mein Vater hat zu viel getrunken. Das hat mir gereicht, um zu erkennen, welchen Schaden eine Sucht anrichten kann.«

Ich frage mich, ob mein Vater früher ein anständiger Mensch gewesen ist. Vielleicht war er genauso wie ich und wollte es den Leuten immer recht machen. Doch dann hat der Alkohol ihn in seine Finger bekommen und ihn in ein Monster verwandelt.

Wird das auch mir passieren, wenn ich diesen Weg weiter beschreite? Werde auch ich zu einem Monster?

Schon jetzt habe ich das Gefühl, dass mir die Kontrolle entgleitet. Ich will gar nicht mit diesen jungen Frauen zusammen sein, ich will nichts mit ihnen zu tun haben. Und trotzdem bin ich hier.

Cassandra muss meine Gedanken erraten haben »Macht es dir Angst, dass du dich nicht stoppen kannst?«, fragt sie.

Ich zünde mir eine Zigarette an. »Ja.«

»Es ist nicht schlimm, wenn du deine sexuellen Vorlieben erforschst.« Cassandra fischt sich eine Zigarette aus meiner Packung.

Automatisch gebe ich ihr Feuer.

»Durch und durch ein Gentleman.« Sie lächelt. »Schon mit sechzehn. Ist deine Mutter Engländerin?«

»Ja.«

»Lebt sie noch in England?«

»Ich rede nicht gern über sie.« Ich hoffe, Cassandra hat die Warnung in meiner Stimme vernommen.

»Warum nicht?«

»Nur so.« Ich inhaliere den Rauch und stoße ihn wieder aus, weit nach oben. Er tanzt um den Jugendstilkronleuchter. Ich höre das Geräusch nackter Füße auf dem Boden, und Jessica tapst herein.

Eine kalte Hand landet auf meiner Schulter. »Wir sind dann so weit.«

20

Cassandra hat sich nie an die Presse gewandt. Sie hätte es tun können, vor allem dann, als ich immer berühmter wurde. Sie hätte ein Vermögen mit ihrem Wissen verdienen können. Aber sie hat es nicht getan.

»So viele von uns gibt es nun auch wieder nicht«, hat sie mir einmal gesagt. »Wir müssen aufeinander aufpassen.«

Sie war loyal. Selbst als sie schwer heroinabhängig wurde und wahrscheinlich dringend Geld benötigte, hat sie meine Geschichte nicht verkauft.

Dafür war ich ihr dankbar.

21

Ich folge Jessica auf einer Wendeltreppe, die sich um einen tief hängenden Kristalllüster und das Foyer aus Marmor windet, ins Obergeschoss.

Ich war noch nie in einem solchen Haus, es sei denn, man rechnet die Filmsets dazu, die wie Bel-Air-Villen aussehen.

Im Treppenhaus hängen Fotos der Goldberg-Familie, alles geschmackvolle Schwarz-Weiß-Porträts, manche davon signiert.

Jessicas Foto entdecke ich zwischen dem eines grauhaarigen Mannes und einem Vogue-Cover. Auf ihm sitzt sie verkehrtherum auf einem Holzstuhl und grinst selbstbewusst in die Kamera. Ihre blauen Augen funkeln. Hollywood-Prinzessin durch und durch.

»Wann ist das Bild aufgenommen worden?«, frage ich, als wir den Treppenabsatz erreichen.

»An meinem achtzehnten Geburtstag«, erwidert Jessica. »Ich wollte unbedingt mit meiner neuen Nase angeben. Im ganzen Haus gibt es kein Foto von mir, das vor meiner Nasen-OP gemacht wurde. Ich habe alle Bilder verbrennen lassen.«

Cassandra geht hinter uns.

Ich höre ihre Schritte auf dem weichen Teppich und ertappe mich dabei, an die Male zu denken, die Cassandra schon hier gewesen sein muss. Und wer sie dabei begleitet hat …

»Hier entlang.« Jessica führt mich durch den Flur.

In einen Raum.

22

Wahrscheinlich diente er früher als Schlafzimmer. Von ihm aus hat man einen wunderbaren Blick auf den Pool und den Park. Das Doppelbett, das vor längerer Zeit hier gestanden haben muss, hat auf dem Teppich helle Stellen hinterlassen.

Aber jetzt dient dieser Raum ganz anderen Zwecken.

So etwas habe ich noch nie gesehen, weder im Kino noch im Fernsehen und definitiv nicht im normalen Alltag.

Es fällt mir schwer, alles in mich aufzunehmen. Ich bin gleichzeitig erregt und entsetzt.

Ich weiß nicht einmal, wofür all das Zeug gut sein soll. Aber ich kann es mir denken – so brutal, wie es aussieht.

Ich schließe die Augen und spüre die Erregung, die in mir aufsteigt. Ich kann nichts dagegen tun.

So bin ich eben.

Mein Gott, ich hasse mich. Ich hasse mich von ganzem Herzen.

Jessica zieht sich aus. Ihre aufgekrempelte Jeans und das weißblau gestreifte T-Shirt – die typische Freizeitkleidung in Hollywood – gleiten zu Boden. Ihre Unterwäsche ist schlicht. Weiß. Eher sportlich.

Sie setzt sich auf den Rand des Metallbetts und grinst mich an. Sie könnte auch für irgendein Waschpulver Werbung machen.

Ich will nicht hier sein. Ich will nicht dieser Mensch sein. Aber ich weiß, dass ich nicht fliehen kann. Ich kann es nicht. So einfach ist das.

Ich komme mir vor, als säße ich in einer Achterbahn, deren

Wagen mich immer weiter Richtung Himmel bringt. Bald kommt der Absturz.

Cassandra legt eine Hand auf meine Brust und lächelt, als sie spürt, wie heftig mein Herz pocht. »Bereit für ein bisschen Spaß?«

»Nein, das bin ich nicht. Ganz und gar nicht.« Mir ist schwindelig. Die Welt stürmt auf mich ein, und ich weiß nicht mehr, wo oben und unten ist. Ich weiß nur eines ganz sicher: Ich will jemanden vögeln, hier in diesem Raum.

Cassandra lacht rauchig, als ihr Blick auf meinen Unterleib fällt. »Oh, ich denke, du bist es doch.«

»Cassandra …«

»Vertraue uns, Marc. Lass es uns dir zeigen.«

Mein Herz hämmert. »Wissen deine Eltern Bescheid über diesen Raum?«, frage ich Jessica.

Sie lacht. »Na klar, es ist ihrer.«

»Deine Eltern …«

»Sie wissen allerdings nicht, dass ich ihn benutze. Anschließend muss alles wieder an seinem Platz stehen und liegen. Ich bin vorhin hoch, um Polaroidfotos zu machen, damit ich alles wieder so herrichten kann wie zuvor, wenn wir fertig sind.«

Grundgütiger! Gerade habe ich noch geglaubt, das alles hier wäre schon ein bisschen seltsam, aber jetzt …

Jessica nimmt eine Lederpeitsche von der Wand und streichelt sie. »Normalerweise ist dieser Raum abgesperrt. Aber ich weiß, wo sie den Schlüssel aufbewahren.«

»Dann sind deine Eltern also …«

»Pervers bis zum Gehtnichtmehr.«

»Und deine Mutter …«

»Hat das Studio einrichten lassen.«

»Sie sperren die Tür zu …«

»Um das Reinigungspersonal daran zu hindern, den Raum zu

sehen. Aber sie haben nichts dagegen, dass ich Bescheid weiß. Meine Mutter hat ausführlich mit mir darüber geredet. Wir sind eine sehr offene Familie.«

»Aber du sagst ihnen nicht, dass du diesen Raum benutzt.«

»Na ja, das wäre schon ein bisschen komisch.«

Ich lache. »Da hast du recht.«

Ein Gedanke schießt mir durch den Kopf. Jerry Goldberg, ein angesehener Bürger, der eine milliardenschwere Firma leitet und für seine großzügigen Spenden bekannt ist. Ein Mann, der weder Alkoholiker noch drogenabhängig ist. Und auch seine Frau hat in dieser Hinsicht keinerlei Probleme.

Vielleicht mögen doch sehr viel mehr Leute, als ich dachte, diese Art von Sex, aber niemand redet darüber. Bislang ist mir kein einziges Mädchen begegnet, dem es nicht gefallen hat, wenn ich das Kommando übernommen habe. Aber vielleicht gerate ich immer wieder an genau solche, weil ich sie allmählich erkenne, wie Cassandra es mir ja schon prophezeit hat.

»Glaubst du, du kannst es mit uns beiden aufnehmen?«, fragt Cassandra. »Normalerweise würde ich das mit jemandem, der so jung ist wie du, erst gar nicht versuchen. Aber du bist etwas Besonderes.«

Herr im Himmel.

Worauf habe ich mich da nur eingelassen?

23

Ach, Sophia, Sophia.

Mit dir ist mir der Sex nie schmutzig vorgekommen, selbst wenn du dich mir unterworfen und es zugelassen hast, dass ich dich dominiere.

Wir passen zusammen. Wir gehören zueinander.

Unsere Beziehung ist rein und wunderschön.

Mein Gott, wie sehr ich dich liebe.

Ich liebe dich, ich liebe dich, ich liebe dich.

Ich kann es kaum glauben, dass ich je Angst davor hatte, dich zu lieben.

Du hast Gefühle in mir geweckt – echte Gefühle. Du warst nie eine, die einen Filmstar, einen Mann aus ihrer Fantasie, mit glasigen Augen anstarrt. Du liebst mich so, wie ich bin.

Als ich dich zum ersten Mal in der Rolle der Lady Macbeth gesehen habe, als du diesen Auszug vorgetragen hast, in dem es um das Helle und Dunkle geht, bekam ich Panik.

Meine Gefühle waren so stark, dass sie mich erschreckt haben. Als die Liebe direkt vor mir stand, habe ich sie nicht erkannt. Stattdessen bin ich weggelaufen …

24

Jessica liegt auf dem Metallbett. Die Streben fühlen sich an ihrer nackten Haut bestimmt eisig an, aber sie zuckt nicht zusammen. Sie beobachtet mich, und ihr Atem geht schneller.

Cassandra steht hinter mir, sagt nichts.

Mein Magen verkrampft sich.

Willenlos setze ich einen Fuß vor den anderen, hin zu Jessica.

Ich blicke auf sie hinunter, sehe ihre weiße Unterwäsche und ihren sonnengebräunten Körper und frage mich, wie oft sie so etwas schon gemacht hat. Wie hat sie herausgefunden, dass sie gerne dominiert wird? Hat sie mit ihrer Mutter darüber geredet? »Zieh deinen BH aus«, befehle ich.

»Jawohl, Herr.«

»Herr?«

»Ja«, erklärt Jessica. »Du bist jetzt mein Herr und Gebieter. Das ist unser Spiel. Du bist der Herr, und ich bin deine Sklavin. Stell dir vor, dass ich ungehorsam war und du mich deshalb bestrafen musst.«

Bei dem Wort »bestrafen« wird meine Erregung noch stärker.

O Gott, wie ich mich hasse, wie sehr ich mich dafür hasse. Aber ich kann das Bedürfnis nicht mehr verdrängen. Ich schaffe es einfach nicht. Und hier und jetzt, zusammen mit einer halb nackten Frau in einem Raum voller Peitschen und Ketten … Das ist definitiv der falsche Zeitpunkt, um Enthaltsamkeit zu üben.

Ich trete zur Wand und greife zu einer Peitsche mit ledernem Griff und langen Lederriemen. Die Riemen sind dick und mit Knoten versehen, wahrscheinlich um den Schmerz zu steigern.

Jessica lächelt und erbebt vor Erregung auf dem Metallbett.

»Bist du dir sicher, dass du das willst?«, frage ich und befingere die Riemen.

»O ja.«

Ich lasse die Peitsche auf ihre Oberschenkel sausen.

Jessica stößt einen Lustschrei aus und windet sich.

Ich hasse das. Ich hasse, dass es Jessica gefällt. Und am meisten hasse ich, dass mein Schwanz steinhart wird, obwohl mir mein Verstand sagt, dass das, was ich tue, nicht richtig ist.

Jessicas Stöhnen hallt in mir nach. Es erregt mich weiter.

Ich schlage sie noch einmal und noch einmal.

Ihre schöne sonnengebräunte Haut zieren jetzt rote Streifen.

Ich lege meine Hand darauf und spüre ihre Hitze.

»Bist du dir sicher, dass du das willst?«, wiederhole ich.

»Es gefällt ihr«, wirft Cassandra ein. »Uns beiden.«

»Gefällt das allen Frauen?«, frage ich und denke an das Mädchen in der Dusche zurück. Und an all die anderen …

Cassandra zuckt mit den Schultern. »Am besten, du fragst sie.« Sie sitzt auf einem schwarzen Stuhl und fährt mit den Händen über ihre Oberschenkel. Ihr enges schwarzes, knielanges Kleid ist schlicht, aber elegant. Teuer. Darunter trägt sie Strümpfe mit Nähten und dazu knallrote High Heels. Sehr langsam spreizt sie die Beine. »Ich liebe dieses Zimmer«, sagt sie. »Und ich glaube, dir wird es auch sehr bald gefallen.«

25

Ich verbrachte den ganzen Sommer mit Jessica und Cassandra, war aber kaum an der Luft.

Ein einziges klebriges Chaos aus Verwirrung, Erregung und Selbsthass tat sich immer wieder in mir auf.

Ich hasste mich. Ganz ehrlich, ich hasste mich unendlich. Aber gleichzeitig befriedigte mich das, was wir in diesem Raum miteinander taten, so wie nichts anderes.

Noch nie hatte ich mich so lebendig gefühlt, so wach.

Das Folterwerkzeug, Jessica, die mich anflehte, sie zu strangulieren, während ich sie fickte, Cassandra, die mich bat, ihr ein Messer an die Kehle zu pressen – alles konnte passieren.

Während ich mit der Peitsche oder den Fesseln hantierte, hatte ich alles unter Kontrolle. Aber sobald ich einen Orgasmus hatte, kam die Angst.

Grober Sex und eine gewisse Dominanz – solche Sachen mochten auch normale Frauen, wenn sie in der Stimmung waren. Aber Cassandra und Jessica führten mich an dunklere Orte. Ich stellte perverse Sachen mit ihnen an, und sie fanden es toll.

In jenem Sommer war ich sehr gefragt. Mein Film mit Baz kam ins Kino, und ich wurde als zukünftiger Star gehandelt. Vielleicht sogar als James Bond in spe.

Ich wurde auf viele Partys und zu allen Eröffnungen neuer Restaurants eingeladen. L.A. war entzückt von mir. Es war unglaublich. Der Junge aus der kaputten Familie war plötzlich ein Star.

Auch zuvor hatte ich nie ein Problem gehabt, eine Frau ins Bett zu kriegen, aber jetzt warfen sie sich mir richtiggehend an den Hals. Sie schrien meinen Namen, sagten, dass sie mich liebten.

Wenn sie geahnt hätten, wer ich in Wirklichkeit war …

Ich entwickelte tatsächlich ein großes Geschick darin, die Frauen zu erkennen, denen es gefiel, extrem dominiert zu werden.

Gelegentlich machte ich auch mit relativ normalen Mädchen herum, fixierte ihre Hände, versohlte sie. Dann kicherten und stöhnten sie, aber wenn ich ihnen vorgeschlagen hätte, sie ans Bett zu fesseln, wären sie davongelaufen. Also hielt ich mich an die wirklich unterwürfigen, an diejenigen, denen es gefiel, total kontrolliert zu werden.

Nach diesem Sommer flog ich nach Paris zu den Dreharbeiten von Neuf.

Es war mir sehr recht, L.A. und das besagte Zimmer in Jessicas Haus hinter mir zu lassen.

Ich vermisste weder sie noch Cassandra und verspürte auch nicht den geringsten Wunsch zurückzukehren.

In Paris schlief ich mit niemandem. Frauen interessierten mich einfach nicht. Ich konzentrierte mich voll und ganz auf meine Arbeit, und zum ersten Mal wurde in den Zeitungen mein schauspielerisches Können erwähnt und nicht nur mein gutes Aussehen und meine angeblichen Freundinnen.

Doch bald war ich wieder in L.A. Und was soll ich sagen – man kann einem Irren die Männlichkeit nehmen, aber einem Mann nicht seinen Irrsinn.

Gleich und gleich gesellt sich gern, so heißt es bekanntermaßen.

Ich versuchte, meine alten Gewohnheiten nicht wieder aufzunehmen. Aber die verdammten Mädchen, die es ebenso mochten wie ich, fanden mich. Und so sehr ich mich auch beherrschte, mein Körper brauchte ein Ventil. Zu dominieren und zu sehen, wie eine Frau unter mir nachgab, das war meine Droge.

Hätte es ihnen nicht gefallen, wäre es einfacher gewesen. Aber sie flehten mich geradezu an, sie gefügig zu machen. Sie ließen nicht locker.

Meine Güte.

Ich konnte einfach nicht aufhören.

Alle anderen beneideten mich. Ich sah gut aus, war jung, talentiert, ich war reich und gewann zahllose Auszeichnungen. Frauen liefen mir nach, ich besuchte alle angesagten Partys und Clubs. Und ich hatte Geld in Hülle und Fülle. Überall wurden mir kostenlos Essen, Trinken und Drogen angeboten, und für jeden Film strich ich mehrere Millionen ein.

Niemand wusste, durch welche Hölle ich ging. Niemand hatte eine Ahnung von dem endlosen Kampf, den ich mit mir selbst ausfocht.

Baz war damals wieder in England und versuchte, seine Ehe zu retten, obwohl er seine Frau bei jeder Gelegenheit betrog. Wäre er in meiner Nähe gewesen, wäre ich vielleicht ruhiger und zurückhaltender gewesen. Aber da er es nicht war, war ich weder das eine noch das andere.

Ich fand Freunde, die ebenso kaputt waren wie ich. Gewalttätigkeit in der Familie, Drogen, Knast – wir fanden uns gegenseitig. Die Jahre vergingen in einem Nebel aus Frauen, Scham, Reue, Frauen, Scham und Reue.

Ich kann mich kaum noch an Einzelheiten erinnern.

Blondinen, Brünette, Blondinen, Brünette, Rothaarige. Sie kamen und gingen. Ihre Namen konnte ich mir kaum merken, geschweige denn ihre Haarfarbe.

26

Vor der Tür meiner Bel-Air-Villa steht eine junge Frau.

Es ist nachts um drei, und sie läutet Sturm.

Ich kann sie durch die Kamera sehen – sie ist groß mit braunen Haaren und roten Lippen und stolpert vor dem Eingang herum.

Ihr Name ist Sigourney.

Ich glaube, sie ist Model, aber vielleicht ist sie auch Schauspielerin. Ich bin mir nicht sicher. Ich weiß nur, dass sie aus England kommt und ziemlich anstrengend sein kann.

Vermutlich könnte man sagen, dass wir verwandte Seelen sind. Zwei gestörte zornige Menschen aus England, die in L.A. abhängen.

Meine Güte.

So sieht mein Leben im Moment aus.

Morgens um drei klingeln wunderschöne Frauen unangemeldet an meiner Tür.

Sigourney ist Stammgast im *Pump House* und flirtet schon seit Monaten mit mir. Ins *Pump House* gehen reiche Leute mit schlechten Gewohnheiten, und Sigourney hat wahrhaftig eine Menge schlechter Gewohnheiten.

Ich habe sie schon oft gesehen, aber nie war sie nüchtern.

Die Sprechanlage knistert. »Ich bin's, Sigourney.«

»Das sehe ich. Was willst du?«

Als ob ich das nicht wüsste.

Im Lautsprecher knistert es wieder. »Du warst heute nicht im Club.« Sie spricht leise und lallt ein bisschen. »Willst du mich nicht reinlassen?«

Natürlich werde ich sie reinlassen. Ich kann doch nicht eine Frau allein auf der Schwelle zu meinem Haus stehen lassen.

Ich drücke auf den Türöffner.

Fünf Minuten später klappern Sigourneys hohe Absätze durch meine Marmorlobby, bevor sie den Weg ins Obergeschoss findet.

Sie ist wie üblich betrunken. Ihr Make-up ist verschmiert.

Ich glaube, sie hat sich über irgendetwas geärgert und sucht jetzt nach Ablenkung. Dabei kann ich ihr gerne helfen.

Ich hole die Handschellen und kette sie ans Bett. Es ist beinahe schon zur Routine geworden.

Auf ein längeres Vorspiel verzichte ich, weil ich Sigourney für so betrunken halte, dass sie jede Minute einschlafen könnte.

Als ich sie so weit habe, dass ich sie ficken kann, schläft sie tatsächlich schon fast, obwohl sie noch einen Orgasmus hat. Es fühlt sich falsch an. Schrecklich. Ich kann nicht weitermachen und lasse von ihr ab.

Plötzlich geht mir ein Licht auf.

Ich kann Lust bereiten und dann damit aufhören.

Ich kann aufhören!

Fast hätte ich laut gelacht. Es ist, als hätte sich vor mir plötzlich die Pforte zum Paradies aufgetan.

Ich löse die Fesseln, lasse Sigourney liegen und gehe ins Gästezimmer. Aber ich kann nicht einschlafen. Das Machtgefühl und meine plötzlich deutlich gewordenen Möglichkeiten halten mich vom Schlaf ab.

Was ist, wenn ich einfach nicht komme? All die schlechten Gefühle, die Angst, dass ich einem Mädchen wehtun könnte, wenn ich die Kontrolle verliere – alles ist weg. Trotzdem durchströmt mich die Erregung – die Erregung, die Kontrolle innezuhaben.

Ich bin regelrecht erleuchtet worden.

27

Der Morgen danach.

Ich habe so viele solcher Morgen erlebt, dass ich sie nicht mehr zählen kann. Morgen voller Scham, Reue, Vorwürfe.

Aber dieser Morgen ist anders. Zum ersten Mal seit Jahren hat mich eine freudige Aufregung erfasst.

Während ich am Pool eine Tasse Kaffee trinke, stolpert Sigourney auf die Veranda.

»Du hast nicht neben mir geschlafen«, murrt sie vorwurfsvoll. »Was ist los?«

»Das tue ich nie«, erwidere ich. »Beziehungen sind nicht mein Ding.«

»Das werden wir schon noch sehen«, erklärt sie. Sie hat grauschwarze Augenränder aus verlaufener Wimperntusche, und ihre Lippen wirken ungeschminkt obszön nackt.

In der Nacht darauf stand Sigourney wieder vor meiner Tür. Und auch in der nächsten. Sie sagte mir, sie habe noch nie einem Mann gegenüber solche Gefühle wie mir gegenüber empfunden.

Der Sex wurde immer wilder. Manchmal war sie völlig weggetreten. Sie merkte es kaum, dass ich nicht kam, und ich beeilte mich nicht, sie darauf hinzuweisen.

Nach einem besonders intensiven Abend, als Sigourney sich die Handgelenke an einem Strick wund gescheuert und sämtliche Flüche, die sie kannte, ausgestoßen hatte, erzählte sie mir, dass sie glaube, von mir schwanger zu sein.

Irgendwie gelang es mir, nicht zu lachen. Abgesehen davon, dass ich nie in ihr gekommen war, hatte ich immer ein Kondom benutzt. Sie war nur zu betrunken und zu vollgekokst gewesen, um das zu bemerken.

In jenem Moment wurde mir klar, dass es an der Zeit war, die Sache zu beenden. Es war mir ohnehin nicht recht, dieselbe Frau zu oft zu sehen. Je länger ich mit einer zusammen war, desto anhänglicher wurde sie.

Ich weiß, dass das kalt klingt, fast unmenschlich. Es ist nicht so, dass mir gar nichts an ihnen lag – ich habe nur keine geliebt. Und da ich ihnen nicht geben konnte, was sie wollten, fand ich es besser, sie das frühzeitig herausfinden zu lassen.

Als ich Sigourney erklärte, dass ich nie in ihr gekommen war, stürzte sie sich auf mich und zerkratzte mir das Gesicht.

Ich sagte ihr, dass es aus sei zwischen uns, und bestellte ihr ein Taxi.

Die Paparazzi bekamen ein paar Fotos, und am nächsten Tag rief mich Sigourney an und kündigte an, der Presse alles zu erzählen, sollte ich unsere Trennung nicht rückgängig machen.

Ich riet ihr, zu tun und zu lassen, was sie wolle. Niemand droht mir, so einfach ist das.

Ich dachte wirklich, dass sie es durchziehen würde, und stellte mich schon auf mein Karriereende ein. Doch stattdessen gabelte sie einen anderen Schauspieler auf, Leo Falkirk, Amerikas blonden blauäugigen Helden. Sie zog bei ihm ein und rief mich ständig von seiner Wohnung aus an, um mir zu sagen, wie sehr sie mich noch liebe. Wie könne ich es nur zulassen, dass ein anderer Typ sie vögelt, nach all dem, was wir getan hatten?

Leo tat mir leid. Ich kannte ihn aus einem gemeinsamen Film und wusste, dass er ein netter Kerl war. Offen. Liebenswürdig. Das Gegenteil von mir. Wie Sigourney an ihn geraten war, werde ich wohl nie erfahren. Aber wenn sie wollte, konnte sie jeden in ihren Bann ziehen. Das habe ich mit eigenen Augen gesehen. Nur mit mir hat sie das nicht geschafft.

Sophia regt sich neben mir im Bett.

Hell und Dunkel.

»Woran denkst du?«, fragt sie mich, und ich merke, dass sie mich aus halb geschlossenen Augen mustert.

»An schlechte Dinge.« Ich streiche ihr über die Haare. »An grauenhafte Dinge.«

»Erzähl sie mir.«

»Schlaf weiter.«

»Ich habe geträumt«, murmelt sie. »Von dem Tag, an dem wir uns getroffen haben. Erinnerst du dich noch daran?«

»Natürlich.«

28

Sommer
Ivy College
Als ich Sophia zum ersten Mal sah …

Sophia Rose.«

Ihr Name besteht nur aus zwei Worten auf der Vorsprechliste. Eine weitere junge Schauspielerin, der ich dabei zusehen muss, wie sie sich abmüht.

Denise und ich sind in dem Raum im Ivy College, der für solche Gelegenheiten genutzt wird, und haben uns schon rund zehn Kandidaten angehört.

»Sie ist gut«, sagt Denise. »Ich habe mir ihre Probeaufnahme angesehen.«

»Bei Probeaufnahmen sind alle gut«, entgegne ich. »Und dann stehen sie leibhaftig vor mir und haben ihren Text vergessen. Meine Güte, wie viele muss ich noch über mich ergehen lassen?«

»Du bist der Leiter von Ivy College«, sagt Denise. »Du musst beim Vorsprechen der potenziellen Studenten dabei sein. Es wäre nicht richtig, wenn du dich davor drücken würdest.«

»Mir gehört das College.« Ich beuge meine Finger. »Das bedeutet, dass ich tun und lassen kann, was ich will.«

»Jetzt komm schon, Marc. Du wirst diese jungen Leute unterrichten, also musst du dir auch ihr Vorsprechen antun.« Sie tätschelt mir die Hand. »In Wahrheit bist du ein guter Mensch, so sehr du dich auch bemühst, das zu verbergen.«

»Da wäre ich mir nicht so sicher.«

»Ich schon. Ah – da kommt sie wohl.«

Ich höre leise Schritte.

»Keine Absatzschuhe?« Ich hebe fragend eine Braue. »Das ist das erste Mal heute. Sie muss sehr groß sein.«

Doch das Mädchen, das eintritt, ist nicht besonders groß. Sie ist das normalste Mädchen, das ich heute gesehen habe. Trotzdem kann ich den Blick nicht von ihr wenden.

Weiche, wellige braune Haare. Ein schlanker, gelenkiger Körper. Jeans, T-Shirt, Sneakers. Völlig alltäglich und dennoch außergewöhnlich.

Als Sophia meinen Blick aus großen braunen Augen erwidert, wird mir ganz anders.

Sie strahlt eine Mischung aus Unschuld und Güte aus, die mich nicht loslässt, ja richtiggehend betört.

Meine Kiefer spannen sich an.

Sophia beobachtet mich, aber nicht so, wie es Frauen normalerweise tun. Ihre Augen sind nicht weit aufgerissen, sie versucht nicht, mit mir zu flirten, sie lächelt nicht einmal anzüglich. Sie wirkt … überrascht. So als wären wir uns schon einmal begegnet und sie hätte nicht erwartet, mich hier zu sehen.

Ich stelle Denise und mich vor, und Sophia sagt uns, wer sie ist.

Sie sieht so verletzlich aus, so allein in diesem Vorsprechraum. Am liebsten würde ich sie in die Arme nehmen.

Du meine Güte, was ist bloß los mit mir?

Sophia teilt uns mit, dass sie Lady Macbeth spielen möchte.

»Aha«, sage ich. »Shakespeares Inbegriff des Bösen.«

»O nein«, erwidert sie. »Lady Macbeth ist nicht böse. Niemand ist bis ins Mark böse. Selbst die Schlechtesten haben noch ein Fünkchen Gutes in sich, ein bisschen Helligkeit.«

Ich spüre ein Zucken in meiner Brust.

Helligkeit.

Nur sehr selten wagen die Leute, mir zu widersprechen. Und mit Sicherheit hat das noch nie ein Schüler beim Vorsprechen getan. In mir regt sich Respekt für diese bezaubernde junge Schauspielerin.

Sophia trägt den einstudierten Monolog vor – eine wunderbare Interpretation. Die schönste, die ich je erlebt habe.

Ich bin wie verhext. Ich möchte nicht, dass sie geht.

Im Alter von siebenundzwanzig dachte ich, mich zu kennen. Aber das stimmt nicht, denn so habe ich noch nie empfunden.

Als Sophia fertig ist, höre ich Denise klatschen.

Ich klatsche nicht. Ich könnte es auch nicht, selbst wenn ich wollte. Ich sitze da wie versteinert.

Ich spüre, dass Sophia mein Verhalten als Missfallen deutet. Sie bedankt sich dafür, dass wir uns Zeit für sie genommen haben, dreht sich um und will den Raum verlassen.

»Miss Rose!«, rufe ich ihr nach.

Ihre Hand bleibt zögernd auf der Türklinke liegen.

Ich möchte ihr sagen, dass mir ihre Darbietung imponiert hat. Dass ich noch nie eine junge Frau getroffen habe, die einer Rolle so viel Tiefe verliehen hat. Dass ihre Fähigkeit, Gefühle zu zeigen, unglaublich ist. Und, und, und …

»Das mit der Helligkeit«, sage ich stattdessen, »glauben Sie wirklich daran? Dass in jedem noch so dunklen Menschen Helligkeit, also etwas Gutes, steckt?«

»Ja«, erwidert sie prompt.

Ich umfasse meinen Kugelschreiber so fest, dass ich in meinen Fingern spüre, wie mein Puls rast.

»Danke für Ihre Performance«, sage ich. »Sie hat mir sehr gut gefallen.«

Als sie geht, spüre ich eine Leere in mir und werde wieder so, wie ich bin. Dunkel, leer, einsam. So wie es sein soll.

29

Das Mädchen hat dir gefallen, stimmt's?«, fragt Denise.

Ich zwinge mich dazu, den Blick von der Tür zu wenden und die Bilder von einer von Licht umgebenen Sophia Rose zu verscheuchen.

»Sie war … gut. Aber das sind sie alle.« Ich umklammere immer noch meinen Stift. »Wann kommt der oder die Nächste?«

Denise lächelt mich wissend an. »Gut, Marc Blackwell? Wen willst du täuschen? Mich nicht. Sie war ausnehmend gut, das weißt du ebenso wie ich.«

»Sie ist zu jung, um ausnehmend gut zu sein.«

»Hör doch auf. Du hast dasselbe in dem Mädchen gesehen wie ich. Die Offenheit. Die Verletzlichkeit. Diese eindringlichen Gefühle. Wirklich hervorragend.«

»Ich habe dir doch schon gesagt, dass sie gut war.«

»Also ist sie aufgenommen?«

»Ich bin mir noch nicht sicher.«

»Marc …«

»Zum einen ist sie viel zu jung.«

»Es geht hier nicht ums Alter, sondern um Reife. Und die besitzt sie in höchstem Maß. Sie hat mich an dich erinnert. Sie wirkt älter, als sie ist. Das hat wohl mit ihrer Familienkonstellation zu tun. Ihre Mutter ist gestorben, als sie noch ein Kind war. Sie musste sich um ihren Vater und einen kleinen Bruder kümmern. Sie hat es wirklich mehr als alle anderen verdient, bei uns aufgenommen zu werden.«

»Sie wird immer und überall zurechtkommen.«

»Warum wollen wir sie dann also nicht aufnehmen?«

»Weil …« Aber ich weiß keine Antwort. Es gibt keinen Grund für meine Weigerung – bis auf die Gefühle, die ihn mir explodiert sind, als Sophia Rose den Raum betrat. Aber ich kann Denise nicht erklären, dass ich befürchte, dieses Mädchen könnte mich dazu bringen, die Selbstkontrolle zu verlieren.

Denise schüttelt den Kopf. »Ich glaube, du vergisst, wie hart die Welt der Schauspieler sein kann«, sagt sie. »Sophia ist sehr hübsch und sehr talentiert. Aber das reicht nicht. Sie hat keine Beziehungen, keinen Theaterhintergrund, nichts, was ihr beim Einstieg in die Branche helfen könnte. Ohne uns geht sie dem Publikum vielleicht verloren. Du weißt doch, wie es dort draußen zugeht. Die Rollen bekommen die Mädchen mit den reichen Vätern.«

Ich schließe die Augen und spüre dem Schmerz hinter meiner Stirn nach. Als ich sie wieder öffne, ist die Welt lichterfüllt.

Vielleicht kann ich Sophia Rose ja übersehen, wenn sie in einem großen Kurs sitzt. Und vielleicht nimmt sie den Platz ja gar nicht an.

»Ich bin immer noch nicht davon überzeugt, dass wir das beste College für sie sind«, sage ich. »Du hast doch gesehen, wie sie gekleidet war. Wir sind hier in London!«

»Marc Blackwell! Was ist denn heute in dich gefahren? Es ist mir egal, was du sagst. Ich nehme sie auf. Sie verdient diesen Platz, und ich werde es nicht zulassen, dass sie ihn nur deshalb nicht bekommt, weil du schlechte Laune hast.«

»Das ist nicht deine Entscheidung.«

Denise lacht. »Ich bin keiner deiner albernen Fans, Marc Blackwell. Ich lasse mir von dir nichts vorschreiben. Sie ist aufgenommen und damit basta. Und jetzt mache ich dir eine gute Tasse Tee, damit sich deine Laune wieder bessert, okay?«

Denise weiß sehr wohl, dass ich Sophia Rose ablehnen könnte, wenn ich wollte. Aber sie hat die Chance wirklich verdient. Sie sollte ihr nicht vorenthalten werden, nur weil ich verrückt bin.

»Na gut«, erwidere ich. »Nimm sie auf.« Dann muss ich mich eben beherrschen.

30

Selbstbeherrschung.

Genau das habe ich nicht getan: mich beherrscht.

Sophia schläft jetzt. Der Mond wirft silbernes Licht auf ihr Gesicht.

O mein Gott, wie schön sie ist.

Ich lege die Wange an ihre und atme ihren Duft ein.

Noch nie habe ich jemanden so sehr geliebt.

Ich würde mein Leben geben, um sie zu beschützen.

All die Kränkungen und Fehler in meiner Vergangenheit – sollen genau dort bleiben. In der Vergangenheit. Es wird in meinem Leben nie mehr eine andere Frau geben.

Sophia gehört mir, und ich gehöre ihr.

Ich decke sie sanft zu, damit sie nicht friert.

Sie bewegt sich im Schlaf, und ich lächle. Wenn ich daran denke, wer oder was ich war, bevor sie mir begegnet ist … Ich habe nicht wirklich gelebt. Sie hat mich aufgeweckt. Mich verändert. Unwiderruflich. Ich will nie mehr der Mann sein, der ich war, bevor Sophia in mein Leben getreten ist.

Ich war mir so sicher, dass wir nie zusammen sein könnten. Ich dachte, sie zu begehren sei eine Folter, die ich aushalten müsste. Aber dann konnte ich einfach nicht mehr.

Nach Sophias Vorsprechen versuchte ich, nicht an sie zu denken. Ich wusste, dass sie auf mein College gehen würde und meiner Selbstkontrolle damit eine schwere Prüfung bevorstand. Doch ich hatte keine Ahnung, wie schwer diese Prüfung werden würde.

Als ich Sophia zum ersten Mal vor dem Seminarraum stehen sah, konnte ich ihren Anblick fast nicht ertragen. Und als wir dann ganz allein im Theater waren und sie ausschließlich mir vorsprach …

Als ich ihr ein paar Tipps gab, ahnte ich bereits, dass meine Uhr ablief; dass ich mich nicht mehr lange kontrollieren könnte.

Nach außen hin wirkte ich auch an jenem Tag sehr gefasst, aber in meinem Inneren war ich aufgewühlt wie noch nie.

Danach kamen mir die anderen Studenten wie Eindringlinge vor. Das Theater gehörte nur Sophia und mir. Es war unser ganz besonderer Ort.

Anschließend machte ich fünfhundert Liegestütze und duschte eiskalt.

Ich liebte sie. Ich wusste es, konnte das Gefühl aber nicht zulassen. Ich musste es tief in mir vergraben.

An jenem Abend ging ich mit Denise in London zum Essen und wollte anschließend eigentlich in mein Stadthaus fahren. Aber das tat ich nicht. Ich fuhr zurück zum Ivy College und setzte mich vor das Theater.

Unser Theater.

Und dachte an SIE.

31

Ich sitze auf der Bank neben dem Eingang zum Queen's Theatre, die Ellbogen auf die Knie gestützt.

Es ist spät, fast schon Mitternacht.

Der Einzelunterricht ist längst vorbei. Die Studenten sind im Bett, und ich sollte zu Hause sein.

Warum bin ich hier?

Auf diese Frage gibt es eine sehr einfache Antwort.

Ich möchte mich ihr nahe fühlen.

Sophia.

Hier kann ich sie spüren. Sie sehen. Mich daran erinnern, wie sie heute Morgen in dieses Theater gekommen ist.

Ich runzle die Stirn.

Sie war etwas aufgeregt, sich ihrer Sache nicht ganz sicher. Und trotzdem ist sie auf der Bühne in ihrer Rolle völlig aufgegangen.

Wie kann ein Mädchen einen Mann so berühren?

So etwas darf mir nicht passieren.

Doch ich schaffe es nicht, Sophia aus meinen Gedanken zu vertreiben. Ich denke täglich an sie, jede Nacht, wie sehr ich mich auch bemühe, es nicht zu tun.

Ich dachte, ich könnte damit umgehen. Aber das stimmt nicht.

Sophia ist wie ein Lichtstrahl. Ich schwöre, das Theater war heller, als sie sich darin aufhielt.

Selbstverständlich habe ich nichts von meinen Gefühlen gezeigt. Ich war der strenge Lehrer. Hart, aber gerecht, manchmal auch freundlich. Ich habe sie nicht geschont.

Als sie wieder sagte: »Jeder Mensch trägt auch Helligkeit in sich«, konnte ich mich fast nicht mehr beherrschen.

»Nicht jeder«, widersprach ich.

Aber ich habe mich geirrt. Auch in mir ist Licht. Sophia hat etwas an sich, was mich heller macht. In ihrer Anwesenheit bin ich offener. Verletzlich.

Ich hasse es, wenn mir die Kontrolle entgleitet. Aber ich mag es, mich menschlich zu fühlen. Das habe ich sehr lange nicht mehr getan.

Für Sophias Einzelunterricht suchte ich das Stück *Call of the Night* aus, es ist frivol und handelt von einer verführerischen Ballerina.

Man könnte auch sagen, ich habe versucht, mich selbst zu quälen. Oder zu testen. Vielleicht auch beides. Aber ich bin ein erfahrener Lehrer und wusste, dass es eine gute Rolle für Sophia war. Eine, an der sie wachsen konnte. Die sie auf die nächste Stufe bringen würde.

»Das schaffe ich nicht«, sagte sie zunächst. Sie war sich sicher, dass die Rolle zu schwer für sie sei.

Aber das fand ich nicht. Es gelang mir, sie zu überreden, auf die Bühne zu gehen.

Dann bot ich ihr an, Jonathan zu spielen, einen älteren Mann, den Jennifer verführen will.

Es war die reine Folter, aber ich musste es tun, sonst wäre es nicht fair gewesen. Ich konnte sie nicht anders behandeln als die anderen Studenten. Es ist meine Aufgabe, sie bestmöglich zu unterrichten.

Anfangs spielte Sophia Jennifer sehr gut, sie begann sogar zu improvisieren. Und sie war sexy – wie es die Rolle von ihr verlangte. Aber dann verlor sie den Faden.

Und ich war schuld daran. In dem Moment wusste ich, dass sie auch etwas für mich empfand. Es war ihrer Miene anzusehen.

Ich musste den Unterricht sofort beenden. Mir war klar, dass ich mich nicht mehr länger beherrschen könnte. Ich wollte sie packen, sie küssen, sie mit Leib und Seele in Besitz nehmen. Sie unterwerfen und sie fühlen lassen, was sie noch nie gefühlt hatte. Dinge, von denen sie nicht wusste, dass sie ihr gefallen würden.

O mein Gott.

Nähe. Daran bin ich nicht gewöhnt.

Ich muss darüber hinwegkommen. Ich muss die Kontrolle zurückerlangen.

32

Ich stehe auf und gehe durch den Park zum Hauptgebäude. Es ist wunderschön hier. Ich liebe das Ivy College bei Nacht. Es ist so still. Die roten Backsteingebäude schimmern grausilbern, und die Türmchen funkeln im Sternenlicht.

Ich habe mich auf den ersten Blick in das College verliebt. Die Londoner dachten, ich würde die alten Gebäude abreißen lassen, aber nichts hätte mir fernerliegen können.

Ich liebe alte Bauwerke. Alles, was von Beständigkeit zeugt.

Die mit Efeu bewachsenen Mauern brachten mich schließlich dazu, das College zu kaufen. Es gab noch einen anderen Investor, der es haben wollte. Er hatte vor, den Efeu zu entfernen und das Mauerwerk darunter reparieren zu lassen. Aber Efeu zerstört Mauern nicht nur, er schützt sie auch.

Ivy College ohne Efeu, das war eine schreckliche Vorstellung. Deshalb habe ich es gekauft, samt Efeu.

Mitternacht.

Ich sollte nach Hause fahren. Es tut mir nicht gut, hier zu sein und zu wissen, dass Sophia ganz in meiner Nähe schläft. Sie ist im Turmzimmer untergebracht, eine unschuldige Prinzessin, vor deren Tür ein Biest lauert.

Ich frage mich, ob sie schläft oder wie ich über etwas nachgrübele, was nicht sein darf.

Als ich zu meinem Wagen gehe, sehe ich den Wald in der Ferne und denke daran, wie Sophia an ihrem ersten Tag am College dort spazieren gegangen ist.

Ich erinnere mich daran, wie sie am Waldrand stand. Sie wirkte überrascht, als sie mich auf dem Parkplatz entdeckte.

Ich musste ein paarmal blinzeln, um mich zu vergewissern, dass ich mir nichts einbildete – ein barfüßiger Engel unter einem rosafarbenen Morgenhimmel.

O Gott, sie war wunderschön.

Wenn ich an all die Frauen denke, die ich in Hollywood getroffen habe, mit ihren tausend Dollar teuren Klamotten … Dass jemand so frei sein kann, so natürlich.

Kurzerhand beschließe ich, zum See zu gehen.

Ich laufe rasch, ein Mann, der sich nicht mehr unter Kontrolle hat, während er durch die dunklen Bäume eilt.

Der Mond leuchtet mir den Weg, und einen Moment lang kann ich meine Schritte und den Ruf einer Eule hören. Aber als ich mich dem See nähere, höre ich noch etwas anderes.

Eine Art Plätschern. Da – noch einmal.

Was ist das? Ein Wasservogel?

Ich schleiche mich leise näher.

O mein Gott.

Das Herz schlägt mir bis zum Hals.

Es ist Sophia.

33

Sophia steht im Wasser. Sie watet durch den See, weit nach Mitternacht. Sie singt und lächelt das silberne Nass an.

Ich bleibe wie angewurzelt stehen.

Was zum Teufel treibt sie hier draußen, mitten in der Nacht? Es ist dunkel. Es ist gefährlich.

Mein Herz verkrampft sich. Es sehnt sich nach ihr.

Ich will sie beschützen, sie lieben und sie in Besitz nehmen – alles auf einmal. Der Konflikt in mir ist zu stark.

Ich habe das Gefühl, dass es mich zerreißt.

Wie kann ich eine Frau so lieben, wenn ich genau weiß, was ich mit ihr tun will? Beides kann nicht nebeneinander existieren. Es ist einfach nicht vereinbar.

Ich bin kurz davor, ihren Namen zu rufen, als das Unfassbare passiert.

Sophia rutscht aus und taucht unter.

Ich glaube nicht, dass ich mich je so schnell bewegt habe.

Innerhalb weniger Sekunden stehe ich bis zur Hüfte im Wasser und taste mit meinen Händen in die eisige Kälte.

Ich finde Sophias Handgelenke und ziehe sie heraus.

Sie hustet und spuckt und ringt nach Luft.

Dann schlägt sie die Augen auf. Ihr Atem beruhigt sich, als sie mich sieht.

Anfangs bin ich zu aufgebracht, um etwas zu sagen, dann fahre ich sie an: »Was fällt Ihnen eigentlich ein, sich mitten in der Nacht hier herumzutreiben?«

Noch nie habe ich einen derart starken Beschützerinstinkt verspürt. Das Gefühl, diese Frau in den Armen zu halten, überwältigt mich. Ich will sie nie mehr loslassen.

»Ich – äh, ich hatte nicht vor auszurutschen«, erwidert sie mit klappernden Zähnen.

Ich verziehe das Gesicht.

Nein, natürlich hattest du das nicht vor. So etwas Törichtes hättest du nie vorgehabt. Weil du dafür zu perfekt bist. Du bist absolut perfekt.

Ihre im Mondlicht schimmernde Haut, ihr fragiler Körper in meinen Armen – es ist kaum zu ertragen. Wenn ich daran denke, was hätte passieren können, wenn ich nicht da gewesen wäre …

Mein Kiefer verhärtet sich. »Was zum Teufel machen Sie hier draußen, mitten in der Nacht?«, herrsche ich sie wieder an. »Sie hätten ertrinken können.«

Sie beginnt zu zittern, und meine Anspannung löst sich ein wenig. Ihr Schlafanzug und ihr Morgenmantel sind klatschnass. Sie friert bestimmt schrecklich. Ich muss sie an einen warmen Ort bringen.

»Woher wussten Sie, dass ich hier draußen bin?«, fragt sie mit klarer Stimme und klingt unglaublich jung.

Warum nur passiert ausgerechnet mir das? Es ist wahrhaftig schon schlimm genug, sich in eine Studentin zu verlieben, aber warum muss es ausgerechnet diese perfekte junge Frau sein?

»Ich war im Theater«, erwidere ich. Die Wahrheit. Ich war dort. Aber ich sage ihr nicht, warum. Ich sage ihr nicht, dass ich an sie gedacht habe. Und dass ich deshalb auch zum See gelaufen bin, weil ich ihr in Gedanken nahe sein wollte. »Ich habe gehört, dass hier draußen jemand herumschleicht«, füge ich hinzu. Auch das stimmt.

»Ich wollte wirklich nicht ins Wasser fallen.«

Nein, natürlich nicht. Die wunderschöne, gute Sophia. Sie wollte einfach nur im Wald sein, in der Natur. Es kam ihr bestimmt nicht in den Sinn, dass es gefährlich sein könnte. Wahrscheinlich sind dunkle Wälder für sie absolut ungefährlich.

Ich trage sie zum Parkplatz und öffne die Tür meines Ford Mustang. »Rein mit Ihnen«, sage ich und setze sie auf dem Beifahrersitz ab. »Im Auto wird Ihnen bestimmt gleich wieder warm.«

Es stimmt, dass es im Auto schneller warm wird als in den alten, zugigen Räumen des Ivy College. Aber ich will sie auch noch aus einem anderen Grund hier haben, in meinem Raum, meinem Territorium. Allein mit mir.

Plötzlich steigt in mir eine schreckliche Angst auf, dass dieses wunderschöne, zerbrechliche junge Mädchen sich erkälten könnte. Der Gedanke daran, dass sie auch nur den kleinsten Schmerz aushalten müsste, ist mir unerträglich.

In dem Moment bin ich mir ganz sicher. Es gibt nicht mehr den geringsten Zweifel.

Mein Magen verkrampft sich.

Ich liebe sie.

34

Aber ich bin klitschnass«, protestiert Sophia, als ich sie ins Auto gesetzt habe. »Ich werde Ihre Sitze schmutzig machen.«

Beinahe hätte ich gelacht. Sie hat keine Ahnung, was in mir vorgeht. Woher sollte sie auch? Dass sie in diesem Moment an meine Sitze denkt … Ich würde dieses Auto mit einem Hammer demolieren, wenn es ihr dadurch besser gehen würde.

»Die Sitze sind mir egal«, erwidere ich barsch. »Nicht egal ist mir, wenn Sie sich verkühlen. Mein Gott, was haben Sie sich nur dabei gedacht? Wenn ich nicht da gewesen wäre …«

Die Adern an meinen Schläfen schwellen an. Ich verdränge die Gedanken. Die schrecklichen Gedanken. Die Vorstellung von einer Welt ohne sie …

Mein Gott.

Ich habe ein Problem. Ich sollte so etwas nicht empfinden. Es darf einfach nicht sein.

»Ich bin froh, dass Sie mich gesehen haben«, flüstert sie.

Das bin ich auch.

Mit allem, was ich an Selbstbeherrschung aufbringen kann, beuge ich mich vor und stecke den Schlüssel in die Zündung.

Mein Atem beschleunigt sich, als mein Arm ihren Körper streift. Sie ist durchnässt und zittert. Ich muss mich davon abhalten, ihr die Kleider vom Leib zu reißen und sie in meine Arme zu schließen.

Das Armaturenbrett leuchtet auf, und ich drehe die Heizung auf die höchste Stufe. Aber das wird nicht reichen. Nicht wenn sie weiter in ihren nassen Klamotten herumsitzt.

»Ziehen Sie sich aus«, blaffe ich und versuche, dabei förmlich zu klingen. So als würde ich eine ganz normale Anweisung erteilen.

»W … wie bitte?«, stammelt sie.

Ich spüre einen Stich im Herzen. Sie weiß sehr wohl, was es für einen Mann bedeutet, wenn ein Mädchen sich für ihn auszieht.

Ich habe sie in Verlegenheit gebracht. Das zu sehen tut mir körperlich weh.

Hat sie sich schon einmal für einen anderen Mann ausgezogen?

Bei dieser Vorstellung wallt Wut in mir auf. Wenn jemand, ein Mann, ihr jemals wehgetan oder sie gedemütigt haben sollte …

»Ihre Kleider«, sage ich schroff, ganz der strenge Lehrer, der es mit einer ungezogenen Schülerin zu tun hat. »Jetzt gleich. Bevor Sie sich den Tod holen. Im Kofferraum liegt meine Laufkleidung. Die können Sie anziehen.« Ich atme tief durch. »Keine Sorge, ich werde Sie nicht dabei beobachten.«

Und es besteht wahrhaftig kein Grund zur Sorge für sie. Ich verspüre nicht das geringste Bedürfnis, sie nackt zu sehen. In anderen Worten: Meine Begierde ist viel zu groß, und ich weiß genau, wie gefährlich ein Blick sein könnte. Mein Gott, was ihr nackter Körper mit mir anstellen könnte … Meine Selbstkontrolle hängt ohnehin nur noch an einem seidenen Faden.

Ich hole die Sachen aus dem Kofferraum – ein graues Sweatshirt und eine Jogginghose – und versuche, nicht daran zu denken, dass ihre nackte Haut gleich mit meiner Kleidung in Berührung kommen wird.

»Ziehen Sie das hier an«, sage ich, werfe ihr die Kleider in den Schoß und knalle die Beifahrertür zu.

Ich drehe mich um, verschränke die Arme und starre stirnrunzelnd die dunklen Türme vom College an.

Der Efeu hängt dunkel an den Mauern. Im Mondlicht wirkt er weich, fast wie Kissen.

Ich stelle mir Sophia auf einem Bett von Efeu vor und …

Nein.

Ich schüttle den Gedanken ab und bin mir bewusst, dass sie genau jetzt vielleicht vollkommen nackt ist. Ich spüre, wie sie sich bewegt, der Wagen schaukelt ein wenig an meinem Rücken.

Dann kehrt Ruhe ein.

Ich wage einen Blick und sehe, dass sie meine Laufklamotten trägt. Sie geht in dem grauen Baumwollstoff fast unter.

Ich steige ein und schlage die Fahrertür zu.

Im Wageninneren baut sich Spannung auf. Unausgesprochene Worte hängen in der Luft. Meine und ihre.

Sie empfindet etwas für mich. Das weiß ich. Aber es ist anders als alles, woran ich gewöhnt bin. Sie sieht nicht das, was sie von mir bekommen könnte. Sie sieht mehr als nur Marc Blackwell, den Schauspieler oder den Lehrer. Sie sieht mich, und das versetzt mich in Angst und Schrecken.

So viele Frauen sind gekommen und gegangen, aber keine von ihnen hat wirklich mich gesehen. Keine einzige. Sie alle haben behauptet, mich zu lieben, und vielleicht hat es die eine oder andere auch tatsächlich getan – auf ihre Weise. Ganz sicher haben sie das geliebt, was ich mit ihnen gemacht habe. Aber sie haben nur ein Trugbild gesehen. Jemanden, der eine Rolle spielt. Einen Filmhelden. Nicht mich.

Plötzlich wird die Stille unerträglich, und ich spüre, dass ich sie beenden muss, sonst werde ich noch etwas Törichtes tun. Etwa Sophia auf meinen Schoß ziehen, ihre Haare im Nacken packen und sie küssen.

»Besser?«, frage ich und lege die Hand auf die Lüftung. Heiße Luft entweicht ihr. Ich weiß, dass Sophia gleich wieder warm sein wird, und bin sehr erleichtert.

»Ja, vielen Dank«, sagt sie. Aber sie zittert immer noch.

Alles in mir drängt mich dazu, sie in die Arme zu schließen und die Kälte für sie zu vertreiben. Aber ich kann es nicht tun.

Ich kann es einfach nicht.

Sie ist meine Studentin, ich bin ihr Lehrer. Das kann und darf nicht sein. Niemals. Ich werde es nicht zulassen. Sophia ist rein und unschuldig, und ich werde sie nicht verderben. Sie hat etwas Besseres verdient. Einen Ritter in schimmernder Rüstung, kein Monster.

Wieder Stille. Sie lastet schwer auf meinem Herzen.

»Würden Sie mir jetzt erklären, was Sie dort draußen mitten in der Nacht getan haben?«, frage ich.

»Ich konnte nicht schlafen«, erwidert sie. »Ich … ich war zu aufgeregt wegen der heutigen Einzelstunde und was wohl schließlich als Note dabei herauskommen wird.«

Der Gedanke, dass ich ihr Unbehagen bereitet habe, ist kaum zu ertragen.

Ich möchte ihr gern sagen, dass ihre Leistung bestens war. Besser als die der meisten anderen Studenten und mit Sicherheit gut genug, um weiterzumachen. Sie muss zwar noch viel lernen, aber dafür ist sie ja hier.

Ihre Finger zittern in ihrem Schoß, und ich kann den Blick nicht von ihnen abwenden. Sie sind so schlank und zart. Zerbrechlich.

Ich will sie nicht berühren, aber ich kann nicht anders, nicht wenn sie so friert. Ich nehme sie unsanft und halte sie vor die Lüftung.

Sie zuckt zusammen, weil ich so grob bin, aber darüber bin ich froh. Sie soll mich ruhig als das sehen, was ich bin – ein zorniges, unbarmherziges Monster.

»Ich will nur, dass Ihnen wärmer wird«, sage ich. »Reiben Sie die Finger aneinander.«

»Sie halten mich bestimmt für eine Vollidiotin«, sagt sie leise.

Ich lege meine Hände auf das Lenkrad, umklammere es mit aller Kraft, halte mich verzweifelt daran fest. »Nein, das tue ich nicht«, entgegne ich, und der Schmerz in meiner Brust lässt nach. »Ich verstehe, warum Sie gern im Wald spazieren gehen. Auch ich liebe den Wald sehr. Aber laufen Sie bitte nicht mehr allein Richtung See, okay?«

»Okay«, sagt sie und reibt sich die Hände. »Es tut mir wirklich leid, dass ich Ihr Auto schmutzig mache.«

Ich verziehe das Gesicht. Sie kapiert es einfach nicht. Die gute, reine, wunderbare Sophia. So naiv. So ahnungslos, welche Gefühle sie in mir hervorruft. Ich frage mich, wie viele Männer sich schon in sie verliebt haben. Bestimmt Hunderte, wenn nicht Tausende.

Ich kann mir nicht vorstellen, dass es auch nur einen gibt, der von ihrer Unschuld nicht betört wäre. Sie ist faszinierend. Aber ich kann mir auch nicht vorstellen, dass es einen anderen Mann gibt, der diese Unschuld so zerstören will wie ich.

Ja, ich will sie umarmen, sie beschützen, sogar einfühlsam sein. Aber ich will sie auch fesseln, total unterwerfen und dazu bringen, Teile von sich zu erforschen, die ihr bisher unbekannt sind. Und Lust zu erleben, wie sie sie noch nie erlebt hat.

Während ich neben ihr sitze und die ungesagten Worte in der Luft hängen, bin ich mir sicher, völlig sicher, dass sie es genießen würde, dominiert zu werden.

35

Cassandra hatte recht. Man lernt tatsächlich, die Art von Frauen zu erkennen. Sophia gehört dazu, auch wenn ich mir ziemlich sicher bin, dass sie selbst davon keine Ahnung hat. Und vielleicht nie haben wird. Es sei denn, ich zeige es ihr.

»Ich habe Ihnen doch schon gesagt, dass mir mein Auto völlig egal ist.« Und dann, weil ich einfach nicht anders kann, füge ich hinzu: »Aber Sie sind mir nicht egal.«

Es ist zu viel. Ich starre auf die Windschutzscheibe.

Schon vorher war die Stille bedrückend, aber jetzt lastet sie wie zwanzig Sandsäcke auf meiner Brust.

Ich schalte die Stereoanlange ein, und *Sunny Afternoon* von den Kinks ertönt gnädig.

Die Musik stammt von Denise. Normalerweise hasse ich Best-of-CDs. Für mich ist jedes Album ein Kunstwerk. Nur die beliebtesten Songs zu hören, das würdigt nicht die Komposition einer Platte. Aber die Kinks finde ich so gut, dass es mir egal ist.

»Ihnen gefallen die Kinks?«, fragt Sophia etwas ungläubig.

Das wundert mich nicht. Die meisten Leute gehen davon aus, dass ich Opern mag. Oder ähnlich gewichtige, schwere Musik. Aber das stimmt nicht. Ich höre gern Songs, die etwas erzählen.

»In den Texten stecken gute Geschichten«, erkläre ich und starre immer noch geradeaus. Mehr sage ich nicht. Nach dem Satz »Sie sind mir nicht egal« habe ich kein Vertrauen mehr in die Worte, die über meine Lippen kommen könnten.

Die Musik lockert die Stille zwischen uns auf. Trotzdem bin ich mir immer noch überaus bewusst, dass Sophia neben mir sitzt und ihr graziler, leichter Körper in meinen Laufklamotten schier untergeht. Und dass ihre wunderschönen großen braunen Augen manchmal zu mir herüberwandern.

»Zum Glück haben Sie heute noch länger gearbeitet«, sagt sie plötzlich hastig.

Ich spüre, dass ihr genauso unbehaglich zumute ist wie mir und sie krampfhaft versucht, ein Gespräch in Gang zu bringen.

»Ja, das war wirklich Glück«, erwidere ich.

»Das Unterrichten ist Ihnen offenbar sehr wichtig«, sagt sie. »Dass Sie so spät noch arbeiten …«

Sie hat recht. Ich strenge mich wirklich an. Ich möchte, dass meine Studenten alles bekommen, was ich ihnen zu bieten habe. Aber heute Nacht habe ich nicht gearbeitet. Ich habe an Sophia gedacht. Und jetzt sitzt sie neben mir.

Als wären meine Gedanken so machtvoll gewesen, sie aus dem Nichts heraufzubeschwören. Mein Kopf und mein Körper haben sich so nach ihr gesehnt, dass sie einfach auftauchen musste. Aber jetzt ist mir ihre Anwesenheit unerträglich.

»Meine Studenten sind mir sehr wichtig«, erwidere ich. »Das Unterrichten weniger.«

Sophia gähnt und legt sich rasch eine Hand vor den Mund.

Ich muss lächeln. Wie höflich sie ist. Es ist schon weit nach Mitternacht. Sie hat alles Recht der Welt, erschöpft zu sein. »Müde?«, frage ich und lasse es zu, dass sie mein Lächeln bemerkt.

Sie nickt.

»Ich bringe Sie zu Ihrem Zimmer.« Ich steige aus dem Auto und gehe zur Beifahrertür.

Als ich sie öffne, wird mir klar, dass Sophia keine trockenen Schuhe hat. Draußen ist es eiskalt, und die Wege sind mit spitzen Steinchen gekiest.

Ich presse die Augen zusammen, um Kraft zu sammeln.

»Ich werde Sie tragen«, erkläre ich, beuge mich vor und nehme sie in die Arme.

Ihr weicher, schlanker Körper sinkt an meine Brust, und sie sieht mich mit ihren großen braunen Augen an.

Sie sagt nichts.

Es muss nichts mehr gesagt werden.

Wir spüren es beide – die Elektrizität zwischen uns und wie gut unsere Körper zusammenpassen. Aber das Gefühl darf nur einen kurzen Moment dauern.

Ich schließe die Tür mit einem Fußtritt und trage Sophia zum College. Ich spüre, dass sie mich mustert.

In dem Trakt, in dem die Studenten untergebracht sind, setze ich sie auf dem weichen Teppich ab.

Es fällt mir schwer, sie loszulassen. Aber ich weiß, dass ich sie von nun an wieder und immer wieder loslassen muss. Jeden Tag, solange sie hier studiert. Das ist das Kreuz, das ich zu tragen habe.

»Schlafen Sie gut«, sage ich leise. Ich möchte sie berühren, die noch immer feuchten Haarsträhnen aus ihrem Gesicht streifen, ihr Kinn umfassen und sie lange küssen. Es kostet mich immense Kraft, mich von ihr abzuwenden, denn alles in mir sagt, dass auch sie mich küssen will. Dass sie sich ebenso verzweifelt nach mir sehnt wie umgekehrt.

Als ich gehen will, sagt sie: »Mr Blackwell?«

Die Worte klingen hastig, ängstlich.

Ich schließe die Augen, öffne sie wieder und drehe mich langsam um. »Ja?«, sage ich leise.

»Ich … ich danke Ihnen«, sagt sie. »Dafür, dass Sie mich gerettet haben.«

Mich gerettet haben.

Bei diesen Worten wird mir warm ums Herz.

Ich möchte erwidern, dass ich sie immer retten werde. Dass sie so kostbar für mich ist, dass ich den bloßen Gedanken, dass sie nun allein die Treppe ins Obergeschoss steigen wird, kaum ertragen kann. Ich möchte ihr Tag und Nacht folgen. Ihr verbieten, einen anderen Mann zu treffen – jeden anderen Mann. Aber das kann ich nicht. Deshalb ringe ich mir nur ein schroffes »Schon gut« ab.

Obwohl ich es unbedingt vermeiden wollte, treffen sich unsere Blicke. Verschränken sich, das wäre wohl der passendere Ausdruck, weil ein paar Sekunden lang keiner von uns den Blick abwenden kann. Unsere Augen sind der Zugang zu unserer Seele. Sie blickt in meine Seele, und ich blicke in die ihre.

O Gott, sie ist so wunderschön.

Wie kommt es nur, dass sie das nicht weiß? Und wie, dass sie nicht sieht, welch ein Ungeheuer ich bin? Wenn ich sie erkennen kann, dann kann sie es bestimmt auch: mich erkennen.

Aber vielleicht ist gerade das das Bezaubernde an ihr. Dass sie rein und gut und unschuldig ist und alles von mir sieht, doch keine Angst davor hat.

»Und …«, murmelt Sophia.

»Ja?«, frage ich leise und vergehe fast vor Sehnsucht.

Sag es nicht. Bitte sag es jetzt nicht. Bitte frag mich jetzt nicht, ob ich dich noch in dein Zimmer begleiten möchte.

»Ich habe gerade eine Menge Licht in Ihnen gesehen«, sagt sie.

Ausgerechnet Licht! Während ich mich danach verzehre, sie zu beschmutzen, zu demütigen, zu mir auf die dunkle Seite zu ziehen.

Doch das hier ist kein Film und auch kein Märchen. Sophia und mich kann es nicht als Paar geben. Und darüber bin ich froh. Süße, unschuldige Mädchen verlieben sich nicht in Ungeheuer.

Ich bringe ein schwaches Lächeln zustande. »Dann habe ich heute wohl einen für mich untypischen Tag.«

Mit langen Schritten entferne ich mich von ihr.

36

Ich blicke auf Sophia, die tief und fest neben mir schläft. Es ist kaum zu fassen, dass wir nun an diesem Punkt angekommen sind. Wir beide. Zusammen. Wir haben viel durchgemacht, es aber am Ende geschafft. Dennoch liegen noch viele Herausforderungen vor uns.

Der neue Tag bricht an, und bald werden alle wissen, dass wir einander lieben.

Ich trete ans Fenster und blicke hinaus auf das College-Gelände.

Obwohl es noch dunkel ist, kann ich Schatten vor den Toren ausmachen.

Paparazzi.

Herr im Himmel.

Ich schreibe meinem Sicherheitsmanager sofort eine Nachricht und weise ihn an, mein Team zusammenzutrommeln. Die Tore sind verriegelt, aber es wird nicht lange dauern, bevor die Parasiten der Presse einen anderen Zugang finden.

Wieder werfe ich einen Blick auf Sophia. Ihre Augen sind fest geschlossen.

Ich wünschte, sie müsste nicht aufwachen und sich all dem stellen.

Sie hat keine Ahnung, worauf sie sich eingelassen hat.

Warum musste sie sich in mich verlieben? Wenn nur ich etwas für sie empfunden hätte, hätte ich meine Gefühle unterdrücken können, aber wir lieben einander. So ist es eben.

Hell und Dunkel – niemals getrennt.

Ich bin der Richtige für Sophia, und Sophia ist die Richtige für mich.

Ihr Atem geht leicht. Sie murmelt etwas im Schlaf, und mein Herz schmilzt.

Ich habe eine solche Liebe noch nie erlebt. Ich wünschte, Sophia wäre die erste Frau in meinem Leben, mit der ich geschlafen hätte. Aber an meiner Vergangenheit kann ich nichts mehr ändern. Außerdem hat Sophia mich von ihr befreit.

Ich dachte immer, ich wäre unfähig zu lieben. Ich hielt mich für ein Ungeheuer. Wenn Sophia nicht wäre, würde ich das noch immer tun.

Meine wunderschöne Sophia. Unverdorben von Ruhm, Geld, Macht.

Wird sie sie verändern, die plötzliche Berühmtheit?

Nein.

Sie ist so anders als all die anderen Frauen, die ich kenne. So unschuldig, so vertrauensvoll. Es ist ihr nicht wichtig, wer ich bin. Ihr ist nur wichtig, was ich bin.

Ich würde für diese Frau sterben. Ohne zu zögern.

Hat sie bei unserer ersten Einzelstunde geahnt, was ich schon damals für sie empfunden habe?

Vielleicht.

Ich lächle, als ich an die zweite Stunde im Queen's Theatre und an unseren ersten Kuss denke.

Spätestens dann muss sie erkannt haben, dass meine Gefühle nicht ganz angemessen waren.

37

Auf dem Weg zum Queen's Theater könnte ich als Muster der Selbstbeherrschung durchgehen. Mein Gang ist zielgerichtet, aufrecht, kontrolliert. Niemand würde vermuten, welcher Aufruhr in meinem Innersten tobt.

Ich werde Sophia Rose wieder in einer Einzelstunde unterrichten. Allein mit ihr im Theater zu sein – ich kann den Gedanken daran kaum ertragen.

Aber ich muss es tun. Ich muss mir selbst beweisen, dass ich diesem Mädchen widerstehen kann, egal wie groß die Versuchung ist. Ich muss es ihr zuliebe wie auch mir zuliebe tun. Sie hat keine Ahnung, worauf sie sich mit mir einlassen würde. Keine Ahnung davon, wer ich wirklich bin. Was ich wirklich bin.

Ich habe viele Jahre damit verbracht, meine Selbstbeherrschung zu perfektionieren, sie zu stärken. Ich werde jetzt nicht nachgeben. Jetzt nicht.

Als ich um die Ecke biege, sehe ich das Queen's Theatre vor mir. Sophia steht an der Tür und zittert in der Kälte.

Meine Güte.

Warum trägt sie keinen Mantel? Sie wird sich noch den Tod holen.

Ich werde wütend. Auf sie und auf mich selbst, weil ich mir Sorgen um sie mache. Ich will mich nicht für sie interessieren, aber sie hat etwas so Verletzliches und Reines an sich, dass ich sie einfach beschützen muss.

Am schlimmsten ist, dass ich spüren kann, dass auch sie etwas für mich empfindet. Aber nicht, weil ich berühmt bin. Ich fühle, dass sie mich so sieht, wie es kein anderer tut, und dieser Gedanke versetzt mich in Angst und Schrecken.

Während ich auf sie zugehe, muss ich gegen den Drang ankämpfen, sie in die Arme zu schließen und ihren Körper mit meinem zu wärmen.

»Miss Rose«, begrüße ich sie. »Pünktlich wie immer. Sehr schön.«

Sie nickt verlegen.

Ich möchte ihr zu gerne sagen, dass alles gut ist. Dass sie sich entspannen, dass sie sich bei mir sicher fühlen kann. Aber als ich neben ihr stehe und mir der wunderbare Duft ihrer Haut in die Nase steigt, fange ich an zu bezweifeln, dass sie wirklich bei mir sicher ist.

Jetzt hab dich mal wieder unter Kontrolle, Marc Blackwell.

Ich strecke die Hand aus, um die Tür aufzuschließen, bevor ich an Sophia vorbeigehe und das Licht einschalte.

»Dann wollen wir mal«, sage ich. »Bitte, nach Ihnen.« Ganz der Gentleman.

Als Sophia das Theater betritt, atme ich tief und damit wieder ihren Duft ein. Es ist die reinste Folter.

Ich laufe hinter ihr her und komme mir dabei vor wie ein Wolf, der ein Reh verfolgt.

Auf meine Frage, ob sie dazu bereit sei, es noch einmal als Jennifer Jones zu versuchen, antwortet sie knapp: »Ja.«

Wir gehen auf die Bühne.

Ich beschließe, dass sie eine Szene spielen soll, die sie als Schauspielerin fordern wird. Eine, die ihre verführerische Seite zum Vorschein bringen wird.

Ich werde den Part von Antonio spielen, des Solotänzers. Manchmal frage ich mich, ob es mir Lust bereitet, mich selbst zu quälen. Aber im Grunde geht es mir nur um meine Selbstbeherrschung. Wenn ich mich in Sophias Anwesenheit nicht beherrschen kann, kann ich auch nicht ihr Lehrer sein.

Ich bin ihr Lehrer.

Beherrsche dich, egal was kommt. Selbst wenn sie sich dir an den Hals wirft.

Was sie nicht tun wird, weil sie ein gutes, achtbares Mädchen ist, obwohl sie aus einfachen Verhältnissen kommt. Solche Mädchen begegnen mir nicht gerade häufig.

Als Sophia ihr Skript aus der Tasche zieht, sage ich ihr, dass sie improvisieren soll.

Sie sieht erschrocken aus. Ihre Schultern, ihr Gesicht … ihr Körper hat Angst.

»Sie sind viel zu angespannt«, erkläre ich ihr und nehme einem törichten Impuls folgend ihre Hände.

O Gott!

Ihre Finger sind so weich. Ich möchte sie an meine Lippen legen. Ich möchte die Augen schließen und ihre Haut auf meiner spüren. Ich möchte sie in die Arme nehmen und in eine dunkle Ecke tragen …

Nein!

Ich schüttle ihre Arme. Ein Trick, um Spannungen abzubauen. Sophia sieht mich mit ihren großen braunen Augen an.

Ich habe schon viele schöne Frauen getroffen, aber ich habe noch nie Augen wie diese gesehen. Sie sind voller Licht.

Es ist kaum zu ertragen.

Ich lasse ihre Hände los. »Besser?«, murmle ich.

»Danke«, erwidert sie leise.

Warum hat sie keine Angst vor mir? Weiß sie nicht, wozu ich fähig bin?

Wir reden über die Szene und nehmen dann unsere Positionen

ein. Sophia verändert ihre Haltung und wird zur Verführerin Jennifer Jones.

Es ist wundervoll – dieses reine, unschuldige Mädchen, das eine durchtriebene Sexbombe spielt. Welch herrlicher Gegensatz. Ich bin mir ziemlich sicher, dass Sophia es in der Welt der Schauspielerei noch ziemlich weit bringen wird. Egal welche Rolle sie verkörpert, sie ist immer mit Leib und Seele dabei. Und ihre Seele ist wunderschön.

»Du bist ein unglaublich talentierter Tänzer, Antonio«, sagt Sophia und streicht sich übers Haar. »Bestimmt hast du im Lauf der Jahre schon viele Solistinnen kennengelernt.«

Mir geht es schlagartig besser. Die Schauspielerei ist ein Bereich, in dem ich zu Hause bin. Wenn ich eine Rolle spiele, ist meine Selbstkontrolle durch nichts zu erschüttern. »Ein paar«, erwidere ich und spüre Antonios Jugendlichkeit und Großtuerei in mir.

»Soso«, sagt Sophia. »Und wie gut kanntest du diese Frauen?«

»Einige sogar sehr gut.«

Es wird immer leichter. Antonio ist ein junger Angeber, der das weibliche Geschlecht benutzt, um zu bekommen, was er will. Er ist kein Lehrer, dem eine Studentin nicht mehr aus dem Kopf gehen will. In dem Moment bin ich sehr erleichtert, ein anderer zu sein.

»Vielleicht möchtest du mich auch ein bisschen besser kennenlernen?«, fragt Sophia und tritt näher. Sie spielt diese Rolle wirklich sehr gut. Seit der letzten Stunde hat sie sich enorm gesteigert.

Als ihr Lehrer bin ich stolz auf ihren Mut. Zwischen ihrem wahren Charakter und dem der Rolle liegen eine Million Meilen.

Ich rechne damit, dass sie kurz vor mir stehen bleibt, aber das tut sie nicht.

Mein Herz fängt an zu rasen, als sie mir ganz nahe ist. Ich sehe auf sie hinab und bemühe mich, regelmäßig zu atmen. Ich schaffe es kaum, mich zu beherrschen. Meine Kontrolle hängt an einem seidenen Faden.

Ich will sie so sehr. In jeder Hinsicht. Ich will sie küssen, bis es ihr den Atem verschlägt. Ich will sie fesseln und ficken. Ich will sie zärtlich lieben und loslassen – völlig loslassen. Der letzte Gedanke macht mir die größte Angst.

In dem Moment, als ich fürchte, es nicht länger ertragen zu können, tritt Sophia einen Schritt zurück und beginnt, um mich herumzugehen. Sie umkreist mich als Jennifer, die Verführerin, die das Kommando übernimmt.

Trotz meiner Qualen imponiert mir ihre Leistung.

»Gefällt dir, was du siehst?«, fragt sie.

Sie improvisiert so gut, dass ich vor Stolz fast platze.

»Sehr sogar.«

Sie hält kurz inne und holt tief Luft. Und ist plötzlich wieder Sophia. Unschuldig. Verletzlich.

Ich bin völlig durcheinander. Ich möchte sie beschützen. Dafür sorgen, dass ihr nichts passiert. Ich würde mein Leben für ihre Sicherheit geben. Ich würde jeden töten, der versuchen würde, Hand an sie zu legen. Und dennoch …

Ich bin ihr Lehrer.

38

Machen Sie weiter«, fordere ich sie auf. »Sie machen das sehr gut. Lassen Sie nicht nach.«

Sie schlüpft wieder in die Rolle zurück. Ich sehe es daran, wie ihre Körperhaltung sich verändert.

»Vielleicht willst du ja noch ein bisschen mehr von mir sehen?« Sie dreht sich um, streift ihren Pullover über die Schulter und sieht mich lächelnd an.

Das ist besser. Jetzt fühle ich mich wieder wohler. Wir sind nur zwei Schauspieler, die ihre Rollen spielen.

»Sehr hübsch«, sage ich.

»Könntest du mir vielleicht das Kostüm aufschnüren?«, fragt sie.

Ich schlucke. O Gott. Ich fühle mich so hingezogen zu ihr. Der Gedanke, ihr nahe zu sein. Es wird eine Qual werden, denn ich darf sie nicht berühren. Ich kann sie nicht haben. Ich kann nicht die Dinge mit ihr tun, die ich tun will.

Ich atme tief durch, trete hinter sie und stelle mir eine Korsage vor, die am Rücken verschnürt ist.

Ich lege meine Hände zwischen ihre Schulterblätter und tue so, als würde ich die Bänder der Korsage lösen.

Meine Finger fühlen sich an, als klebten sie auf ihrer Haut. Ich kann sie auf dem Stoff ihres Pullovers kaum bewegen. Als ich an ihrer Taille angekommen bin, tritt Sophia von mir weg und tut so, als würde sie aus ihrem Ballettkostüm steigen.

Plötzlich dreht sie sich um, schlingt mir die Arme um den Hals und sieht mir mit einem scharfen, kalten Blick in die Augen.

Grundgütiger!

Sophia ist Jennifer, durch und durch. Eine Verführerin, die Antonio in Versuchung bringt.

Meine Qual steigert sich ins Unermessliche.

Dieses Mädchen. Dieses Mädchen … Ich habe noch nie ein Mädchen getroffen, das ich so begehrt habe. Fast täglich werfen sich mir Frauen an den Hals. An Bettgespielinnen hat es mir noch nie gemangelt. Wenn ich wollte, könnte ich jeden Tag eine andere haben. Aber ich will keine anderen Frauen. Ich will nur diese. Obwohl ich sie nicht haben darf.

Wütend kämpfe ich darum, in meiner Rolle als Antonio zu bleiben. Ich versuche, das Gefühl von Sophias Armen um meinen Hals zu ignorieren. Von ihrem Körper, der sich an meinen presst. Ich darf jetzt nicht schwach werden.

Ich bin ihr Lehrer.

Ich bin ihr *Lehrer.*

»Ich gehöre dir. Wenn du mich willst«, flüstert sie.

Wenn das nur stimmen würde …

Ich starre sie an und kämpfe darum, Antonio am Leben zu halten.

»Das will ich«, sage ich und stelle erleichtert fest, dass meine Stimme wie die von Antonio klingt und nicht wie meine eigene.

Ich weiß, dass ich nur noch ein paar Sekunden durchhalten muss. Noch ein paar Sekunden, bis die Szene zu Ende ist.

Wahre die Kontrolle, Marc Blackwell. Wahre die Kontrolle.

Sophia darf niemals sehen, was ich fühle. Wenn ich es noch ein paar Sekunden lang schaffe …

Ich bin kurz davor, einen Schritt zurückzutreten und ihr zu sagen, dass sie ihre Sache gut gemacht hat und ich sie morgen wieder im Unterricht sehen werde. Doch plötzlich nähern sich ihre Lippen meinen, und sie küsst mich.

Ich kann nicht mehr atmen.

Ich schließe die Augen, weiß, dass ich das Gesicht verziehe. Die Qualen sind unerträglich. Ein Feuer, das mich zu verschlingen droht.

Sophia rückt ein Stück von mir ab. Ich weiß, dass ich sie gehen lassen sollte. Aber etwas in mir gewinnt die Oberhand, und ich ziehe sie zu mir zurück. Ich kann nicht anders. Mit meiner Beherrschung ist es aus und vorbei. Vielleicht hat es sie auch nie gegeben.

Ich presse meine Lippen auf die ihren und drücke sie fest an mich. Sie fühlt sich warm und zerbrechlich an in meinen Armen. Unglaublich schön. Sie schmeckt wie duftender Jasmin. Ich kann nicht genug von ihr bekommen. Meine Hand wühlt sich in ihre Haare, und ich ziehe sie noch näher an mich.

In dem Moment kann ich nicht mehr vorgeben, ein anderer zu sein. Ich will sie. O Gott, wie sehr ich sie will.

Sie küsst mich zurück, und ich weiß, dass sie fühlt, was ich fühle. Dass wir zusammengehören.

Gerade als ich denke, dass das Leben nicht grausamer werden kann, seufzt sie, und ich lege die Arme fester um sie. O Gott, ich muss sie haben. Für immer und ewig. Ich will sie fesseln, ich will sie mir unterwerfen … Der letzte Gedanke ernüchtert mich, und ich löse mich von ihr.

Sophia starrt mich verwirrt an.

Sie weiß es. Sie weiß, dass das kein Bühnenkuss war. Ich habe sie geküsst und nicht die Frau, die sie gespielt hat. Ich konnte es nicht verbergen. Trotzdem hat sie keine Ahnung, wozu ich fähig bin. Und wohin das führen kann.

Ich gehe zum Bühnenrand, drehe mich um und deute auf meine Uhr. »Ich muss jetzt weg«, sage ich.

Meine Güte. Sie weiß genau, was soeben passiert ist. Ich habe die Kontrolle verloren und sie geküsst. Der Kuss galt nicht Jennifer, es war kein gespielter Kuss, sondern ein echter.

Eine meiner Studentinnen … Was bin ich nur für ein Mann?

39

Der erste Kuss ... Ich werde ihn nie vergessen. Solange ich lebe. Ich hatte nicht gewusst, dass eine Frau sich so anfühlen kann. Nie erkannt, dass mein kaltes Herz eine Chance haben würde, sich zu öffnen.

Natürlich erschrak ich. Der Schreck fuhr mir durch Mark und Bein.

Und deshalb lief ich weg.

Ich kümmerte mich um einen Ersatzlehrer, erklärte Denise, dass ich meine Schwester besuchen würde, und verschwand.

Normalerweise renne ich vor nichts und niemandem weg. Niemals. Nicht vor einer komplizierten Rolle, auch nicht vor einem schwierigen Regisseur oder einer Auseinandersetzung. Ich renne nicht weg. Ich stelle mich jeder Herausforderung. Aber das war etwas anderes; denn ich konnte es nicht ertragen, Sophia wehzutun, und ich wusste, dass ich das tun würde, wenn ich bliebe.

Ich besuchte meine Schwester tatsächlich. Nur kurz. Es ging ihr besser, und es gab Hoffnung, dass sie sich aus dem Sumpf befreien würde. Aber ich hatte schon vor langer Zeit erkannt, dass ich nichts für sie tun konnte. Sie musste es selbst schaffen. So ist das mit den Drogen.

Ich wollte Sophia vergessen. Distanz zu ihr gewinnen und sie aus meinen Gedanken verbannen. Aber je länger ich weg war, desto stärker sehnte ich mich nach ihr.

Ich tat die seltsamsten Dinge – sah mir Macbeth *in einem kleinen Theater im West End an, ging im Wald spazieren ...*

Ich kramte sogar Sophias Vorsprechunterlagen heraus und sah mir immer wieder ihre Probeaufnahmen an.

Ich versuchte, mir einzureden, dass es mit Sophia wie mit einer Sucht war, einer schlechten Angewohnheit; etwas, wogegen ich ankämpfen musste. Schließlich ist Sucht ein großes Thema in unserer Familie.

Ich wollte mich davon überzeugen, dass es mit dieser Sucht das Gleiche war wie damals, als ich Cassandra kennenlernte. Mit der Zeit würde das zwanghafte Verlangen bestimmt verschwinden.

Und dennoch wusste ich währenddessen genau, dass das mit Sophia etwas anderes war. Ich sehnte mich, ich verzehrte mich richtiggehend nach ihr. Ich konnte nur noch an sie denken, bei Tag und bei Nacht.

Der Gedanke an ihre Lippen auf meinen folterte mich Tag und Nacht.

Es ist wirklich seltsam. Man lernt tatsächlich mit der Zeit, die Art von Mädchen zu erkennen – die, die gerne dominiert werden wollen. Aber Sophia … mit ihr war es anders. Ich wusste, dass es ihr gefallen würde. Aber darum ging es mir bei ihr nicht. Offen gestanden ging es mir darum, aus ihr eine Frau zu machen. Und natürlich auch, ihr im schauspielerischen Bereich zu helfen. Ich hielt sie nicht für eine schlechte Schauspielerin, ganz und gar nicht, wusste aber, dass sie eine unglaublich gute werden konnte. Wenn ich sie dabei unterstützte, könnte sie fantastisch gut werden.

Nach ein paar Wochen hielt ich es nicht mehr aus. Ich hielt es nicht mehr aus, von ihr getrennt zu sein. Ich sagte mir, dass ich ins College zurückmüsse. Dass ich meine Studenten im Stich ließe. Was natürlich stimmte. Und ebenso natürlich nahm ich mir fest vor, mich nie mehr der Versuchung auszusetzen, was Sophia anging. Keinen Einzelunterricht mehr.

Ich dachte, dass es vielleicht genug sein würde, wenn ich zusehen *konnte, wie sie sich entwickelte und als Schauspielerin wuchs. Vielleicht würde ja schon allein das meine Sehnsucht nach ihr lindern.*

Die Sehnsucht war damals unerträglich.

Jetzt streichle ich Sophias schlafenden Körper und drücke ihr einen sanften Kuss auf die Haare.

Sie riecht unglaublich gut.

Ich kann mir kaum noch vorstellen, dass es je eine Zeit gab, in der wir nicht zusammen waren.

Vorsichtig lege ich die Hand auf ihr Haar und spüre die Wärme, die ihr schlafender Körper verströmt.

Sie gehört mir. Und sie möchte mir gehören.

Die Schöne, die sich in das Biest verliebt hat.

Und das Biest wird sie beschützen. Für immer und ewig.

Sophia hat mich gesehen. Alles in mir – das Licht und die Schatten. Und sie liebt mich.

Ich habe losgelassen.

Ich bin ein Teil von ihr, und sie ist ein Teil von mir. Ich hatte befürchtet, sie zu verderben, wenn wir zusammen wären. Dass ich sie in eine dunkle Welt entführen würde, aus der sie sich nie wieder befreien könnte.

Aber es war umgekehrt. Sie hat mich in ihre helle Welt geleitet.

Zum ersten Mal in meinem Leben sehe ich meine helle Seite. Meine menschliche, liebende Seite.

Ich war ein richtiger Kotzbrocken im Umgang mit Frauen. Ich habe sie benutzt und weggeworfen. Ich habe keine von ihnen geliebt. Ich habe nie verstanden, wie sich die Leute auf eine Beziehung einlassen konnten. Wie sie sich nahekommen konnten, so wie ich mich jetzt Sophia nahe fühle.

Aber endlich verstehe ich, was es mit der Liebe auf sich hat. Die Liebe – sie hat mir gefehlt. Und Sophia ist die einzige Frau, die ich je lieben werde.

40

Also bin ich wieder da, auf dem Campus, unterwegs zum Vorlesungssaal.

Heute werde ich Sophia wiedersehen.

Schon allein bei dem Gedanken fängt mein Herz an zu pochen.

Diese Besessenheit muss aufhören.

Ich habe sie geküsst …

Ja, das habe ich. Ich habe meine Studentin im Theater geküsst, als ich sie unterrichten sollte. Ich konnte ihr nicht widerstehen, aber so etwas wird mir nicht noch einmal passieren. Sie wird mir kein zweites Mal so nahekommen. Einzelstunden werde ich ihr nicht mehr geben, ab sofort wird Denise die Aufgabe übernehmen.

In einem Vorlesungssaal voller Studenten werde ich mit der Situation schon klarkommen, auch wenn es mir nicht leichtfallen wird.

Ob sie an mich gedacht hat, während ich weg war? Instinktiv weiß ich, dass es so ist.

Für sie wird es ähnlich schwer sein, mich wiederzusehen. Auch das weiß ich. Aber sie ist jung und schön, und sie wird ihr Leben weiterleben. Es wird bestimmt noch eine Menge Männer geben, denen sie näherkommen wird. Für mich wird es jedoch nur sie geben, keine andere mehr.

Denise hat mir erzählt, dass sich um mein plötzliches Verschwinden alle möglichen seltsamen Gerüchte ranken. Eines davon besagt, ich hätte mich in eine Studentin verliebt.

Ich habe mir nichts anmerken lassen. Denise hat zwar eine gute Intuition, aber ich bin ein außergewöhnlich begabter Schauspieler.

Ich laufe durch den Gang.

Vor dem Vorlesungssaal steht eine Gruppe von Studentinnen und Studenten. Ich weiß, dass Sophia unter ihnen ist, halte aber nicht nach ihr Ausschau.

Erst kurz vor der Tür entdecke ich sie. Ihre Augen sind weit aufgerissen, als sie mich sieht. Sie wirkt gekränkt. Aber dann wendet sie den Blick ab und starrt auf den Boden. Gespielt tapfer.

Mein Herz zieht sich zusammen.

Überstehe die erste Vorlesung. Danach wird es einfacher werden.

Ich stehe vor den Studenten und warte darauf, dass sie sich setzen.

Natürlich hat sich Sophia einen Platz in der ersten Reihe ausgesucht. Ihren Stammplatz. Es wäre seltsam, wenn sie heute woanders sitzen würde. Vielleicht wären neue Gerüchte die Folge.

Ich schaffe das schon.

Ich hole ein paar Unterlagen aus meiner Laptoptasche und runzle die Stirn.

Ich darf sie nicht ansehen. Ich darf auch nicht auf andere Weise mit ihr kommunizieren. Und das mache ich auch nicht.

Während der Vorlesung tue ich so, als wäre Sophia unsichtbar – irgendeine Studentin, die ich kaum kenne. Ich liebe sie nicht. Ich will nicht mit ihr ins Bett. Ich bin völlig gefühllos.

Allerdings fällt es mir schwer zu übersehen, wie nervös Sophia ist. Ihre Hände zittern so stark, dass sie sich kaum Notizen machen kann. Als ich das bemerke, fährt mir ein Stich durchs Herz. Ich möchte sie in meinen Armen halten und alles wiedergutmachen. Aber das wäre alles andere als passend.

Ich sehe sie nicht an. Rede nicht mit ihr. Weiche ihrem Blick aus, als ich ein Skript verteile. Ich bin eiskalt.

Ich stelle Fragen, rufe aber Sophia nicht auf.

41

Am Ende der Vorlesung ignoriere ich die Studenten, die munter plaudernd den Saal verlassen, und stopfe Unterlagen in meine Laptoptasche.

Langsam kehrt Ruhe ein. Und dann spüre ich sie direkt neben mir.

Sophia.

Ich sehe sie nicht an. »Wir haben alles besprochen, was es zu besprechen gab, Miss Rose.«

Es ist schwer, gegenüber einem solch sanften, süßen Mädchen so abweisend zu sein. Aber es geht nicht anders.

»Nein«, erwidert Sophia. »Ich muss Ihnen noch etwas sagen.«

Ich schließe die Laptoptasche und sehe mit Absicht die hintere Wand des Vorlesungssaals an. »Bitte, Sophia. Machen Sie es doch nicht noch schwerer, als es ohnehin schon ist.«

»Aber das ist unfair«, entgegnet sie. »Sie haben mich während des gesamten Unterrichts ignoriert. Ich besuche diesen Kurs genauso wie alle anderen. Ich habe Ihnen nichts getan …«

Herr im Himmel. *Mir nichts getan!* Wenn sie wüsste …

Ich unterbreche sie. »Ich hielt es für das Beste. Ich dachte, es liegt in Ihrem Interesse, wenn ich mich professionell verhalte. Der Situation angemessen.«

»Ich will aber nicht, dass Sie mich ignorieren.«

»Doch, das wollen Sie. Sie wissen es bloß nicht. Glauben Sie mir, Sophia, wenn Sie auch nur einen Funken Verstand im Leib hätten, würden Sie auf der Stelle davonlaufen.«

»Bitte«, sagt sie. »Können wir nicht einfach ganz normal miteinander umgehen, selbst wenn niemals etwas zwischen uns sein wird?«

Wie kommt es nur, dass sie nicht weiß, wie es in mir aussieht? »Ich glaube nicht, dass das möglich ist.«

»Warum nicht?«

»Wollen Sie das wirklich wissen?« Ich sehe ihr direkt in die Augen, in ihre wundervollen, feucht schimmernden braunen Augen.

»Ja«, antwortet sie. »Nach allem, was Sie vor ein paar Wochen darüber gesagt haben, dass man seine Gefühle kontrollieren muss, würde mich das jetzt sehr interessieren.«

Ich lache, aber es ist ein freudloses Lachen. Wenn sie wüsste, wie viel Kraft es mich kostet, meine Emotionen in ihrer Anwesenheit zu kontrollieren. »Genau das tue ich – meine Gefühle kontrollieren.«

»Indem Sie mich ignorieren?«

»Ganz genau. Wenn ich das nicht täte …« Ich wende den Blick ab.

»Was?«

Sag es ihr einfach. Sie weiß es ohnehin schon. Ganz bestimmt. Wie könnte sie es nicht wissen?

Ich sehe ihr wieder in die Augen. »Es fällt mir sehr schwer, mich zurückzuhalten.«

»Wovon?«

»Die Grenze zu überschreiten.«

Sophia läuft rot an.

Herr im Himmel. Ich bin ein verdammter Idiot.

»Und wer sagt, dass ich mit Ihrer Theorie einverstanden bin?«, fragt sie.

»Ich.« Die Leute, die mich für arrogant halten, irren sich. Ich sage bloß die Wahrheit. Wenn es wahr ist, dass ich außergewöhnlich gut gespielt habe oder Leiter und Besitzer der besten Schauspielakademie bin, dann ist es eben so.

Sophia will mich. Ihre Röte und ihre angespannte Körperhaltung sprechen Bände.

Ich höre Schritte auf dem Gang und merke, dass wir zwei im Vorlesungssaal sehr exponiert sind. Was mich angeht, ist mir das völlig egal, aber Sophia muss ich schützen.

Ich öffne die Tür zur Kammer, in der Papiervorräte und Skripte aufbewahrt werden.

»Los.« Ich packe sie am Handgelenk. »Schnell.« Ich ziehe sie hinein und schließe die Tür hinter uns. »Ich will nicht, dass die anderen über uns reden«, erkläre ich ihr. Das Herz schlägt mir bis zum Hals.

Wir zwei in dieser engen Kammer – es ist die Hölle. O Gott, ich will sie. Die Dinge, die ich mit ihr tun möchte …

Meine Finger umklammern immer noch ihr Handgelenk.

Plötzlich werde ich wütend. Weiß sie denn nicht, wozu ich fähig bin? Will sie sich denn gar nicht vor mir schützen?

»Wollen Sie mich quälen?«, keuche ich. »Nach dem Unterricht zu bleiben – Sie machen es mir nur noch schwerer, als es ohnehin schon für mich ist.«

Mir ist sehr bewusst, dass ich noch immer ihr Handgelenk umklammere. Und ich will es nicht loslassen.

»Natürlich nicht«, sagt sie.

»Sie haben keine Ahnung, was es bedeutet, sich mit mir einzulassen.« Mein Griff wird fester.

Lass es sie ruhig spüren, lass sie ruhig merken, wer du wirklich bist.

»Das stimmt«, sagt sie. »Aber vielleicht will ich es ja herausfinden.«

Ich schließe die Augen. Sie weiß nicht das Geringste. Warum

sonst sollte sie mehr herausfinden wollen? Aber vielleicht geht es nur so. Vielleicht muss sie sehen, was ich in Wahrheit bin, um dann schreiend davonzulaufen.

Nein, das wird sie nicht, sagt eine kleine Stimme in mir. *Sie wird sich dir unterwerfen, das weißt du ganz genau.*

Mein Herz schlägt so heftig, dass ich kaum vernünftig atmen kann.

»Wenn etwas zwischen uns laufen würde, könnte das Ihrem Ruf schaden«, höre ich mich sagen.

»Und Ihrem«, erwidert sie.

»Was mit mir passiert, ist mir völlig egal«, knurre ich. »Ich habe so viel Geld, dass ich nie wieder arbeiten muss. Außerdem zerreißen sich ohnehin ständig alle das Maul über mich. Ich bin daran gewöhnt, es macht mir nichts aus. Aber Sie gehören nicht in diese zynische Welt, und ich will nicht, dass Sie unter ihrer Hässlichkeit leiden müssen.« Ich schüttle den Kopf. »Das kann ich Ihnen nicht antun. Es wäre nicht richtig.«

»Aber es fühlt sich richtig an«, erwidert sie. »Sie spüren es doch auch, wie sehr wir uns zueinander hingezogen fühlen.«

Ich fahre mir mit einer Hand durchs Haar, wobei die Finger meiner anderen immer noch ihre Haut spüren. Sie ist so weich, zart und empfindlich.

Sag ihr die Wahrheit, flüstert die kleine Stimme. *Sag sie ihr. Sie kennt sie ohnehin schon.*

Ich hole tief Luft.

»Ja, ich spüre es auch«, gebe ich zu.

42

Himmel noch mal.

Zum ersten Mal in meinem Erwachsenenleben verliere ich die Kontrolle.

Es kommt mir vor, als würde ich versuchen, einen auf mich zurasenden Zug mit bloßen Händen aufzuhalten.

Unmöglich.

Sophia legt mir eine Hand auf die Schulter, und ich stoße sie nicht weg.

Wie sie sich anfühlt – einfach wundervoll. Nicht nur ihr Körper, auch ihre Seele.

Ich schließe die Augen.

Meine Finger um ihr Handgelenk lockern sich. Ich lasse sie los und atme ihren Duft tief ein. Meine Güte, sie ist vollkommen.

Weiß sie, wie sich ihre Hand auf mir anfühlt? Weiß sie, was sie da tut?

»Marc …« Sophias Stimme klingt so sanft, so zart.

Meine Lider flattern, aber ich kann sie nicht ansehen.

»Bist du dir wirklich sicher, dass du das willst?«, keuche ich.

Wenn das eine Prüfung sein soll, dann bin ich durchgefallen. Schon an dem Tag, als ich Sophia das erste Mal sah. Ich hätte sie nie aufnehmen dürfen.

»J…aa«, stammelt sie entzückend atemlos.

Ich sehe sie an. Mein Blick wird hart. Das war's dann wohl. Ich bin ein bescheuerter Mistkerl, der mit einer unschuldigen jungen Studentin die Grenze überschreiten wird.

Sophia ist einem Wolf in die Falle gegangen. Gleich wird sie herausfinden, wozu ich fähig bin.

Ich presse meine Lippen auf ihre, mit der Gier, der Wut und der Leidenschaft, die mich in den Wahnsinn getrieben haben, seit Sophia am Ivy College studiert.

Ich will, dass sie sich mir unterwirft. Ich will, dass sie mir gehört.

Ich muss sie besitzen.

Sie gibt meinem Drängen tatsächlich nach, genau so, wie ich es mir gewünscht habe.

Sie gehört mir. Sie gehört mir.

Ich setze sie auf einen kleinen Tisch. Meine Lippen werden immer fordernder.

Meine Hände fahren durch ihre Haare, legen sich um ihren Hals.

Es hat in meinem Leben so viele Mädchen gegeben. Zahllose, aber keine wie sie.

Ein Teil von mir will laut auflachen. Sie glaubt, dass sie Licht in mir sieht. Sie glaubt, dass alle Menschen Licht und Helligkeit in sich haben. Aber vielleicht täuscht sie sich.

Ich zerre ihren Kopf an den Haaren nach hinten.

Sie keucht, und ich werde hart.

Es ist ein unglaublich erregendes Gefühl, Macht über diese Frau zu haben. Mir wird ganz schwindelig.

Ich starre ihr prüfend in die Augen.

So bin ich, Sophia. Ich bin kein netter Mann. Ich bin alles andere als nett.

Sie sagt nichts. Sie bewegt sich nicht. Ihr Blick wird nicht glasig wie bei anderen geilen Frauen, die auf der Stelle gevögelt werden wollen.

Sie wirkt … verängstigt.

Ach du meine Güte.

Was bin ich?

Die Realität bricht über mich herein.

Ich bin ihr Lehrer.

Ich lasse ihre Haare los.

»Das darf nicht sein«, sage ich und ziehe mich zurück. »Sophia …«

»Warum nicht?«

Die Frage überrascht mich. Liegt das nicht auf der Hand? Hat sie nicht gespürt, wie heftig ich an ihren Haaren gezerrt habe?

»Weil es eine Seite an mir gibt, die ich dir nicht zeigen will.«

»Marc, ich habe keine Angst.«

Am liebsten hätte ich laut gelacht. Vielleicht hat sie jetzt keine Angst, aber das wird sich schon noch ändern. Sie wird entsetzt sein, sich erweckt fühlen, mit Lust erfüllt sein und wieder entsetzt sein.

Glaubt sie, dass ich einfach nur streng bin? Kalt? Distanziert?

Weiß sie denn nicht, was ich mit ihr tun will? Kann sie sich nicht vorstellen, dass sie gefesselt ist und mich um Gnade anfleht, so wie ich es mir gerade ausmale?

»Aber Sophia«, sage ich, »verstehst du denn nicht? Ich muss immer die Kontrolle haben.«

»Hast du Angst, dass sie dir entgleitet?«, flüstert sie.

Ich lache. »Nicht unbedingt.« Natürlich habe ich davor Angst. Aber es geht um mehr. Ich muss alles kontrollieren. So bin ich eben.

»Und das bedeutet?«

»Ich will dich kontrollieren. Dich dominieren. Deshalb ist es ja so falsch. Ich hätte nie …«

Ich beobachte, wie ihre braunen Augen immer größer werden und ihre weichen, sanften Lippen sich vor Verwirrung verziehen. Sie weiß nicht, was ich sagen will. Sie versteht es wirklich nicht.

»Meine Güte«, entfährt es mir. »Du solltest jetzt wirklich gehen. Das hätte nie passieren dürfen.«

»Marc, bitte …«

»Geh!«, fauche ich. Mit letzter Kraft schaffe ich es, sie von mir zu stoßen.

Sie wirkt verletzt und durcheinander, aber darüber wird sie hinwegkommen.

Ich sehe ihr nach, wie sie aus der Kammer stolpert. Offenbar fällt es ihr schwer, sich auf den Beinen zu halten.

Ich sinke gegen die Regale und raufe mir die Haare.

Gott sei Dank. Ich bin nicht zu weit gegangen. Ich habe von ihr ab-, habe sie losgelassen …

Aber dann erklingt eine Stimme aus dem Vorlesungssaal, die mich aufschreckt.

»Ich habe gehört, dass Mr Blackwell hier ist. Ich will ihn sprechen.«

Scheiße.

Es ist Cecile.

Denise hat recht gehabt. Schon beim Vorsprechen hatte sie eine unangenehme, egozentrische Seite an Cecile wahrgenommen und wollte sie nicht ins College aufnehmen, weil sie befürchtete, dass sie ihren Kommilitonen in den Rücken fallen könnte. Mit ihrer Vermutung lag sie genau richtig.

Gott beweist heute wahrhaftig einen großartigen Sinn für Humor.

Ich trete aus der Kammer.

»Mr Blackwell«, sagt Cecile. »Ich wollte mit Ihnen über meine bisherigen Leistungen reden. Aber wie ich sehe, sind Sie beschäftigt.« Sie wirft Sophia einen vernichtenden Blick zu.

43

Cecile stolziert aus dem Vorlesungssaal. Mir wird ganz anders. Sie ist eifersüchtig. Ich kenne die Frauen mittlerweile gut genug, um zu wissen, wann eine eifersüchtig ist. Eifersucht scheint etwas zu sein, was bei dem weiblichen Geschlecht um mich herum häufig auftritt. Wahrscheinlich deshalb, weil ich mich so distanziert verhalte. Gänzlich desinteressiert an einer Beziehung. Sobald mir eine Frau zu nahe kommt, wende ich mich der nächsten zu. Und dann spielen sie verrückt.

Cecile, das arme reiche Mädchen, möchte sich einen berühmten Schauspieler angeln und betrachtet Sophia völlig zu Recht als Gefahr.

Sophias Augen sind vor Schreck aufgerissen. »Marc …«

»Sie weiß nichts«, versichere ich ihr. »Was gerade passiert ist, war grundfalsch.«

»Es hat sich aber nicht so angefühlt.« Sophia reibt sich ihre wunderschönen schlanken Arme.

Ich atme tief aus. »Sophia, jetzt hör mir mal zu. Du solltest mit einem netten jungen Studenten ausgehen, der dich auf die Wange küsst und dich zum Abendessen einlädt. Ich bin weder nett noch sanft. Ich bin … ich bin ein Ungeheuer.«

»So kommst du mir nicht vor. Ich … Marc, ich möchte dich gern kennenlernen. Alles an dir. Ich habe keine Angst.«

Keine Angst? Ach, Sophia. Die wirst du schon noch bekommen.

»Du weißt nicht, was du sagst.«

»Doch«, widerspricht sie mir. »Ich habe so etwas noch nie gefühlt. Niemals. Ich muss es herausfinden, Marc. Ich muss wissen, wohin das mit uns führt. Es ist mir egal, worauf du stehst. Es ist mir egal, ob du ein Ungeheuer bist. Ich kann nicht weiterleben, ohne zu wissen, was wir zusammen haben könnten.«

Es fühlt sich so an, als hätte mir soeben jemand in meiner Brust mein Herz zerquetscht. In der Kammer glaubte ich am Ende noch, ich hätte einen Warnschuss abgegeben und sie verscheucht. Aber sie ist immer noch da und will mich kennenlernen. Alles an mir.

Und auch ich will sie kennenlernen.

Es wird sie kaputtmachen. Kapiert sie das denn nicht? Die Spiele, die ich spiele – wenn man einmal damit angefangen hat, kann man nicht mehr mit ihnen aufhören. Dann gibt es kein Zurück mehr. Wenn die Hitze einmal so groß war, kommt einem jede andere Art von Beziehung eiskalt vor.

Manchmal denke ich darüber nach, was wohl aus mir geworden wäre, wenn ich Cassandra nicht begegnet wäre. Hätte ich mich mit lauwarmem Sex zufriedengegeben und nie gewusst, dass es mehr geben kann?

Nein. Ich glaube nicht. Ich glaube, irgendwann hätte ich eine andere Cassandra getroffen. Man kann diese Bedürfnisse nicht unterdrücken. Sie müssen befriedigt werden.

Ich lasse den Blick über Sophias wunderschönes Gesicht schweifen. »Willst du das wirklich? Willst du allen Ernstes herausfinden, wer ich bin?«

Sie nickt.

»Dann werden wir uns wiedersehen.«

»Wann?«

»Bald.«

44

Das war der entscheidende Augenblick. Der Wendepunkt. In dem Moment beschloss ich, dass ich Sophia haben würde, komme, was da wolle.

Ich wusste, dass es falsch war. Aber ich hatte mir schon des Öfteren bewiesen, dass ich zu sehr düsteren Dingen fähig war. Da kam es auf eine weitere Untat wahrhaftig nicht mehr an. Warum sollte ich mich noch länger quälen? Warum so tun, als wäre ich nicht so schlecht? Warum mein Wesen verleugnen?

Sobald ich beschloss, Sophia in Besitz zu nehmen, gab es kein Zurück mehr.

Wir saßen gemeinsam in einer Achterbahn und würden gleich in die Tiefe stürzen.

Als Sophia den Saal verlassen hatte, gestattete ich mir all meine zwanghaften Gedanken. Ich stellte mir vor, was ich mit Sophia machen würde, um sie dazu zu bringen, sich mir zu unterwerfen. Die Spiele, die ich mit ihr spielen würde.

Es war eine köstliche Qual, auf die Befriedigung all meiner Wünsche und Begierden zu warten. Aber das Warten gehörte dazu.

An jenem ersten Tag konnte ich es nicht sehr lange aushalten. Nur bis zum Abend …

45

Ich stehe auf dem kalten dunklen Campus und beobachte den Turm, in dem Sophia wohnt.

Sie ist im Schlafzimmer. Aber sie schläft nicht. Es brennt noch Licht, und ich sehe das Flimmern des Fernsehers.

Es ist viel zu spät. Sie sollte um diese Uhrzeit nicht mehr auf sein.

Ich lächle.

Sobald ich sie mir gefügig gemacht habe, kann ich ihr sagen, wann sie ins Bett zu gehen hat, wann sie aufwachen und was sie essen soll. Sie wird mir gehören, in jeder Hinsicht.

Es ist seltsam – nachdem ich aufgehört habe, mit meinem Gewissen zu ringen, ist die Sache eigentlich ganz einfach.

Ich bin ein böser Mann, sie ist ein gutes Mädchen. Das kann kein schönes Ende nehmen. Aber ich muss sie besitzen.

Sophia tritt auf den Balkon. Sie hat eine Decke um sich geschlungen.

Mein Herz schmilzt, als ich sie sehe. So süß und rein, so arglos, nicht ahnend, dass im Schatten ein Monster lauert und sie beobachtet.

Es ist Zeit.

Leise sperre ich die Tür zum Turm auf. Ich will nicht von anderen Studenten gesehen werden, die dann möglicherweise die wildesten Vermutungen anstellen. Das ist das Mindeste, was ich Sophia schuldig bin.

Vor ihrer Tür zögere ich.

Noch könnte ich einfach weggehen, Sophia in Ruhe lassen. Aber sie will dasselbe wie ich, das weiß ich, das habe ich schon von Anfang an gewusst. Sie will, dass ich es ihr zeige.

Leise klopfe ich an.

Ich warte und höre, wie sie im Schlafzimmer herumläuft.

Plötzlich halte ich es kaum noch aus, länger auf sie zu warten. Ich klopfe noch einmal, diesmal lauter. Poch! Poch! Poch!

Sophias Stimme dringt gedämpft zu mir. »Tanya? Tom?«

Die Tür geht auf, und sie steht vor mir, unerträglich süß in ihrem Schlafanzug mit zerzausten, weichen Haaren.

Ich lege eine Hand an den Rahmen. »Ich habe gesehen, dass bei dir noch Licht brennt.«

Sie starrt mich entgeistert an.

Bezaubernd – sie ist einfach bezaubernd.

»Darf ich reinkommen?« Wenn wir weiterhin diesen Weg gehen, werde ich sie bald bei nichts mehr um Erlaubnis bitten. Aber heute tue ich das noch.

»Natürlich«, erwidert sie und klingt nicht verängstigt.

Ich gehe über die Schwelle – der Fuchs, der den Kaninchenbau betritt. Ich liebe ihren Duft, er berauscht mich. Und einfach so in ihrem Zimmer zu sein, spät nachts, als sie nicht mit mir gerechnet hat – ich könnte mir nichts Intimeres vorstellen.

Sophia klaubt ein paar Sachen auf und versteckt sie in ihrem Kleiderschrank.

Unwillkürlich muss ich lächeln. Hinreißend, dass sie für mich sogar aufräumt.

Es ist schön zu sehen, wie sie lebt; zu sehen, wie verletzlich sie ist.

Ich gehe auf den Balkon und werfe einen Blick auf den Campus.

Ich bin ziemlich aufgewühlt. Mit einem solchen Gefühl hatte ich nicht gerechnet. Ich dachte, es wäre viel leichter. Ich hatte vor, in ihr Zimmer zu gehen und sie mir zu unterwerfen. Anschließend wäre ich erleichtert gewesen. Aber ich liebe dieses Mädchen.

Meine Güte.

Ich spüre, dass sie hinter mich getreten ist. »Was … was tust du hier?«

Was für eine alberne Frage. *Du weißt doch ganz genau, was ich hier tue, Sophia.*

Ich wende mich ihr zu und bemerke dabei den vertrockneten Blumenstrauß auf dem Tisch. »Du hast meine Blumen aufbewahrt.«

»Ja. Sie waren so schön, genauso wie die Karte.«

»Glaub mir, Sophia, als ich die Blumen geschickt habe, konnte ich nicht ahnen … Ich hasse mich dafür, aber ich muss …« Genug jetzt, wir sollten zur Sache kommen. »Wenn wir das tun, muss ich vorher ein paar Dinge wissen. Hattest du schon mal einen Freund? Oder mehrere?«

Ihre Wangen laufen entzückend rot an. »Ja.«

»Erzähl mir davon.«

»Es war nichts Ernstes – nur ein paar Jungs auf dem College und auf der Uni. Teenagerkram. Ich musste ständig arbeiten, deshalb hatte ich keine Zeit für ein Privatleben.«

»Hattest du Sex mit ihnen?«

»Ja«, gibt sie verlegen zu. »Mit einem.«

In meinem Kopf steigen roter Nebel und Bilder davon auf, wie ich Sophias Freund vermöble.

Eifersucht! Am liebsten hätte ich laut gelacht. So etwas habe ich bisher noch nie empfunden.

Was macht dieses Mädchen nur mit mir?

»Welche Art von Sex?«, frage ich.

»Die übliche, würde ich sagen«, erwidert sie. Offenkundig fühlt sie sich nicht wohl in ihrer Haut.

Ich bin erleichtert. Niemand hat ihr wehgetan oder sie schlecht behandelt. Ich werde der Erste sein.

46

Wie viele Arten von Sex gibt es denn?«, fragt sie.

Ich lächle. »Eine ganze Menge. Ich habe dir ja schon gesagt, dass ich immer die Kontrolle haben muss. Ich muss die Fäden in der Hand halten.«

»Ja.«

»Das bezieht sich auch aufs Schlafzimmer.«

»Und wenn ich nicht mitspiele?«

»Nichts könnte mich glücklicher machen. Das hieße nämlich, dass jeder von uns wieder seiner Wege gehen könnte.«

»Du meinst, wir könnten keine Beziehung haben, wenn ich mich dir nicht unterordne?«

Endlich ist der Groschen gefallen.

»Begreifst du jetzt, warum es dir ohne mich besser gehen würde?«, frage ich.

Sie zögert. »Ich kann ohne dich nicht leben.«

Die Worte treffen mich wie ein Schlag in die Magengrube. Beinahe hätte ich mich gekrümmt.

Auch ich kann ohne dich nicht leben.

»Ich kann es einfach nicht«, fährt sie fort. »Nicht ohne zu wissen, was wir zusammen erleben könnten.«

»Ich habe befürchtet, dass du das sagst«, erwidere ich. »Verstehst du eigentlich, was ich dir zu erklären versuche? Wenn unsere Beziehung funktionieren soll, musst du akzeptieren, dass ich derjenige bin, der das Sagen hat. Selbstverständlich nur mit deiner Einwilligung, aber in jeder Hinsicht.«

»Erklär mir das ein bisschen genauer«, sagt sie. »Was bedeutet das im Einzelnen?«

»Ich werde dich kontrollieren, dominieren und disziplinieren.«

»Mich disziplinieren?«

»Genau. Wenn du mir nicht gehorchst, wirst du bestraft.«

Ihre Lippen zittern. »Ich bin mir nicht sicher, ob mir das gefällt.«

»Wenn du eher Lust auf jemanden hast, der dich mit Pralinen und Blümchen umwirbt, dann beenden wir das Ganze besser sofort. Du bist eine bildschöne, unschuldige junge Frau, die jeden Mann haben kann. Ich an deiner Stelle würde vor jemandem wie mir weglaufen, ganz weit weg.«

»Was genau meinst du mit Bestrafung?«

»Vielleicht versohle ich dich, vielleicht fessle ich dich und ficke dich, bis dir Hören und Sehen vergehen. Das hängt davon ab, wie sehr du dich danebenbenimmst. Lass uns zurück ins Zimmer gehen. Es ist eiskalt hier draußen.«

Ich setze mich aufs Bett und klopfe einladend auf die Stelle neben mir.

Wir sind uns sehr nahe. Ich weiß, dass auch sie das spürt – die Spannung, die Erregung.

Irgendjemand dort oben hat unsere Seelen auf höchst grausame Art miteinander verbunden. Ich habe keine Ahnung, warum er das getan hat, aber ich kann nicht mehr dagegen ankämpfen.

Sophia sieht mich entschlossen an. »Ich will es versuchen«, sagt sie. »Ich will versuchen zu tun, was du mir befiehlst.«

Ich weiß, dass du das tun willst.

»Wie oft hattest du schon Sex?«, frage ich.

Ich weiß, dass diese Frage ihr peinlich ist, aber sie gehört zum Spiel. So fängt man an. Sie muss in die Enge getrieben werden. Gedemütigt. Damit sie sich mir unterwirft. Aber ich werde sie beschützen. Mich um sie kümmern. Die Sache nicht ausufern lassen.

»Ich habe nicht mitgezählt«, sagt sie und sinkt ein bisschen in sich zusammen. »Nicht oft. Vielleicht fünf oder sechs Mal. Mit meinem Freund an der Uni.«

»Sophia, ich werde dir ohne deine Zustimmung nie wehtun. Oder zulassen, dass dir etwas passiert. Du bist bei mir so sicher wie bei sonst niemandem, das schwöre ich dir. Aber ich werde die Kontrolle über dich haben. Bist du dazu bereit?«

Sie beugt sich zu mir vor, und ein seltsamer, mir unbekannter Teil möchte sie küssen und umarmen. Aber so funktioniere ich nicht.

Ich lege die Hände um ihr Gesicht. »Ich brauche deine Entscheidung, Sophia. Kannst du annehmen, was ich dir anbiete?«

»Ja«, antwortet sie. »Ich glaube schon.«

Jetzt gehört sie mir.

47

Ich schubse sie aufs Bett und spüre die Macht meines Körpers über ihren. Sie ist so zart. Ich könnte sie töten, wenn ich wollte. Und trotzdem vertraut sie mir und überlässt sich mir ganz und gar.

»Ein Wort von dir, und ich höre sofort auf. Okay?«

»Okay.«

Auch wenn sich ihr Körper wunderbar anfühlt, will ich die Dinge diesmal anders angehen. Ich stehe auf, laufe ums Bett und mustere sie. »Zieh deinen Schlafanzug aus.«

Sie folgt meinem Befehl und enthüllt – natürlich – weiße Unterwäsche.

Ich unterdrücke ein Lächeln. »Natürlich in Weiß.«

Es ist ein unglaubliches Gefühl, dass sie tut, was ich ihr sage. Zahllose Frauen haben sich mir unterworfen und eingewilligt, erniedrigende Dinge zu tun. Dennoch hat sich noch nie etwas so gut angefühlt, wie es das jetzt tut, als Sophia auf meinen Befehl hin ihre Unterwäsche abstreift.

Ich ziehe die Vorhänge zu, dann lege auch ich meine Jeans und mein T-Shirt ab. Meine Boxershort lasse ich an, obwohl sie mich sehr einengt.

Sophia soll mich jetzt noch nicht berühren.

Ich umfasse ihre Knöchel und spüre, wie zart sie sich in meinen starken Fingern anfühlen. Dann drehe ich Sophia auf den Bauch. Sie soll mich nicht beobachten.

Ich will, dass sie nichts sieht, sie keinerlei Spielraum hat und mir das Kommando überlässt.

Grob spreize ich ihre Beine und streiche ihr mit der Hand über die Oberschenkel.

Sie stöhnt. Ich spüre das Geräusch bis in meine Magengrube. Es ist das wunderschönste Geräusch, das ich je gehört habe.

Ich liebe ihre Verletzlichkeit. Ich könnte alles mit ihr machen, sie ist mir völlig ausgeliefert.

Ich streichle sie weiter und spüre, wie ihr Körper nachgiebig wird. Sie windet sich ein bisschen, aber als meine Bewegungen immer rhythmischer werden, erstarrt sie und beginnt, heftig ins Kissen zu atmen.

Ihre Oberschenkel spannen sich an – ein Zeichen, dass sie gleich kommen wird. Ich nehme die Hand weg.

»Bitte nicht aufhören!«, murmelt sie.

Ich schlage sie heftig zwischen die Beine, genau auf die Stelle, die ich eben erst bearbeitet habe.

Sie zuckt zusammen.

»Das ist eine Warnung«, sage ich. »Sag mir nie mehr, was ich tun soll.«

Ich schiebe die Hand wieder zwischen ihre Beine und errege sie mit sanften, reibenden Bewegungen weiter.

»Ich will nicht, dass du jetzt schon kommst. Je länger sich ein Orgasmus aufbaut, desto stärker wird er.«

Ihr Körper entspannt sich und spannt sich gleich darauf wieder an. Aus Erfahrung weiß ich, dass sie trotz der Pause gleich kommen wird. Aber ich will ihr eine Lektion in Selbstbeherrschung erteilen. Ich habe ihr eine klare Anweisung gegeben. Sie darf jetzt noch keinen Orgasmus haben. Wenn sie mir nicht gehorcht, werde ich sie bestrafen.

»O Marc«, murmelt sie. »Das fühlt sich so gut an.«

Erbarmungslos reibe ich weiter, immer schneller. Sie versucht, sich mir zu entwinden, aber ich ziehe sie wieder zu mir heran.

»Wenn du nicht willst, dass ich komme, dann musst du damit aufhören«, keucht sie und versucht erneut, sich mir zu entziehen.

Ich halte sie mit einer Hand an der Hüfte fest, sodass sie sich nicht mehr bewegen kann, während ich sie weiter reibe.

Ich weiß, dass sie sich nicht mehr zurückhalten kann – nicht beim ersten Mal. Stöhnend umklammert sie meine Hand und schreit laut auf, als sie kommt.

Ich beobachte sie, als sie ermattet in die weiche Matratze sinkt. Und lächle. Auch das tue ich zum ersten Mal, nachdem ich eine Frau zum Orgasmus gebracht habe. Aber Sophias Anblick dabei war einfach zu schön.

Sanft decke ich sie zu, dann beuge ich mich über sie.

»Ich habe dir gesagt, dass du nicht kommen sollst«, flüstere ich.

Sie lacht. »Dann hättest du mich nicht weiter streicheln dürfen.«

Aber das ist nicht zum Lachen. »Du hast mir nicht gehorcht. Am Montagmorgen werde ich dich dafür bestrafen.«

»Wie bitte?«

»Du hast ganz richtig gehört.« Ich streiche ihr über die Haare.

»Du willst mich bestrafen?«

Ich ziehe mich wortlos an. Das alles gehört zum Spiel, auch das Ignorieren. Und das langsame Aufbauen von Angst.

»Bleibst du nicht hier?«, murmelt sie.

»Nein.« Ich schiebe die Hände unter die Decke und berühre ihren Körper. Wie gern würde ich sie jetzt in die Arme nehmen. Aber ich tue es nicht. »Es darf niemand sehen, dass ich aus deinem Zimmer komme. Ich habe dir gesagt, dass ich dich beschützen werde. Das schließt auch deinen Ruf mit ein.«

»Ich wünschte, du könntest hierbleiben.«

»Ich auch. Montag.«

»Aber – bis dahin sind es noch mehr als zwei Tage.«

»Montag.«

48

Ich streiche sanft über Sophias Haar.

Schlaf gut, mein perfekter kleiner Engel.

Du hast mich gesehen. Alles von mir. Und bist nicht schreiend weggerannt.

Was ich ihr angetan habe – sie erniedrigt, sie gedemütigt, ihr Schmerzen zugefügt, alles im Namen der Lust. Sie hat sich mir völlig unterworfen.

Noch nie habe ich jemanden so geliebt wie sie. Niemals.

Gemeinsam mit mir war sie an dunklen Orten. An Orten, an denen ich die Kontrolle über ihre Lust habe und sie sich verliert. Doch im Gegensatz zu den anderen Frauen bisher hat sie sich nie völlig aufgegeben. Sie hat ihr Licht bewahrt. Die ganze Zeit.

Wahrscheinlich werde ich sie immer wieder auf die Probe stellen. Sie muss ihre Grenzen ausloten. Ihre Limits kennen. Sonst wird sie nie wissen, wie viel Lust ich ihr schenken kann.

Nie werde ich vergessen, wie sie zum ersten Mal gekommen ist. Sie hat so gut zu mir gepasst, und damals hatte ich noch nicht einmal mit dem Testen begonnen.

Natürlich hatte ein Teil von mir Angst. Ich hatte Gefühle wie diese noch nie verspürt. Noch nie war mir so viel Gutes in einem Menschen begegnet.

Aber nachdem wir damit angefangen hatten, konnte ich mich nicht mehr zügeln.

Ich beschloss, sie am Wochenende nicht zu sehen. Ich wollte die größtmögliche Spannung aufbauen. Doch es kam anders. Jemand mischte Drogen in Sophias Getränk, und sie landete im Krankenhaus.

Noch nie war ich so wütend.

Ich wollte den Kerl, der ihr das angetan hatte, umbringen. Und wäre er mir im falschen Moment in die Finger geraten, hätte ich es wahrscheinlich auch getan.

Wie erleichtert ich war, als ich im Krankenhaus erfuhr, dass sie bald wieder auf den Beinen sein würde.

An jenem Wochenende habe ich sie kaum aus den Augen gelassen, ohne dass sie es wusste.

Die Schwestern erklärten mir, sie würde sich rasch erholen, aber ich wollte mich vergewissern. Sie waren ganz begeistert, dass ich mich so intensiv um meine Studenten kümmere. Wenn sie gewusst hätten …

Sophia erholte sich tatsächlich rasch, und am Sonntagabend wusste ich, dass wir weitermachen konnten.

Ich rief sie an und sagte ihr, dass wir uns wie geplant am nächsten Morgen treffen würden. Im Vorlesungssaal. Allerdings sollte sie keine Unterwäsche tragen.

49

Ich höre Sophia, bevor ich sie sehe. Ihre Stiefel klappern laut auf dem polierten Collegeflur.

Ich sitze auf einem Tisch und warte auf sie.

Als sie im Türrahmen auftaucht, muss ich ein Lächeln unterdrücken.

Gott, sie ist einfach perfekt.

»Sehr schön. Auf die Minute pünktlich. Unterwäsche?«, begrüße ich sie.

»Nein«, erwidert sie zaghaft, und ihre Stimme lässt mich vor Vorfreude erbeben.

Ich sollte das nicht tun, aber ich kann nicht anders. Dieses Mädchen hat etwas an sich. Es ist mir unmöglich zu erklären, aber ich fühle mich magnetisch von Sophia angezogen.

Wenn jemand solche Bedürfnisse hat wie ich, dann kennt er bald die Art von Frauen, die gern dominiert werden. Und Sophia gehört dazu, da bin ich mir sicher. Ich habe Pläne für sie, unglaubliche Pläne. Pläne, die sie an Orte führen werden, an denen sie noch nie war.

Dennoch ist sie anders als all die anderen Frauen vor ihr. Ich bin der Erste, der sie in diese Welt einführt, das macht alles irgendwie reiner, sauberer. Worte, mit denen ich meine bisherigen Beziehungen normalerweise nicht beschreiben würde.

Ich räuspere mich. »Die Kammer, in der das Kopierpapier und die Skripte aufbewahrt werden, kennst du ja bereits.«

»Das weißt du doch«, erwidert sie.

Ich muss mir ein Lächeln verkneifen. Es ist, als ob wir einen privaten Witz teilen würden. Irgendwie süß. Ich stelle mir vor, dass Paare sich so fühlen müssen. Einen Moment lang gefällt mir der Gedanke, aber dann kehre ich sofort wieder in die Realität zurück.

Ich öffne die Tür zur Kammer.

Dort lagert nicht nur Papier, auch Notizblöcke und Kugelschreiber werden dort aufbewahrt – eine Art Vorratsraum, den es neben jedem Unterrichtsraum gibt. Die Materialien liegen auf staubigen Regalen – und heute auch ein langes Seil.

Meine Anspannung wächst, wenn ich an das Seil denke.

Ich bin schon heute früh in den kleinen Raum gegangen und habe Ösen in die hölzernen Regale geschraubt.

Mein Herz verkrampft sich, entspannt sich, verkrampft sich. Das also ist Liebe – ein Schmerz in der Brust. Unglaubliches Verlangen mit brennendem Schmerz gepaart.

»Gleich wirst du sie noch besser kennenlernen«, sage ich. »Rein mit dir.«

Sophia zögert. Kurz schießt mir die Möglichkeit durch den Kopf, dass sie mir gleich sagen wird, dass ihr das alles nicht gefällt. Dass ich etwas missverstanden habe. Dass sie doch nicht so eine ist, der solche Sachen gefallen.

Nichts würde mir größere Freude bereiten, als wenn sie jetzt gehen würde.

Denn sie sollte wirklich gehen.

Ich bin kein Märchenprinz, und das hier ist kein Märchen.

Aber Sophia strafft die Schultern und geht in die Kammer. Allerdings bleibt sie ruckartig stehen, als sie das Seil erblickt.

Anschließend fällt ihr Blick auf den Rohrstock – ein altmodisches Ding aus Bambus, das in früheren Zeiten regelmäßig im Unterricht zum Einsatz kam.

Sophia starrt es lange an. Offenkundig hat sie Angst.

Aber Angst gehört dazu.

Angst. Schmerz. Erniedrigung. Und dann, zum Schluss, Lust.

»Wofür ist der Stock?«, fragt sie, ohne den Blick davon abzuwenden.

»Du darfst nur sprechen, wenn ich dich dazu auffordere.« Ich drehe sie zu mir um.

»Marc …«

O mein Gott.

»Du kannst jederzeit aussteigen«, flüstere ich ihr ins Ohr. »Ein Wort von dir, und wir hören auf. Du wolltest mich kennenlernen – alles an mir, auch die dunkle Seite.«

Sie bleibt stumm. Wahrscheinlich ist ihr Mund vor Angst trocken. Aber ich weiß, dass sie es will. Sie will die dunkle Seite erforschen.

Ich schubse sie grob zum Schreibtisch, um ihr zu zeigen, wer hier das Sagen hat. Noch kann sie dem ein Ende machen, noch ist es nicht zu spät. Aber ich spüre, wie sie nachgiebig wird.

Ich fessle sie an den Handgelenken und führe dann das Seil durch die Ösen.

Das ist das erste Mal, dass ich eine Studentin fessle. Immerhin kann ich mir das zugutehalten. Ich habe zwar viele unsägliche Sachen mit Frauen angestellt, aber ich habe bislang noch nie eine Studentin in einer Kammer für Schreibbedarf gevögelt.

Ich ziehe an dem Seil, bis Sophias Hände hochgerissen werden. Mein Herz rast. Ich mache einen Knoten.

Dann trete ich zurück und bewundere Sophia.

Ich fand sie schon vorher wunderschön, aber jetzt, mit gefesselten, nach oben gereckten Armen sieht sie einfach umwerfend aus.

Einen Moment lang bin ich wie verzaubert.

Am liebsten hätte ich ihr auf der Stelle meine unsterbliche Liebe gebeichtet. Die Worte liegen mir schon auf der Zunge, aber ich unterdrücke sie. Das wäre lächerlich. Das arme Mädchen soll wahrhaftig nicht noch weiter verwirrt werden.

Ich ziehe ihr die Leggins herunter und entblöße ihr festes weißes Hinterteil. Das habe ich mir gleich gedacht, dass sie dort bleich ist. Sie gehört nicht zu den Mädchen, die sich nackt in den Garten legen, um am ganzen Körper braun zu werden.

Ich massiere ihren Po, um sie ein wenig zu erregen, spüre, wie sie lockerer wird.

»Gut gemacht«, lobe ich sie. »Keine Unterwäsche.«

Ich schiebe ihren Pullover, der ihr bis über den Hintern reicht, hoch und verknote die Zipfel.

Dann nehme ich den Rohrstock und beobachte sie, wie sie meine Hand mustert.

Der Schauspieler in mir übernimmt das Kommando. Ich biege den Stock und lasse ihn probeweise durch die Luft sausen.

Sophia lässt ihn nicht aus den Augen, bis ich damit ihren Hintern streichle. In dem Moment lässt sie den Kopf sinken, und ihr Atem beschleunigt sich.

Ich necke sie ein wenig, indem ich mit dem Rohrstock langsam über ihre Pobacken fahre.

»Wirst du – wirst du mich damit schlagen?«, stammelt sie.

»Willst du das denn?«

»Vielleicht. Aber nicht zu fest.«

Ich sehe den Stock an. Ich sehe sie an. Dann lasse ich das harte Rohr auf ihren Hintern sausen. Doch im letzten Moment halte ich inne. Der Stock schwebt nur einen Fingerbreit über ihrer nackten Haut.

Stöhnend lässt sie sich in die Seile fallen.

O mein Gott.

Ich werde sie reizen, bis sie es nicht mehr aushält. Sie wird mich anflehen … Ich lege den Stock weg. »Warte hier.«

»Du willst mich hier drin alleinlassen?«, fragt sie.

»Ich muss jetzt ins Seminar.«

»Wie bitte? Ich soll so stehen bleiben, während du deinen Unterricht abhältst?«

»Genau das habe ich gesagt. Also verhalte dich still.«

Ich gehe hinaus und schließe die Tür hinter mir.

50

Im Vorlesungssaal muss ich kaum durchatmen oder mich sammeln. Meine Selbstkontrolle funktioniert momentan wirklich einwandfrei.

Ich trete nach vorn und halte meinen Unterricht. Ich rede über Präsenz, Mut und Entschlossenheit. Und über emotionale Offenheit. Während Sophia halb nackt und gefesselt in der Kammer steht.

So ein Mann bin ich.

Die Studenten hängen mir wie üblich an den Lippen. Und sie tun recht damit – schließlich weiß ich, wovon ich rede. Meine Überzeugung hat nichts mit Arroganz zu tun. Ich war schon in diesem Geschäft, als die meisten von ihnen gerade einmal auf der Welt waren. Die Schauspielerei liegt mir im Blut.

Ich trage ihnen auf, eine Szene zu schreiben, in der emotionale Offenheit sichtbar wird, und ziehe mich zurück – in die Papierkammer.

»Was tust du da?«, flüstert Sophia. »Da draußen sitzt der gesamte Kurs.«

»Halt den Mund.« Ich nehme den Rohrstock in die Hand.

Einen Moment lang betrachte ich ihn und frage mich, wie ein schlankes Holzrohr in den Händen eines Menschen so viel über ihn aussagen kann.

Patsch.

Der Stock landet auf Sophias Hintern. Ich habe ihn genau richtig geschwungen. Der Schlag war nicht so fest, dass man ihn draußen hätte hören können, aber fest genug, um auf der Haut einen wunderschönen Striemen zu hinterlassen.

Sophia keucht leise auf und windet sich ein wenig. Sie schließt die Augen und presst die Lippen fest zusammen.

Braves Mädchen.

Hätte sie einen Laut von sich gegeben, hätte ich aufhören müssen. Aber so lasse ich den Stock noch dreimal auf ihr Hinterteil sausen.

Sophia schwankt in den Seilen, ist aber immer noch mucksmäuschenstill.

O mein Gott.

Welche Gefühle das in mir auslöst!

Und dabei haben wir doch gerade erst angefangen.

So etwas habe ich noch nie gefühlt. Und sie ist eine Studentin, verdammt – meine Studentin.

Ich lege die Hand zwischen ihre Beine und finde die Stelle, bei deren Berührung selbst die sturste Frau mich anfleht, sie zu vögeln.

Sophia erstarrt. Ihre Lider flattern.

Ich stecke zwei Finger in sie und ziehe sie wieder heraus.

»Bitte nicht«, fleht sie. »Bitte! Ich halte das nicht aus.«

Aber genau darum geht es.

»Mach die Beine breit«, befehle ich ihr und schiebe ihr den Rohrstock zwischen die Beine. Langsam lasse ich ihn auf und ab gleiten, um sie weiter zu öffnen.

»Aber all die anderen da draußen …«, flüstert sie.

»Tu, was ich dir sage.«

Gehorsam spreizt sie die Beine. Ich wusste, sie würde mir gehorchen.

»Und jetzt beug dich über den Tisch.«

Sie befolgt auch diese Anweisung. Plötzlich bin ich wie verzaubert von ihrem an die Regale gefesselten Körper. Das Seil schneidet in ihre Handgelenke ein, als sie ihre Körperhaltung verändert.

Sie gehört mir. Mir ganz allein.

Du wirst tun, was ich dir befehle. Und trotzdem muss es irgendwann aufhören. Du weißt, dass es aufhören muss.

Ich führe den Rohrstock tief in sie ein und fahre mit ihm langsam auf und ab. Ich bin verhältnismäßig sanft. Ich hätte mit dem Stock auch andere Teile von ihr reiben können, dort, wo sie am empfindlichsten ist, und sie so auf der Stelle zum Orgasmus bringen können.

Ich beobachte den Rohrstock. Ich beobachte sie. Der Anblick ist vielleicht das Schönste, was ich je gesehen habe – Sophias Lust, die sich, während sie gefesselt und verletzlich ist, ins Unerträgliche steigert.

O Gott.

Auf diese Gefühle war ich nicht gefasst.

Es ist nicht wie bei den anderen. Natürlich habe ich auch sie gemocht, auf meine Weise. Ich habe mich, so gut es eben ging, um sie gekümmert. Ich habe sie niemals belogen. Sie wussten von Anfang an, was ich war und was ich ihnen zu bieten hatte. Ein paar glaubten, mich verändern zu können, merkten aber rasch, dass dem nicht so war.

Aber dieses Mädchen …

Ich liebe sie.

51

Überwältigt von meinen Gefühlen lege ich den Rohrstock auf den Tisch, verlasse die Kammer und werfe die Tür hinter mir zu.

Im Hörsaal fahre ich mir durch die Haare und laufe vor der Tafel auf und ab.

»Die Zeit ist um«, blaffe ich und mustere die besorgten Gesichter, die sich mir zuwenden. »Wenn Sie zu lange darüber nachdenken, was Sie schreiben, wird das nichts. Ich will rohe Gefühle. Ich hoffe, dass das, was Sie bislang zustande gebracht haben, genau das sein wird: roh.«

Ich weiß, dass es so sein wird.

Ich bin ein großer Freund der Improvisation.

Ich ziehe die Leinwand herunter.

»Und jetzt sehen wir uns einen Teil von einem Film an. Nächste Woche können Sie mir sagen, was Sie von ihm halten. Er ist ein gutes Beispiel für emotionale Aufrichtigkeit.«

Ich starte *The Piano* und kehre in die Kammer zurück.

Einen verrückten Moment lang möchte ich Sophia losbinden und sie in die Arme nehmen. Sie behutsam anziehen, ihre Handgelenke massieren, sie auf meinen Schoß setzen …

Aber das würde die wundervolle Spannung ruinieren, die ich aufgebaut habe.

Ich fahre mit der flachen Hand über ihren Hintern.

»Willst du, dass ich dich jetzt ficke?«, flüstere ich.

»Ja!«

»Mach die Beine wieder breit.«

Ich trete hinter sie. Meine Erektion presst sich an ihr Gesäß.

O Gott, wie gut sich das anfühlt. Überirdisch gut. Ihrer Haut so nahe zu sein.

Ich schließe die Augen. Fast spüre ich Schmerzen. Einen Moment lang befürchte ich, die Kontrolle zu verlieren und Sophia zu ficken wie ein ganz normaler Mann. Ihr die Haare zu küssen und ihr »Ich liebe dich« ins Ohr zu flüstern.

Aber das darf nicht sein. So bin ich nicht.

Wieder schiebe ich zwei Finger in sie und nehme dabei den Blick nicht von ihrem Profil – eine stumme Warnung, keinen Laut von sich zu geben. Ich kann ihr ansehen, dass ihr das schwerfällt.

Während ich sie auf meinen Fingern reiten lasse, halte ich ihren Körper mit der anderen Hand ganz fest.

Sie ist so zugänglich. Ihre Augen verraten mir alles – ihre Lust, ihre Angst, einfach alles.

Ich ahne, dass sie gleich kommen wird, aber das will ich nicht. Noch nicht.

Ich trete zurück und stecke die Hände in die Hosentaschen.

»Nicht aufhören«, murmelt sie. »Bitte, hör nicht auf.«

Ich muss aufhören, sonst kommst du, und das würde alles verderben.

Ich kehre in den Hörsaal zurück.

Ein paar Studenten zucken zusammen, als ich die Tür der Papierkammer laut zuschlage.

»Sie können jetzt gehen«, sage ich und schalte den Beamer aus. »Den Filmauszug werden wir nächste Woche erörtern.«

Die Studenten blinzeln und strecken sich, stecken ihre Bücher und Unterlagen ein und stehen auf.

Ich warte mit verschränkten Armen, bis sie aus dem Vorlesungssaal gepoltert sind.

Ein paar bedanken sich bei mir.

Ich nicke gnädig. Nettigkeiten im Hörsaal finde ich unpassend. Ich bin hier, um sie zu unterrichten, sie sind hier, um mir zuzuhören.

Schließlich kehrt Stille ein – eine schwer lastende Stille. Ich kann förmlich spüren, wie Sophias Herz rast und wie verzweifelt sie sich nach meiner Rückkehr sehnt.

Aus diesem Grund warte ich noch ein paar Minuten. Je länger die Anspannung aufgebaut wird, desto höher fällt der Lohn aus.

Ich denke an Sophia und was ich mit ihr tun werde, denke aber auch daran, was sie mit mir anstellt. Ich hatte nicht damit gerechnet, dass sie so viel in mir auslösen würde.

Licht und Schatten.

Wie kann jemand Licht in mir sehen? Aber sie tut es. Und aus irgendeinem törichten Grund muss ich immer wieder daran denken.

Ich war mir sicher, all dies hätte ich längst hinter mir gelassen. War überzeugt, richtige Gefühle, die einen überwältigen und die Luft abschnüren, würde ich nie mehr spüren. Gefühle wie Angst, Sehnsucht … *Liebe.*

Nein, solche Gefühle sind nichts für mich. Genau deshalb habe ich ja diesen Weg beschritten – den Weg der totalen Kontrolle.

Als meine Anspannung groß genug ist, kehre ich in die Kammer zurück.

»Licht und Schatten«, murmle ich, nehme den Rohrstock und biege ihn.

Ach, Sophia, Sophia. Was machst du nur mit mir? Warum überfallen mich ausgerechnet jetzt diese Gedanken? Gedanken daran, dich zu umsorgen und zu beschützen, dabei habe ich dich doch gerade gefesselt und …

Ich schließe die Augen, und als ich sie öffne, bin ich wieder der Alte. Der kalte, harte Marc Blackwell, der stets alles unter Kontrolle haben muss. Koste es, was es wolle.

»Ich werde dich jetzt ficken«, sage ich. »Und ich will, dass du dabei absolut still bist, sonst höre ich sofort auf. Verstanden?«

»Was? Ehrlich, Marc, ich weiß nicht, ob ich das schaffe.«

»Steck dir den hier in den Mund.« Ich halte ihr den Rohrstock an die Lippen. »Tu, was ich dir sage. Mund auf!«

Gehorsam öffnet sie den Mund, und ich schiebe ihr den Stock zwischen die Zähne.

»Und jetzt beiß drauf und mach die Beine wieder breit.« Ich spreize sie und dränge mich dazwischen.

Mein Kopf sinkt nach hinten, und ich schließe die Augen. »O Gott, weißt du eigentlich, wie schwer es für mich ist, mich in deiner Nähe zu beherrschen?«

Ich bin steinhart. Ich fühle mich fast so wie damals mit sechzehn, als ich ständig kurz davor war, meine Selbstbeherrschung zu verlieren.

Zum Glück habe ich Sophia den Stock zwischen die Zähne gesteckt. Gäbe sie einen Laut von sich, wäre es um mich geschehen, sobald ich in sie eindringe.

»Zu wissen, dass du in dieser Kammer auf mich wartest«, sage ich. »Beinahe hätte ich die Tür aufgerissen und dich in Anwesenheit all der anderen gevögelt. Ich dachte immer, ich hätte mich in der Gewalt, aber du wirst mir gefährlich.«

Ich streife ein Kondom über und gleite ein Stück in sie hinein.

O Gott.

So nah.

Etwas in mir öffnet sich, wenn ich sie so berühre.

52

Freunde haben mir von Frauen erzählt, die sie geliebt haben. Dass es mit keiner anderen Frau als mit dieser so viel Spaß gemacht hätte, dass Sex nicht nur etwas rein Körperliches gewesen sei, sondern auch die Seele erreichen könne.

So ist es bei Sophia. Sie berührt meine Seele. Es ist wundervoll.

Ich schiebe mich etwas tiefer in sie hinein und schaffe es nur mit Mühe, nicht lustvoll aufzustöhnen.

Mit einer Hand streichle ich sie zwischen den Beinen.

Ich kann mir vorstellen, dass es für sie schmerzhaft ist. Obwohl sie bereit war, mich aufzunehmen, ist sie sehr eng.

Immer tiefer schiebe ich mich in sie hinein. Stirnrunzelnd bemerke ich, dass es sie große Mühe kostet, nicht zu schreien.

Ich beginne, mich zu bewegen, erst ganz langsam, dann immer schneller.

Sie beißt fest auf den Rohrstock. Ich liebe es, sie zu beobachten, wie sie sich nur mit größter Mühe beherrschen kann.

Aber am schönsten wird es sein, wenn sie loslässt und kommt.

Kurz überlege ich, was passieren würde, wenn auch ich loslasse.

Aber nein.

Das darf nicht passieren. Und es wird auch niemals passieren.

Entschlossen stoße ich immer fester zu. Jetzt wird es leichter für mich. Ich erinnere mich daran, wie ich die Kontrolle wahren kann, und vergesse das Gefühl, das mich übermannt hat, als ich in sie eingedrungen bin.

Ihr Atem geht immer schneller, ihr Körper zerrt an den Seilen.

Hinterher werden ihre Handgelenke wund gescheuert sein. Genauso wie die Stelle zwischen ihren Beinen. Aber all das gehört dazu, und wenn sie kommt, wird sie es begreifen.

Lust ist Schmerz, und Schmerz ist Lust. Das eine steigert das andere. In meiner Welt – der Welt, die sie kennenlernen wollte – gibt es das eine nicht ohne das andere.

Als ich mich immer weiter in sie hineinarbeite, versucht sie, sich mir zu entwinden, aber ich halte sie fest. Sie muss das spüren – alles spüren.

Ich presse sie an mich, um mich noch tiefer in ihr zu vergraben. Wäre der Stock nicht, würde sie jetzt laut aufschreien.

Dann kommt sie und lässt sich in die Seile fallen, wobei ich noch etwas mehr in sie hineinrutsche.

Auch ich möchte so gern kommen, dass ich es kaum noch aushalte. Ich bin nur wenige Sekunden davon entfernt. Vor allem, als ich das Pulsieren ihres Orgasmus spüre. Aber gerade noch rechtzeitig ziehe ich mich zurück.

Ich halte sie fest und löse ihre Fesseln.

Einen Moment lang lasse ich sie an meiner Brust ruhen. Sie ist weich und schwer.

Zu gern würde ich ewig so verharren und sie betrachten, aber das geht nicht. Ich richte sie auf und beginne, sie anzuziehen.

»Bist du gar nicht gekommen?«, fragt sie.

Ich schüttle den Kopf.

»Ich behalte lieber die Fäden in der Hand. Wer weiß, wozu es führen würde, wenn ich käme. Ich schaffe es ja so schon kaum, mich in deiner Nähe zu kontrollieren.«

»Was wäre so schlimm daran, die Kontrolle zu verlieren?«

»Einfach alles.«

53

Einfach alles.

Wenn ich die Kontrolle verliere, werde ich Menschen wehtun, die ich gern habe.

Wenn ich die Kontrolle verliere, ist niemand in meiner Nähe mehr sicher.

Ich nicht, du nicht, keiner.

Aber jetzt weiß ich, dass diese Annahme nicht stimmte.

Bei Sophia habe ich schließlich die Kontrolle verloren. Und es war wunderbar.

Ich denke an den Abend vor ein paar Stunden, als ich Steine an ihr Fenster geworfen habe und auf ihren Balkon geklettert bin.

Ich hatte große Angst. Ich befürchtete, sie könnte beschlossen haben, dass ich den Ärger nicht wert sei. Die Presse, das harsche Urteil ihrer Kommilitonen – ich dachte, vielleicht hat sie sich dafür entschieden, mir den Laufpass zu geben.

Deshalb musste ich sie unbedingt sehen. Ich dachte, vielleicht wäre es das letzte Mal.

54

Ich werfe Kieselsteine an Sophias Fenster und warte.

Schließlich geht ihre Balkontür auf, und sie tritt ins Freie.

Sie trägt ihren Schlafanzug und könnte nicht schöner aussehen.

Ich lasse die überzähligen Steine fallen.

Sie erblickt mich im Mondlicht. »Marc?«, flüstert sie.

»Sophia.«

»Was machst du hier?«, fragt sie. »Wie hast du es unbemerkt hierher geschafft?«

»Ich habe meine Mittel und Wege. Ich komme jetzt zu dir hoch.«

Ich klettere die Regenrinne hinauf und stehe innerhalb von Sekunden auf Sophias Balkon.

»Romeo, Romeo«, sagt sie lächelnd.

»Es ist der Ost und Julia die Sonne.« Ich streichle ihre Wange. »Es ist zu kalt für dich hier draußen.«

Ich hebe sie hoch und trage sie ins Zimmer. Während ich die Glastür mit einem Fußtritt schließe, überlege ich, ob das wohl das letzte Mal sein wird, dass ich sie in den Armen halte. Es ist ein wunderbares Gefühl, sie zu tragen.

»Du hast mir gefehlt«, sage ich.

»Du mir auch.«

Behutsam setze ich sie aufs Bett und lege mich neben sie.

Sie berührt mit einer Hand meine Wange.

»Wär ich der Handschuh doch auf dieser Hand und küsste diese Wange«, murmle ich.

Sie lächelt.

»Ich dachte mir, dass ich dich wenigstens ein letztes Mal sehen muss, sollte es zwischen uns vorbei sein«, sage ich.

»Wer sagt denn, dass es vorbei ist?«

»Vielleicht hast du ja beschlossen, dass dir unsere Beziehung all die Mühen nicht wert ist.«

»Du könntest auch genug von mir haben.«

»Niemals.«

Ich küsse sie. Wie unglaublich zart sich ihre Lippen anfühlen! Ist es das letzte Mal, dass ich sie spüre?

Langsam entkleide ich sie, ohne meine Augen von ihr abzuwenden.

Nähe. Echte Nähe. So fühlt sie sich an.

Stumm lege ich mich auf sie.

Es ist anders als bei den anderen Malen. Ich spiele nicht mit ihr, ich kontrolliere sie nicht, und ich will auch nicht, dass sie sich mir unterordnet. Ich will ihr einfach nur nahe sein.

Ich streichle sie unablässig, weil ich alles von ihr spüren will. Ich bewege mich in ihr, sanft und langsam. Es gibt keine Eile. Das kann nicht das Ende sein. Ich will nur, dass unsere Körper vereint sind.

»Ich möchte gern loslassen«, sage ich. »Jetzt. Mit dir.«

»Und das kannst du. Ich möchte sogar, dass du es tust. Ich wünsche mir nichts mehr als das.«

Ich bewege mich weiter. Als ich merke, dass ich kurz davor bin zu kommen, steigt Panik in mir auf. Aber vielleicht ist es das letzte Mal mit ihr. Vielleicht ist es meine letzte Chance loszulassen.

Also tue ich es.

Die ganze Zeit sehe ich in Sophias Augen. Ich habe nie etwas Schöneres erblickt.

Wir umschlingen einander mit Armen und Beinen, und zum ersten Mal in meinem Leben fühle ich mich frei.

Warum hatte ich solche Angst?

Wir sind füreinander geschaffen.

»Ich muss es jetzt wissen«, sage ich schließlich. »Werden wir das durchziehen, oder muss ich über dich hinwegkommen?«

Das Herz schlägt mir bis zum Hals, während ich auf ihre Antwort warte.

»Ja«, sagt sie schließlich. »Wir ziehen das durch.«

»Bist du dir sicher?«, frage ich, während mein Herz zu glühen beginnt.

»Ja.«

»Ich liebe dich.«

»Ich liebe dich auch.«

»Dann werden wir morgen zusammen das College verlassen«, erkläre ich ihr. »Hand in Hand.«

55

Der Vorbote der Sonne ist nur ein weißer Strich, der über London funkelt.

Sophia seufzt leise im Schlaf.

Ich liebe sie. Beinahe hätte ich die Worte laut herausgeschrien. Ich liebe ein Mädchen, das ich nie hätte haben dürfen.

Ich weiß nicht, was uns der heutige Tag bringen wird. Aber wir gehören zusammen, und nichts wird uns trennen.

Ich schlüpfe unter die Decke, ohne den Blick von Sophia zu wenden. Ich will nicht einschlafen. Ich will sie ansehen. Für immer und ewig.

Ich rutsche an sie heran, bis wir uns an der Stirn berühren.

Sophias Lider flattern.

»Sophia?«, flüstere ich.

Sie murmelt etwas im Schlaf.

Ich schließe die Augen. »Ich liebe dich auch.«

S. Quinn

hat als Journalistin, Ghostwriterin, Buchgestalterin, Clubtänzerin und Partymasseuse gearbeitet, bevor sie sich ganz dem Schreiben von Romanen widmete. Mit ihren erotischen Romanen »Devoted« und »Passion« gelangen ihr auf Anhieb internationale Bestseller. »Blackwell Lessons« ist die Fortsetzung der »Devoted«-Trilogie. S. Quinn lebt mit ihrem Mann und ihrer kleinen Tochter in Brighton.

Die *Devoted*-Reihe von S. Quinn und die Fortsetzung *Blackwell Lessons*:

Devoted. Geheime Begierde. Band 1. Roman
Devoted. Verbotene Leidenschaft. Band 2. Roman
Devoted. Gefährliches Verlangen. Band 3. Roman
Blackwell Lessons. Leidenschaftliches Versprechen. Band 1. Erotischer Roman
Blackwell Lessons. Entfesselte Lust. Von Marc Blackwell erzählt. Band 2. Erotischer Roman
Blackwell Lessons. Endlose Liebe. Band 3. Erotischer Roman (März 2017)

(Alle auch als E-Book erhältlich)

Außerdem lieferbar:

Passion. Leidenschaftlich begehrt. Band 1. Erotischer Roman
Passion. Leidenschaftlich verführt. Band 2. Erotischer Roman
Passion. Leidenschaftlich verliebt. Band 3. Erotischer Roman

(Alle auch als E-Book erhältlich)

GOLDMANN
Lesen erleben

S. QUINN

BLACKWELL LESSONS

Leidenschaftliches Versprechen

GOLDMANN

Lesen erleben

Buch

Als die 22-jährige Sophia Rose an der berühmten Londoner Schauspielschule Ivy College angenommen wurde, begann für sie ein neues, aufregendes Leben. Nie aber hätte die junge Studentin damit gerechnet, dass sie einmal eine verbotene Liebesbeziehung mit dem Akademieleiter, dem faszinierenden Hollywoodstar Marc Blackwell, eingehen und sich mit ihm auf eine gefährliche erotische Entdeckungsreise begeben würde. Nun endlich steht Sophias und Marcs Beziehung nichts mehr im Weg. Während der dominante Marc Sophia eine Welt voll ungeahnter sexueller Abenteuer zeigt, hat sie sein Herz für die wahre Liebe geöffnet. Doch schon kurz nach ihrer Hochzeit wird die Liebe der beiden erneut auf eine schwere Probe gestellt. Denn Sophia übernimmt ihre erste Hauptrolle – in einem großen Liebesfilm, in dem sie nicht nur an der Seite des berühmten Frauenschwarms Leo Falkirk spielt, sondern auch auf den draufgängerischen Baz Smith trifft, Marcs ehemaligen Freund und Mentor. Marc ist rasend vor Eifersucht, er will Sophia ganz für sich allein haben und jeden ihrer Schritte kontrollieren. Wird sie je seine dunkle Seite besänftigen können? Oder muss Sophia ihr Herz vor ihm schützen?

Weitere Informationen zu S. Quinn
sowie zu lieferbaren Titeln der Autorin
finden Sie am Ende des Buches.

S. Quinn

BLACKWELL LESSONS

Leidenschaftliches Versprechen

Band 1

Erotischer Roman

Aus dem Englischen
von Angela Schumitz

GOLDMANN

Die englische Originalausgabe erschien 2015
unter dem Titel »The Blackwell Lessons«.

Dieses Buch ist auch als E-Book erhältlich.

FSC www.fsc.org
MIX
Papier aus verantwortungsvollen Quellen
FSC® C014496

Verlagsgruppe Random House FSC® N001967

1. Auflage
Deutsche Erstveröffentlichung Februar 2017

Umschlaggestaltung: UNO Werbeagentur, München
Umschlagmotiv: FinePic®, München
Redaktion: Susanne Bartel
KS · Herstellung: Str.
Satz: omnisatz GmbH, Berlin
Druck und Bindung: GGP Media GmbH, Pößneck
Printed in Germany
ISBN: 978-3-442-48507-9
www.goldmann-verlag.de

Besuchen Sie den Goldmann Verlag im Netz

Für meine beiden Engel,
Lexi und Laya

1

Mein Hochzeitstag.

Bislang der schönste Tag in meinem Leben.

Die Zeremonie ist vorbei, und wir sitzen auf dem sonnigen Rasen. Marc und ich betrachten den Sonnenuntergang, und ich kann spüren, wie sehr mich meine Familie und meine Freunde lieben. Ich lehne mich an Marcs breite Schulter und denke an die Gelübde, die wir unter dem Blätterdach abgelegt haben.

Sophia Rose, ich verspreche dir, dich mein Leben lang zu lieben …

Es war überwältigend, dass unsere Hochzeit im Wäldchen hinter dem Ivy College stattfand. Und dass Jen und Tanya meine Brautjungfern waren. Und dass Tom uns beim Schreiben der Gelübde unterstützt hat.

Ich blicke an meinem Hochzeitskleid aus fließender Seide hinab und weiß, dass ich kein besseres hätte finden können. Es ist traumhaft und gleichzeitig natürlich und sehr bequem. Nicht zu förmlich. In einem gestärkten, mit viel Spitze verzierten Kleid hätte ich mich nicht wohlgefühlt.

Obwohl der Himmel sich rosagrau verfärbt hat, ist es noch immer warm.

Ich lege die Hände auf den Bauch. Ob ich tatsächlich schon schwanger bin? Ich weiß, dass es noch viel zu früh ist, das mit Gewissheit zu sagen, aber …

Marcs Umarmung wird fester. »Morgen gehen wir zum Arzt.«

Er sieht toll aus in seinem schwarzen Anzug, mit seinem glatt rasierten, kantigen Kinn und den strahlend blauen Augen.

»Na gut.«

»Vielleicht solltest du später die Finger vom Hummer lassen. Für alle Fälle.«

Als Hochzeitsessen gibt es gegrillten Hummer und Steaks.

»Warum?«, frage ich.

»Weil Schwangere keine Krustentiere essen sollten.«

»Verwechselst du das nicht mit Sushi?« Ich lache. »Ich bin mir ziemlich sicher, dass Krustentiere in Ordnung sind. Außerdem bin ich vielleicht gar nicht schwanger.«

»Ich sehe zu, dass jemand das mit den Krustentieren herausfindet.«

»Nein!« Ich packe seine Hand. »Wir wissen doch noch nicht einmal, ob ich wirklich schwanger bin. Ich will nicht, dass jemand etwas davon mitbekommt. Vielleicht ist es ja nur ein Fehlalarm.«

Marc verzieht das Gesicht. »Sophia …«

»Bitte, Marc. Ich google es schnell selbst, okay?« Ich ziehe mein Handy aus einer kleinen Clutch und tippe die Frage in die Suchmaske. »Hier steht, dass Krustentiere okay sind.«

Während wir uns unterhalten, entzünden ein paar Leute vom Personal die Kerzen für die abendliche Party. In den weißen Rundzelten auf der Wiese schimmern Lichterketten.

»Das ist wirklich der schönste Tag meines Lebens.«

»Freut mich zu hören«, erwidert Marc.

»Alle, die wir lieben, sind hier.«

Na ja, fast alle.

Ich blicke in den Himmel und denke an meine Mutter. Ich war zwar noch ein Kind, als sie starb, aber das heißt nicht, dass ich sie an Tagen wie diesem nicht vermisse. Komisch, ich habe heute noch gar nicht an sie gedacht, selbst als Marc und ich uns das Eheversprechen gaben. Aber als ich jetzt unsere Familie und Freunde auf der Wiese beobachte, spüre ich einen Stich in der Magengegend.

Sie wäre so gern hier gewesen. Die Natur … und Marc.

»Sophia?« Marc klingt besorgt. »Stimmt etwas nicht?«

»Eigentlich nicht, aber … vermisst du heute deine Mutter?«

»Ich habe tatsächlich vorhin an sie gedacht.« Marc starrt in Richtung der Bäume. »Während ich auf der Lichtung auf dich gewartet habe. Ich habe mir gewünscht, dass ihr euch kennengelernt hättet. Sie hätte dich bestimmt sehr gemocht.«

»Meine Mutter dich auch.«

»Vermisst du sie?«

»Ein kleines bisschen schon. Aber nur jetzt, nicht den ganzen Tag.« Ich sehe zu Dad hinüber, der über etwas lacht, was Denise sagt. »Meistens vermisst Dad sie bei solchen Gelegenheiten auch, aber ich glaube, heute hat er eine gute Ablenkung – was mich sehr freut. Als meine Mutter wusste, dass sie bald sterben würde, hat sie gesagt: ›Trauert nicht um mich. Feiert mich.‹ Sie wollte nicht, dass wir traurig sind. Und sie wünschte sich, dass mein Dad eine neue Liebe findet.«

»Sie klingt wie eine fantastische Frau.«

»Das war sie auch.«

Ich betrachte unsere Gäste und bemerke, wie ein Glücksgefühl meine ernsten Gedanken verscheucht.

Jen lacht mit Leo. Tanya sitzt auf der Lehne von Toms Rollstuhl und lächelt ihm bewundernd zu. Dad grinst zu Denise hinüber. Annabel wirbelt Daniel durch die Luft.

Auch wenn ich keine Mutter mehr habe, bin ich vom Leben reich beschenkt worden.

Die Beziehung zwischen Jen und Leo steckt noch in der Anfangsphase, sieht aber vielversprechend aus. Leo bleibt länger als geplant in London, und ich weiß, dass Jen der Grund dafür ist. Sie übernachtet ständig bei ihm und hört gar nicht mehr auf, von ihm zu schwärmen.

Tanya behauptet noch immer, zwischen ihr und Tom liefe nichts Ernstes. Aber ich merke schon an der Art, wie sie ihn anschaut, dass die beiden es durchaus ernst meinen. Außerdem hat Tanya meinen Brautstrauß gefangen, man kann also nie wissen …

Dad und Denise behaupten, dass sie es langsam angehen wollen, verbringen aber in letzter Zeit fast jedes Wochenende miteinander.

Meine »böse Stiefmutter« Genoveva tut mir ein bisschen leid. Sie ist jetzt ganz allein. Der Mann, mit dem sie meinen Dad betrogen hat, hat sie fallen gelassen, und Dad scheint sein Glück in Denise gefunden zu haben. Aber wie Jen immer sagt: Das Karma kann manchmal ziemlich fies sein. Genoveva ist selbst schuld. Ich wünschte nur, sie würde sich etwas mehr um meinen kleinen Bruder Sammy kümmern; doch leider kann niemand sie dazu zwingen, eine gute Mutter zu sein.

Als ich mich unter unseren Verwandten und Freunden umschaue, bemerke ich, dass Marcs Schwester Annabel mit einem Wachmann redet und die Stirn runzelt.

Annabel war in letzter Zeit so fröhlich. Sie hat endlich ihre Heroinsucht überwunden und ihren kleinen Daniel zurückbekommen. Aber im Moment wirkt sie … ich weiß nicht. Besorgt.

»Marc«, flüstere ich. »Ist mit deiner Schwester alles in Ordnung?«

Marc zieht die dunklen Brauen zusammen. »Warte hier«, erwidert er und springt auf.

Mich überläuft ein Schauder, obwohl es nicht kalt ist.

Als Marc zu Annabel und dem Wachmann tritt, wehen ein paar Worte ihres Gesprächs zu mir herüber.

»Nein, natürlich kann er nicht reinkommen.«

»Woher wusste er überhaupt von heute?«

Ich stehe auf. Meine Seidenballerinas versinken im feuchten

Gras. Das ist mein Hochzeitstag. Wenn etwas nicht stimmt, will ich es wissen.

Marc verzieht das Gesicht, als ich über die Wiese zu ihm gehe.

»Was ist los?«, will ich wissen und fasse ihn am Arm.

»Nichts, worüber du dir Sorgen machen musst.«

»Annabel?«, frage ich.

Annabel wirft Marc einen Blick zu. »Ich mag es nicht, Geheimnisse zu haben. Nicht mehr.«

»Das ist kein Geheimnis«, faucht Marc. »Es ist nur nicht Sophias Zeit wert. Heute ist unser Hochzeitstag. Sophia braucht kein Familiendrama.«

Annabel sieht zu Daniel hinunter, der sich an ihr Bein klammert. »Hallo, kleiner Mann.« Sie drückt ihn fest an sich. »Komm, wir gehen. Schauen wir mal, ob wir noch mehr von der Zitronen-Baiser-Tarte finden, was meinst du?« Sie blickt gequält Richtung Marc, dann nimmt sie Daniel an der Hand und verlässt uns.

Marc seufzt. »Das ist das Problem mit Entzugskliniken. Dort hat sie gelernt, brutal aufrichtig zu sein.«

»Aufrichtigkeit ist gut. Ich mag auch keine Geheimnisse.«

»Es ist wirklich nur ein kleines Familiendrama, auf das wir an unserem Hochzeitstag gut und gern verzichten können. Okay?«

»Und das Familiendrama wäre?«

Marc sieht mich ernst mit seinen blauen Augen an. »Sophia, du hast sicher schon mal von der Büchse der Pandora gehört?«

»Ja«, erwidere ich. »Wie du eigentlich wissen müsstest, habe ich sie sogar geöffnet. Und heute die Liebe meines Lebens geheiratet.«

Ich sehe, dass Marc gegen ein Lächeln ankämpft. »Jetzt müssen wir nur noch glücklich bis ans Ende unserer Tage leben. Das weißt du, oder?«

»Ja«, antworte ich. »Und dazu gehört auch, dass man aufrichtig zueinander ist.«

»Ich bin dir gegenüber immer aufrichtig.« Marc drückt mir einen Kuss auf die Stirn. »Aber diese Geschichte kann warten. Denn nun, Mrs Blackwell, wird es Zeit, die Torte anzuschneiden.«

2

Wir machen uns auf den Weg zu dem größten Zelt, das in etwa so groß wie ein Kirchenschiff ist. Außen wie innen ist es mit Lichterketten und echtem Efeu dekoriert.

Unsere Hochzeitstorte thront auf einem silbernen Tisch in der Mitte. Natürlich ist es eine Schokotorte. Fünf Ebenen köstliche und saftige Schokoladencremetorte, überzogen mit glänzendem Schokoladenguss und dekoriert mit handbemalten Rosen und Efeublättern aus Fondant.

Unsere Verwandten und Freunde versammeln sich im Zelt, die Bedienungen reichen Champagner.

»Würden Sie mich zu unserer Hochzeitstorte begleiten, Mrs Blackwell?«, fragt Marc und führt mich durch die Menge.

»Mit größter Freude, Mr Blackwell«, erwidere ich.

»Wollen wir wetten?«, fragt Jen, als wir neben der Torte stehen. »Die Schokoladentorte war Sophias Idee, oder?«

Alle lachen.

Marc reicht mir ein Silbermesser, legt seine Hand über meine, und wir schneiden die Torte gemeinsam an.

Ein Blitzlichtgewitter von Kameras und Handys bricht los, als wir zwei ordentliche Schnitte machen, dann hebt Marc ein Stück der köstlichen Schokotorte hoch und an meine Lippen. »Mrs Blackwell?«

»Danke.« Ich beuge mich vor, um abzubeißen, und bin etwas verlegen, weil alle zusehen.

Die Menge applaudiert, und Marc und ich stehen da und lachen. Ich versuche, meine Schokolippen mit meiner Hand zu bedecken, aber Marc schiebt sie weg und küsst mich.

Plötzlich nehme ich um mich herum niemanden mehr wahr. Es gibt nur noch Marc und mich.

Nachdem die Torte serviert ist, bereitet sich vor dem Zelt die Band auf ihren Auftritt vor, und alle Gäste schlendern ins Freie.

Wir haben eine Gruppe aus der Gegend angeheuert, die *Green Fingers*, die schon seit vielen Jahren in unserem Dorfpub auftreten.

»Wir freuen uns, dass wir hier sein dürfen«, sagt Rita, die Sängerin, eine Irin mit wunderbarer Stimme. »Gibt es etwas Schöneres, als die Party mit dem ersten Tanz zu eröffnen? Mr und Mrs Blackwell, bitte treten Sie vor.«

»Darf ich Sie um diesen Tanz bitten, Mrs Blackwell?«, fragt Marc, und seine tiefe Stimme findet ihren Weg bis in mein Innerstes.

»Sie dürfen.«

Marc führt mich über den Rasen.

Die Menge teilt sich, bis Marc und ich vor den Musikern inmitten funkelnder Lichterketten stehen.

Die Band spielt *True Colors* von Cyndi Lauper, und Marc zieht mich an sich. Er schlingt einen Arm um meine Taille und legt eine Hand sanft an meine Wange.

Seine blauen Augen sind heute unglaublich klar. Er muss mir nicht sagen, dass er mich liebt. Sein Blick spricht Bände.

»Hättest du dir bei unserer ersten Begegnung vorgestellt, dass wir so enden würden?«, frage ich.

»Nicht in Millionen von Jahren.«

»Was hast du dann gedacht, als wir uns trafen?«

»Ich fand dich erstaunlich.« Marc schenkt mir sein verschrobenes Halblächeln. »Du hast etwas in mir gesehen, das kaum ein anderer sieht. Licht. Du hast geglaubt, dass ich eine helle Seite habe.«

»Ich kann mich gar nicht daran erinnern, das gesagt zu haben.«

»Du sagtest, dass in jedem Licht ist.«

»Vielleicht habe ich das nur allgemein gemeint.«

»Nein, hast du nicht.«

Ich lache. »Du hast recht. Ich habe es schon auf dich bezogen.«

Marc legt seine Stirn an meine. »Und ich werde jeden Tag heller. Jeden Tag, den ich mit dir verbringe.«

»Sie haben noch immer eine dunkle Seite, Mr Blackwell«, erwidere ich. »Sie gehört zu den Dingen, die ich an Ihnen so liebe.«

»Echt wahr?«

»Echt wahr.«

Marcs Lippen nähern sich meinen. Er küsst mich, erst ganz sanft, dann immer intensiver, bis ich um Atem ringe.

Ich entziehe mich ihm. »Immer mit der Ruhe, Mr Blackwell. Heben Sie sich davon noch etwas für die Flitterwochen auf.«

»Ich denke, wir sollten nicht gleich in die Flitterwochen aufbrechen. Nicht bis du beim Arzt warst.«

Ich lehne den Kopf an seine Schulter. »Vielleicht hast du recht. Sicherheitshalber. Marc … was ist, wenn ich tatsächlich schwanger bin? Ist es nicht zu früh für ein Baby?«

»Das glaube ich nicht. Möchtest du noch heute Abend einen Test machen? Ich könnte Rodney losschicken und …«

»Nein!« Die Lautstärke meiner Worte überrascht mich.

»Sophia?«

»Es ist nur … Ich will nicht, dass schon heute jemand etwas davon erfährt. Ist das in Ordnung?«

»Völlig in Ordnung.« Marc streicht mir über die Haare. »Alles, was du willst, okay? Was immer du willst.«

Ursprünglich hatten wir gleich in der Nacht nach der Hochzeit nach Venedig fliegen wollen, in Marcs mit einer luxuriösen Schlafzimmersuite ausgestattetem Privatjet. Aber als wir in der Limousine vom Ivy College wegfahren, bittet Marc seinen Chauffeur Keith, uns in sein Stadthaus nach London zu bringen.

»Ins Stadthaus?«, frage ich. »Nicht auf deinen Landsitz?«

»Ich werde dafür sorgen, dass du gleich morgen früh einen Termin bei einem Arzt auf der Harley Street bekommst«, erwidert Marc. »Es ist also besser, wenn wir in London übernachten.«

»Okay«, murmle ich und lehne mich an seine Schulter. »Marc?«

»Ja, Sophia?«

»Danke!«

»Wofür?«

»Für den schönsten Tag meines Lebens.«

Mark bedenkt mich mit seinem schrägen Lächeln. »Er ist noch nicht zu Ende.«

3

Im Stadthaus trägt mich Marc ins Obergeschoss. Aber nicht ins Schlafzimmer, sondern in das riesige, marmorne Bad.

Die Lampen leuchten sanft orangefarben wie Kerzen. Nur neben dem Waschbecken sind sie hell genug zum Schminken und Zähneputzen.

Marc sitzt mit mir auf dem Schoß auf dem Rand der gigantischen roten Wanne, während er dampfend heißes Wasser einlaufen lässt. Dann hilft er mir beim Ausziehen meines Hochzeitskleides. »Ich dachte, du würdest vielleicht gern noch baden.«

»Ist es nicht schon ein bisschen spät dafür?«

»Widersprich deinem Mann nicht.« Er hakt meinen BH auf

und zieht mein Höschen hinunter, damit ich ihm entsteigen kann. »Rein in die Wanne mit dir.«

Ich hebe spöttisch eine Braue. »Wird mein Eheleben so aussehen? Dass du mich die ganze Zeit herumkommandierst?«

Marc lächelt mich an, sodass ich dahinschmelze. »Ganz genau. Und jetzt rein mit Ihnen, Mrs Blackwell, bevor das Wasser kalt wird.«

Ich tauche einen Fuß ins Wasser. »Es ist heiß«, sage ich.

»Umso besser für den Kreislauf. Setz dich.«

Gehorsam hocke ich mich ins heiße Wasser.

»Jetzt leg dich hin.«

»Marc, ich …«

»Tun Sie, was Ihnen befohlen wird, Mrs Blackwell, sonst wird Ihr Verhalten Konsequenzen haben.«

»Was für Konsequenzen?«

Marcs Lippen kräuseln sich. »Konsequenzen eben.«

»Hm …« Ich lasse meine Finger über die Wasseroberfläche gleiten. »Ich habe wirklich keine Lust, mich jetzt ins Wasser zu legen.«

Marcs Lächeln wird breiter. »Tatsächlich? Nun, Mrs Blackwell, nachdem wir jetzt verheiratet sind, steht auf Ungehorsam eine sehr, sehr harte Strafe.«

Mein Atem beschleunigt sich. »Wie hart?«

»Sehr hart.« Marc zieht sich aus.

Ich betrachte seinen eindrucksvollen, muskulösen Körper im schwachen Lichtschein. Seine Haut ist bleich und makellos, seine Glieder lang und sehnig, seine Muskeln trainiert.

Er steigt in die Wanne, kniet sich hinter mich und legt mir die Hände auf die Schultern. »Willst du sehen, wie ernst ich es mit meiner Drohung meine?«

»J…a«, stottere ich.

Er nimmt ein Stück Seife, legt mir eine Hand auf die untere Wirbelsäule und führt die Seife langsam und entschlossen bis zu meinem Nacken. Seine Berührung ist so kontrolliert, so präzise. Als er meinen Nacken erreicht, wickelt er sich meine Haare ums Handgelenk und zieht meinen Kopf daran nach hinten. Dann dreht er mein Gesicht und küsst mich.

Als er mich loslässt, schnappe ich nach Luft.

»Lehn dich über den Wannenrand.«

Wortlos knie ich mich hin und beuge mich vor. Meine Brüste werden gegen den kalten Marmor gepresst, mein Hintern ragt aus dem Wasser.

Marc seift ihn mit kreisenden Bewegungen ein. »Du bist schon rot. Aber da ist noch Spielraum nach oben.«

Er legt die Seife auf einem Marmorvorsprung ab, dann landet seine Hand auf meinem Hinterteil.

Klatsch.

Klatsch.

Klatsch.

Ich keuche und stöhne und versuche, mich am kalten Marmor festzuhalten.

»Gut?«, fragt Marc.

»Ja!«

Seine Hand saust abermals auf meinen Hintern hinab. Dreimal. Sechsmal … Ich höre auf zu zählen.

In dem Moment, in dem ich mich angenehm wund anfühle, hört Marc auf und reibt seinen Handballen über meine brennende Haut, wieder und immer wieder. Dann gleitet seine Hand zwischen meine Schenkel und kreist dort genau an den richtigen Stellen.

Schließlich zieht er seine Hand hervor und beginnt wieder, mich zu schlagen. Langsam. Rhythmisch. Mit exakt so langen Pausen, dass ich anfange, mich nach mehr zu verzehren.

»Ohhhh!«

Er packt meine Haare und zerrt meinen Kopf nach hinten. »Ich liebe es, dich zu disziplinieren.«

»O Gott!«, stöhne ich.

Marc dreht mich um. Einen Moment lang betrachtet er mich mit wildem Blick, dann küsst er mich überraschend sanft und zieht mich auf seinen Schoß, meine Beine legen sich um seine Hüften.

Im Wasser zwischen meinen Oberschenkeln spüre ich, wie hart er ist.

Er gleitet ein wenig in mich hinein. Genug, um mich zu necken und dazu zu bringen, mehr zu wollen.

Ich seufze auf und klammere mich an seine starken, muskulösen Arme. »Mehr! Bitte! Gib mir mehr!«

»Aber nur, weil heute unser Hochzeitstag ist …«

Er zieht mich auf sich, und ich schreie vor Lust, als er tief in mich eindringt.

»Nicht bewegen«, weist er mich an und hält mich mit eisernem Griff fest. Er beugt sich vor und nimmt wieder die Seife. Dann beginnt er, einen Arm von mir behutsam von oben bis unten zu waschen.

Erregt von den sanften Bewegungen auf meiner Haut und dem erfüllten Gefühl von ihm in mir stöhne ich laut auf.

Marc fährt mit der Seife über meinen Nacken, dann über meinen anderen Arm. Als er zu meinen Brüsten gelangt, lasse ich vor Lust den Kopf zurückfallen. Er wäscht meine Brüste mit kreisenden, achtsamen, sorgfältigen Bewegungen und verfährt genauso mit meinem Bauch und meinem Rücken.

Die ganze Zeit spüre ich ihn in mir, und jede noch so kleine Bewegung schickt lustvolle Wellen durch meinen Körper.

»In meiner Jugend«, flüstert Marc und lässt die Seife zwischen meine Beine fallen, »hat man uns in der Schule den Mund ausgewaschen, wenn wir böse waren.«

»Warst du denn böse?«

»Sehr.«

Er beginnt, auf und ab zu wippen, und die Seife bewegt sich im Takt seiner Bewegungen.

»O Marc. Marc!« Wieder fällt mein Kopf nach hinten, während ich mich auf seinem Schoß hin und her bewege, und meine Haarspitzen berühren das Wasser.

Marc hebt seine Hüften an, sodass die Seife mich härter reibt. Seine Miene ist streng und gnadenlos.

»O Gott! Ohhh!«, stöhne ich. Ich werfe mich an seine Brust und schlinge die Arme um seine breiten Schultern, während seine Stöße immer schneller werden.

Er streicht mir das feuchte Haar aus dem Gesicht und hält mich fest.

Die schlüpfrige Seife zwischen meinen Beinen ruft erstaunliche Reaktionen in mir hervor. Ich spüre Marcs herrlich harte Muskeln an meinen Brüsten und rieche den Duft seiner wunderbar frischen, sauberen Haut und Haare.

Marc packt meinen Hintern, hebt mich hoch und lässt mich fallen.

Schwapp, schwapp, schwapp.

Ich halte es nicht mehr aus. »O Gott! Marc! Ich komme.«

Brennende Hitze breitet sich zwischen meinen Beinen aus und kriecht über meinen ganzen Körper. Es fühlt sich unglaublich an in dem heißen Wasser. Ich schließe die Augen. Alles an mir ist weich und schön.

»Ja. Ja!«, stöhnt Marc. »Sophia. Ja! Sophia!« Er dringt noch ein Stück tiefer in mich ein, zieht mich auf seinen Schoß und umklammert meinen Hintern, bevor auch er kommt.

Wir halten einander fest. Das Wasser um uns herum plätschert. Schwer atmend schauen wir uns in die Augen.

»Nun …« Marc drückt Wasser aus meinen nassen Haaren. »Immer noch der schönste Tag deines Lebens?«

»Definitiv.«

4

Am nächsten Morgen wache ich im Schlafzimmer des Stadthauses inmitten von flauschig weichen, weißen Federkissen auf.

»Guten Morgen«, sage ich. Marc liegt neben mir, sein wunderschönes Profil schimmert im Licht der Sonne.

»Guten Morgen, Mrs Blackwell.«

Ein Grinsen spielt um meine Lippen. »Wir haben gestern geheiratet, stimmt's?«

»Ja. Jetzt gehörst du für immer und ewig mir.«

»Ich habe von Anfang an für immer und ewig dir gehört«, flüstere ich. »Egal ob verheiratet oder nicht.«

»Aber jetzt wissen es auch alle anderen. Besonders die Männer.«

Ich lache. »Nur weil du mich willst, heißt das noch lange nicht, dass auch alle anderen Männer mich wollen.«

»Glaube mir, das tun sie«, erwidert Marc. »Du wirkst einfach nur zu herrlich unschuldig, als dass sich die meisten trauen würden, sich dir zu nähern.«

»Das muss ich dir dann wohl einfach glauben.«

»Ich dachte schon, du würdest nie aufwachen.«

»Wie spät ist es?«, frage ich.

»Fast neun. Wenn du noch länger geschlafen hättest, hätte ich dich mit kaltem Wasser übergossen.«

»Das hättest du nicht.«

Marc lacht. »Stimmt, hätte ich nicht. Na ja, zumindest nicht, um dich aufzuwecken. Es gibt deutlich bessere Verwendungen für kaltes Wasser.«

»Ach ja?«

»Ja. Und als dein Ehemann und ehemaliger Lehrer ist es meine Pflicht, dir jede vorstellbare Verwendung zu zeigen.« Er küsst meinen Hals und flüstert: »Aber jetzt wartet der Arzt. Komm schon, Dornröschen, raus aus den Federn.«

»So früh?«

»Ja. Frühstück gibt's in der Limo. Zeit für eine schnelle Dusche hättest du aber noch.«

»Du meinst, ich muss nach dem Bad gestern Nacht noch duschen?«

Marc fährt mit den Fingern durch meine Haare. »Es wäre mir egal, wenn du dich nie mehr duschen würdest. Aber ich weiß, dass du morgens gern unter die Dusche springst. Und ich werde dich keines einzigen Vergnügens berauben, wie klein auch immer.«

Ich richte mich auf und bemerke den glänzenden Ring an meinem Finger. »Marc! Wir sind wirklich verheiratet.«

»Es freut mich, dass du dich daran erinnerst.«

»Ich bin Mrs Blackwell.«

»Richtig. Du bist meine Frau, und ich werde mich um dich kümmern, Mrs Blackwell, bis dass der Tod uns scheidet. Du wirst immer etwas ganz Besonderes für mich sein. Für den Rest unseres Ehelebens wirst du auf einem Podest stehen.«

»Womit habe ich nur so viel Glück verdient?«

Marcs Augen sind klar und sanft. »Ich bin derjenige, der das Glück hatte, dass du meinen Heiratsantrag angenommen hast. Und dass du mich liebst, wie ich bin.« Er klatscht laut in die Hände. »Aber jetzt auf zum Arzt.«

»Können wir uns nicht ein klein wenig verspäten?«, bettle ich und rutsche näher zu ihm. »Wir haben unsere Ehe noch nicht im Ehebett vollzogen, und …«

Marc atmet tief ein. »Mrs Blackwell, Sie stellen meine Selbstbeherrschung auf die Probe.«

»Aber wäre es denn so schlimm, wenn wir …?«

»Du hast einen Termin. Ich bin immer pünktlich, was bedeutet, dass du es auch sein wirst. Egal wie sehr du mich in Versuchung führst – deine Gesundheit ist wichtiger als alles andere.«

»Aber ich bin doch nicht krank.«

»Das habe ich auch nicht behauptet.« Das Lächeln ist zurück auf Marcs Gesicht. »Um genau zu sein, hoffe ich sogar, dass die Ärztin uns bestätigen wird, dass alles in allerbester Ordnung ist.«

5

Auf der Fahrt zur Praxis werde ich plötzlich nervös. Gestern kam mir die Vorstellung, dass ich schwanger sein könnte, noch irreal vor. Aber gleich werden wir es wahrscheinlich genau wissen. Was, wenn ich tatsächlich schwanger bin? Wäre es zu früh? Würde Marc sich darüber freuen?

Wie immer, wenn ich nervös bin, wird mir etwas übel. Ich will nichts essen oder trinken.

Marc hat ein ganzes Frühstücksbüffet in den Wagen bestellt – frisches Obst, Brioches, Bagels mit Räucherlachs. Lauter Köstlichkeiten, appetitlich angerichtet, aber schon bei dem Gedanken an Essen wird mir schlecht.

Marc versucht wie ein besorgtes Elternteil, mich dazu zu bewegen, etwas zu mir zu nehmen. »Nur ein kleines Schlückchen Saft? Ein winziges Stück von der Brioche? Du solltest wirklich etwas essen, Sophia. Es ist nicht gut, wenn man nichts isst.«

»Es geht nicht.« Ich lehne mich an seine Schulter. »Es tut mir leid, Marc. Alles sieht fantastisch aus, aber ich kann jetzt einfach nicht.«

Er fährt über meine Haare. »Das muss dir nicht leidtun. Wird dir bei dem Essensgeruch übel? Ich kann alles entsorgen lassen.« Er klopft laut an die gläserne Trennwand. »Keith, vielleicht müssen wir gleich kurz anhalten.«

Der Wagen wird langsamer.

»Nein, alles ist bestens«, beharre ich. »Und wir sind doch auch gleich da.« Ich schlucke und schaue aus dem Fenster in dem Versuch, meine Übelkeit zu bezwingen.

Als der Wagen in der Harley Street parkt, wird meine Nervosität noch größer. »Die Häuser sehen alle aus wie dein Stadthaus«, sage ich und bewundere die schönen dreigeschossigen georgianischen Gebäude.

»Unser Stadthaus«, verbessert Marc und führt mich zu einer glänzenden schwarzen Eingangstür. »Seit gestern gehört die Hälfte rechtmäßig dir.«

»Wow!«, sage ich. »Vielleicht sollte ich meine Hälfte verkaufen und eine Weltreise machen.«

»Solange du mich mitnimmst.«

»Als ob ich ohne dich irgendwohin reisen würde.«

An der Tür hängt ein Messingschild mit der Aufschrift: »Dr. Karen Christian, Privatpraxis«.

»Wie gut kennst du die Ärztin?«, frage ich.

»Gar nicht«, erwidert Marc. »Aber sie wurde mir wärmstens empfohlen.«

»Von wem?«

Marc lächelt. »Von Denise Crompton. Bist du jetzt zufrieden?«

»Ja.«

Marc öffnet die Tür, und wir treten in einen makellosen, leeren Wartebereich mit gläsernen Beistelltischen und Ledersofas.

»Es ist sehr ruhig«, bemerke ich und schaue mich um.

»Natürlich«, sagt Marc. »Ich wollte nicht, dass dich jemand anstarrt.«

»Und wie hast du das geschafft? Hast du anderen Patienten etwa verboten, hier aufzukreuzen?«

»Sozusagen.« Marcs Lippen zucken. »Ich habe für heute sämtliche Vormittagstermine gebucht, die noch verfügbar waren.«

»Marc, das wäre doch nicht nötig gewesen.«

»Doch!«

Eine Tür geht auf, und eine Frau in grüner Schwesterntracht erscheint. »Ah! Mrs Blackwell. Auf die Minute pünktlich.«

Ich brauche einen Moment, um zu realisieren, dass sie mich meint, und kann es mir nicht verkneifen, Marc breit anzugrinsen. »Du hast mich als Mrs Blackwell angemeldet?«

»So heißt du doch.«

Die Schwester lächelt. »Wenn Sie mir bitte folgen würden? Dr. Christian erwartet Sie.«

6

Dr. Christian ist eine lächelnde Frau um die sechzig. Sie trägt einen schwarzen Hosenanzug, ihr weißes Haar ist präzise geschnitten, ihr Gesicht mit Lachfältchen überzogen. Sie schüttelt mir herzlich die Hand. »Es freut mich, Sie kennenzulernen, Mrs Blackwell. Ich habe gehört, Sie haben erst gestern geheiratet.«

»Ja.« Ich nicke.

»Ist es Ihnen recht, wenn Mr Blackwell bleibt?«

»Ja«, antworte ich wieder und greife nach Marcs Hand.

»Setzen Sie sich bitte.« Dr. Christian deutet auf ein bequem aussehendes Ledersofa, und Marc und ich nehmen Platz. Ich lasse seine Hand nicht los.

»Nun, welches Problem führt Sie zu mir?«, fragt Dr. Christian.

»Na ja, es ist nicht unbedingt ein Problem.« Ich lächle. »Ich habe den Verdacht, dass ich schwanger sein könnte.«

»Und warum?«

Ich zucke mit den Schultern und komme mir dumm vor. »Ich … Es ist nur so ein Gefühl.«

»Gefühle sind völlig in Ordnung. Frauen haben eine sehr stark ausgeprägte Intuition, vor allem, wenn es um ihre Gesundheit geht. Nun denn, ein Schwangerschaftstest ist ziemlich einfach.« Sie öffnet eine Schublade und nimmt ein weißes Stäbchen heraus. »Könnten Sie kurz darauf urinieren und es mir zurückbringen? Dann werden wir in ein paar Minuten Bescheid wissen. Die Toilette befindet sich auf dem Gang gleich neben diesem Raum.«

Gehorsam nehme ich den Test und gehe nach draußen. Mit Mühe schaffe ich es, auf das Stäbchen zu pinkeln. Als Nächstes steht mir die erniedrigende Aufgabe bevor, damit wieder im Zimmer zu erscheinen.

»Kein Grund, verlegen zu sein«, versichert mir Dr. Christian. »Ich mache so etwas täglich.«

»Danke«, murmle ich, als sie mir das Stäbchen abnimmt und auf ein weißes Tuch legt.

Ich setze mich und ergreife wieder Marcs Hand.

Marc drückt meine Finger.

»Okay«, sagt Dr. Christian, während sie das weiße Stäbchen betrachtet. »Sophia, dem Test zufolge sind Sie nicht schwanger.«

»Nein?«

»Wann hatten Sie Ihre letzte Periode?«

»Vor etwa drei Wochen.«

Dr. Christian lächelt. »Dann ist es sowieso noch zu früh für den Test. Er reagiert auf Schwangerschaftshormone, aber die werden erst einige Wochen, nachdem die Schwangerschaft eingetreten ist, produziert. Kommt Ihre Periode regelmäßig?«

»Ja, ziemlich. Manchmal verschiebt sie sich um ein oder zwei Tage.«

»Darf ich Sie fragen, wie oft Sie ohne Verhütung …«

Jetzt komme ich mir richtig töricht vor. »Zweimal«, gebe ich zu.

»Dann sehen Sie doch in zwei Wochen wieder bei mir vorbei, und wir machen den Test noch einmal.«

»In zwei Wochen? Müssen wir wirklich so lange warten?«

»Ich weiß, dass es zermürbend sein kann. Das Nicht-Wissen. Ich habe das persönlich auch schon durchgemacht. Aber wenn es eines gibt, was Schwangerschaft einen lehrt, dann Geduld.«

»Glauben Sie denn, dass ich schwanger bin?«, frage ich. »Ich meine, mal ganz abgesehen von dem Test. Sie sind Ärztin, Sie haben doch schon viele Frauen behandelt. Was glauben Sie? Wie ist Ihre medizinische Einschätzung?«

»Offen gestanden kann ich das nicht sagen«, erklärt Dr. Christian. »Es wäre unprofessionell von mir, eine Meinung dazu abzugeben. Machen Sie einen Termin in zwei Wochen aus. Vielleicht sind Sie ja bereits schwanger, doch wenn Sie nur zweimal nicht verhütet haben, ist die Chance eher gering. Aber setzen Sie sich nicht unter Druck, Sie haben doch erst gestern geheiratet.«

Ich weiß, dass Dr. Christian recht hat. Aber erstaunlicherweise verkrampft sich mein Inneres vor Enttäuschung.

Selbst wenn das Timing nicht optimal gewesen wäre, war es mir richtig vorgekommen zu denken, dass ich mit Marcs Baby schwanger bin.

7

Du bist enttäuscht«, sagt Marc auf dem Weg zum Wagen.

Ich nicke und spüre, wie mir Tränen in die Augen treten. »Tut mir leid. Ich weiß nicht, warum ich mich so darüber aufrege. Wir haben doch gerade erst geheiratet. Es ist viel zu früh für ein Baby. Das ist wirklich blöd von mir.«

»Ist es nicht.« Marc legt den Arm um meine Schultern.

»Bist du enttäuscht?«, frage ich.

»Ich? Warum sollte ich? Ich habe gestern die perfekteste Frau der Welt geheiratet.«

»Du weißt schon, was ich meine. Hat dir die Vorstellung, dass ich schwanger bin, gefallen?«

»Na klar. Aber Dr. Christian hat ja nicht gesagt, dass du nicht schwanger bist. Nur dass es zu früh ist, um eine Schwangerschaft festzustellen. Und wir haben keinen Grund zur Eile. Für mich war es eine Erleichterung, dass sie den Test gemacht hat. Vor allem nach dem, wie du dich im Auto gefühlt hast.«

»Das waren nur die Nerven.«

»Und wie geht es deinen Nerven jetzt?«

»Etwas besser. Ich fühle mich nur ein bisschen ernüchtert. Als ich dachte, dass ich schwanger bin, war da ein herrlich kribbelndes und aufregendes Gefühl. Jetzt fühle ich mich irgendwie leer. Traurig. Natürlich ist das albern, und ich habe auch keine Ahnung, warum es mir so geht. Ich meine, es ist zu früh …«

»Vielleicht spürst du ja in zwei Wochen wieder dieses angenehme Kribbeln.«

Ich bringe ein Lächeln zustande. »Ich weiß. Es tut mir leid – alles. Dass ich mich so aufführe und überhaupt. Es ist nur – ich war mir so sicher. Und jetzt, nachdem der Test negativ war …«

Marc beugt sich zu mir herunter und küsst mich. Ich schmiege mich an ihn. Sein Kuss ist sanft und zärtlich, und seine Wärme vertreibt meine kalte Enttäuschung.

»Nun, Mrs Blackwell«, murmelt Marc, »Sie haben immer noch nichts gefrühstückt. Und wenn Sie wirklich schwanger sein sollten, müssen Sie auf Ihre Ernährung achten.«

»Jetzt könnte ich tatsächlich etwas essen«, gebe ich zu.

»Gut. Dann lade ich dich zum Frühstück ein, und danach gehen wir shoppen. Schließlich sind wir in London.«

»Shoppen?«, frage ich. »Was denn?«

»Etwas sehr Wichtiges.«

»Wohin fahren wir?«, frage ich, als die Limo Richtung Covent Garden einbiegt.

»Zu einem sehr guten Restaurant«, sagt Marc. »Einen Ableger davon gibt es auch in New York. Ich war dort Stammgast. Und das in London ist genauso gut.«

»Bin ich denn für ein Restaurant okay gekleidet?« Ich trage ein weit geschnittenes geblümtes Kleid und habe die Haare zu einem Pferdeschwanz gebunden.

Marc sieht wie üblich tadellos aus – schwarzes Jackett, T-Shirt und Jeans. Sein weiches braunes Haar fällt ihm in die Stirn, seine blauen Augen sind intensiv und klar

Seine Mundwinkel zucken. »Okay? Dieses Wort würde ich in Bezug auf dich nie benutzen. Du bist millionenfach besser als okay gekleidet, ganz egal, was du trägst.«

»Es heißt immer, Liebe macht blind«, ziehe ich ihn auf.

Marcs Blick wird hart und ernst. »Sophia, jedes Restaurant kann sich glücklich schätzen, dich als Gast zu haben. Vergiss das nie.«

»Nicht jeder ist so selbstbewusst wie du.«

»So war ich auch nicht immer. Das habe ich mir mühsam erarbeitet.«

»Du? Nicht selbstbewusst? Das glaube ich dir nicht.«

»Das kannst du aber, als Kind war ich extrem schüchtern. Anfangs war auch jedes Vorsprechen die reine Hölle. All die neuen Gesichter und so weiter. Aber wenn ich anfing zu spielen …«

»Ist deine Schüchternheit verflogen«, beende ich den Satz für ihn.

»Woher hast du gewusst, dass ich das sagen wollte?«

»Weil es mir genauso geht.«

8

Die Limo hält vor einem hübschen Restaurant mit einer Front aus dunklem Holz. Durch die großen Glasfenster erblicke ich knusprige Baguettes, Brotlaibe und Kuchen unter orangefarbenen Lampen.

»Nach Ihnen, Mrs Blackwell«, sagt Marc und hält mir die Tür auf.

Ich lächle. »Ich habe mich immer noch nicht an den Namen gewöhnt.«

»Komisch. Er passt nämlich hervorragend zu dir.«

Im Restaurant riecht es nach frisch gebackenem Brot, Vanille und Schokolade.

Mein Magen knurrt. »Jetzt hab ich wirklich einen Riesenhunger«, erkläre ich Marc und nehme seine Hand.

Eine blonde Kellnerin begrüßt uns. »Guten Tag! Würden Sie gern am Fenster sitzen?«

Mir fällt auf, dass sie sich bemüht, Marc nicht anzugaffen.

»Lieber im Innenbereich«, sagt Marc.

»Selbstverständlich«, erwidert die Kellnerin, und ihre Stimme ist plötzlich aufgeregt schrill. »Wie dumm von mir. Natürlich wollen Sie nicht am Fenster sitzen. Ich meine … äh … Ich vermute, all die Fotografen …«

»Der Platz dort wäre uns recht«, sagt Marc und deutet auf eine Nische.

»Sehr gern«, quietscht die Kellnerin. »Ich bringe Ihnen gleich unsere Karte.«

Ich kann ihr Verhalten gut verstehen. Auch für mich gab es eine Zeit, in der ich mich davon abhalten musste, Marc anzustarren. Mit einem glücklichen Schauder stelle ich fest, dass ich ihn jetzt ansehen kann, wann immer ich will.

»Wirst du mir jetzt mehr von unserem Shoppingtrip erzählen?«, frage ich und setze mich an den Tisch in der Nische.

Marc nimmt der Kellnerin die Karten ab. »Geduld, Mrs Blackwell. Dazu hat dir doch die nette Ärztin heute Morgen auch geraten. Gut Ding will Weile haben.«

»Manchmal bist du richtig nervig. Das weißt du, oder?«

»Ich tue alles, damit es dir gut geht.«

Ich überfliege die Karte.

Rühreier mit Krabben aus Cornwall
Haselnusswaffeln
Gekochte Eier mit herzhaftem French Toast

»Die Auswahl ist viel zu groß«, sage ich. »Ich weiß gar nicht, was ich nehmen soll.«

»Soll ich für dich bestellen?«

»Gern.« Ich reiche ihm die Karte.

Vornehme Restaurants schüchtern mich immer noch ein bisschen ein. Ich möchte nicht etwas bestellen, was ich womöglich falsch ausspreche.

Marc winkt die Bedienung herbei. »Mrs Blackwell nimmt eine Auswahl von Brot und Gebäck, ein englisches Frühstück mit allem Drum und Dran, Orangensaft und eine heiße Schokolade.«

»Und was darf ich Ihnen bringen, Mr Blackwell?« Die Bedienung verbessert sich rasch, als sie bemerkt, dass die Anrede vielleicht zu vertraulich war. »Sir, wollte ich natürlich sagen.« Sie lächelt Marc schwach an.

Er wirft ihr sein umwerfendes Hollywood-Grinsen zu. »Eine Tasse Kaffee, ein Schinkenbrötchen und einen Laib Sauerteigbrot. Die letzten beiden Sachen bitte zum Mitnehmen.«

Das Mädchen steht kurz davor, in Ohnmacht zu fallen. Es umklammert seinen Stift. »Wird gemacht.«

»Warum das Schinkenbrötchen und das Brot?«, frage ich. »Sind sie als Snack für unsere Einkaufstour gedacht?«

Marc lächelt. »Beides ist für Keith. Er liebt die Schinkenbrötchen und seine Frau das Brot von dem Restaurant.«

»Woher weißt du das?«

»Ich komme mit Keith oft zum Frühstücken hierher. Beim letzten Mal hat er einen Laib Brot mitgenommen und mir gesagt, dass seine Frau es mag.«

»Du hast mit Keith hier gegessen?«

»Schon oft. Ich lasse meine Angestellten nicht verhungern.«

»Es gibt nicht viele Arbeitgeber, die ihre Angestellten in ein Restaurant zum Frühstücken einladen.«

»Ich bin eben anders. Und Keith ist anders als die meisten Angestellten. Nachdem er mich so viele Jahre lang unterstützt hat, verdient er nur das Beste.« Marc zögert. »Er ist sehr loyal.«

»Weil er deine Geheimnisse nicht verrät?«, frage ich halb im Scherz.

»Ja.«

Etwas in Marcs Stimme warnt mich davor weiterzubohren. Zumindest jetzt. Trotzdem muss ich unwillkürlich an unsere gestrige Hochzeit und an sein Gespräch mit Annabel über das Familiendrama denken.

Zu gegebener Zeit werde ich ihn danach fragen. Wir sind jetzt ein Ehepaar. Eheleute sollten keine Geheimnisse voreinander haben.

Als das Essen kommt, bin ich tatsächlich ausgehungert. Als Erstes stürze ich mich auf den Brotkorb und probiere die Aufstriche – hausgemachte Konfitüren, Orangenmarmelade, Haselnuss-Schokoladen-Creme. Dann mache ich mich über mein Englisches Frühstück her – Eier, Toast, Röstkartoffeln, in Ahornsirup marinierter Speck.

Marc nippt an seinem schwarzen Kaffee und schaut mir beim Essen zu. »Freut mich, dass es dir schmeckt«, sagt er, als ich kurz innehalte, um einen Schluck Orangensaft zu trinken. »Vor allem, falls du wirklich schwanger sein solltest.«

»Falls ist das entscheidende Wort«, erwidere ich. »Und wir sind ja wirklich nicht in Eile. Wir haben gestern geheiratet, und meine Karriere ist gerade erst dabei, Fahrt aufzunehmen.«

»Richtig, wir haben noch viel Zeit.«

Plötzlich schießt mir etwas ganz anderes durch den Kopf. »Würde es dir etwas ausmachen, wenn wir keine Kinder bekommen könnten?«

Marc lacht. »Sophia, wie kommst du darauf, dass …?«

»Ich weiß, aber gerade eben habe ich diesen Gedanken gehabt. Wie würde es dir gehen, wenn wir keine Kinder hätten? Würde es dir etwas ausmachen?«

»Das würde es, weil du am Boden zerstört wärst. Du bist die geborene Mutter. Ich hingegen habe eigentlich alles, was ich je wollte. Kinder wären ein zusätzlicher Bonus.«

»Ein zusätzlicher Bonus?«

»Schlechte Wortwahl.«

»Ich wäre tatsächlich am Boden zerstört, wenn wir keine Kinder bekommen könnten.«

»Ich weiß.«

»Und ich glaube, du wärst ein toller Vater.«

»Da bin ich mir nicht so sicher. Aber eines weiß ich: Du wirst eine wundervolle Mutter sein. Du kannst mich also anleiten, mir zeigen, wie man ein guter Elternteil ist.«

»Ich dich anleiten?«

»Das machst du die ganze Zeit.«

»Wirklich? Wie?«

»Du führst mich ins Licht«, erklärt Marc lächelnd.

»Aha. Also sind Sie jetzt hell und glänzend, Mr Marc Blackwell?«

»Noch nicht ganz. Aber du hast aus mir einen besseren Menschen gemacht, als ich es mir je hätte vorstellen können.«

Wir betrachten einander einen Moment lang stumm.

»Und wohin gehen wir nach dem Frühstück?«, frage ich schließlich und klinge dabei etwas heiser.

»Zum Einkaufen.«

»Ich weiß, aber wohin?«

»Es ist nur ein kurzer Spaziergang von hier. Keith wird auf uns warten.«

»Und was genau werden wir kaufen?«

Marc lächelt. »Kannst du es nicht erraten?«

»Nein.« Ich schüttle den Kopf.

Marc lächelt noch immer. »Sachen für unser Baby.«

»Wie bitte?«

Marc begleicht die Rechnung und führt mich aus dem Restaurant.

»Marc? Wir werden Babysachen einkaufen?«

»Ganz recht.«

»Willst du das wirklich? Ich weiß ja noch nicht mal, ob ich schwanger bin. Oder ob ich so früh überhaupt schwanger sein sollte …«

»Das ist völlig nebensächlich.«

»Aber, Marc …« Ich halte ihn fest und bringe ihn so dazu, mitten auf dem Bürgersteig stehen zu bleiben. »Was ist, wenn ich am Ende dieses Monats nicht schwanger bin, wir aber schon Babysachen gekauft haben?«

»Dann wirst du bestens vorbereitet sein, wenn du schwanger bist.« Marc nimmt mich an der Hand. »Sophia, ich möchte nicht, dass du zwei Wochen damit vergeudest, gestresst und besorgt zu sein und auf den nächsten Schwangerschaftstest zu warten. Ich möchte, dass du dich so verhältst, als wärst du schwanger. Dann nämlich wirst du glücklich sein.«

»Ich bin mir nicht so sicher, ob …«

»Früher bin ich Hunderte Male bei Vorsprechen gewesen und habe sehr oft eine Absage kassiert. Jedenfalls öfter als eine Zusage. Aber ich habe mir beigebracht, immer an das Beste zu glauben – dass die nächste Rolle gleich hinter der nächsten Ecke auf mich wartet. Ich habe gelernt, keine Zeit damit zu vergeuden, enttäuscht zu sein. Enttäuschungen hätten mich nirgendwohin geführt.«

»Aber du bist ein hervorragender Schauspieler«, entgegne ich. »Du hättest so oder so immer Rollen bekommen.«

Marc schüttelt den Kopf. »Das stimmt nicht. Ich war zwar gut, aber durch die Erfahrungen bin ich besser geworden. Und ich hätte sie nie gemacht, wenn ich nicht optimistisch geblieben wäre.«

»Aber so etwas ist leichter, wenn es um etwas geht, was man kontrollieren kann. So wie das Schauspielern.«

»Ich kenne genügend Kollegen, die sich von diesem Spiel haben unterkriegen lassen. Im Leben geht es viel öfter um deinen Einsatz als um dein Talent. Die Natur trägt einiges dazu bei, aber nur Einsatz und Entschlossenheit bringen dich schließlich an die Spitze.«

»Ich glaube nicht, dass das auch für eine Schwangerschaft gilt«, gebe ich zu bedenken. »Ich kann mir nicht vorstellen, dass man aufgrund seiner Entschlossenheit schwanger werden kann. Die Natur hat eigene Pläne. Und abgesehen davon – ist es denn wirklich gut, wenn ich schon so bald schwanger werde? Wir haben gerade erst geheiratet.«

Marc zieht eine Braue hoch. »Wen willst du anlügen? Mich jedenfalls nicht.«

»Anlügen?«

»Du warst enttäuscht, als der Schwangerschaftstest negativ war.«

»Stimmt, aber …«

»Also willst du schwanger sein. Wenn nicht jetzt, dann bald. Das ist es, was du wirklich willst, egal was dein Verstand dazu sagt. Wenn du also noch nicht schwanger bist, werden wir es so lange versuchen, bis du es bist.«

Ich spüre, wie sich ein Grinsen auf meinem Gesicht ausbreitet. »Du sagst immer die richtigen Dinge.«

»Bist du glücklich?«

»Ja. Und Sie, Marc Blackwell, sind wirklich sehr klug.«

»Ich kenne dich gut, stimmt's?«

»Vielleicht sogar besser als ich mich selbst.«

9

Wir spazieren in der Sonne durch London. Die Leute in der Stadt tragen pastellfarbene Kleidung und goldene Accessoires, die Bäume breiten ihr Blätterdach mit rosafarbenen Blüten über uns aus.

Marc und ich werden ein paarmal angestarrt, aber die meisten scheinen zu sehr mit ihrem eigenen Leben beschäftigt zu sein, um groß auf uns zu achten. Das ist das Gute an der Großstadt, denke ich. Hier ist es leichter, anonym zu bleiben.

Wir erreichen ein teures Kaufhaus, das in einem alten Theater untergebracht ist. Auf den Schaufenstern prangt das Logo in verschnörkelten Goldbuchstaben, dahinter liegen Designertaschen und andere Dinge, denen ich normalerweise keinen zweiten Blick schenken würde. Aber mit Marc bin ich in einer anderen Welt.

Im Geschäft werden wir zu einem privaten Lift geführt. Ich höre, wie durch den Lautsprecher verkündet wird, dass die zweite Etage vorübergehend geschlossen ist, und muss unwillkürlich lächeln.

»Hat diese Ansage etwas mit dir zu tun?«

»Selbstverständlich«, erwidert Marc. »Auf unserer Hochzeit hast du gesagt, dass unser Privatleben privat bleiben soll. Also werden wir es so halten.«

»Danke.« Ich drücke seine Hand.

Die Aufzugstüren gehen auf, und wir betreten einen weichen cremefarbenen Teppich. Von der Decke hängen Störche, Wolken und Regenbogen aus Papier.

»Die Babyabteilung«, sagt Marc und reicht mir den Arm. »Falls du das nicht schon an den Störchen erkannt hast.«

»Ich habe noch nie so viele schöne Sachen auf einmal gesehen«, flüstere ich und gehe an Ständern mit bunter Babykleidung und Regalen voller Holzspielzeug vorbei. »Marc, du hattest recht – man sollte sich auf die schönen Dinge im Leben konzentrieren, auf das Glück. Die Vorstellung, ein Baby zu haben, macht mich glücklich. Und wenn ich noch nicht schwanger bin, dann kriegen wir das eben in nächster Zukunft hin.« Innerlich jauchze ich bei all der hübschen Kleidung, den Wiegen, Bettchen, Spielsachen und dem Babyzubehör.

»Glücklich?«, fragt Marc.

»Und wie. Oh! Schau dir die an.« Ich ziehe ihn zu einem Ständer mit Stramplern, die mit Londoner Bussen bedruckt sind. »Sind die nicht süß?« Ich halte einen hoch und spüre die weiche Baumwolle an meinen Fingerspitzen. »So winzig! Marc, was glaubst du – wird unser erstes Baby ein Junge oder ein Mädchen?«

»Ein Junge«, erwidert Marc wie aus der Pistole geschossen.

»Warum bist du dir so sicher?«

»Man könnte es Familientradition nennen. Die Blackwells haben als Erstgeborene immer Jungs bekommen.«

»Nun, ich glaube, wir sollten auf Nummer sicher gehen und Kleidung besorgen, die zu Jungen und Mädchen passt. Meinst du nicht auch?«

»Sophia, kaufe, was immer dich glücklich macht. Einzig darum geht es hier.«

»Sieh nur, wie hübsch dieses kleine Piraten-Outfit ist!« Ich ziehe Marc zu einem anderen Ständer.

»Ist das nicht ein bisschen zu groß für ein Neugeborenes?«

»Ich dachte dabei eher an Sammy.«

»Ganz die fürsorgliche große Schwester. Steht Sammy denn auf Piraten?«

»Er macht gern diese seltsamen Geräusche, du weißt schon.« Ich imitiere einen grunzenden Piraten.

Marc lacht. »Mach das bitte noch mal.«

Ich werde rot und grunze erneut ganz leise.

»Du würdest eine klasse Piratin abgeben.«

Ich versuche, ihn wütend anzufunkeln, aber es will mir nicht gelingen.

Marc nimmt das Piraten-Outfit vom Kleiderbügel und legt es in den Einkaufskorb. »Ein Piraten-Outfit für Sammy. Was soll's sonst noch sein?«

Ich nehme den kleinsten Strampler mit den Londoner Bussen. »Für Neugeborene«, steht auf dem Größenetikett. »Ich wünschte, meine Mum würde noch leben, um unser Baby zu sehen«, sage ich und streiche nachdenklich über den Baumwollstoff.

»Sie wird es sehen«, sagt Marc. »Weil sie auf dich aufpasst.«

»So wie deine Mutter? Denkst du, dass sie auf dich aufpasst?«

»Bei solchen Gelegenheiten schon. Und gestern auch, an unserem Hochzeitstag.«

10

Wir sehen uns Bettchen, Mobiles und Spielsachen an. Am Schluss habe ich das Gefühl, dass ich den halben Laden gekauft habe.

»Du wirst beim Shoppen immer besser«, bemerkt Marc.

»Es fällt mir viel leichter, wenn ich nicht für mich einkaufe.«

Marc schlägt vor, alles in zweifacher Ausführung zu nehmen, damit wir sowohl das Stadthaus als auch den Landsitz damit ausstatten können. Ich versuche, Einspruch zu erheben, aber er hört nicht auf mich.

»Glaub mir, Sophia – wenn du Jen in der Stadt besuchst, wirst du froh sein, dass du an einem Ort übernachten kannst, wo schon alles vorhanden ist, was du brauchst.«

»Vermutlich hast du recht. Es kommt mir nur ziemlich extravagant vor. Und teuer. Vielleicht bin ich ja gar nicht …«

»Hier geht es darum, dass du glücklich bist. Für dich ist mir nichts zu teuer. Vergiss das nie.«

Als wir aus dem Kaufhaus treten, läutet mein Handy. Ich runzle die Stirn, als ich die Nummer sehe.

»Wer ist es?«, fragt Marc.

»Leo«, erwidere ich und bleibe im Eingangsbereich stehen.

»Komisch, er ruft mich sonst nie an. Hoffentlich ist nichts Schlimmes passiert.«

»Hey, Leo!«, sage ich.

»Sophia!« Leos texanischer Akzent ist so warm und melodiös wie immer. »Ich habe großartige Neuigkeiten. Grrroßartige!«

»Du solltest Tony den Tiger in der Frosties-Werbung sprechen.«

»Ich werde mit meinem Agenten darüber reden.«

»Warum rufst du an?«

»Ich habe eine gute Nachricht für dich, kleine Miss Sophia Rose.«

»Sophia Blackwell.«

»Du hast deinen Nachnamen nicht behalten? Auch nicht als Schauspielerin?«

»Nein, ich werde von nun an immer Mrs Blackwell sein.«

»Die Wahl deines Nachnamens geht den Kerl einen Dreck an«, knurrt Marc neben mir.

»Wir machen nur Spaß«, wiegle ich an ihn gewandt ab.

»Sag ihm, er soll mit jemand anders Spaß haben.«

»Ich hätte dich gar nicht so altmodisch eingeschätzt«, meint Leo. »Sag bloß, du wirst ab sofort daheimbleiben und Marc Blackwells Hemden bügeln?«

Ich lache. »Ich bin gern daheim.«

Ich spüre, dass Marc immer ärgerlicher wird, und senke die Stimme. »Also, was sind das jetzt für tolle Neuigkeiten?«

»Stell dir vor: Nadia Malbeck macht einen neuen Film – so was in der Art von Rapunzel für Erwachsene. Sie hat mich schon als Hauptdarsteller gebucht, ist sich aber mit der Besetzung für die weibliche Hauptrolle noch nicht sicher. Wie dem auch sei – Nadia hat uns zusammen auf der Bühne gesehen und möchte mit dir Probeaufnahmen machen.«

»O mein Gott! Nadia Malbeck?«

»Jep. Für ihren neuen Film. Was meinst du?«

Ich muss keine Sekunde über meine Antwort nachdenken. »Na klar! Unbedingt!«

Nadia Malbeck gehört zu meinen absoluten Lieblingsregisseurinnen. Ihre Filme sind zumeist dunkle Märchen mit raffinierten Sets und Kostümen, gehen in Richtung düstere Schauergeschichte, sind dabei aber immer wunderschön. Sie kitzelt aus ihren Schauspielern erstaunliche Leistungen heraus. Leistungen, mit denen man Preise gewinnen kann. Marc hat schon einen Oscar für seine Rolle in einem ihrer Filme bekommen.

»Marc, du errätst nie, was …«

»Sophia, ich hoffe, du willigst nicht in irgendetwas ein, das dich zu sehr anstrengt«, sagt Marc. »Denk an unseren Arzttermin vorhin.«

Ich senke das Telefon. »Nadia Malbeck möchte Probeaufnahmen mit mir für ihren neuesten Film machen.«

»Sophia …«

»Ich weiß, was du jetzt sagen willst. Aber erinnerst du dich, was du gerade eben meintest? Dass unsere Mütter auf uns aufpassen? Meine Mutter wäre begeistert, wenn ich diesen Job bekommen würde. Sie hat immer gesagt: *Fortuna i forti aiuta e i timidi rifuta* – das Glück ist mit den Tapferen und verweigert sich den Angsthasen. Sie hat so gern gelebt, Marc, hat ihr Leben voll ausgekostet. Und dasselbe hat sie sich für mich gewünscht.«

Marc seufzt. »Na gut, ich unterstütze dich, wenn es das ist, was du wirklich willst.«

Ich drücke das Telefon wieder ans Ohr.

»Sophia?«, fragt Leo. »Bist du noch dran?«

»Ja, und es bleibt bei einem Ja.«

Leo stößt einen Jubelschrei aus. »Ich rufe Nadia gleich an«, sagt er. »Sie wird dich bald kennenlernen wollen. Hey, Jen – sie will es machen.«

Im Hintergrund ertönt Jens Stimme. »Das ist keine allzu große Überraschung. Sophia liebt Nadia Malbeck.«

Wir beenden das Telefonat, und Marc zieht mich zu sich und drückt mir einen Kuss auf den Scheitel. »O Sophia, Sophia. Was soll ich nur mit dir machen?«

»Du sollst mich unterstützen«, erwidere ich. »Wie du es gesagt hast. Vergiss also deine Beschützerrede und sei einfach für mich da.«

»Natürlich werde ich dich unterstützen. Aber du hast ganz recht, ich hatte eine Beschützerrede geplant. Über deine Gesundheit und darüber, dass du auf deinen Körper aufpassen musst. Wenn du schwanger bist …«

»Auch Schwangere können arbeiten«, sage ich. »Ich unterscheide mich nicht von anderen, nur weil ich zufällig Schauspielerin bin.«

»Wie lange sollen die Dreharbeiten denn dauern?«

»Keine Ahnung, ich habe ja noch nicht mal die Rolle.«

»Du wirst Nadia sagen müssen, dass du vielleicht schwanger bist. So etwas ist nicht ganz unwichtig.«

»Nadia?« Ich grinse. »Na klar, ihr duzt euch, oder?«

»Wir sind seit etlichen Jahren befreundet. Ich habe in ihrem allerersten Film mitgespielt.«

»Echt wahr? Welcher war das?«

»*The Windmills of Your Mind.*«

»Sie war die Regisseurin?«

»Richtig. Und sie hat das Drehbuch geschrieben. Damals war sie noch eher Mainstream, aber mit der Zeit ist sie kühner geworden.«

»Das war ein fantastischer Film.«

»Sie konnte schon am Anfang ihrer Karriere gut Gefühle im Zuschauer hervorrufen.«

»Also hast du noch immer Kontakt zu ihr?«

»Wenn sie in London ist, gehen wir manchmal zum Lunch, und meine Agentin hält mich über ihre Filme auf dem Laufenden. Ich wusste, dass sie etwas plant.«

»Meinst du, sie hat deshalb an mich gedacht?«, frage ich. »Wegen meiner Verbindung zu dir?«

»Nein. Ich glaube, sie hat an dich gedacht, weil sie *Die Schöne und das Biest* gesehen hat. Und so ungern ich es zugebe – du und Leo, ihr arbeitet hervorragend zusammen. Die Chemie stimmt. Sie will euch als Paar, oder?«

»Ja.«

»Soll ich Nadia anrufen und ihr erklären, dass du vielleicht schwanger bist?«

»Sie weiß doch noch nicht einmal, dass ich gern die Probeaufnahmen machen würde.«

»Das könnte ich ihr auch sagen.«

Ich muss grinsen. »Es gefällt mir, wenn du mich unterstützt. Das funktioniert jedenfalls sehr viel besser, als wenn du mir erklärst, wie ich leben soll, findest du nicht auch?«

»Es gibt noch genügend Möglichkeiten, dir zu erklären, wie du leben sollst, aber in diesem Fall sehe ich ein, dass es klüger ist, wenn du selbst entscheidest. Und nur damit das klar ist: Wenn du in Zukunft möchtest, dass ich dich unterstütze, musst du bloß deine Mutter erwähnen, dann werde ich zu Wachs in deinen Händen.«

Ich falle ihm um den Hals. »Das werde ich mir dann wohl merken müssen.«

»Und wohin soll's jetzt gehen, Mrs Blackwell?«, flüstert Marc. »Zurück ins Stadthaus oder aufs Land?«

»Im Moment bin ich gern hier in London«, gebe ich zu. »Vielleicht könnten wir ein paar Tage im Stadthaus bleiben. Für die Probeaufnahmen werde ich wahrscheinlich sowieso hier sein müssen.«

»Okay, dann rufe ich jetzt Nadia an.«

»Warte!« Mein Magen zieht sich nervös zusammen. »Marc, was ist, wenn ich doch schwanger bin? Und wenn sie sagt, dass sie mit einer schwangeren Schauspielerin keine Probeaufnahmen machen will?«

Marc runzelt die Stirn. »Dieses Risiko musst du eingehen. Bei Nadia kommst du nur mit Aufrichtigkeit weiter. Wenn du schwanger bist, müssen die Dreharbeiten entsprechend gelegt werden.«

»Ja, aber …«

»Lass es uns hinter uns bringen. Ich rufe sie jetzt an.« Marc hält sich das Handy ans Ohr. »Nadia?«

Ich höre ein »Marc!« am anderen Ende der Leitung.

»Hi«, erwidert Marc. »Du bist also wieder in London. Ja, richtig, sie heißt jetzt Sophia Blackwell. Seit gestern. Und wenn ich es recht verstanden habe, möchtest du gern mit meiner Frau Probeaufnahmen für deinen neuen Film machen. Sie ist sehr gern bereit dazu, aber eines muss ich noch sagen. Nein, nein, ich will nicht als ihre Anstandsdame auftreten, aber vielleicht ist Sophia schwanger.«

Ich höre Nadia kreischen.

»Ja, natürlich«, erwidert Marc. »Das ist mir völlig klar. Ich werde es ihr sagen. Auf Wiederhören, Nadia. Pass auf dich auf.«

»Und?« Ich packe Marcs Arm. »Was hat sie gesagt?«

»Sie würde uns gern zum Lunch treffen, um meine Frau kennenzulernen.«

»Und was ist mit dem Film?«

»Sie will immer noch Probeaufnahmen mit dir machen. Selbst

wenn du tatsächlich schwanger sein solltest, kann sie die Dreharbeiten so legen, dass alle Ganzkörperaufnahmen am Anfang gefilmt werden und später nur noch dein Gesicht in Großaufnahme.«

»Wow!« Mein Bauch kribbelt vor Aufregung.

»Sie wollte noch etwas anderes besprechen, aber nicht am Telefon. Wir treffen uns am Freitag zum Lunch, dann wird sie wohl damit rausrücken.«

»Und worum geht es ungefähr?«

»Es hat wohl etwas mit dem Film zu tun, aber mehr hat sie nicht gesagt. Nadia lässt die Leute gern im Unklaren.«

11

Die nächsten Tage kann ich nur an das Treffen mit Nadia Malbeck denken. Wird sie mich mögen? Wird sie ihre Meinung dazu ändern, mit mir Probeaufnahmen machen zu wollen? Und worüber will sie noch mit uns sprechen?

Am Freitag bin ich mit meinen Nerven am Ende.

Marc beobachtet amüsiert, wie ich in dem begehbaren Schrank im Stadthaus ein Chaos anrichte und ein Outfit nach dem anderen anprobiere.

»Wenn du mir gestern gesagt hättest, wie aufgeregt du bist, hätte ich mit dir Klamotten eingekauft.«

»Du hast mir schon tonnenweise neue Klamotten gekauft«, sage ich. »Das Problem sind nicht die Kleider, sondern dass ich mich einfach nicht entscheiden kann.«

»Du siehst umwerfend aus in allem, was du bislang anprobiert hast.« Marc sitzt auf einem Lederstuhl neben dem Ankleidezimmer und hat das Kinn auf die Hand gestützt.

»Sehr hilfreich.« Ich lächle.

»Du weißt doch, dass ich kein Auge dafür habe. Ich sehe dich, nicht das, was du trägst. Warum bittest du nicht Jen herzukommen? Sie kann dir bestimmt besser helfen als ich. Ich sollte ohnehin mit ihr reden – über PR und deinen möglichen neuen Film.«

Ein aufregendes Gefühl durchrieselt mich.

Mein neuer Film.

Ich kann es noch immer kaum fassen, dass ich zu Probeaufnahmen von Nadia Malbeck eingeladen worden bin. Ein Teil von mir denkt, dass bestimmt etwas schieflaufen wird. Etwas so Wundervolles kann mir einfach nicht passieren. Aber dann realisiere ich wieder: Ich habe Marc geheiratet und bin jetzt Mrs Blackwell. Manche Träume werden tatsächlich wahr.

»Ich wünschte, ich wüsste, worüber Nadia beim Lunch mit uns reden will«, sage ich. »Es macht mich noch nervöser, keine Ahnung zu haben. Was, wenn es etwas ist, weshalb sie keine Probeaufnahmen mit mir machen will?«

»Willst du die Rolle?«, fragt Marc plötzlich ganz ernst.

»Natürlich.«

»Dann kämpfe um sie!«

Eine halbe Stunde später ist Jen da, sie strahlt und sieht wie immer perfekt aus. Sie hat sich einen akkuraten Pony schneiden lassen und trägt ein maßgefertigtes Etuikleid aus pfirsichfarbener Seide.

Ich empfange sie an der Tür, und sie küsst mich auf die Wangen. »Schätzchen, wo brennt's denn?«

»Mein Outfit«, sage ich und gehe mit ihr ins Obergeschoss.

»Das kann ja wohl nicht dein Ernst sein. Du hast mittlerweile den am besten ausgestatteten Kleiderschrank von allen, die ich kenne.«

»Ich weiß, ich weiß. Und ich bin auch dankbar dafür, aber

trotzdem stehe ich kurz vor einem Nervenzusammenbruch. Der Lunch heute macht mich schrecklich nervös, und ich kann mich einfach nicht entscheiden, was ich anziehen soll.«

»Einen Moment mal! Und ein bisschen langsamer! Welcher Lunch?«

»Das habe ich dir doch schon erzählt. Der Lunch mit Nadia Malbeck. Marc und ich treffen sie heute. Sie hat etwas mit uns zu besprechen. Und …«

»Sophia, beruhige dich, bitte! Du hast überhaupt keinen Grund, so aufgeregt zu sein. Sie wird dich lieben, sobald sie dich sieht.«

»Aber sie kennt mich doch gar nicht, und …«

»Sie war bei einer Aufführung von *Die Schöne und das Biest*, oder?«

»Ich glaube schon.«

»Das hat mir Leo jedenfalls erzählt. Er sagte, Nadia habe euch beide auf der Bühne gesehen und gedacht, dass du die perfekte Rapunzel bist. Es ist also schon alles in trockenen Tüchern.«

Als wir das Schlafzimmer betreten, steht Marc auf, um Jen zu begrüßen.

»Bleib sitzen«, sagt Jen. »Das ist völlig in Ordnung.«

»Du bist ein Gast in diesem Haus, also werde ich nicht sitzen bleiben.« Marc küsst Jen auf beide Wangen. »Sophia hat eine kleine Krise.« Ein Lächeln umspielt seine Lippen. »Ich schaffe es nicht, sie dazu zu bringen, dass sie die Sache etwas gelassener angeht. Vielleicht hast du ja mehr Glück.«

Jen zwinkert mir zu. »Männer wissen nie, wann es sich um einen echten Notfall handelt. Aber zum Glück bin ich ja jetzt da.«

12

Am Ende überredet mich Jen zu einer grauen Jeans, schwarzen Reitstiefeln und einem blauen Kaschmirpullover mit V-Ausschnitt.

»Besser, du siehst nicht so aus, als würdest du dich übermäßig bemühen«, sagt sie.

»Bist du sicher, das ist okay?«, frage ich zweifelnd, als ich mich im Spiegel begutachte. »Nicht zu lässig? Ich will nicht wirken, als wäre mir alles egal.«

»Vielleicht noch ein kleines, auffälliges Accessoire. Wie wär's mit Schmuck? Was hast du hier?«

Ich werfe einen Blick auf Marc und denke an die Perlenkette, die er mir geschenkt hat. »Hm – nur die Sachen, die wir zusammen von meinem Stipendium gekauft haben«, sage ich und erröte.

»Hier drinnen?« Jen macht sich über die Schmuckschubladen im Ankleidezimmer her und legt mir schließlich eine Silberkette mit Anhänger um den Hals. »Vielleicht etwas zu leger. Schade, dass du keine Kette mit Diamanten hast. Na ja, dann muss eben dein Verlobungsring herhalten, was den Schmuck angeht.«

Ich drehe mich vor dem Spiegel. »Danke, Jen. Du hast mir das Leben gerettet.«

»Schauspieler! Immer so dramatisch!«

Ich lache. »Okay, vielleicht hast du mir nicht das Leben gerettet, aber mir wirklich sehr geholfen. Apropos Schauspieler – Leo freut sich auf den Film doch bestimmt auch schon sehr. Wie geht es ihm?«

Jens Augen beginnen zu leuchten. »Er hat beschlossen, ein Haus in London zu kaufen. Und …« Sie wendet den Blick ab.

»Jen? Und was?«

Jen lächelt breit. »Und er hat mich gebeten, mit ihm zusammenzuziehen!«

Wir kreischen beide laut auf und fallen uns um den Hals.

»Ich wusste es«, sage ich.

»Ich hätte nie gedacht, dass ich so glücklich sein könnte. Leo ist … Ich hatte noch nie einen Freund, mit dem ich so viel Spaß hatte. Abgesehen davon sieht er natürlich blendend aus. Und im Schlafzimmer …«

Ich höre, wie Marc mit der Zeitung raschelt.

»Ich glaube, das war mein Stichwort, euch zwei allein zu lassen«, sagt er.

Jen lacht. »Ich habe Sie nicht für so prüde gehalten, Marc Blackwell.«

»Auch für mich gibt es bestimmte Grenzen.« Marc drückt mir noch einen Kuss auf die Wange, dann verlässt er uns mit großen Schritten.

»Und – läuft es bei euch frisch Verheirateten nach wie vor gut?«, fragt Jen.

»Absolut«, erwidere ich. »Es ist fantastisch, wirklich fantastisch. Abgesehen davon, dass …« Ich denke an Annabel und das Familiendrama auf unserer Hochzeit. »Ach, vergiss es.«

»Dann viel Glück beim Lunch«, sagt Jen. »Schau doch anschließend vorbei. Ich werde in Leos Wohnung sein und seinen Schrank ausmisten.«

»Wie spät ist es jetzt?«

»Kurz nach zwölf.«

Ich kaue an meinem Daumennagel. »Kurz nach zwölf? Marc und ich sollten langsam los.«

»Entspann dich«, sagt Jen. »Ihr habt noch massig Zeit.«

»Ich weiß, aber … ich will mich nicht verspäten.«

13

Wo ist denn das Restaurant?«, frage ich Marc in der Limo.

»Das habe ich dir doch schon gesagt. In Soho.«

»Aber in welchem Teil von Soho?«

»Es ist nicht mehr weit.«

»Wie weit denn?«

»Sophia!«

»Tut mir leid.«

»Hör auf, deine Haare zu zwirbeln.«

Ich lache nervös und lasse meine Hände sinken. Die Limo hält an.

»Hab ich's dir nicht gesagt? Wir sind schon da«, stellt Marc fest. »Und zwar genau vierzig Minuten zu früh. Sind Sie jetzt zufrieden, Mrs Blackwell?«

»Ich weiß, ich weiß. Es ist albern, so früh da zu sein. Aber ich wollte nicht zu Hause herumsitzen und mir Sorgen machen, dass wir zu spät kommen.«

Marc legt einen Arm um meine Schulter. »Zum Glück habe ich eine gute Idee, wie wir die Zeit rumkriegen.«

Er führt mich durch eine schmale gepflasterte Gasse, vorbei an kleinen Restaurants und Bars.

»Willst du vor dem Lunch noch etwas trinken?«, frage ich. »Falls ja, werde ich wohl kneifen müssen. Ich bringe nüchtern schon keinen vernünftigen Satz zustande.«

»Wir gehen nichts trinken. Wir gehen hierher.« Er zieht mich vor ein Schaufenster.

Ich sehe Ketten mit Diamantanhängern, Silberringe und Armreifen aus Roségold, alle sind kunstvoll an kleine Zweige gehängt. Bei dem Anblick der Preise treten mir die Tränen in die Augen.

»Ich habe vorhin mitbekommen, wie ihr euch über Schmuck unterhalten habt«, sagt Marc. »Da dachte ich mir, dass du dir vielleicht ein paar Diamanten aussuchen möchtest.«

»Marc, ich brauche nichts. Wirklich nicht.«

»Du musst nichts brauchen, damit ich es dir kaufe.«

»Ja, aber …«

»Keine Widerrede. Jen meinte, dein Outfit könnte Diamanten vertragen, also bekommst du Diamanten.«

»Zählt der denn nicht?«, frage ich und halte meinen diamantenen Verlobungsring hoch. Er funkelt über dem schmalen silbernen Ehering.

»Wenn ich mich recht entsinne, sprach Jen von einer Halskette. Und wer bin ich, dass ich deiner Modeberaterin widerspreche.«

»Ich brauche keinen weiteren Schmuck, glaub mir.«

»Einer der Gründe, warum ich dich so gern verwöhne, ist, dass du so völlig unverwöhnt bist. Alles, was dir in diesem Laden gefällt, gehört dir. Und jetzt komm mit.«

Wir betreten das Geschäft und hören die Tür hinter uns zufallen.

Hinter einer gläsernen Theke sitzt eine Dame in den Vierzigern mit lockigen roten Haaren. Sie hat ein Buch in der Hand, das sie sinken lässt, als sie uns sieht. »Guten Morgen! Na ja, genau genommen ist es ja schon Nachmittag, nicht wahr? Wie auch immer, herzlich willkommen. Haben Sie im Fenster etwas entdeckt, oder wollen Sie sich erst einmal ein bisschen umsehen?«

»Alles im Fenster ist wunderschön«, sage ich. »Aber eigentlich – eigentlich suchen wir schon nach etwas Bestimmtem. Nach einer Halskette mit Diamanten, die zu meinem Outfit passt.«

Die Dame mustert mich von oben bis unten, dann lächelt sie. »Ich habe genau das Richtige für Sie.« Sie tritt an eine Vitrine und nimmt eine Halskette auf einem Samtkissen heraus. Sie ist besetzt mit einem schmalen Band aus kleinen Diamanten, die wie Feuer funkeln. »Wenn Sie natürlich größere Steine bevorzugen …?«

»Nein, ganz und gar nicht. Diese Kette ist perfekt. Sie ist einzigartig. Gerade ihre Zartheit gefällt mir.«

»Möchten Sie sie anprobieren?«, fragt die Dame.

»Ja bitte.«

»Vielleicht kann der Herr Ihnen helfen.« Sie blickt Marc an und muss zweimal hinsehen. »Mr Blackwell! Entschuldigen Sie, ich hätte Sie früher erkennen müssen. Normalerweise entgeht mir keine Berühmtheit.«

»Sie brauchen sich nicht zu entschuldigen«, beruhigt Marc sie. »Mir ist es sogar lieber, wenn die Leute mich nicht erkennen. Außerdem würde ich darauf wetten, dass die Leute demnächst Sophia noch vor mir bemerken werden.«

»Das bezweifel ich«, widerspreche ich.

»Ich nicht.« Marc nimmt die Kette vom Kissen.

Ich spüre das vertraute begehrliche Zittern, als seine Finger meinen Nacken berühren, und weiß, dass Marc es auch fühlt, denn ich höre, wie sich sein Atem beschleunigt.

»Wunderschön«, sagt die Verkäuferin. »Wirklich sehr, sehr schön.«

Ich erhasche einen Blick auf mich im Spiegel. Das schmale elegante Diamantenband glitzert auf meinen Schlüsselbeinen. Es sieht tatsächlich fantastisch aus.

Marc überreicht der Frau seine Visa-Karte. »Wir nehmen sie.«

»Danke«, flüstere ich.

Nachdem Marc bezahlt hat, greift er nach meiner Hand und zieht mich aus dem Geschäft. »Gefällt dir deine Kette?«

»Ich liebe sie.«

Er beugt sich herab und küsst mich. Die Leute um uns herum

verschwimmen und treten in den Hintergrund. Marc fährt mir durch die Haare.

Ich vergesse, wo ich bin, und stoße einen kleinen Seufzer aus, als unsere Körper sich aneinanderpressen.

»Wir können den Lunch immer noch absagen«, wispert Marc. »Sollen wir?«

»Nein«, murmle ich. »Nein, das geht nicht.«

»Ich kenne Nadia schon sehr lange …«

»Wir müssen los.« Ich löse mich aus Marcs Armen und schwanke ein wenig, weil mir von unserer Berührung noch etwas schwindelig ist.

Marc schenkt mir sein Halblächeln, bei dem ich wie immer dahinschmelze. »Bist du dir sicher?«

Ich reiße mich zusammen. »Ganz sicher. Gehen wir.«

14

Im Restaurant werden Marc und ich zur Bar geführt. Wir setzen uns. Über uns hängen große geräucherte Schinken von der Decke. Der Keller gießt uns einen kleinen Sherry ein.

»Nadia kommt immer zu spät«, bemerkt Marc. »Sie steht seit jeher mit der Pünktlichkeit auf Kriegsfuß.«

Ich nehme mein Sherryglas und betrachte es unsicher. »Ich weiß nicht, ob ich den trinken soll. Was ist, wenn ich – du weißt schon?«

»Dr. Christian meinte, ein Drink könne nicht schaden.«

»Du hast mit ihr geredet?«

»Natürlich. Ich wollte wissen, ob es Lebensmittel gibt, die du lieber meiden solltest. Ich habe auch in der Küche des Restaurants angerufen und dafür gesorgt, dass nichts davon auf der Speisekarte steht.«

Ich lache. »Nur du kommst auf die Idee, eine ganze Speisekarte für mich ändern zu lassen. Du willst also, dass ich den Sherry trinke?«

»Die Ärztin meinte, ein Glas Alkohol sei in Ordnung. Aber ob du den Sherry trinkst oder nicht, liegt ganz bei dir.«

»Vielleicht lieber nicht. Was würdest du machen?«

Marc lacht. »Das hätte ich mir nie träumen lassen.«

»Was?«

»Dass ich versuche, dich *nicht* zu kontrollieren, und du mir einen Strich durch die Rechnung machst. Du hast mich gerade gebeten, dir zu sagen, was du tun sollst, oder?« Er lächelt mich schief an.

»Ich bitte dich nicht darum, mir zu sagen, was ich tun soll«, erwidere ich. »Ich … ich habe nur laut gedacht.« Ich betrachte die Gitarren und Keramikteller an der Wand. »Ein hübsches Restaurant. Warst du schon mal hier?«

»Oft, und immer mit Nadia. Es ist ihr Lieblingslokal. Wenn du jetzt also etwas trinken willst, sollten wir dazu auch einen Happen essen. Alkohol auf leeren Magen ist nicht besonders gut.«

»Einverstanden. Bestellst du?«

Marc lacht wieder. »Mit dem größten Vergnügen, Mrs Blackwell.« Er winkt den Kellner herbei. »Oliven, geröstete Mandeln und Sepia, bitte.«

»Was ist denn Sepia?«, wispere ich. »Ein Fisch?«

»Tintenfisch.«

»Grins nicht so unverschämt. Nicht jeder verkehrt von klein auf in tollen Restaurants.«

»Ich bin auch nicht so aufgewachsen. Früher hatte ich keine Ahnung, dass Sepia quasi Calamari sind, also Tintenfische. Als ich zum ersten Mal welche gegessen habe, dachte ich, es wären frittierte Zwiebelringe.«

»Wo war das?«

»In Barcelona, bei den Dreharbeiten von *Hope* mit Baz Smith. Und auch mit Nadia. Ich war noch sehr jung, aber Baz und das Team haben mich wie einen der ihren behandelt. Sie haben mich in Bars und Clubs mitgenommen, zum Trinken, zum Rauchen, zu Schlägereien – also zu allem, was dazugehört.«

Baz Smith. Der Schauspieler, der immer den Bösen spielt und Marc unter seine Fittiche genommen hat. Derjenige, der ihn als jungen Mann zu einem Faustkampf in den Boxring geschubst hat.

»Hattest du keine Angst?«, frage ich.

»Schreckliche. Aber ich habe mir nichts anmerken lassen. Das machen Männer so, nur falls dir das noch nicht aufgefallen ist. Wir verstecken unsere Ängste hinter einer coolen Maske.«

»Hast du jetzt immer noch manchmal Angst?«

»Das ist mir viele Jahre nicht mehr passiert – bis ich dich getroffen habe. Davor hatte ich nichts zu verlieren, jetzt alles.«

Unsere Hände verschränken sich, unsere Blicke versenken sich ineinander.

Ein sehr zurückhaltender Kellner stellt Oliven, Mandeln und in kleine Stücke geschnittene Sepia vor uns auf die Theke.

Marc wendet den Blick nicht von mir ab, nickt aber dankend.

Plötzlich bin ich mir sehr bewusst, dass wir uns an einem öffentlichen Ort befinden, und entziehe Marc meine Hand.

»Stimmt etwas nicht?«

»Ich bin nur ein bisschen verlegen, das ist alles.«

»Mittlerweile sollte es dir nicht mehr fremd sein, dass die Leute dich anstarren.«

»Sie starren nicht mich an, sondern dich.«

»Uns beide, und daran musst du dich gewöhnen. Aber falls es dir lieber ist, dass wir unsere Zuneigung nicht in der Öffentlichkeit zeigen, kann ich mich auch zügeln.«

»Nein. Ich mag es, wenn du mir zeigst, dass du mich liebst. Du hast ganz recht, ich muss meine Befangenheit ablegen.«

Marc nickt jemandem hinter mir zu. »Da kommt Nadia.«

Ich drehe mich um und erblicke eine kleine Frau mit einem dichten schwarzen Haarschopf. Sie hat eine riesige Sonnenbrille mit einem Gestell aus Perlmutt auf, um ihre Mundwinkel kräuseln sich Lachfältchen, eine graue Haarsträhne klemmt hinter ihrem Ohr. Über einer weißen Bluse trägt sie eine beigefarbene Lederjacke, dazu hautenge Jeans. Für ihr Alter – ich schätze sie auf Mitte vierzig – sieht sie verdammt gut aus.

Mein Herz beginnt zu rasen.

O mein Gott.

Nadia Malbeck.

Nadia nimmt die Sonnenbrille ab, winkt uns zu und durchquert das Restaurant in wenigen Sekunden.

»Marc Blackwell!« Sie küsst Marc auf die Wangen. »Nach all den Jahren. Und genauso attraktiv wie eh und je!« Sie spricht mit starkem spanischem Akzent. Dann wirbelt sie herum, um mich zu begrüßen. »Und Sophia – wie soll ich dich jetzt nennen? Mrs Blackwell?« Sie nimmt meine Hände und küsst auch mich auf die Wangen. »Wie schön, dich kennenzulernen.«

»Es freut mich sehr, Sie kennenzulernen, Nadia.« Ich bringe mühsam ein Lächeln zustande.

»Wie ist es dir in letzter Zeit ergangen?«, fragt Marc, ohne seine Sitzposition auf dem Barhocker zu verändern.

»Bestens, alles bestens.« Nadia strahlt. »Wirklich hervorragend. Und dieser neue Film – wow! Er wird fantastisch werden. Wir haben Rita Cabal für die Kulissen bekommen. Erinnerst du dich noch an sie?«

»Ja, sie ist sehr gut.«

»Und Doug Granger für die Filmmusik. Er ist der Beste. Wir

hatten großes Glück, dass er Zeit für uns hat. Okay. Wollen wir essen?«

15

Wir bekommen den besten Tisch im Restaurant, am Fenster mit Blick auf die Straße. Von dort aus können wir die Passanten beobachten, die uns dank der Spitzenvorhänge aber nicht sehen.

Unser Sherry wird uns an den Tisch nachgebracht, aber in Nadias Anwesenheit bin ich zu nervös, um etwas zu essen oder zu trinken.

Meine Hände zittern ein wenig, als ich die Speisekarte nehme – zum Teil wegen Nadia, zum Teil, weil ich weiß, dass ich wie eine Idiotin klingen werde, wenn ich versuche, die Namen der spanischen Gerichte korrekt auszusprechen.

Marcs Hand findet unter dem Tisch meinen Oberschenkel. »Wie wär's, wenn Nadia für uns bestellt? Sie kennt sich mit der spanischen Küche aus, und ich bin mir sicher, dass sie nur das Beste für uns auswählen wird.«

Ich bedenke Marc mit einem erleichterten Lächeln. »Ja, das ist eine tolle Idee.«

»Ihr hättet gern, dass ich bestelle?« Nadia nickt Richtung Speisekarte. »Aber natürlich. Sophia, was isst du gern? Hühnchen? Oder lieber Fisch?«

»Das ist mir ziemlich egal.«

»Eine unkomplizierte Frau. Das gefällt mir.« Nadia winkt den Kellner herbei und gibt in perfektem Spanisch die Bestellung auf. Die beiden unterhalten sich noch ein Weilchen in ihrer Muttersprache, bis sie sich vor Lachen biegen.

»Der Kellner empfiehlt, nicht die Tagesgerichte zu nehmen«,

erklärt sie uns kichernd. »Die werden nämlich aus allem geköchelt, was gestern nicht weggegangen ist. Ich habe uns gegrilltes Tomatenbrot, Paella, Knoblauchgarnelen, Reis mit Meeresfrüchten, geschmortes Huhn, Bohneneintopf mit Rindfleisch, Kalbsleber und Beefsteak vom Grill bestellt.«

Marc bemerkt meinen besorgten Gesichtsausdruck. »Das ist schon in Ordnung«, flüstert er. »Wir sind in einem Tapas-Restaurant. Man bestellt viele kleine Gerichte und teilt sie sich miteinander.«

»Daran hätte ich mich auch erinnern können. Ich war mal mit Leo unterwegs, und er – egal. Danke für deine Erklärung.«

»Ach, wie dumm von mir!«, ruft Nadia. »Das Hühnchen ist in Sherry geschmort, das ist für Sophia vielleicht nicht so gut. Falls sie … Ihr wisst schon.« Sie wirft einen Blick auf meinen Bauch.

»Ich glaube, ein bisschen Alkohol in der Soße wird schon keinen Schaden anrichten«, sage ich. »Ich meine – ich trinke ja bereits Sherry.«

»Lasst mich lieber etwas anderes bestellen. Ich könnte es mir nie verzeihen, wenn ich dem ungeborenen Baby meines guten Freundes schaden würde.« Nadia ruft auf Spanisch nach dem Kellner, bestellt erneut und schlägt mit der Hand auf den Tisch. »Also gut. Du siehst besorgt aus, Sophia. Was ist los? Glaubst du, ich werde dir gleich sagen, dass du keine Probeaufnahmen machen kannst, weil du schwanger bist?«

Ich spüre, wie meine Nervosität etwas nachlässt. »Das habe ich tatsächlich befürchtet«, gebe ich zu. »Ich meine … wir wissen ja noch nicht einmal, ob ich wirklich schwanger bin. Es ist sogar eher unwahrscheinlich. Aber ich finde, Sie sollten wissen, dass es so sein könnte.«

Nadia klatscht in die Hände. »Hör mal, Schätzchen: Ich habe drei Kinder. Es ist mir völlig egal, ob du schwanger bist oder nicht. Ich finde, eine Frau sollte durch ihren Körper nicht gebremst werden.« Sie grinst. »Erinnert ihr euch, dass ich letzte Woche am Telefon meinte, ich hätte noch eine Sache mit euch zu besprechen? Mittlerweile sind daraus sogar zwei Sachen geworden, eine betrifft Sophia, die andere Marc. Wer will als Erster hören, worum es geht?«

16

Marc hebt eine Braue. »Du stehst also nach wie vor auf Drama, Nadia. Sag uns erst die Neuigkeit für Sophia.«

Nadia lacht. »Immer noch ganz der Gentleman.« Sie legt die Hände auf meine. »Dann hör zu, Schätzchen. Marc kennt mich schon sehr lange. Er wird dir sagen, dass ich mich meistens von meinem Instinkt leiten lasse.«

»Hm, okay.«

»Weißt du, warum ich euch heute zum Lunch treffen wollte?«

»Marc meinte, weil Sie seine Frau kennenlernen wollten.«

»Sicher. Aber in erster Linie wollte ich dich persönlich kennenlernen. Ich wusste nämlich, dass ich schon auf den ersten Blick entscheiden könnte, ob du die Richtige für den Film bist oder nicht. Auf der Bühne habe ich dich ja schon gesehen, und Marcs Agent hat mir Dutzende deiner Probeaufnahmen geschickt. Ich muss dich jetzt also nicht noch lange testen. Ich mache meinen Job schon eine ganze Weile, mittlerweile weiß ich genau, wonach ich suche und wann ich es gefunden habe.«

»Ich soll also keine Probeaufnahmen für den Film machen?«

»Nein. Du bekommst die Rolle auch so.«

Meine Hand fliegt an meinen Mund, durch meine Finger entwischt ein Lachen. »Sie … Ich bekomme die Rolle? In Ihrem Film?«

»Selbstverständlich. Du bist wie geschaffen dafür.«

»Aber müssen Sie nicht – ich meine, die Produktion und so? Muss da nicht noch mehr abgesprochen werden?«

»Nicht in meinen Filmen. Ich habe reich geheiratet, und meinem Mann gehört die Filmgesellschaft. Mir ist vertraglich zugesichert, dass ich einstellen und feuern kann, wen ich will. Ich habe die totale Kontrolle. Und du bist hiermit engagiert, okay?«

»O mein Gott! Danke! Tausend Dank!«, jauchze ich überglücklich.

»Sobald ich mich hingesetzt hatte, wusste ich, dass du perfekt bist. Diese einmalige Balance aus Bescheidenheit und Charisma. Ich kann euch gar nicht sagen, wie lange ich nach der Hauptdarstellerin für den Film gesucht habe. Und wenn man weiß, dass man die richtige Wahl getroffen hat, weiß man's einfach. Stimmt doch, oder, Marc?«

»Offenkundig.«

»Nun komm schon, leg diese besorgte Miene ab«, zieht Nadia ihn auf. »Ich werde gut auf deine Frau aufpassen. Das weißt du.«

»Sie ist womöglich schwanger, Nadia«, gibt Marc zu bedenken. »Bin ich denn hier der Einzige, der weiß, was das bedeutet?«

»Selbst wenn, dann sehe ich darin kein Problem«, erklärt Nadia. »Wir legen einfach sofort los. Aber hör mal, Sophia, wenn du wirklich schwanger sein solltest – Dreharbeiten können sehr anstrengend sein, vor allem, wenn es der erste Film ist. Wenn dir übel ist oder du müde bist, tja, dann wird es richtig hart für dich werden.«

»Das macht mir nichts aus«, erwidere ich rasch.

»Das freut mich zu hören, aber … Vielleicht solltest du doch erst feststellen lassen, ob du schwanger bist oder nicht, bevor du die Rolle annimmst. Manche Dreharbeiten sind besonders heftig, mit Überstunden.«

»Ich weiß, und ich bin darauf vorbereitet, Schwangerschaft hin oder her.«

»Sophia …« Marc schüttelt den Kopf.

»Okay – vielleicht bin ich auch nicht vorbereitet. Ich habe keine Ahnung, was auf mich zukommt. Es ist alles neu für mich. Aber ich bin mir sicher, dass ich es schaffen werde. Ganz im Ernst. Es ist eine unglaubliche Chance für mich. Ich habe Ihre Filme schon immer geliebt.«

Nadia wiegelt ab. »Hör bloß auf, sonst bilde ich mir darauf noch etwas ein. Nun denn, wenn du also entschlossen bist, dann würde ich dir gerne die Rolle geben. Sehr gerne sogar. Du und Leo! Ihr seht einfach toll aus.«

Marc kneift die Lippen zu einem Strich zusammen. »Das habe ich auch schon mal gehört.«

Nadia gibt Marc einen Klaps auf den Arm. »Werden Sie jetzt bloß nicht besitzergreifend gegenüber Ihrer jungen Frau, Mr Blackwell. Die nächsten vier Monate gehört sie mir.«

»Vier Monate?« Marc nippt an seinem Sherry. »Wir hatten drei vereinbart.«

»Vereinbart?«, frage ich. »Wie bitte? Wann ist das denn passiert?«

Marcs Lippen zucken. »Ich habe meinen Agenten gebeten, mit dem Produktionsteam zu reden. Übrigens ist er jetzt auch dein Agent, Sophia. Seit letzter Woche. In unserer Branche ist es wichtig, dass man von Anfang an seinen Standpunkt klarmacht. Auch dann, wenn es nur um Probeaufnahmen geht.«

Mein Agent?

Mir wird ein bisschen schwindelig. Alles geht so schnell. Vor Kurzem dachte ich noch, ich würde Probeaufnahmen für Nadias Film machen, und jetzt habe ich nicht nur die Rolle, sondern auch einen Agenten, wie Marc mir gerade mitgeteilt hat. Es ist wirklich ein bisschen viel auf einmal.

Ich höre Marc und Nadia zu und komme mir vor, als hätte ich Wasser in den Ohren.

»Natürlich, das hatten wir vereinbart«, sagt Nadia. »Aber manchmal verschätzt man sich eben. Du weißt doch, wie das läuft.«

»Du und deine Zeitpläne.« Marc blickt finster drein.

»Hey!« Nadia legt die Hände auf den Tisch. »Das ist meine spanische Art. Bleib locker!«

»Jetzt mal im Ernst, Nadia: Wenn Sophia schwanger sein sollte, dürfen die Dreharbeiten nicht wesentlich überzogen werden. Vielleicht musst du dich dann ein einziges Mal in deinem Leben an einen Zeitplan halten.«

»Du bist nicht mein Boss, Marc Blackwell«, kontert Nadia spöttisch. »Ich bin die Regisseurin des Films.«

»Wartet mal«, werfe ich ein. »Wie war das gleich noch mal, Marc? Ich habe jetzt einen Agenten?«

»Ganz genau. Meinen Agenten. Er ist der beste in diesem Geschäft. Ich würde mich mit keinem Geringeren zufriedengeben, wenn es um dich geht. Ich dachte, wenn du schon Probeaufnahmen machst, brauchst du auch einen fähigen Agenten.«

»Erzähl mir mehr davon, was bereits verhandelt wurde.«

»Unser Agent hat gestern Abend mit Nadia gesprochen«, sagt Marc. »Er hat deutlich zum Ausdruck gebracht, dass drei Monate Arbeit für dich das Maximum wären, wenn die Sache zustande kommt.«

»Ich schätze es nicht besonders, dass dein Agent hinter meinem Rücken Verhandlungen führt, ohne mich darüber zu informieren«, sage ich. »Hier geht es um meine Karriere, nicht um deine.«

Nadia klatscht in die Hände. »Bravo, Sophia! Aber Marc hat es nur gut gemeint. Das weißt du, oder? Er liebt dich über alles, das sehe ich in seinen Augen. Er will sich um dich kümmern, mehr nicht.«

Ich verziehe das Gesicht. »Manchmal sollte er sich ein bisschen bremsen.«

»Du verstehst, warum ich sie liebe?«, fragt Marc Nadia.

Nadia lacht. »Selbstverständlich. Und jetzt hört mir zu: Wenn Sophia die Rolle übernehmen will, sollten wir möglichst bald mit den Dreharbeiten anfangen. Wenn sie tatsächlich schwanger ist, werden sich bald erste Rundungen zeigen. Du bist sehr schlank, Sophia, das Baby wird sich nirgendwo verstecken können.«

Ich lache.

»Vielleicht solltest du noch ein paar Tage darüber nachdenken«, sagt Marc zu mir. »Zumindest so lange, bis wir hören, was die Ärztin bei unserem nächsten Termin zu sagen hat.«

»Meine Entscheidung steht fest«, sage ich. »Nadia, ich würde die Rolle liebend gern übernehmen. Und für Ihr Verständnis bin ich wirklich sehr dankbar. Selbst wenn ich schwanger sein sollte, werde ich genauso hart arbeiten wie alle anderen Schauspieler, das verspreche ich Ihnen.«

»Das freut mich zu hören, Sophia«, erwidert Nadia und schenkt mir ihr breites Lächeln. »Dann erzähle ich euch jetzt etwas mehr über den Film. Ihr wisst ja, dass er auf der Geschichte von Rapunzel basiert, oder?«

»Ja, das hat Leo schon gesagt.«

»Der Titel des Films lautet – dreimal dürft ihr raten – *Rapunzel*. Sehr originell, nicht wahr?«

Ich lache. »Ja, sehr.«

»Meine Idee war das nicht. Mein Mann hat darauf bestanden. Allerdings hat er bei solchen Dingen meistens recht. Manchmal lasse ich ihm also seinen Kopf. Der Film ist eine düstere Romanze, es wird gekämpft, und einige Gewaltszenen kommen auch vor. Ganz jugendfrei wird er also nicht werden. Rapunzel ist dabei auch keine willensschwache Heldin, sie wird wie die anderen Charaktere Blut an ihren Händen haben. Trotzdem liegt der Schwerpunkt auf der Liebesgeschichte zwischen Rapunzel und dem Prinzen. Im Grunde geht es in diesem Film nur um eins: um Liebe, Liebe und nochmals Liebe.«

Ich muss Marc nicht ansehen, um zu wissen, dass er die Stirn runzelt.

»Ah!« Nadia klatscht erfreut in die Hände. »Das Essen kommt!«

Dampfende kleine Schüsseln werden auf unseren Tisch gestellt.

»Lasst uns essen!«, ruft Nadia begeistert und gibt mir einen Löffel Bohneneintopf auf den Teller. »Probier das mal. Das Rezept stammt aus meiner Heimatstadt. Hast du spanisches Blut in dir? Du siehst irgendwie nicht sehr englisch aus.«

»Meine Mutter war Italienerin.«

»Wirklich?« Nadia haut auf den Tisch. »Ein tolles Land. Dann sprichst du also italienisch?«

»Ein bisschen. Meine Mutter starb, als ich noch recht klein war. Ich hatte leider keine Gelegenheit, die Sprache richtig zu lernen.«

»Deine Mutter ist tot? Wie traurig. Nun, dann werde ich bei diesem Film deine Mutter sein, okay?« Sie gibt uns weitere Gerichte auf die Teller. »Wann ist dein nächster Arzttermin?«

»In der kommenden Woche.«

»Gut, dann müssen wir nicht lange warten. Und danach fangen wir mit den Dreharbeiten an.«

Ich schüttele entschlossen den Kopf. »Wir können so schnell wie möglich damit anfangen. Der Arzttermin ist egal.«

»Und darüber freut sich dein Mann?« Nadia grinst Marc schelmisch an.

»Nein, tut er nicht!«, knurrt Marc. »Sophia, es ist doch viel vernünftiger zu warten, was die Ärztin dazu meint. Was, wenn sie dir rät, viel zu ruhen? Oder nicht zu arbeiten?«

»Schwangerschaft ist keine Krankheit«, wirft Nadia ein. »Bei all meinen Schwangerschaften habe ich bis kurz vor dem Geburtstermin gearbeitet. Ich werde euch zwei jetzt mal einen Rat geben, okay? Ihr seid frisch verheiratet. Antonio und ich sind seit«, sie zählt an ihren Fingern nach, »zwanzig Jahren ein Ehepaar.«

Marcs Lippen verziehen sich zu einem Lächeln. »Wie lautet dein Rat?«

17

Den Rat hat mir damals meine Mutter gegeben«, erklärt Nadia, nachdem sie genüsslich einen Löffel Bohneneintopf gegessen hat. »Die Ehe ist wie eine Torte, die in der Hälfte geteilt ist. Der Mann ist die eine Hälfte, die Frau die andere. Aber selbst, wenn man die beiden Hälften nebeneinanderlegt, ergeben sie keine ganze Torte.«

»Was willst du uns damit sagen?«, fragt Marc stirnrunzelnd.

»Dass ihr zwei in eurer Ehe zusammenwachsen müsst. Ihr müsst gemeinsam an dem fehlenden Stückchen Torte arbeiten und stärker sein, als ihr vor eurer Ehe wart. Ihr müsst geben, geben, geben und dann noch einmal ein bisschen geben. Du, Marc, musst akzeptieren, dass Sophia bei diesem Film hart arbeiten möchte. Manchmal wird sie vielleicht über ihre Grenzen gehen. In dem Fall musst du ihr etwas geben, indem du versuchst, sie zu verstehen.«

Marcs Miene verdüstert sich. »Sie wird nicht über ihre Grenzen gehen.«

»Es könnte passieren«, entgegnet Nadia unbekümmert. »Aber sie wird es schon schaffen. Und du, Sophia, musst nichtsdestotrotz auf Marc hören. Respektiere das, was er sagt. Ich kenne ihn schon sehr lange. Man kann über ihn sagen, was man will, aber er täuscht sich nur sehr selten. Wenn er meint, dass du zu viel arbeitest, solltest du versuchen, dir etwas Ruhe zu gönnen.«

»Ich dachte immer, du bist Regisseurin«, sagt Marc trocken, »aber plötzlich bist du auch noch Eheberaterin.«

Nadia lacht. »Ich würde also gerne nächste Woche loslegen. Warum damit warten? Ob Sophia schwanger ist oder nicht, spielt für mich persönlich keine Rolle. Ich weiß, dass auch Leo gern anfangen würde. Er hat später in diesem Jahr noch einen anderen Film geplant.«

»Ein viel beschäftigter Mann«, sagt Marc und nippt an seinem Sherry.

»Lass mich raten: Du magst ihn nicht?«

»Mochte«, verbessert Marc sie. »In letzter Zeit sind wir uns ein bisschen nähergekommen. Es hat sich herausgestellt, dass er eigentlich ein ganz anständiger Kerl ist.«

»Nun, das höre ich gern«, erwidert Nadia und tunkt gegrilltes Brot in ihre Bohnen. »Denn auch Leo und Sophia werden sich in diesem Film nahekommen.«

»Wie nah?«, fragt Marc.

»Na ja, es gibt eine Bettszene. Ist das okay? Ich kann euch das genauso gut gleich verraten, damit es zu keiner bösen Überraschung kommt.«

»Eine Bettszene?«, knurrt Marc.

»Nichts Heftiges, nur eine Frontalaufnahme von nackten Körpern.«

Marc knallt sein Glas auf den Tisch.

Nadia lacht laut auf. »Immer mit der Ruhe! Ich habe dich nur ein bisschen aufziehen wollen. In Wirklichkeit wird nur sehr wenig nackte Haut zu sehen sein, okay?« Sie legt beschwichtigend die Hand auf Marcs Unterarm.

»Überhaupt nicht okay«, entgegnet Marc. »Aber vermutlich

werde ich mich damit abfinden müssen, wenn es das ist, was Sophia will. Kann ich wenigstens das Drehbuch sehen?«

»Stimmt«, sagt Nadia. »Sophia, ich muss dir noch das Drehbuch schicken. Wo wohnt ihr zwei Turteltauben gerade?«

»Bislang im Stadthaus«, antworte ich. »Und vermutlich werden wir dort auch bleiben, wenn nächste Woche die Aufnahmen beginnen. Wir drehen doch in London, oder?«

»Selbstverständlich«, sagt Nadia. »Wo sonst als in dieser fabelhaften Stadt. Warte, da fällt mir noch etwas ein, was ich euch noch nicht gefragt habe. Hattet ihr zwei nicht vor, bald in die Flitterwochen zu entschwinden? Ich kann die Dreharbeiten auch so planen, dass ...«

»Das ist schon in Ordnung«, sage ich lächelnd. »Wir haben die Flitterwochen schon wegen den Arztbesuchen verschoben, dann können wir sie genauso gut noch ein bisschen weiter nach hinten schieben, um den Film zu drehen.«

»Schätzchen – vier Monate?«

»Drei!«, knurrt Marc.

»Okay, okay – drei Monate. Aber ganz im Ernst – wollt ihr eure Flitterwochen wirklich so lang auf Eis legen?«

»Wenn es das ist, was Sophia will, dann warte ich gern«, sagt Marc, wirkt dabei aber nicht gerade glücklich. Ich vermute, dass er noch immer an die Bettszene denkt.

»Okay«, sagt Nadia. »Marc, hast du eigentlich vergessen, dass ich auch für dich eine Neuigkeit habe?«

»Ich erinnere mich schon noch daran.«

»Und du willst nicht wissen, worum es geht?«

»Nicht so gern, wie du es mir erzählen willst.«

Nadia lacht. »Ach, Marc, du lässt dich nie auf meine Spielchen ein. Na gut. Also: Ich habe es dir gegenüber ja schon am Telefon angedeutet. Es hat sich noch jemand anders dazu bereit erklärt, eine Rolle in dem Film zu übernehmen. Jemand, den du, Marc, sehr gut kennst.«

»Und wer?«

»Es wundert mich, dass du es noch nicht weißt.« Nadia nimmt einen Schluck Sherry. »Dein Agent hat mir gestern Löcher in den Bauch gefragt. Er wollte sämtliche Einzelheiten wissen.«

»Mich hat gestern nur Sophias Terminkalender interessiert.« Marc schiebt sich eine Gabel voll Paella in den Mund. »Ich habe ihn nicht gefragt, wer sonst noch mitspielt.«

»Es sind ein paar sehr interessante Namen dabei, aber einer davon dürfte für dich ganz besonders interessant sein.« Nadia grinst. »Jetzt komm schon, willst du denn gar nicht wissen, von wem ich rede?«

»Sag es einfach!«

»Baz Smith.«

Marc lehnt sich zurück. »Baz hat sich bereit erklärt, in dem Film mitzuspielen?«

»Genau das hat er.«

»Er wird Seite an Seite mit Sophia arbeiten?«

»Natürlich. Er hat eine wichtige Rolle. Aber das ist kein Problem, oder? Er ist doch ein guter Freund von dir.«

»Mehr als das«, sagt Marc. »Ein Mentor. Eine Vaterfigur. Hätte er mich in jungen Jahren, als ich ziemlich viele Probleme hatte, nicht unter seine Fittiche genommen, wäre ich vermutlich weiß Gott wo gelandet.«

»Ihr zwei wart früher sehr eng befreundet«, sinniert Nadia. »Auch wenn ihr euch immer gestritten habt. Ich kann mich noch gut daran erinnern. Aber eines kommt mir komisch vor. Baz hat mir erzählt, dass er nicht auf deiner Hochzeit war. Er hat nicht einmal gewusst, dass du heiraten wolltest.«

»Nein.«

»Warum nicht?«

Marc zuckt die Schultern. »Männer stehen nicht auf das Schreiben von Weihnachtskarten und solches Zeug. Ich habe Baz seit Jahren nicht mehr gesehen. Ich wusste nicht mal, dass er im Lande ist. Außerdem hat Sophia ihn nie getroffen. Und du kennst Baz – er hat es nicht so mit förmlichen Ereignissen.«

Nadia sieht in meine Richtung und verdreht die Augen. »Männer! Wenn es ihre Frauen nicht gäbe, würden sie in sozialer Isolation leben. Ich muss immer sämtliche Weihnachtsgeschenke für Antonio besorgen, sogar die für seine Mutter.«

Ich lache.

»Also hat Baz die Rolle angenommen«, sagt Marc. »Eigentlich ist das nicht gerade sein Genre, oder?«

»Ich glaube, er ist perfekt dafür. Ich wollte jemanden mit ein paar Narben im Gesicht. Einen dunklen Prinzen. Meine Filme sind ja immer ein bisschen düster.«

»Wie bist du dann auf Leo Falkirk gekommen?«, fragt Marc.

»Ach, mein Goldjunge. Natürlich hast du recht, Leo sieht anders aus als die Schauspieler, die ich normalerweise engagiere. Aber er und Sophia passen gut zusammen, und manchmal verträgt der Film auch ein bisschen Licht. Marc – weißt du noch, wie wir zusammen mit Baz in der Altstadt von Barcelona in einer Bar waren und …«

»Ich weiß«, fällt Marc ihr schroff ins Wort.

»Was ist damals passiert?«, will ich wissen.

»Baz hat mit einem Einheimischen gewettet«, erzählt Nadia und schlägt wieder mit der Hand auf den Tisch. »Dass er eine Ganze von den Chorizos essen kann, die dort an der Decke hingen. Und das hat er auch getan. Das ganze Ding! Mein Gott. Am nächsten Tag hatte er einen üblen Ausschlag. Die Maskenbildnerin musste alles, was sie hatte, benutzen, um ihn zu überschminken. Die guten alten Zeiten, nicht wahr, Marc?«

»Nicht für mich.«

»Ach, komm schon! Willst du etwa behaupten, du hättest in Barcelona keinen Spaß gehabt?«

»Ich gebe zu, es war interessant, einer Frau mit deiner Figur zuzusehen, wie sie literweise Brandy trinkt, ohne umzukippen.«

Nadia zuckt mit den Schultern. »So macht man das eben in Spanien. Man trinkt gern pur. Aber ich bin ziemlich regelmäßig umgekippt, wenn du dich recht entsinnst. Und du hast mich immer nach Hause getragen, ganz der Gentleman, der du nun mal bist. Mein Mann hat dich dann immer schnell wieder verscheucht.«

»Ich konnte dich ja schlecht in der Bar zurücklassen, wo dich die ganzen Besoffenen begrapscht hätten.«

»In der Verfassung, in der ich damals war, hatte ich deine Fürsorge nicht verdient. Meine Güte!«

»Jede Frau hat es verdient, dass man sich um sie kümmert.«

»Ich freue mich schon darauf, Baz kennenzulernen«, sage ich zu Marc. »Du hättest ihn zu unserer Hochzeit einladen sollen.«

Marc zieht eine Braue hoch. »Hättest du etwa gewollt, dass sich unsere Hochzeit in ein großes Besäufnis verwandelt, bei dem jeder versucht, den anderen unter den Tisch zu trinken?«

»Ha!«, lacht Nadia. »Aber so ist es nun mal. Man darf Baz nicht in die Nähe von Alkohol lassen, wenn man keine Lust auf Katastrophen hat.«

»Trotzdem ist er dir wichtig«, wende ich ein. »Und ich möchte alle Leute kennenlernen, die wichtig für dich sind.«

»Es gab Zeiten, da waren Baz und Marc unzertrennlich«, sagt Nadia. »Wie Brüder. Ständig heckten sie irgendetwas aus. Baz ist wirklich verrückt.«

»Und genau deshalb habe ich heute keinen Kontakt mehr zu ihm«, sagt Marc und legt Messer und Gabel neben seinen leeren Teller. »Aber ich freue mich, dass er am Set sein wird. Dann kann er Sophia im Auge behalten. Das traue ich ihm immerhin noch zu, allerdings nur, solange er nüchtern ist.«

»Sophia im Auge behalten?«, frage ich nach.

»Ja, dich im Auge behalten. Wenn du müde bist, es dir nicht gut geht, oder wenn du etwas brauchst …«

Ich nehme Marcs Hand. »Mach dir bitte nicht zu viele Sorgen um mich.«

»Normalerweise würde ich dich ja einladen, beim Dreh zuzusehen«, sagt Nadia zu Marc, »aber der halbe Film wird nicht im Studio gedreht, und es reicht schon, wenn die Fans sich den Hals nach Leo und Baz verrenken. Wüssten die Leute, dass du auch noch da bist, würden sie völlig außer Rand und Band geraten, und wir würden zu nichts kommen.«

»Ich fürchte, damit hast du recht«, sagt Marc. »Die Paparazzi sind sowieso schon hinter Sophia her. Und wären wir beide zusammen dort – nein, es wird wirklich besser sein, wenn ich mich fernhalte. Aber ich bestehe darauf, dass meine Wachmänner vor Ort sein werden, und darauf, dass ich Sophia persönlich fahre. Das ist nicht verhandelbar.«

Nadia grinst. »Aha. Vielleicht solltest du erst deine Frau fragen, bevor du für sie Verhandlungen führst. Beim letzten Mal war sie auf deine Aktion nicht besonders gut zu sprechen.«

»Das geht schon in Ordnung«, sage ich. »Ich verstehe Marcs Standpunkt.«

»Na schön.« Nadia leert ihr Sherryglas. »Also, Sophia – um die Garderobe kümmern wir uns vor Drehbeginn. Passt dir der Montag? Ich werde dir durch meine Assistentin noch die Details zukommen lassen. Dann wirst du auch die anderen Schauspieler treffen, und ihr könnt euch kennenlernen. Warum kommst du nicht mit, Marc? Baz wird auch da sein.«

Marc verzieht das Gesicht. »Ich glaube, ich verzichte.«

»Wirklich?«, frage ich. »Aber es wird mein erster Tag sein, und ich hätte dich wirklich sehr gern dabei, zumal du nicht da sein kannst, wenn wir drehen. Willst du Baz denn gar nicht wiedersehen?«

»Einerseits ja, andererseits nein.«

»Andererseits nein?«

Marc schüttelt den Kopf. »Ach, egal. Okay, ich komme am Montag mit.« Seine Lippen pressen sich zu einer schmalen Linie zusammen. »Um meinen alten Freund wiederzusehen.«

18

Als wir das Restaurant verlassen, nimmt Marc meine Hand und marschiert los. »Manchmal bist du ganz schön impulsiv«, sagt er leise. »Deine Zustimmung zu geben, bevor wir wissen, ob du schwanger bist … Gelegentlich vergesse ich, wie jung du bist.«

»Nicht viel jünger als du.«

»Fünf Jahre.«

»Findest du das viel?«

»Jedenfalls ist es viel mehr, als dir klar ist.«

»Wie meinst du das?«

Marc schüttelt den Kopf. »Vergiss es, Sophia. In deinem Alter hatte ich schon viel von der Welt gesehen. Ich kannte Dutzende Regisseure. Eine Entscheidung, wie du sie getroffen hast, hätte ich nie gefällt. Nicht so voreilig.«

»Das ist eine fantastische Chance für mich. Ich stürze mich doch nicht blindlings in irgendetwas. Ich wusste, dass es richtig ist.«

»Und woher?«

»Ich habe es gespürt.«

»Du hast noch nicht einmal das Drehbuch gelesen.«

»Aber ich liebe Nadias Filme. Und ich wusste, dass Leo nicht so versessen darauf gewesen wäre mitzuspielen, wenn er nicht überzeugt davon wäre, dass es für uns beide gut ist.«

Marcs Lippen werden wieder schmal. »Ich habe keine Ahnung, warum du nicht einfach zugeben kannst, dass du impulsiv gehandelt hast.«

»Du hast leicht reden«, fauche ich. »Nicht alle von uns haben schon vor ihrem zwanzigsten Geburtstag einen Oscar abgeräumt. Die Schauspielerei ist ein hartes Geschäft. Mich kennt noch keiner. Ich wette, bevor du groß rausgekommen bist, hast du auch jede Rolle angenommen, die dir angeboten wurde.«

»Du bist einfach zu ungeduldig, Sophia. Wenn du schwanger bist und müde wirst …« Er schüttelt den Kopf. »Aber dafür ist es jetzt zu spät. Also können wir nur noch hoffen, dass die Ärztin gute Nachrichten für uns hat, nämlich dass du nicht schwanger bist.«

Mich überläuft ein eiskalter Schauer. »Wie kannst du nur so etwas sagen?«

»Weil du mir wichtig bist. Wichtiger offenbar, als du es dir selbst bist. Du hast dich auf diesen Film eingelassen, noch bevor du weißt, was in deinem Körper passiert.«

»Vielleicht bin ich ja gar nicht schwanger«, sage ich.

»Und wenn doch?«

»Nadia hat gesagt, dass sie während all ihrer Schwangerschaften gearbeitet hat.«

»Nadia kann aber auch die meisten Männer unter den Tisch trinken. Du bist viel zarter.«

Ich lache. »Zart? Vielleicht bin ich zäher, als du denkst. Ich habe als junges Mädchen meine Mutter verloren, und ich habe Samuel mehr oder weniger während meines Studiums großgezogen. Du vergisst manchmal, wer ich bin, Marc.« Ich erhasche einen kurzen Blick auf uns im Schaufenster eines Imbisses. Marc ist groß, dunkel und extrem attraktiv. Ich bin klein und schlank, meine braunen Locken fliegen im Wind, an meinem Hals funkelt ein prächtiges Diamantcollier. Meine Hand fährt an meinen Hals. »Wird es von nun an immer so sein? Dass wir uns ständig streiten?«

»Du hast vergessen, dass wir das auch schon vor unserer Hochzeit getan haben.«

»Und ich habe es gehasst.«

»Ich streite auch nicht gern mit dir.«

»Wirst du mir jetzt ein bisschen mehr von Baz Smith erzählen?«, wechsle ich das Thema.

»Was denn?«

»Ach, komm schon. Du hast ihn nicht zu unserer Hochzeit eingeladen und wolltest auch nicht mit zur Kostümprobe. Du hast den Kontakt zu ihm abgebrochen, obwohl ihr gute Freunde wart. Was ist passiert?«

»Das habe ich dir doch schon gesagt. Männer halten nicht viel von diesem Wir-bleiben-in-Kontakt-Quatsch.«

»Manche Männer schon. Mein Dad und seine Brüder …«

»Ich komme doch jetzt mit zur Kostümprobe. Dann können Baz und ich unsere Probleme aus dem Weg räumen.«

»Probleme?«

»Vergiss es.«

19

Der Tag der Kostümprobe ist schnell gekommen – zum Glück, denn das heißt, dass der Tag, an dem ich endlich erfahre, ob ich schwanger bin oder nicht, ebenfalls näher gerückt ist.

Ich bin sehr gespannt auf die Kostüme für den Film. Wie bei den meisten meiner Lieblingsfilme hat sie Jennifer Perry entworfen.

Ich drücke mich an Marc, während wir quer durch London zu dem Hangar fahren, in dem die Probe stattfinden soll. Auf meinem Schoß liegt das Drehbuch, und ich nehme es in die Hände.

»Wie oft willst du das denn noch lesen?«, fragt Marc, und ein belustigtes Lächeln umspielt seine wunderschönen Lippen.

»Mindestens noch zehnmal.«

»So oft hast du es doch bestimmt schon durch.«

»Ich will meinen Text in- und auswendig können. Manche Szenen machen mir schon Sorgen, wenn ich an sie denke, da will ich nicht auch noch den Text vergessen.«

»Vielleicht hättest du das Drehbuch lesen sollen, bevor du die Rolle angenommen hast.«

Ich lasse das Drehbuch in den Schoß fallen. »Okay, dann war ich eben impulsiv. Bist du jetzt zufrieden? Manche Szenen … Ich habe richtig Angst davor, Marc. Da gibt es Schwertkämpfe, Szenen unter Wasser und welche, in denen ich an einem Seil klettern muss.«

Marc drückt meine Hand. »Vielleicht bin jetzt ich zu vorschnell, aber ich sage dir, dass du das schaffen wirst. Ich werde dich unterstützen, okay?«

»Danke.«

»Und wenn du die nächste unreife, impulsive Entscheidung fällst, werde ich dich nicht darauf hinweisen. Ich werde warten, bis du es selbst herausgefunden hast.«

Ich lache. »Vielen Dank!«

Marc nimmt das Drehbuch und blättert darin herum. »Ich glaube wirklich, dass du das hinkriegen wirst. Bei den meisten schwierigeren Szenen springt ein Double für dich ein, das die Stunts übernehmen wird.«

»Ach so?«

»Unser Agent wird darauf bestehen.«

Unwillkürlich muss ich lächeln. »Manchmal bin ich sogar froh über deinen Kontrollwahn.«

»Gefällt dir das Drehbuch überhaupt? Nur darauf kommt es an.«

»Ja, sehr, auch wenn ich mir über die Bettszene Gedanken mache, weil ich weiß, dass du darüber nicht glücklich bist. Und das, obwohl du mich ständig ermunterst, meine Grenzen als Schauspielerin auszuloten.« Ich ziehe eine Braue hoch. »Du solltest dich also nicht beklagen. Nun werde ich richtig gefordert.«

»Ich beklage mich trotzdem.«

Die Limo fährt auf das Gelände mit mehreren Flughallen.

»Sind in all den Hangars Kostüme?«, frage ich Marc.

»Nein. In manchen Kostüme, in anderen Stoffe oder Nähmaschinen, in manchen beides.« Marc klopft an die Trennscheibe. »Die zweite Halle links, Keith. Die rote.«

»Du kennst dich hier ja gut aus«, bemerke ich.

»Das sollte ich auch. Ich war wahrhaftig schon oft genug hier.«

»Ach ja?«

Marc nickt. »Und habe endlos öde Stunden in der Garderobe verbracht.«

»Endlos öde Stunden? Magst du Kostümproben nicht?«

»Ich hasse sie.«

»Ich weiß noch nicht, ob sie mir gefallen werden«, gebe ich zu.

»Das ist doch der Traum einer jeden Frau, oder?«

»Meiner nicht. Vielleicht hätte ich als Mann zur Welt kommen sollen.«

»Ich für meinen Teil bin jedenfalls sehr froh, dass du das nicht getan hast, Sophia Blackwell. Du bist einfach unbeschreiblich schön.« Marcs Finger fahren über meine Wange. »Und falls du Unterstützung beim Umkleiden brauchst …«

»Werden sich die Kostümdamen bestimmt über deine Hilfe freuen.«

Marcs Finger wandern zu meinen Haaren. »Das ist auch besser so.«

Ich sehe weitere Sicherheitsleute und rutsche ein Stückchen von Marc weg.

»Schüchtern, Mrs Blackwell?«

»Am ersten Tag meines ersten Films? Ja. Sehr sogar.«

20

Am Eingang des Hangars, in dem die Kostümprobe stattfinden soll, steht ein Wachmann, der meinen Ausweis sehen möchte.

Nachdem er ihn begutachtet hat, tritt er zur Seite, um uns hineinzulassen, doch Marc knurrt ihn an. »Einen Moment noch. Warum haben Sie mich nicht nach meinem Ausweis gefragt?«

Der Wachmann lacht etwas verunsichert. Als er merkt, dass Marc es ernst gemeint hat, weiten sich seine Augen. »Ich dachte … Ich meine, Sie sind Marc Blackwell. Jeder kennt Sie.«

»Sie müssen jeden Ausweis überprüfen«, erklärt Marc streng. »Maßen Sie sich nicht an zu wissen, wer jemand ist.«

»Verzeihung, Sir. Ich wollte nicht respektlos sein, indem ich …«

»Ich finde es wesentlich schlimmer, jemanden in die Halle zu lassen, in der sich meine Frau aufhält, ohne seine Identität zu überprüfen.«

»Sie haben selbstverständlich recht, Sir. Also noch einmal – verzeihen Sie mir. Es wird nicht wieder vorkommen. Brauchen Sie eine Karte des Hangars?«

»Nein«, sagt Marc. »Ich kenne mich aus.«

»Und Sie kennen die Nummer des Studios?«

»Ja.«

Als Marc mich später durch das Labyrinth der Gänge führt, flüstere ich: »Das war doch nicht nötig.«

»Deine Sicherheit ist wichtig, und der Wachmann hätte sich vorschriftsgemäß verhalten sollen.«

»Wahrscheinlich fühlt er sich jetzt ziemlich schlecht.«

»Nicht so schlecht, wie er sich fühlen wird, wenn dir während seiner Dienstzeit etwas passiert. Ich würde jedem etwas sagen, der seinen Job nicht richtig erledigt, auch Nadia. Und ich hoffe, dass man mich ebenfalls darauf hinweist, wenn ich einen Fehler mache, selbst wenn es nur ein Flüchtigkeitsfehler ist.«

»Das gefällt mir an dir, dass du alle gleich behandelst und dich nicht für etwas Besseres hältst, nur weil du reich und berühmt bist.«

»Reich und berühmt?« Marc hebt eine Braue. »Tut mir leid, aber mir war nicht klar, dass ich mit einer Klatschreporterin rede.«

»Aber jetzt noch mal ganz im Ernst. Du behandelst alle gleich.«

»Dich behandle ich anders.«

»Inwiefern?«

»Ich stelle dich auf ein Podest und verehre dich.« Marc nimmt meine Finger und küsst sie. Seine Lippen fühlen sich warm an.

Ich schaue mich um, ob uns jemand beobachtet, doch die Gänge sind leer.

»Bist du etwa immer noch verlegen, wenn ich dir öffentlich meine Gefühle zeige?«, fragt Marc.

»Entschuldige, aber ich will einfach nicht auf der Titelseite einer Zeitschrift erscheinen.«

»Hier gibt es keine Presseleute. Trotzdem wirst du sehr wahrscheinlich dein Leben lang fotografiert werden, Sophia. Das ist ein Teil meiner Welt. Ich hasse es, aber so ist es nun mal.«

»Ich muss mich einfach noch daran gewöhnen.«

Wir gelangen zu einem Studio, an dessen Eingang »F2: Rapunzel – Kostüme« steht.

»Glaubst du, die anderen Schauspieler sind schon da?«, frage ich.

Marc wirft einen Blick auf die Uhr. »Wenn es so wie immer läuft, wird Leo nicht rechtzeitig auftauchen, genauso wie Baz und Nadia. Keiner von ihnen hatte es mit Pünktlichkeit, als ich mit ihnen zusammengearbeitet habe.«

»Wie wird es für dich sein, Baz nach so langer Zeit wiederzubegegnen?«, frage ich Marc. Ich hätte zu gern mehr über die Probleme erfahren, die er neulich erwähnt hat.

»Interessant«, erwidert Marc und öffnet die Tür.

21

Wow«, staune ich, als ich die Kleiderständer sehe. »Ich komme mir vor wie im Märchen.«

Das Studio an sich ist sehr schlicht – Zementfußboden, Metalldach, Trennwände aus Rigipsplatten. Aber das, was sich in ihm befindet, ist der blanke Wahnsinn: Reihen über Reihen fantastischer Kostüme, angefangen bei herrlichen Prinzessinnenkleidern bis hin zu Stiefeln für böse Hexen und Schwerter für mittelalterliche Soldaten.

»Ich dachte, heute wird nur Maß genommen«, sage ich. »Mir war nicht klar, dass die Kostüme schon fertig sind.«

»Nadia arbeitet etwas anders als andere Regisseure«, erklärt Marc. »Sie und die Kostümschneiderin einigen sich auf Hunderte von Kleidungsstücken, die sie nähen, und dann wählen die Schauspieler das aus, was ihnen gefällt und worin sie sich wohlfühlen.

Erst anschließend werden die Kostüme ihrer Figur entsprechend geändert. Nadia meint, dass sie mit der Methode die besten Ergebnisse erzielt. Die nicht gebrauchten Kostüme werden für andere Filme verwendet oder für ein kleines Vermögen versteigert.«

»Ich kann mir gut vorstellen, dass eine Menge Geld in ihnen steckt.« Es sind sehr ungewöhnliche Kleider, witzig, originell, kunstvoll gefertigt, mit auffälligen Details, etwa Wasserfällen aus silbern glitzernden kleinen Stacheln und fein gewebten goldenen Netzen.

Von den Kronen und Helmen bis hin zu den Schuhen und Stiefeln – in allem zeigt sich Nadia Malbecks Handschrift, ihr schräger, düster-poetischer Stil, der einen Teil ihres Erfolgs ausmacht.

Die vielen Kleiderständer nehmen einen Großteil des Raumes ein, aber ein lautes Lachen verrät mir, dass Leo sich irgendwo in der Nähe herumtreibt.

Marcs Griff um meine Hand wird fester.

Hinter einem Kleiderständer taucht Nadia auf. »Hallo, ihr zwei. Kommt mit nach hinten. Leo und ein paar andere sind schon da, aber wir warten noch auf Baz.« Sie zwinkert Marc zu. »Er ist nie pünktlich. In diesem Punkt ist er schlimmer als ich.«

Marc zieht eine Braue hoch. »Niemand ist schlimmer als du.«

»Ach, Marc, das stimmt doch gar nicht, jedenfalls nicht mehr. Ich bin ein winziges bisschen erwachsener geworden. Es ist schwer, einen Film zu drehen, wenn man sich nicht an einen Zeitplan hält.« Nadia hängt sich bei mir ein. »Dort drüben gibt es Kaffee und Churros.«

»Churros?«

»Spanisches Schmalzgebäck mit Schokoladensoße.«

»Klingt köstlich.«

»Ist es auch. Übrigens habe ich noch eine Neuigkeit für euch. Heute Morgen hat endlich unsere böse Hexe zugesagt.«

»Ich bin fast ein bisschen neidisch auf sie. Sie hat ein paar richtig gute Textstellen.«

»Dann hast du das Drehbuch inzwischen gelesen?«

»Überaus gründlich sogar«, sagt Marc.

»Es gefällt mir sehr gut«, sage ich lächelnd.

»Das freut mich.«

»Wer spielt denn jetzt die böse Hexe?«, frage ich.

»Wir haben eine tolle Schauspielerin bekommen. Einfach nur fantastisch. Sigourney Seymour. Du hast von ihr bestimmt schon gehört, oder?«

Ich spüre, dass Marcs Körper sich anspannt, und wundere mich. »Ja …«, erwidere ich zögernd. »Äh … Sigourney Seymour, das Model?«

»Richtig. Sie hat zwar noch nie in einem Film mitgespielt, aber sie ist perfekt für die Rolle. Ich habe ein paar Probeaufnahmen von ihr gesehen, und sie kann sogar schauspielern. Wahrscheinlich unterscheidet sich ihr Job gar nicht so sehr davon. Sie hat Wangenknochen, für die man sterben könnte. Ein tolles Gesicht. Na ja, schließlich hat sie für Chanel gearbeitet.«

»Äh … war Leo nicht mal mit ihr zusammen?«, frage ich.

»Ja, aber …« Nadia zuckt mit den Schultern. »Du weißt ja, wie es in L. A. zugeht. Jeder ist mal mit jedem ein Paar. Wenn ich auf so etwas Rücksicht nehmen müsste, würde ich niemals ein Team zusammenbekommen.«

»Ich glaube, er war wegen ihr ziemlich fertig«, sage ich. »Sie hat ihn betrogen, und er war am Boden zerstört. Bist du dir sicher, dass es ihm nichts ausmacht, wenn sie in dem Film mitspielt?« Nadia hat mich zum Schluss unserer ersten Begegnung gebeten, sie zu duzen.

»Daran ist jetzt nichts mehr zu ändern.« Nadia lacht. »Es war der reine Albtraum, die Rolle zu besetzen. Jetzt bekommen wir unmöglich noch einen Ersatz für sie. Völlig ausgeschlossen. Wir waren damit ohnehin schon fast zu spät. Aber frag Leo doch einfach selbst.« Nadia zieht mich um einen Kleiderständer herum. »Hier ist er.«

22

Hinter dem Ständer fläzt Leo auf einem roten Plüschsofa. Er hat eine Tasse Kaffee in der Hand und plaudert mit einer kleinen, hübschen jungen Frau mit auffällig blasser Haut und blonden Locken. Ihre Augen sind groß und blau, die Lippen rosafarben und voll. Sie sieht ziemlich sportlich aus, auf alle Fälle gesund. Irgendwie kommt sie mir bekannt vor, aber es gelingt mir nicht, sie einzuordnen.

»Hallihallo!«, ruft Leo. »Wenn das nicht die Dame meines Herzens ist.« Sein Lächeln verschwindet, als er Marc erblickt. »Und ihr Begleiter. Wie geht's, Kumpel?«

»Danke, sehr gut«, erwidert Marc kurz angebunden.

»Sophia Rose, ich möchte dir gern Ruby Tallow vorstellen.« Leo deutet auf die junge Frau neben sich. »Sie spielt eine Fee. Und Sophia – na ja, Ruby, du weiß ja bereits, dass sie Rapunzel spielt.«

»Schön, dich kennenzulernen.« Ruby lächelt. Ihr Akzent hat eine australische Färbung. Sie kommt mir wirklich sehr bekannt vor.

»Du versuchst, dich zu erinnern, woher du mich kennst, richtig?«, fragt Ruby.

»Ja«, gebe ich zu. »Es tut mir echt leid, aber sind wir uns schon mal begegnet?«

»Du hast bestimmt die australische Soap *Trust Street* gesehen, oder? Ich war Tally.«

Ich lache. »Ach ja, ich habe *Trust Street* geliebt. Aber deine Haare waren …« Meine Hände wandern zu meinen Locken.

»Für die Aufnahmen geglättet«, sagt Ruby. »In Wirklichkeit habe ich Naturlocken. Ich wünschte, ich hätte dich in *Die Schöne und das Biest* gesehen, aber leider war ich zu der Zeit in Sydney. Ich habe viel Gutes darüber gehört.«

»Danke.«

»Und Marc Blackwell!« Rubys Grinsen wird breiter. »Deine Filme habe ich alle gesehen. Aber ich wette, das sagt jeder. Als Teenager hing sogar ein Bild von dir an meiner Wand.« Sie zwinkert mir zu. »Wetten, an deiner auch, Sophia?«

Ich lache.

Marc steckt die Hände in die Taschen. Er sieht nachdenklich aus. Zu nachdenklich.

»Wer fehlt jetzt noch?«, fragt Leo.

»Baz und Sigourney«, antwortet Nadia.

Verstohlen werfe ich einen Blick auf Leo, doch er wirkt normal. Entspannt wie immer.

»Den Blick kannst du dir sparen, Miss Sophia Blackwell«, sagt Leo. »Glaubst du etwa, ich würde ausflippen, weil meine Exfreundin mitspielt?«

»Nicht?«

»Natürlich nicht. Das ist schon so lange her – mehrere Jahre. Sigourney ist in der Zeit bestimmt ein bisschen erwachsener geworden, meinst du nicht auch, Marc?«

Wie bitte? Warum stellt Leo Marc diese Frage?

Marc verzieht das Gesicht. »Bestimmt.«

»Marc, kennst du Sigourney?«, frage ich einigermaßen verwirrt.

»Mehr oder weniger.«

Die Tür quietscht.

»Ah!«, ruft Nadia und springt auf. »Ein weiterer Neuankömmling.«

23

Nadia eilt davon und taucht kurz darauf wieder auf, überragt von Baz Smith' riesiger, muskulöser Gestalt.

Wow. Baz in natura ist beeindruckend riesig.

Er ist in etwa so groß wie Marc, wirkt aber durch seine prallen Muskeln viel breiter. Er trägt eine enge graue Weste und Jogginghosen. Sein ganzer Körper einschließlich des breiten Nackens ist tätowiert, das dunkle Haar kurz geschnitten.

Seine braunen Augen wandern aufmerksam durch den Raum. Er lächelt nicht, sein Blick wirkt nüchtern, fast gefährlich. Als er auf Marc fällt, verzieht Baz das Gesicht. »Was soll der Anzug, James Bond? Was glaubst du denn, wo wir hier sind? Im verdammten Ritz, oder was?«

»Das nehme ich jetzt mal als Kompliment von jemandem im Schlafanzug«, erwidert Marc.

Die zwei Männer beäugen einander kurz und unfreundlich.

Dann bricht Baz in Gelächter aus und klopft Marc auf die Schulter. »Schön, dich wiederzusehen, Kumpel!« Er packt Marcs Hand und schüttelt sie heftig. »Verfickt noch mal, es ist Jahre her, oder? Verfickte Jahre.« Er legt eine Hand auf seinen Mund. »Oh, Verzeihung, Ladys. Ich sollte wirklich auf meine Sprache achten.«

»Ich bin aus Australien«, sagt Ruby. »In meiner Anwesenheit musst du dich nicht zurückhalten, du hast nichts gesagt, was mir nicht bekannt vorgekommen wäre.«

»Trotzdem.« Baz errötet und kratzt sich am Nacken. »In der Anwesenheit von Damen und so weiter … Tut mir echt leid.«

»Es ist lange her«, sagt Marc.

»Das ist es, verf … Ich meine, ja, das ist es. Wie geht es dir, Marky, mein Junge? Du hast geheiratet. Du! Marc Blackwell ist verheiratet. Das hätte ich nie gedacht. Und das hier muss die Glückliche sein.« Er wendet sich mir zu. »Sophia, richtig?«

»Es freut mich, Sie kennenzulernen.« Ich reiche ihm die Hand, doch Baz küsst meine Finger und stößt dabei ein paar übertriebene Schmatzlaute aus.

»Hör mal«, sagt er, ohne meine Hand loszulassen, »jeder Freund von Marc ist auch mein Freund. Ich werde mich um dich kümmern, okay? Wie wär's, wenn ich euch beide später zum Dinner einlade?«

»Sophia könnte nachher vielleicht zu müde sein«, sagt Marc etwas zu hastig.

»Mach dir keine Sorgen«, entgegne ich. »Wir probieren heute doch nur Kleider an.«

»Hör immer auf die Lady«, sagt Baz grinsend. »Hat mir meine Mutter beigebracht. Was ist eigentlich dein Problem, Blackwell? Versuchst du etwa, mir aus dem Weg zu gehen?«

»In gewisser Weise.«

Baz lacht. »Mit mir gerät man immer wieder in Schwierigkeiten, und du willst keine Schwierigkeiten mehr, stimmt's?«

»Richtig.«

Marc wirkt ausgesprochen angespannt.

»Meinetwegen musst du dir keine Sorgen machen. Ich verspreche, dass ich die Vergangenheit ruhen lassen werde. Ich behalte all deine Geheimnisse für mich. Hand aufs Herz, du kannst dir ganz sicher sein.«

»Geheimnisse?«, frage ich Marc und ziehe eine Braue hoch.

»Baz hört sich gern reden«, erwidert Marc finster. »Ich habe keine Geheimnisse vor dir, Sophia. Das weißt du doch.«

»Ach nein?« Baz grinst hinterhältig. »Komisch. Mir ist nämlich zu Ohren gekommen, dass du dich gerade mit einem kleinen Familiendrama herumschlägst. Sophia weiß also darüber Bescheid?«

Marc knirscht mit den Zähnen. »Sophia weiß alles, was sie im Moment wissen muss. Und wenn die rechte Zeit …«

»Das habe ich schon mal irgendwo gehört.«

Was zum Teufel geht hier vor? Ich muss unbedingt mit Marc reden. Aber nicht hier, vor allen anderen. Später.

»Baz, hör auf, Schwierigkeiten zu machen«, sagt Nadia. »Ich habe gerade eine SMS von Sigourney erhalten. Ihrer Mutter geht es nicht gut, deshalb wird sie es heute nicht schaffen. Wir fangen also ohne sie an.«

Leo schnaubt. »Verwendet sie immer noch diese Entschuldigung? Früher hat sie …« Er merkt, dass Nadia ihn anschaut, und schließt seinen Mund.

»Ich hoffe, dass es ihrer Mutter bald besser gehen wird«, sagt Ruby.

»Ja«, sagt Nadia, ohne Ruby anzuschauen. »Okay!« Sie klatscht in die Hände. »Und jetzt probiert ihr die Kostüme, damit wir sehen können, was euch steht. Das wird bestimmt Spaß machen.«

»Mir nicht«, sagt Baz.

»Dann fangen wir mit dir an«, sagt Nadia. »Du kannst gleich anschließend gehen, und wir Damen haben weiterhin unseren Spaß.«

»Gute Idee«, sagt Baz. »Marc, wie wär's? Wir lassen die Ladys allein und gehen zusammen in einen Pub? Wie in den guten alten Zeiten. Vielleicht ins White Horse, erinnerst du dich noch daran?«

»Viel zu gut«, sagt Marc. »Und ich verspüre nicht den geringsten Wunsch, diesen Teil meines Lebens wiederaufleben zu lassen.«

»Zu schade. Dann werde ich wohl oder übel für uns beide trinken müssen.«

Nadia bedenkt Baz mit einem strengen Blick. »Kreuz morgen früh bloß nicht mit einem Kater auf. Wir drehen draußen, und ich will nicht, dass deine Augen verquollen sind.«

»Du kennst mich doch, Nadia. Ich bin ein Profi.«

»Das stimmt«, sagt Nadia. »Ich kenne dich. Also halte dich heute beim Alkohol ein bisschen zurück, okay?«

Baz seufzt. »Wann hast du aufgehört, lustig zu sein, und dich in meine Mutter verwandelt?«

»Etwa um die Zeit, als ich angefangen habe, Preise zu gewinnen. Nun denn, dann suche ich eben deine Kostüme aus. Du vertraust mir doch, oder?«

»Ich vertraue dir voll und ganz, solange es mir erspart bleibt, den Nachmittag hier herumzuhampeln und Kleider anzuprobieren.«

»Also gut, dann verschwinde. Geh in den Pub, aber bleib nicht zu lange. Wir sehen uns morgen.«

»Einverstanden.« Baz schlägt Marc auf den Rücken. »Schön, dich zu sehen, Kumpel. Es ist wirklich viel zu lange her. Wir bringen uns dann später auf den neuesten Stand, okay?«

Marc nickt.

»Sophia!«, ruft Nadia. »Komm her und such dir etwas aus. Hier.« Sie schiebt einen Kleiderständer vor mich. »Sieh dir alles an. Was gefällt dir?«

Sofort entdecke ich ein langes schwarzes Gewand mit roter Spitze im gesamten Rückenbereich. »Das hier zum Beispiel.«

Nadia lacht. »Das ist das Hexenkostüm.«

»Tatsächlich?« Meine Hände lassen von dem weichen Stoff ab.

»Probier es an«, sagt Nadia. »Ich bin gespannt, wie es an dir aussieht. Es könnte einen guten Kontrast bilden.«

»Sollte nicht Sigourney die erste Wahl haben?«, frage ich. »Sie ist die Hexe, oder?«

»Aber sie ist nicht hier«, sagt Nadia. »Wenn sie die erste Wahl haben will, muss sie pünktlich aufkreuzen.«

»Aber sie hat doch gesagt, ihre Mutter …«

»Blödsinn«, sagt Nadia. »Gestern Abend hatte ein Film im West End Premiere, auf der einer meiner Bekannten sie gesehen hat. Sie war bis zum Gehtnichtmehr mit Coke zu. Jetzt muss sie sich davon erst einmal erholen. Leo hat vollkommen recht, sie sollte sich langsam eine bessere Entschuldigung einfallen lassen. Trotzdem ist es mir lieber, sie schläft sich aus und schleppt sich in diesem Zustand nicht hierher. Morgen fangen wir mit dem Drehen an. Ich möchte nicht, dass ihr hübsches Gesicht trocken und voller Pickel ist.«

»Kokst sie immer noch?«, fragt Leo. »Himmel noch mal, ich dachte, dem wäre sie mittlerweile entwachsen.« Er wendet sich an Marc. »Hat sie das auch noch gemacht, als sie mit dir zusammen war?«

Als sie mit dir zusammen war?

Ich bekomme kaum noch Luft.

Wie bitte?

Ich drehe mich zu Marc um und starre ihn an.

Er weicht meinem Blick aus.

Was zum Teufel geht hier vor?

24

Marc?«, sage ich scharf. »Leo hat dich etwas gefragt!«

»Das habe ich gehört«, erwidert Marc mit gleichermaßen kalter Stimme. »Aber ich kann euch nichts über Sigourneys Gewohnheiten erzählen. Ich kenne sie kaum.«

Leo sieht ihm in die Augen. »Na klar. Tut mir leid.«

»Marc? Hast du mit Sigourney …?« Ich kann den Satz nicht zu Ende sprechen. Mir wird flau im Magen, und mir ist, als würde sich eine Messerspitze an mein Herz pressen.

»Ich habe es dir doch schon gesagt«, knurrt Marc. »Ich kenne sie kaum.«

»Und warum hat Leo dir dann diese Frage gestellt?«

»Oh, oh«, sagt Baz, der noch immer nicht losgekommen ist. »Die Katze ist aus dem Sack, Marky Marc. Deine Liebste wird eifersüchtig.«

»Ich warne dich, Baz.«

»Ich wollte doch nur einen Witz machen.«

»Darüber kann ich nicht lachen.«

Im Raum ist es schrecklich still geworden.

Ruby und Nadia sehen mich mitleidig an.

»Was hat Leo damit gemeint?«, beharre ich.

»Das spielt keine Rolle«, sagt Marc. »Wir reden später darüber.«

»Ich habe es satt, ständig auf später vertröstet zu werden«, fauche ich. »Wir reden jetzt darüber!«

»Die Kleine ist ganz schön mutig«, bemerkt Baz. »Darf sie immer so mit dir reden? Oder erziehst du sie, indem du …«

»Halt die Klappe, Baz!«, bellt Marc. »Sophia, komm mit. Nadia, ich hoffe, du hast nichts dagegen. Sophia und ich müssen kurz unter vier Augen reden.«

»Nur zu«, sagt Nadia.

Marc schubst mich zur Tür hinaus und auf den Gang. Er öffnet eine Tür mit einem Schild: »Lieferung erwartet: E1«, dann zieht er mich hinein.

Mein Blick fällt auf Pelze und Sklavinnenkostüme. Auf einem schwarzen Ledersofa liegen Keulen und Geweihe.

Marc schließt die Tür hinter uns.

»Ich bin doch nicht blöd«, brause ich auf. »Leo hat dich das nicht grundlos gefragt. Du und Sigourney …«

»Sophia, du bist die Einzige, die ich je geliebt habe. Keine andere war wichtig. Aber damit das klar ist: Ja, ich habe mit Sigourney Seymour geschlafen.«

Mir ist, als hätte mir jemand einen Schlag in die Magengrube versetzt.

»Du hast mit einer Frau geschlafen, mit der ich arbeiten werde?« Und nicht nur mit irgendeiner Frau, sondern mit einem Supermodel. Ich schlucke. »Mehr als einmal?«

Marc weicht meinem Blick aus. »Ja.«

»Wie oft?«

»Verdammt noch mal, ich habe nicht mitgezählt. Wir waren nicht sehr lange zusammen. Offen gesagt kann ich mich kaum noch an sie erinnern.«

»Warst du mit ihr vor Leo zusammen?«

»So ähnlich.«

»Was zum Teufel soll das heißen?«

»Dass die Sache ein wenig verworren war.«

»Sigourney hat Leo mit dir betrogen?«, kreische ich. »Marc, wie konntest du …«

»So war das nicht«, stellt Marc klar. »Sie hat sich mit ihm zusammengetan, nachdem ich ihr gesagt hatte, dass ich nicht an ihr interessiert bin. Aber sie hat mich trotzdem ständig angerufen und um eine letzte Chance gefleht. Nur Gott weiß, warum. Ich habe sie wahrhaftig nicht besonders gut behandelt.«

»Hat sie mit dir zusammengewohnt?«

»Nein. Sie hatte keinerlei Einfluss auf mein Leben. Wir waren beide zufällig gleichzeitig in L. A. und haben in denselben Kreisen verkehrt, das war alles. Damals war es kaum zu vermeiden, dass etwas passierte.«

»Weil sie so schön ist?«

»Nein. Weil wir in die gleichen Clubs gegangen sind und die gleichen Freunde hatten. Eine ungute Truppe. Was sich zwischen uns abgespielt hat, ist wahrhaftig nicht der Rede wert. Vielleicht war es ihr wichtiger als mir. Keine Ahnung, aber mir war das damals völlig egal.«

»Ich kann mir dich kaum so vorstellen«, sage ich. »So selbstsüchtig.«

»Ich war selbstsüchtig. Komplett auf mich bezogen und verwirrt.«

»Weiß Leo davon? Dass Sigourney dich immer noch angerufen hat, obwohl sie mit ihm zusammen war?«

»Ich habe es ihm nie gesagt. Aber bei Sigourney kann man nie wissen, was sie im Eifer des Gefechts ausplaudert. Sie manipuliert gern.«

»Hat sie dich verletzt?«

Marc lacht. »Nein. Aber ich habe sie in Aktion erlebt, mit Leo und mit anderen.«

»Leo hat mir erzählt, dass er wegen ihr eine ganze Weile lang ziemlich fertig war.«

»Das wundert mich nicht. Leo mag zwar unreif sein, aber er ist ehrlich und offen. Sie hat ihn zweifellos durch den Schmutz gezogen.«

»Es gibt immer zwei Seiten.«

»Was Sigourney angeht, bezweifle ich das. Vielleicht hat sie sich inzwischen geändert. Keine Ahnung. Egal – Sigourney Seymour ist eine Person, die ich kaum gekannt habe. Zu der Zeit, zu der ich sie getroffen habe, war ich ziemlich durch den Wind. Aber sie hat mir damals nichts bedeutet und bedeutet mir auch heute absolut nichts.«

»Am meisten tut weh, dass du mir nichts erzählt hast.«

»Was hätte ich dir denn sagen sollen? Ich habe heute erst erfahren, dass sie in dem Film mitspielt. Willst du, dass ich dir alle Frauen aufzähle, mit denen ich jemals geschlafen habe? Das könnte eine Weile dauern.«

»Nein, danke.«

Marc fährt sich mit den Fingern durch die Haare. »Vielleicht habe ich mich gerade falsch verhalten. Ich weiß es nicht.«

»Und warum hast du, als ich mit Leo zusammengearbeitet habe, kein Wort darüber verlauten lassen, dass du etwas mit seiner Exfreundin hattest?«

»Ich hatte nichts mit seiner Exfreundin. Ich habe ein paarmal mit ihr geschlafen, und sie war in mich vernarrt. Das ist alles. Mehr gibt es dazu nicht zu sagen.«

»Du hättest es mir trotzdem früher mitteilen können, zum Beispiel, als Nadia erwähnt hat, dass sie in dem Film mitspielt.«

»Vor allen Leuten? Wäre dir das recht gewesen?«

»Wolltest du es mir denn sagen?«

»Selbstverständlich. Ich hatte nicht vor, dich mit dieser Frau zusammenarbeiten zu lassen, ohne dass du über das, was geschehen ist, Bescheid weißt. Damals hat mir Sex nichts bedeutet. Absolut nichts. Frauen sind gekommen und gegangen, ich erinnere mich kaum an ihre Namen.«

»Wie reizend.«

»Ich sage dir nur die Wahrheit. Bis Leo diesen Kommentar abließ, wusste ich nicht einmal, ob es sich bei ihr um die Frau handelt, mit der ich geschlafen habe. Sie war völlig nebensächlich für mich.«

»Wenn du jetzt versuchst, mich damit aufzumuntern …«

»Du kennst mich, Sophia. Ich würde dich nie anlügen. Es ist schwer für mich, dich verletzt zu sehen. Aber du hast keinerlei Grund, dich so zu fühlen. Gar keinen. Für mich bist du die einzige Frau, mit der ich jemals geschlafen habe. Weil du die einzige bist, die es je bis hierhin geschafft hat.« Er nimmt meine Hand und legt sie auf sein Herz.

Ich starre auf den Boden.

»Schau mich an.«

Zögernd hebe ich mein Gesicht. Als sich unsere Blicke treffen, spüre ich, wie sich mein Magen beruhigt.

»Die einzige Frau«, sagt er. »Vergiss das nie.«

»Okay.«

»Mein Leben hat in dem Moment angefangen, als ich dir begegnet bin. Aber die Vergangenheit kann ich nicht ausradieren. Ich wünschte, das wäre möglich, aber es geht leider nicht.«

»Wenn du die Vergangenheit ausradieren würdest, wärst du nicht der Mann, in den ich mich verliebt habe.«

»Liebst du mich denn noch?«

»Vermutlich.«

»Vermutlich?«

»Ja, vermutlich. Ich … Marc, sag mir, dass *du* mich liebst.« Ich weiß, dass mein Blick wirr ist, als ich Marcs Miene zu deuten versuche. Ich sehne mich verzweifelt danach, dass er etwas tut, damit alles wieder gut ist. Rein kopfmäßig weiß ich, dass ich mich albern verhalte. Eifersüchtig. Die Vergangenheit ist längst passé. Aber mein Herz schmerzt schrecklich.

»Ich liebe dich«, sagt Marc leise. »Dich und keine andere. Ich habe immer nur dich geliebt.«

Ich schließe die Augen, schlinge die Arme um seinen Nacken und küsse ihn.

Marc umfasst mich und erwidert den Kuss, erst sanft, dann leidenschaftlicher.

Ich reagiere, presse mich an ihn und bedecke seine Wangen und den Hals mit kleinen, verzweifelten Küssen.

»Liebe mich, Marc«, sage ich. »Zeig es mir. Zeig mir, dass du mich liebst.«

»Mit dem größten Vergnügen.«

Marc trägt mich zu einer Metallwand und presst mich dagegen. Er legt meine Beine um sich, und ich spüre ihn lang und hart zwischen meinen Oberschenkeln.

Ich lehne mich ihm entgegen und stöhne leise, als er mein Hinterteil fest umfasst und seine Lippen sich meinem Hals nähern.

»Die Einzige«, flüstert er an meiner Haut. Mühelos verlagert er mein Gewicht auf eine starke Hand und entledigt sich mithilfe der anderen seiner Hose. Er schiebt meinen Slip zur Seite und lässt mich langsam, ganz langsam auf sich herabsinken, bis er tief in mir ist.

Ich stöhne laut auf.

Seine Hände umfassen meine Hüfte, und er presst meinen Hintern gegen die Wand. Dann neigt er sein Becken so, dass er meine empfindlichste Stelle berührt.

Mein Kopf fällt nach hinten gegen die Wand, und ich stöhne, während Marc sich langsam vor und zurück bewegt.

»Ja«, wispere ich. »O Gott, Marc, ja, ja.« Als seine Stöße schneller werden, höre ich, wie mein Hintern an die Wand klatscht, und werde immer lauter. »Marc«, wimmere ich. Ich kann ein weiteres Stöhnen nicht unterdrücken. »Man könnte uns hören.«

»Eine gute Gelegenheit, sich ein wenig in Selbstbeherrschung zu üben.«

»Ich – ich glaube nicht, dass ich das schaffe.«

»Dann höre ich auf.«

Stöhnend packe ich seinen Hintern. »Bitte, bitte nicht.«

»Aber du willst doch nicht, dass die Leute uns hören.«

»Ich weiß.«

»Dann musst du leise sein.«

»Ich versuch's.«

»Vielleicht hilft das.« Marc verlagert mein Gewicht wieder auf eine Hand und verschließt mir mit der anderen den Mund. Langsam und rhythmisch bewegt er sich in mir.

»Ooooh«, murmle ich, und der Laut dringt nur leise durch seine Finger.

Er beginnt wieder, schneller zu werden, und stößt mich gegen die Wand.

Ich klammere mich an ihn. Warme Wellen der Lust schlagen über mir zusammen. Ich beiße die Zähne zusammen, um nicht laut zu werden. Aber ich schaffe es nicht. »O Gott!«, schreie ich in Marcs Hand.

Er drückt seine Finger fester auf meinen Mund. Ich bemerke, dass auch er allmählich die Kontrolle verliert. Seine Augen sind halb geschlossen, der Kopf ist nach hinten geneigt.

Das Klatschen meines Hinterns gegen die Wand wird lauter und lauter, während Marcs Stöße immer heftiger werden.

Ich stöhne gegen seine Hand, schließe die Augen, und die warmen Wellen schlagen immer höher.

Es fühlt sich einfach zu gut an. Viel zu gut. Die Härte zwischen meinen Beinen, Marcs Finger, die sich in meine Pobacken krallen, seine Hand, die mir den Mund zuhält.

Mit jedem Stoß wird mein Hintern etwas höher geschoben und reibt sich an der Wand wund.

»Marc. Marc!«, krächze ich, als ich komme. Ich schlinge die Arme um seine Schultern und lasse mich gegen seine Brust fallen.

Marc vergräbt den Kopf in meinen Haaren und stöhnt leise.

Ich spüre, wie auch er kommt.

Er nimmt die Hand von meinem Mund und stößt ein letztes Mal mit geschlossenen Augen tief in mich.

Atemlos umklammern wir einander.

Dann beginne ich zu lachen.

»Was ist so lustig?«

»Das habe ich an meinem ersten Tag beim Film wahrhaftig nicht erwartet.«

25

Auf dem Weg zurück zur Garderobe des Rapunzel-Films lasse ich meine Hand in Marcs gleiten. »Darf ich dich etwas fragen?«

»Alles.«

»Ist Sigourney der Grund, warum du dich erst geweigert hast, Baz zu sehen? Weil du nicht wolltest, dass ich erfahre, dass du mit ihr geschlafen hast?«

»Das habe ich dir doch schon erklärt. Ich hatte keine Ahnung, dass heute ihr Name fallen würde. Sie hat nichts mit auch nur irgendetwas zu tun.«

»Aber warum wolltest du Baz dann nicht sehen?«

»Weil er ein Teil meiner Vergangenheit ist und ich nicht will, dass sich meine Vergangenheit in meine Zukunft mischt. Damals, als ich viel mit Baz zu tun hatte, war ich ein völlig anderer Mensch, ein chauvinistischer, zu viel arbeitender Macho, dem alle anderen egal waren. So ein Mann möchte ich nicht mehr sein.«

Ich habe das Gefühl, dass er die Wahrheit sagt – aber vielleicht nicht die ganze. »Du warst bestimmt nicht so schlimm. Was ist mit Denise? Und deiner Schwester? Die beiden waren dir doch damals auch schon wichtig, oder?«

»Na gut, manche Leute waren mir nicht egal, auch Baz nicht. Aber ich will nicht mehr derjenige sein, der ich damals war. Mit Baz wird das nicht so einfach sein, denn er will seinen alten Freund zurückhaben. Aber den gibt es nicht mehr.«

»Meinst du wirklich? Du bist immer noch ziemlich hart und diszipliniert. Unbeugsam. Es ist ja nicht so, dass du zu einem Softie geworden bist. Ich glaube nicht, dass viele Menschen es wagen, dich zu verärgern.«

»Du tust es«, erwidert Marc lächelnd. »Täglich.«

»Jemand muss dich in deine Schranken weisen.«

»Und darin bist du ziemlich gut.«

»Du hast mit Baz viel Zeit verbracht, oder? Früher, meine ich.«

»Ja. Ziemlich viel. Er war mir sehr wichtig, und das ist er heute noch, in vielerlei Hinsicht.«

»Ich bin neidisch, dass er dich als jungen Mann kannte. Gesehen hat, wie du erwachsen wurdest. Ich hätte dich zu gern schon früher kennengelernt.«

»Das hättest du nicht.« Marc küsst mich auf die Stirn. »Das kannst du mir ruhig glauben. Als ich Baz traf, war ich nicht der, der ich heute bin. Ich war zornig und verängstigt. Ich habe die Menschen, die mir wichtig waren, verletzt. Du hättest mich gehasst.«

»Ich könnte dich nie hassen.«

»Sei dir da bloß nicht so sicher.«

»Baz weiß bestimmt eine ganze Menge von dir.«

»Richtig.«

»Was hat er vorhin gemeint, als er von Geheimnissen gesprochen hat?«

»Ich habe vor dir keine Geheimnisse.«

»Er hat gesagt …«

»Ich weiß, was er gesagt hat«, fällt Marc mir ins Wort. »Aber glaub mir, Sophia, manchmal spielt der Zeitpunkt im Leben eine ganz wesentliche Rolle. Es gibt eine richtige, aber auch eine falsche Zeit für alles. Es wäre falsch gewesen, wenn ich dir in einem Raum voller Leute von Sigourney erzählt hätte.«

»Glaubst du, dass sie noch sauer auf dich ist?«

»Hoffentlich hat sie sich weiterentwickelt.«

»Ist sie nicht mittlerweile verheiratet?«

»Meines Wissens nicht.«

26

Den restlichen Tag verbringen wir damit, unsere Kostüme auszuwählen. Sigourney kreuzt nicht mehr auf. Vermutlich geht es ihr richtig dreckig.

Leo, Baz, der seine Meinung doch geändert hat und nicht in den Pub gegangen ist, Ruby und ich haben viel Spaß bei der Anprobe.

Baz bringt uns zum Lachen, indem er in Prinzessinnenkleidern und mit Kronen auf dem Kopf vor uns auf und ab flaniert. Ruby ist aufmerksam und an allen interessiert. Sie stellt viele Fragen. Und Leo flirtet und albert so wie immer den lieben langen Tag herum.

Am Ende sehen die ausgesuchten Kostüme fantastisch an uns aus. Und alle sind sich einig, dass das Hexenkleid mir am besten steht.

»Es ist dunkel, aber du bist ein sehr heller Typ«, sagt Nadia. »Es passt also perfekt, der Kontrast macht sich ausgezeichnet.«

Marc sieht mir bei der Hell-Dunkel-Erwähnung in die Augen, und wir lächeln einander an.

Bevor wir aufbrechen, verkündet Nadia: »Okay, liebe Leute, morgen drehen wir im Tower of London. Ihr schlagt um sechs Uhr dort auf. Richtig gehört: um sechs Uhr früh zum Frisieren und Schminken. Ab neun laufen die Kameras. Und Baz Smith? Du marschierst jetzt geradewegs nach Hause und gehst früh zu Bett, verstanden? Heute ist der Pub für dich gestrichen.«

»Ja, Mami«, sagt Baz.

»Das ist mein Ernst. Ich möchte, dass du morgen einen klaren

Blick hast, sonst gibt es keine Churros für dich zum Frühstück. Ich kenne dich, Baz Smith.«

»Springst du mit deinem Mann genauso um wie mit mir? Gehst du ihm auch so auf die Eier?«

»Seine Eier liegen schon seit geraumer Zeit in meiner Handtasche. Willst du sie sehen?«

»Ich bin mir nicht mal sicher, ob das ein Witz sein soll«, murmelt Baz. »Na gut, Nadia. Ich habe dich verstanden. Vielleicht hätte ich dich heiraten sollen, als ich noch die Chance dazu hatte. Du hättest mich in der Spur gehalten, so wie Sophia es jetzt mit Marc tut.«

»Die Chance gab es nie«, sagt Nadia. »Ich mag keine Männer, die ständig herumhuren.«

»Ach, jetzt komm schon!«, ruft Baz in gespielter Empörung. »Das war vor Jahren. So etwas mache ich schon lang nicht mehr. Ich habe mich verändert. Zum Besseren.«

»Verändert? Wirklich? Und was sagen deine Exfrauen dazu?«

»Immer nur das eine: ›Kann ich bitte mehr Geld haben?‹«

»Ich hoffe, du zahlst ihnen einen anständigen Unterhalt. Das haben sie sich verdient. Jeder Frau, deren Ehemann drei Mädchen in sein Bett zieht, sollte man eine Medaille verleihen.«

»Ich habe es dir doch schon gesagt – ich habe mich geändert.«

»Wenn das so ist, dann rufe ich jetzt kurz meinen Mann an und sage ihm, dass ich mit dir durchbrenne«, witzelt Nadia.

»Ich mach den Motor schon mal an.«

»Gute Nacht, alle zusammen.« Nadia winkt uns zu. »Bis morgen früh in aller Frische!«

Am nächsten Tag wache ich müde auf. Ich weiß nicht, ob es daher kommt, dass der gestrige Tag etwas anstrengend war oder … Als ich Marc davon erzähle, reagiert er ziemlich aufgebracht.

»Ich muss heute mit dir ans Set«, sagt er. »Um mich um dich zu kümmern, Paparazzi hin oder her.«

»Marc, was ist, wenn ich wirklich schwanger bin? Die Dreharbeiten dauern mehrere Monate. Was willst du in dieser Zeit tun? Jeden Tag am Set sein? Die Presse würde völlig ausflippen.«

»Vielleicht solltest du die Sache doch absagen.«

»Auf gar keinen Fall. Und du weißt ganz genau, dass ich das nie tun würde. Außerdem wäre es Nadia und den anderen gegenüber unfair. Und was soll's, wenn ich schwanger bin. Millionen von schwangeren Frauen gehen zur Arbeit, und zwar ohne ihre Männer.«

»Du bist etwas Besonderes.«

»Und wenn alles okay ist und wir uns nur etwas einbilden?«

Marc rauft sich die Haare. »Du hättest dich nie auf diesen Film einlassen dürfen.«

»Aber ich habe es getan. Und du hast mir versprochen, mich zu unterstützen.«

»Ja«, erwidert er grimmig. »Du hast recht, das habe ich. Also werde ich es versuchen, auch wenn es mir schwerfällt.«

Wir fahren in Marcs schwarzem Aston Martin zum Tower of London. Die Stadt erstrahlt im Morgenlicht, und ich staune über mein Glück. Ich bin mit Marc verheiratet und unterwegs zum ersten Drehtag meines ersten Films.

Wow.

Unwillkürlich gleitet meine Hand auf meinen Bauch. Bin ich womöglich wirklich …?

Denk nicht darüber nach, Sophia. Du machst dich damit nur verrückt.

Als wir von der Tower Bridge hinunterfahren, sehe ich überall Wachmänner und die Anlage vom Tower of London, von der ein großer Bereich mit hohen Metallgittern eingezäunt ist. »So viele Sicherheitsleute«, bemerke ich. »Haben die zufällig etwas mit dir zu tun?«

Marc lächelt. »Vielleicht.« Der Wagen hält vor dem Eingang. »Es fällt mir sehr schwer, dich heute einfach ziehen zu lassen.« Er beugt sich zu mir herüber und küsst mich. Dann löst er meinen Gurt und zieht mich auf seinen Schoß. Eine Hand liegt noch auf dem Lenkrad. »Ich könnte immer noch einfach mit dir davonfahren.«

»Du meinst, du könntest mich entführen?«

»Ganz genau. Dich entführen. Dich fesseln.« Seine Finger fahren durch meine Haare.

»Und du glaubst, das würde mich freuen?«

»Ich weiß, dass es das tun würde – zumindest für eine Weile.« Sein Griff wird fester.

»Versuchst du, mich dazu zu bringen, an meinem ersten Drehtag zu spät aufzukreuzen?«, wispere ich.

»So ist es.« Er zieht meinen Kopf zurück und küsst meinen Hals.

»Marc«, murmle ich. »Mach es uns nicht so schwer.«

»Es ist bereits schwer. Weißt du, wie sehr ich dich heute vermissen werde? Wie sehr ich mir um dich Sorgen machen werde?«

»Es gibt keinen Grund dazu.« Ich küsse ihn rasch auf den Mund und rutsche auf den Beifahrersitz. »Ich liebe dich, Marc. Bis später, okay?«

»Nicht okay. Aber ich habe ja schon einmal drei Monate ohne dich überstanden, dann werde ich auch den einen Tag schaffen. Mit knapper Not. Ich habe etwas Besonderes für dich geplant, wenn du heute fertig bist. Sei also später nicht allzu erschöpft.«

»Was ist es denn?«

»Eine Überraschung. Im Stadthaus. Wart's ab, dann wirst du schon sehen.«

27

Nachdem die Wachposten uns durch das Tor gewinkt haben, verabschieden wir uns.

Mir wird das Herz schwer, als ich Marc davonfahren sehe. Ich vermisse ihn schon jetzt.

»Haben Sie sich verlaufen, Mrs Blackwell?«, fragt eine bekannte Stimme hinter mir, als ich etwas verloren auf dem Parkplatz stehe.

Ich drehe mich um und lächle. »Guten Morgen, Baz.«

»Ja, er ist wirklich nicht allzu schlecht, der Morgen.« Er hält eine Dose Monster Energy in der Hand und ist so groß und breit, dass sein Schatten mich komplett verdeckt.

»Wo ist dein Auto?«, frage ich.

»Ich habe gleich dort drüben ein Apartment«, erklärt er und deutet mit dem Daumen Richtung Fluss. »Ich bin gelaufen.«

»Weißt du, wo ich jetzt hinmuss?«

»Siehst du das große, berühmte Gebäude direkt vor uns? Ich glaube, dort müssen wir beide hin.«

Ich betrachte die braunweißen Mauern des Tower of London und die Fahne mit dem Union Jack, die auf den Zinnen im Wind flattert. Das ultimative Prinzessinnen-Schloss. Die schwarzen Raben, die über das Gras hüpfen, verleihen dem Ganzen etwas leicht Düsteres – einfach perfekt für einen Nadia-Malbeck-Film.

»Schon merkwürdig, dass ein derart bedeutendes historisches Londoner Bauwerk wegen uns umzäunt ist«, sage ich. »Es kommt mir nicht richtig vor. Jeder sollte dazu Zutritt haben.«

»Geld bestimmt die Welt«, erwidert Baz. »Die Filmgesellschaft hat dafür mehrere Millionen hingeblättert. Das hier ist für heute unser Spielplatz.«

»Was für ein Glück für uns. Ich hatte schon mit einer Riesenmenge an Schaulustigen gerechnet, die an den Pforten nach dir und Leo schreit.«

»Noch nicht«, sagt Baz. »Bislang haben sie es geschafft, die Dreharbeiten geheim zu halten. Aber in London verbreiten sich Neuigkeiten in Windeseile. Bald werden wir von den Leuten belagert werden.«

»Also, wo muss ich nun hin? Nadia meinte, wir sollten wegen dem Make-up so früh da sein.«

»Komm mit.« Baz nimmt mich am Arm und führt mich über den Parkplatz. »Dort drüben steht ein Zelt, normalerweise solltest du da richtig sein.«

Ich stolpere neben ihm her und versuche, mit ihm Schritt zu halten. »Du kennst Marc schon eine ganze Weile.«

»Richtig. Er ist wie ein kleiner Bruder für mich.«

»Ich wünschte, du wärst bei unserer Hochzeit dabei gewesen. Es war albern von Marc, dich nicht einzuladen.«

»Schon gut, ich bin nicht beleidigt. Ich kenne ihn. Wenn ich da gewesen wäre … Er wollte einfach nicht an bestimmte Dinge erinnert werden.«

»Was für Dinge?«

»Hör mal, Soph, du kommst mir wie ein nettes Mädchen vor. Marc hat einiges hinter sich, worauf er nicht gerade stolz ist.«

»Ich weiß, davon hat er mir erzählt.«

»Von allem? Das bezweifle ich sehr, Prinzessin. Aber jetzt komm, holen wir uns erst mal eine Tasse Tee.«

28

Im Zelt sieht es aus wie in einer luxuriösen Lounge. Auf dem Boden liegt ein dicker roter Teppich, die Holzstühle haben Lederpolster und sind mit Messingbeschlägen verziert. Es gibt große Scheinwerfer, Schminkkoffer auf Standbeinen und einen langen Holztisch, auf dem Pappbecher und Tee und Kaffee in riesigen Kannen stehen. Außerdem sind provisorische Umkleidekabinen errichtet worden, die mit Vorhängen vom Rest des Zeltes abgetrennt sind.

Ruby sitzt auf einem Plastikstuhl und bearbeitet ihre Haare mit einem Glätteisen. Dampfwolken steigen auf, als sie ihre Locken gerade zieht. »Hey!« Sie winkt uns zu. »Schön, dass ihr da seid. Ich bin mir fast schon ein bisschen einsam vorgekommen. Ein guter Rat: Lasst die Finger von den Rosinenbrötchen. Sie sind steinhart.«

»Dann rühre ich sie mal besser nicht an.« Baz legt einen Finger an den Mund. »Beim letzten Stunt hat sich ein Zahn gelockert, der immer noch nicht wieder fest sitzt. Wie sieht es bei dir aus, Prinzessin? Hast du schon gefrühstückt?«

»Etwas Müsli.«

»Müsli! Was bist du, ein Kaninchen? Du brauchst Zucker, Mädchen. Iss ein trockenes Rosinenbrötchen.« Er nimmt einen weiteren Schluck Monster Energy.

»Eine Tasse Tee reicht mir.«

»Na gut.« Baz klatscht in die Hände. »Dann trinken wir eben alle eine Tasse Tee.«

»Lass dir von Baz bloß nicht einschenken!«, ruft Ruby. »Der tut zwanzig Zuckerwürfel oder einen Schuss Brandy dazu.«

Baz schnaubt. »Hast du dir mein Rezeptbuch angeschaut?«

Er gießt jedem einschließlich der Maskenbildnerinnen einen Becher Tee ein. Als er mir meinen reicht, meint er: »Bitte schön, Prinzessin.«

»Baz! Hör auf, mich Prinzessin zu nennen.«

»Tut mir leid, aber der Spitzname wird dir jetzt für immer erhalten bleiben. Du bist selbst schuld – du hättest dich nicht darüber beklagen dürfen. Aber so muss ich dich für immer und ewig Prinzessin nennen, weil ich weiß, dass es dich ärgert.«

»Mein kleiner Bruder verhält sich schon erwachsener als du«, murre ich. »Und der macht gerade seine ersten Schritte.«

»Du hast einen kleinen Bruder?« Baz' Blick wird weich. »Hast du Fotos von ihm?«

»Na klar.«

Ich krame mein Handy heraus und zeige ihm ein paar Aufnahmen von Sammy.

»Lustiger kleiner Bursche«, bemerkt Baz und lächelt gerührt. »Erinnert mich an meine Jungs, als sie noch klein waren.«

»Du hast Söhne?«

»Drei. Mit drei verschiedenen Frauen. Liest du keine Zeitung?«

»Nicht sehr oft.«

»Schlaues Mädchen.«

»Und bist du mit einer der Mütter noch zusammen?«, will ich wissen.

»Nein, obwohl mir das leidtut. Wie üblich habe ich auch meine letzte Ehe ruiniert. Ich bin also frei und ungebunden und bereit, neues Chaos zu stiften. Aber jetzt haben wir genug von mir geredet. Wie geht es Marc?«

»Gut, denke ich. Er hält sehr viel von dir.«

»Ganz meinerseits. Ich habe die größte Achtung vor ihm. Selbst wenn er sich wie ein Zuhälter anzieht, ist er der härteste Bursche, den ich je getroffen habe.«

»Marc hat mir erzählt, dass du ihn in seiner Jugend zu Faustkämpfen mitgenommen hast.«

»Er war ein zorniger junger Mann. Glaub mir, er musste die Wut irgendwo rauslassen, sonst wäre er im Knast gelandet. Ich habe selbst mehrmals kurz davorgestanden. Das Boxen hat auch mich gerettet.«

»Wie war Marc damals, als er damit anfing?«

»Brandgefährlich. In seinem ersten Kampf ist er gnadenlos verprügelt worden. So ergeht es jedem. Aber dann – ich habe noch keinen getroffen, der so schnell war. Ich habe auf Marc gewettet und nicht schlecht verdient, das kann ich dir sagen. Niemand hat damit gerechnet, dass der verzogene junge Schauspieler einen derart harten Schlag hat. Nach dem ersten Kampf hat er alle seine Gegner k. o. geboxt.«

»Ich bin froh, dass er das Boxen aufgegeben hat.«

»Aber der Kampfgeist hat ihn nicht verlassen. Das tut er nämlich nie. Wenn du ein Mal im Ring gestanden hast, willst du immer wieder dorthin zurück. Es ist wie eine Sucht.«

»Seit ich ihn kenne, hat er nicht mehr geboxt, und darüber bin ich sehr erleichtert.«

»Frauen! Ihr kapiert es einfach nicht. Boxen macht Spaß.«

»Selbst wenn du getroffen wirst?«

»Vor allem dann. Dann willst du nur umso heftiger zurückschlagen.«

»Das wollen wir gar nicht kapieren!«, ruft Ruby von ihrem Stuhl am Schminktisch aus. »Was in den Köpfen der Männer vorgeht, sollte am besten auch dort bleiben.«

»Hackt ihr Mädels etwa auf dem armen Baz herum?« Leo schlendert ins Zelt. In der Hand hält er einen durchsichtigen Plastikbecher mit einem grünbraunen Smoothie.

»Zum Teufel noch mal, mein Freund!«, ruft Baz. »Was trinkst du da? Das sieht ja aus wie schlecht gewordenes Curry.«

»Ein sehr nahrhaftes Frühstück«, erwidert Leo. »Tofu, Weizengras und ein paar andere vitalisierende Zutaten aus der Natur.«

Baz schüttelt den Kopf. »Mir reichen sieben Tage die Woche Eier, Speck und Würstchen.«

Während ich frisiert und geschminkt werde, schreibe ich Marc eine SMS.

Bin am Set in der Maske. Vermisse dich schon jetzt. Willst du mir nicht ein bisschen mehr von deiner geplanten Überraschung erzählen? Deine dich liebende Frau. xx

Wie immer voller Ungeduld, meine mich liebende Frau. Würde ich dir mehr erzählen, wäre es keine Überraschung mehr. Übernimm dich nicht. Ich vermisse dich auch. Dein dich liebender Mann.

Wie sehr vermisst du mich? xx

Unendlich. Hilft dir das? Ich hasse es, wenn du nicht bei mir bist.

Was würdest du tun, wenn ich jetzt bei dir wäre? xx

Dich zwingen, dich zu entspannen. Dich vielleicht an einen Stuhl binden.

Bekleidet? xx;)

Mrs Blackwell, Sie verstehen sich wirklich gut darauf, Ihren Mann zu foltern.

Drückst du dich vor einer Antwort auf meine Frage, mein lieber Mann? Ich dachte, Ehemänner sollten ihren Frauen gegenüber immer offen und ehrlich sein. xx

Und Frauen sollten ihre Männer nicht necken.

Was ist, wenn sie es doch tun? xx

Dann werden sie bestraft.

Wie? xx

Haben wir über Pandoras Büchse nicht schon gesprochen?

Bei der letzten SMS muss ich schmunzeln. Ich stelle mir Marc vor, wie er sein Telefon angrinst und gleichzeitig grimmig die Stirn runzelt. Aber ich kann mich nicht zurückhalten, ihn noch ein bisschen zu reizen.

Mr Blackwell, ich weiß, dass ich zu neugierig bin. Eine schlechte Angewohnheit von mir. Vielleicht können Sie sie mir austreiben. xx

Na gut. Wenn du heimkommst, werde ich dich nackt auf einen harten Holzstuhl setzen, deine Waden an die Stuhlbeine fesseln und deine Handgelenke auf dem Rücken zusammenbinden. Dann werde ich deine Beine mit einem Stock schlagen, bis du mich anflehst, endlich aufzuhören. Meinst du, das wird dich lehren, nicht mehr neugierig zu sein?

29

Wie gefallen Ihnen Ihre Haare?«, fragt mich die Stylistin und dreht meinen Stuhl in Richtung Spiegel.

»Oh!« Ich lege mein Handy mit dem Display nach unten in meinen Schoß, damit sie Marcs letzte Nachricht nicht sehen kann, blicke mich dann im Spiegel an und reiße die Augen auf. »Wow! Das sieht toll aus. Vielen Dank.« Ich lege ein Bein über das andere, stelle es wieder auf den Boden und hoffe, dass mein roter Nacken nicht zu sehr auffällt.

Die Stylistin hat etwa zwanzig Haarteile verwendet, sodass mir nun ein langer Zopf bis zum Boden reicht. Meine eigenen Haare sind darin eingebunden und sehen locker und natürlich aus. Allerdings hat sie sie mit einem glänzenden Festiger eingesprüht, damit sie sich nicht locken, und ein paar Silberfäden eingefügt, mit denen ich jetzt wirklich wie eine Prinzessin aussehe.

»Als Nächstes werden Sie geschminkt«, erklärt sie mir. »Casey wird gleich bei Ihnen sein.«

Ich werfe einen Blick auf mein Handy und schreibe:

Muss jetzt aufhören, weil ich gleich geschminkt werde. Kann es kaum erwarten heimzukommen. xx

Ich habe dich vor der Büchse der Pandora gewarnt …

Als wir fertig frisiert, geschminkt und eingekleidet sind, trifft Nadia ein.

Sie wirft einen Blick auf die Uhr und verzieht das Gesicht.

»Ist Sigourney noch nicht da?«

»Ich habe sie nicht gesehen«, erwidert Ruby.

»Mist! Ich habe ihr ausdrücklich gesagt, dass sie pünktlich sein muss. Wir machen heute Außenaufnahmen.« Sie winkt einem Mann mit einem Klemmbrett und Kopfhörern zu. »Daryl, ruf Sigourney an, okay? Wenn sie in fünf Minuten nicht da ist, ist sie raus aus dem Film, und ich engagiere einen Ersatz.«

Leo und Ruby tauschen einen Blick aus.

»Also gut.« Nadia klatscht in die Hände. »Sind alle anderen bereit? Ich schwöre, ihr seht alle fantastisch aus. Wie froh ich bin, mit solch attraktiven Menschen zusammenzuarbeiten. Meine Schwester ist Börsenmaklerin, sie hat den lieben langen Tag nur mit hässlichen Leuten in langweiligen Anzügen zu tun. Ich weiß wirklich nicht, wie sie das aushält.«

Die erste Szene wird direkt vor dem Tower of London gedreht. Raben picken im Gras, Fahnen umwehen uns.

Gerade als die Kameraleute ihre Vorbereitungen beendet haben, stolziert eine große junge Frau, der es nicht sehr gut zu gehen scheint, über die Wiese.

So groß und dürr, wie sie ist, muss es sich um Sigourney handeln. Sie sieht nicht so aus wie auf den Fotos, die ich von ihr kenne.

»Ihr habt ohne mich angefangen?«, ruft sie schon von Weitem. »Vielen Dank!«

»Sophia«, flüstert Leo mir zu, »darf ich dir Sigourney vorstellen, meine extrem unkomplizierte Ex?«

Ich kichere, und Sigourney funkelt mich böse an.

Auf eine besondere Art ist sie mit ihren hohen Wangenknochen und einer langen, sehr geraden Nase wirklich überdurchschnittlich schön. Ihr braunes Haar ist zu einem festen Knoten gewunden, und sie trägt eine große dunkle Sonnenbrille. Ihre weißen Wangen zieren einige Pickel, und ihre Haut wirkt müde – so als bräuchte sie mal eine gesunde Mahlzeit und eine lange Nachtruhe.

Sigourney begrüßt keinen von uns. Sie schlendert direkt zu Nadia und flüstert ihr etwas ins Ohr.

Nadia nickt, ohne Sigourney anzusehen, und ruft die Kameraleute zu sich. Sie versammeln sich in einer Ecke und unterhalten sich gedämpft.

»Was wird das jetzt?«, fragt Ruby und bauscht ihren Feenrock auf.

»Sigourney macht ein Drama«, sagt Leo. »Wie üblich.«

»Sie sollte sich verdammt noch mal bei uns dafür entschuldigen, dass sie so spät eintrudelt«, knurrt Baz. »Wenn die Ladys mir meine Ausdrucksweise verzeihen mögen.« Er trägt ein Kettenhemd, einen Helm und ein riesiges Schwert. »Was ist los, Nadia?«, ruft er. »Das Kostüm wiegt eine Tonne. Ich koche hier drin, verflucht noch mal. Entschuldigt meine Sprache. Ach, verfickt noch mal, die Ladys müssen sich eben daran gewöhnen; ich kann mich nicht alle zwei Sekunden entschuldigen. Jedenfalls kann niemand von uns den ganzen Tag hier herumsitzen und darauf warten, dass Miss Supermodel sich endlich ans Set bequemt.«

Nadia kommt zu uns. »Hört mir mal zu: Sigourney ist ein bisschen nervös, und deshalb werden wir jetzt alle nett zu ihr sein.« Sie winkt Sigourney zu uns. »Komm her und lass mich dir deine Kollegen vorstellen, Sigourney. Leo kennst du ja schon.«

Sigourney schleicht herbei. Sie hat den Kopf leicht gesenkt, ihr Blick wirkt gehetzt.

»Wie geht's dir, Sigourney?«, fragt Leo, die Hand auf dem Schwertgriff.

Sigourney bedenkt ihn mit einem ängstlichen und gleichzeitig geschmeichelten Lächeln. »Ach, du weißt schon – ein bisschen aufgeregt. Das ist mein erster Auftritt in einem Film.«

»Und was macht dein Mann?«

Sigourney blickt wieder zu Boden. »Letzten Monat ist die

Scheidung über die Bühne gegangen. Jetzt hat er es endlich geschafft. Na gut – selbst schuld.«

»Andere Mütter haben auch hübsche Söhne«, sagt Leo.

»Wie recht du hast. Außerdem bin ich ja mit diesem Filmprojekt beschäftigt. Das ist toll, abgesehen davon, dass ich keine Ahnung habe, was gerade passiert. Welche Szene drehen wir?«

»Wenn du pünktlich aufgekreuzt wärst, wüsstest du es«, knurrt Baz.

Sigourney kichert mädchenhaft.

»Das ist nicht witzig«, faucht Baz. »Du bist hier nicht bei einem Fotoshooting für irgendein Hochglanzmagazin. Wir machen Außenaufnahmen. Wenn wir vor Ort auch nur um einen weiteren Tag verlängern müssen, kostet das die Filmgesellschaft Millionen. Stell dir also morgen deinen verdammten Wecker.«

Sigourneys Lippen werden schmal. »Ich schminke mich selbst«, erklärt sie Nadia. »Wo muss ich hin?«

»Ins Zelt dort drüben«, antwortet Nadia.

»Ins Zelt?« Sigourney sieht aus, als wollte sie sich beschweren, scheint es sich dann aber noch einmal anders zu überlegen. »Okay, dann ziehe ich mich auch gleich um.«

»Beeil dich«, sagt Nadia. »Wir haben lange genug auf dich gewartet.«

Sigourneys Miene verdüstert sich. »Das hab ich dir doch alles schon erklärt.« Sie stolziert zum Zelt.

30

Wir drehen ein paar Szenen ohne Sigourney. Als sie geschminkt und frisiert in ihrem Kostüm auftaucht, muss ich gestehen, dass sie umwerfend aussieht. Das Make-up hat wahre Wunder bewirkt.

Zu meiner Überraschung kommt sie direkt auf mich zu. »Hey«, sagt sie und fährt sich mit den Händen über ihre Haare. »Das Kleid, das du anhast, sollte eigentlich ich tragen, oder?«

»Ich glaube, ursprünglich war es für dich vorgesehen«, gebe ich zu. »Aber wir haben beschlossen, dass es zu meiner Rolle genauso gut passt.«

»Und du warst gestern nicht da«, wirft Baz ein. »Wäre es anders gewesen, hättest du wahrscheinlich ein Mitspracherecht gehabt.«

»Sollen wir tauschen?«, fragt Sigourney und schenkt mir ein katzenhaftes Lächeln.

»Na gut, vermutlich könnte ich …«

»Herr im Himmel, tu das nicht!«, bellt Baz. »Sie muss kapieren, wie der Hase läuft. Sie kann nicht einfach zu spät aufkreuzen und trotzdem alles kriegen, was sie will.« Sein dunkler Blick fällt auf Sigourney. »Schätzchen, schlimm genug, dass du zu spät kommst. Mach jetzt bloß nicht noch mehr Ärger. Du trägst ein hübsches Kleid und bist noch nicht gefeuert worden. Sei verdammt noch mal dankbar dafür und mach dich an die Arbeit.«

»Wie kannst du es wagen, so mit mir zu reden?«, faucht Sigourney empört.

»Wie kannst du es wagen, uns alle warten zu lassen und dann noch das Kostüm der Hauptrolle einzufordern?«

»Baz, schon gut«, versuche ich, ihn zu beschwichtigen.

»Der Hauptrolle? Was redest du da?« Sigourney stemmt die Hände in ihre knochigen Hüften. »Ich spiele die Hauptrolle.«

Baz lacht. »O nein, die spielst du nicht. Sophia hat die weibliche Hauptrolle und Leo die männliche. Auf den Plakaten werden ihre Gesichter im Vordergrund und unsere im Hintergrund zu sehen sein. Kannst du alles in deinem Vertrag nachlesen.«

»Das ist ja unerhört.« Sigourney marschiert auf Nadia zu, und bald sind laute Stimmen zu hören.

»Meine Exfreundin macht mal wieder Ärger«, sagt Leo und legt mir den Arm um die Schultern. »Keine Sorge, Prinzessin. Baz hat recht. Du solltest ihr dein Kostüm nicht geben.«

»Fang du jetzt bloß nicht auch noch damit an, mich Prinzessin zu nennen.«

»Ich kann es mir leider nicht verkneifen.« Leo grinst. »Wie Baz schon sagte, hättest du dich nicht darüber ärgern dürfen. Jetzt muss ich dich so nennen. Du hast deinen Spitznamen weg, Prinzessin.«

»Na toll. Vielen Dank.«

»Ich finde, die Bezeichnung passt viel eher zu Sigourney«, zischt Ruby. »Sie ist eine verwöhnte Prinzessin.«

»Damit hast du recht«, sagt Baz. »Und sie wird noch mehr Ärger machen, das kann ich euch garantieren.«

»Das hätte ich euch auch schon vor den Dreharbeiten sagen können«, meint Leo.

31

Schließlich gelingt es Nadia, Sigourney zu beruhigen. Wir sind uns nicht sicher, wie sie es geschafft hat, aber vom Kostümtausch ist keine Rede mehr.

Die Dreharbeiten gehen gut voran. Irgendwann beginnt es zu nieseln, und Sigourney besteht darauf, erst wieder gefilmt zu werden, wenn es trocken ist. Aber im Großen und Ganzen halten wir den Zeitplan ein und überziehen ihn nur um eine knappe Stunde.

Als wir ins Zelt zurückkehren, um uns umzuziehen, tritt Sigourney zu mir und hakt sich bei mir unter.

»Hey«, sagt sie und lächelt mich wieder katzenhaft an.

»Hi«, erwidere ich und fühle mich etwas unbehaglich. Die Art, wie Sigourney meinen Arm nimmt, ist eher besitzergreifend als freundschaftlich.

»Also hast du doch mein Kleid bekommen.«

»Es tut mir echt leid.«

»Schon gut. Heute war das reinste Chaos. Meine Frisur war anders als geplant, und mit dem Make-up, das ich normalerweise benutze, arbeiten sie hier nicht einmal. Ich sehe schrecklich aus.«

»Nein«, widerspreche ich wahrheitsgemäß. »Du siehst großartig aus.«

Sigourney lächelt breit. »Danke. Wie geht es dir eigentlich mit Marc?«

In meinem Magen bildet sich ein Eisklumpen. Worauf will sie hinaus? Das geht sie überhaupt nichts an. Will sie mich ärgern, oder ist sie einfach zu dumm, um zu merken, wie taktlos ihre Frage ist? »Fantastisch, vielen Dank«, erwidere ich frostig.

»Holt er dich heute ab?«

Ich runzle die Stirn. »Warum fragst du?«

»Ich weiß, wie er sein kann«, erwidert Sigourney und senkt die Stimme. »Wenn du also irgendwann jemanden zum Reden brauchst, ich bin hier.«

Bevor ich etwas entgegnen kann, lässt sie meinen Arm los und stolziert ins Zelt hinein.

Als ich umgezogen und abgeschminkt bin und mein Kostüm aufgehängt habe, ist es kurz nach sechs.

Ich ärgere mich immer noch ein wenig über Sigourney, lenke mich aber mit dem Gedanken an Marcs Überraschung ab. Ich habe nicht die geringste Ahnung, was er vorhat, und kann es kaum erwarten, es herauszufinden.

Marcs schwarzer Aston Martin wartet schon auf dem Parkplatz. Meine Stimmung hebt sich, als ich ihn erblicke. Aber als ich sehe, dass Sigourney neben dem Auto steht, ihre Haare nach hinten wirft und lacht, ist es mit meiner guten Laune sofort wieder vorbei.

Das Fahrerfenster ist offen. Hinter dem Behelfszaun knipsen Paparazzi wie wild. In mir steigt Ärger auf.

Marc weiß doch, wie die Leute von der Presse sind. Sie werden diese Bilder um einige alte Fotos von Marc und Sigourney ergänzen, und morgen werde ich sie in allen Zeitungen sehen müssen. Er sollte nicht mit ihr reden und es zulassen, dass sie sich fast schon an sein Auto schmiegt. Weiß er denn nicht, wie das nach außen wirkt?

Ich gehe schneller als gewöhnlich. Meine Lippen sind zu einem schmalen Strich zusammengepresst. Beim Näherkommen höre ich, wie Sigourney sagt: »Wir hatten auch gute Zeiten, nicht wahr? Ich denke ständig an dich. Denkst du je an mich?«

Ich will nichts mehr von diesem Zeug hören. »Danke, dass du mich abholst, Marc«, sage ich, als ich das Auto erreiche. »Tut mir leid, dass es ein bisschen später geworden ist.« Ich werfe Sigourney einen bösen Blick zu. »Würdest du uns bitte entschuldigen?« Ich springe auf den Beifahrersitz und drücke Marc einen langen Kuss auf den Mund, dann lehne ich mich zurück. »Fahren wir?«

Marc zieht fragend eine Braue hoch.

»Was ist?«, sage ich. »Darf ich dich nicht begrüßen?«

»Wann immer du willst«, sagt Marc und lächelt belustigt.

Ich drehe mich zu Sigourney. »Pass auf, dass du nicht überfahren wirst.«

Sie starrt mich kurz begriffsstutzig an, dann prustet sie laut los. »Oh! Natürlich! Ihr habt gerade erst geheiratet, stimmt's? Ihr seid noch in den Flitterwochen. Wie dumm von mir.« Sie tritt zurück, ihre Augen auf Marc gerichtet. »Dann bis später, okay?«, sagt sie und winkt. »Vergiss mich nicht.«

Während sie davongeht, lasse ich das Beifahrerfenster hochfahren.

»Hattest du einen schlechten Tag?«, fragt Marc. »Oder bist du nur eifersüchtig?«

»Warum hast du dich auf ein Gespräch mit ihr eingelassen?«, schäume ich. »Morgen werden die Fotos in allen Zeitungen sein. Hast du denn überhaupt keinen Respekt vor mir?«

»Ich respektiere dich durch und durch.«

»Warum hast du dann zugelassen, dass sie sich so an das Auto schmiegt?«

»Ich kann einer Frau doch nicht sagen, wie sie sich hinzustellen hat.«

»Aber du hättest ihr sagen können, dass sie verschwinden soll.«

»Das habe ich. Das Problem mit Sigourney ist, dass sie sich mit einem Nein nicht abfindet.«

»Du hast ihr also gesagt, dass sie abhauen soll?«

»Tausendmal. Jedenfalls habe ich mich nicht auf ihr lächerliches Gespräch eingelassen. Es war sehr einseitig, falls du zugehört hast.«

»Das habe ich«, murmle ich.

»Hast du mich reden hören?«

»Nein«, gebe ich zu.

»Ich habe sie nicht einmal richtig angesehen. Irgendwann wird es sie langweilen. Glaube mir, ich kenne diese Sorte von Frauen.« Er lässt den Motor an.

»Ach ja, du kennst diese Sorte von Frauen also?«, frage ich. »Und wie viele Sorten kennst du insgesamt?«

»Sophia, ich werde nicht auf deine Eifersucht eingehen.« Marc legt den Rückwärtsgang ein. »Als du mich geheiratet hast, wusstest du von meiner Vergangenheit. Ich bin nicht stolz darauf, aber ich kann sie auch nicht ungeschehen machen. Es werden immer wieder mal Mädchen auftauchen. Das war schon in der Vergangenheit so und wird wahrscheinlich auch in Zukunft so sein. Du musst lernen, sie zu ignorieren.«

Ich schüttle den Kopf. Tränen steigen mir in die Augen. »Wahrscheinlich habe ich gedacht … als wir geheiratet haben …«

Marc legt seine Hand auf meine. »Dass damit die Vergangenheit ausradiert ist? Dass ich ein unbeschriebenes Blatt bin?«

»Irgend so was in der Art.«

»Aber so läuft das Leben nicht.«

Ich stoße einen langen Seufzer aus. »Nun denn – was ist die Überraschung?«

»Sie wartet im Stadthaus auf dich.«

Als Marc vom Parkplatz fahren will, sehen wir Nadia auf uns zukommen. Sie winkt.

Marc verzieht das Gesicht. »Hast du etwas vergessen?«

»Nicht dass ich wüsste.«

»Was will sie dann von uns?«

»Keine Ahnung.« Ich öffne mein Fenster.

32

Hey!«, ruft Nadia und späht in den Wagen. »Sophia, ich wollte dir nur noch sagen, dass wir uns heute noch in der Peacock Lounge treffen, um den ersten Drehtag zu feiern.« Sie wendet sich an Marc. »Du hast doch nichts dagegen, wenn du einen Abend auf die Hauptdarstellerin in deinem Leben verzichten musst?«

»Ich bin nicht eingeladen?«

»Leider nur die Schauspieler und das Team.«

»Ich habe ganz vergessen, wie versessen du auf diese Treffen bist.«

»Es ist gut, wenn die Schauspieler und die restliche Crew miteinander auskommen«, erklärt Nadia. »Wenn alle Spaß bei der Arbeit haben, wird der Film umso besser.«

»Ich hatte heute Abend eigentlich etwas mit Sophia vor.«

»Ich … Marc, ich denke, ich sollte hingehen«, sage ich und lege eine Hand auf seinen Arm. »Kann die Überraschung denn nicht noch einen Tag warten?«

»Doch.«

»Okay.« Nadia klatscht in die Hände. »Das sind gute Neuigkeiten. Denn was wäre so ein Treffen ohne unsere Hauptdarstellerin?«

Ich lache. »Ich fürchte, die Bezeichnung hat heute für Missmut gesorgt. Bei Sigourney.«

Nadia winkt ab. »Sie ist eine Primadonna. Wie alle Models. Ich habe ihr erklärt, dass du die gute weibliche Hauptrolle hast und sie die böse spielt. So kann sie sich immer noch einbilden, dass sie die wichtigste Person im Film ist.«

»Es ist mir egal, wenn sie die weibliche Hauptrolle spielt«, erwidere ich. »Wirklich! Sie ist viel berühmter als ich. Und vielleicht hat sie ja auch recht.«

»Wer die weibliche Hauptrolle spielt, bestimme ich, nicht Sigourney«, entgegnet Nadia. »Und ich habe beschlossen, dass du das bist. Dann treffen wir uns um acht. Du weißt, wo die Peacock Lounge ist, oder?«

»Nein.«

»Aber ich«, wirft Marc schroff ein.

»Natürlich«, sagt Nadia. »Du kennst sämtliche Bars in London. Aber gut, dann kannst du Sophia hinfahren.«

Marcs Lippen kräuseln sich zu dem Anflug eines Lächelns. »Hinfahren? Ich bin also wirklich nicht eingeladen?«

»Keine Partner. Wir wollen uns als Team zusammenfinden; keine Party feiern.«

»Was, keine Party?« Marc wirkt noch belustigter. »Das ist ja etwas ganz Neues bei dir.«

Nadia lacht. »Vielleicht nur eine kleine Party. Aber wir bringen dein Mädchen noch vor Mitternacht heim, okay? Morgen fangen wir wieder sehr früh an.«

Marc verzieht das Gesicht. »Sophia, du solltest nicht zu spät nach Hause kommen. Du brauchst Ruhe.«

»Ich bleibe nicht lange«, erwidere ich. »Nur eine Stunde oder so. In Ordnung?«

Marc nickt, sieht aber nicht sehr glücklich aus.

»Also fährst du sie jetzt heim und fütterst sie«, sagt Nadia und tätschelt die glänzende Kühlerhaube, »und dann bringst du sie uns so gegen acht zurück.«

»Wenn es denn unbedingt sein muss.« Marc legt den Gang ein und braust auf das Sicherheitstor zu.

»Marc«, sage ich, während wir Nadia in einer Staubwolke zurücklassen. »Du hast dich nicht einmal von ihr verabschiedet, und ich hatte auch keine Zeit dafür.«

»Du siehst sie doch in weniger als zwei Stunden sowieso wieder. Warum willst du dich von ihr verabschieden?«

»Du kommst damit nicht klar, dass ich noch zu dem kleinen Umtrunk gehe.«

»Du wirst nichts trinken.«

»Das habe ich doch nicht gemeint. Natürlich werde ich nichts trinken. Das weißt du doch, Marc. Warum führst du dich so auf?«

»Ich halte es für keine gute Idee, dass du heute Abend ausgehst. Ich finde, du übernimmst dich. Morgen musst du wieder zeitig raus.«

»Es ist doch nur für ein paar Stunden. Mach dir keine Sorgen.« Als mir ein Gähnen entwischt, verfinstert sich Marcs Miene bedrohlich.

»Sophia …«

»Ich bleibe wirklich nicht lange. Geht es um deine Überraschung? Ärgerst du dich, dass ich dich versetze?«

»Wohl kaum. Ich denke nur an dich und deine Gesundheit.«

»Ich lebe schon ziemlich lange in meinem Körper. Ich weiß, was ich ihm zumuten kann.«

»Ach ja?«, faucht Marc. »Die Vergangenheit hat mir das Gegenteil bewiesen. Das letzte Mal, als du dir zu viel zugemutet hast, bist du ziemlich abgerissen im Krankenhaus gelandet. Und jetzt bist du vielleicht sogar schwanger.« Das letzte Wort schreit er.

Mir fährt ein Stich durchs Herz. »Aus deinem Mund klingt das wie eine Krankheit.«

»Solltest du schwanger sein, schwächt dich der neue Zustand.«

»Millionen Frauen …«

»Du bist nicht Millionen Frauen!«, brüllt Marc. Seine Fingergelenke werden weiß, so fest umklammert er das Lenkrad. »Du bist die Frau, die ich liebe. Die Frau, für die ich alles tun würde. Die Frau, für die ich mein Leben geben würde. Wenn dir etwas zustieße …«

Ich entspanne mich ein bisschen. »Mir wird nichts zustoßen.«

»Wenn du es zulässt, dass ich mich um dich kümmere. Aber wenn du darauf beharrst, selbst Entscheidungen zu treffen …«

»Lass uns nicht schon wieder damit anfangen«, falle ich ihm ins Wort. »An diesem Punkt drehen wir uns nur im Kreis. Ich bin kein Kind mehr. Ich muss meine Fehler selbst machen.«

»Nicht wenn du mit meinem Kind schwanger bist«, knurrt Marc.

»Ach so, jetzt ist es also dein Kind?«, fahre ich auf. »Ich dachte, es wäre unseres.«

»Meines, unseres, das macht doch keinen Unterschied.« Marc bremst abrupt und wendet sich mir zu. »Begreifst du das denn nicht, Sophia? Was es für mich bedeuten würde, wenn dir etwas zustieße?«

»Doch, das begreife ich schon«, erwidere ich leise. »Aber ich dachte, du hättest verstanden, dass ich ein eigenes Leben habe.«

»Dass du vielleicht schwanger bist, verändert vieles. Ich wusste auch davor schon, dass ich dich liebe, aber das war nichts im Gegensatz zu dem, was ich jetzt fühle. Ich muss dich einfach beschützen. Du hast ja keine Ahnung, wie schwer dieser Tag für mich war.«

Unwillkürlich muss ich lächeln. »Danke, dass du mich so sehr liebst. Manchmal kann ich es gar nicht fassen.«

»Es überrascht mich selbst immer noch«, erwidert Marc und ringt sich ein Lächeln ab. »Den Drang, dich zu beschützen, habe ich von dem Moment an gespürt, als wir uns begegnet sind. Und jetzt bist du vielleicht von mir schwanger.« Er schüttelt den Kopf. »Ich fühle mich für dich verantwortlich, und zwar mehr als je zuvor. Würde dir irgendetwas passieren, wäre es meine Schuld. Damit könnte ich einfach nicht leben.«

»Aber du bist nicht für mich verantwortlich.«

»O doch, Mrs Blackwell. Für dein Glück, dein Vergnügen, deine Gesundheit und unser Baby; für all das bin ich verantwortlich. Und ich nehme meine Verantwortungen sehr ernst.« Er beugt sich zu mir herüber und küsst mich.

Anfangs ist es nur ein sanfter Kuss, doch dann wird er immer sinnlicher. Eine Hand wandert auf meinen Rücken und drückt mich an ihn heran.

Ich stöhne leicht auf, als der Kuss immer intensiver wird und Marcs Zunge in meine Mundhöhle vorstößt.

Plötzlich zieht er sich zurück und umklammert das Lenkrad. »Sie sind immer noch wahnsinnig unwiderstehlich, Mrs Blackwell. Und wie üblich stellen Sie meine Selbstkontrolle auf die Probe.«

Er gibt Gas und lenkt den Wagen auf die Straße zurück. Die vor uns fahrenden Wagen überholt er von links und von rechts.

Ich halte mich am Ledersitz fest. »Fahr langsamer!«

»Bei mir bist du sicher. Das solltest du mittlerweile wissen.«

»Nicht dass ich deinen Fahrkünsten misstraue«, erwidere ich, »aber ich vertrage die Geschwindigkeit nicht so gut.«

»Je schneller ich dich nach Hause bringe, desto schneller kann ich dich ficken.«

»Ich dachte, du wolltest, dass ich mich nicht so anstrenge?«

»Was ich für dich geplant habe, wird dich bestimmt nicht anstrengen«, entgegnet Marc. »Du musst keinen Finger krumm machen. Im Gegenteil, du wirst dir sogar großen Ärger einhandeln, solltest du es tun. Ich nehme deine Gesundheit sehr, sehr ernst.«

33

Im Stadthaus wartet schon ein leckeres Abendessen in der Küche auf uns – alle möglichen Köstlichkeiten: kalter Braten, Käse, Pickles, Dips, frische Butter und zwei große dunkle Bauernbrote.

»Lang zu«, sagte Marc. »Du brauchst Kraft.« Er schenkt mir ein Glas kaltes Wasser mit Zitronensaft ein. »Viel trinken solltest du auch. So ein Tag am Set kann ziemlich austrocknen.«

»Danke«, sagte ich. »Was würde ich ohne dich nur tun?«

»Das wirst du nie herausfinden müssen.«

Während ich esse, stützt Marc die Ellbogen auf den Tisch und beobachtet mich. »Du bist wirklich wunderschön, wenn du isst.«

Ich nehme eine Serviette und betupfe mir befangen den Mund. »Danke.«

»Ich dachte, ein leichtes Abendessen ist jetzt genau das Richtige nach dem fettigen Catering-Fraß am Set.«

»Woher weißt du, was wir zu Mittag gegessen haben?«

Marc lächelt. »Ich habe zwar eine Weile nicht mehr gedreht, kann mich aber an das Essen noch erinnern. Das Catering in London ist besonders schlecht. Nicht das kleinste Fitzelchen Salat.«

Ich lache. »Deine Erinnerung ist tatsächlich sehr gut.«

»Ich wette, dass Sigourney gar nicht glücklich darüber war. Habe ich recht?«

Meine Laune sinkt. »Warum musst du sie ausgerechnet jetzt erwähnen?«

»Sophia, ich habe keine Lust, auf deine Eifersüchteleien Rücksicht zu nehmen. Sie ist eine Frau aus meiner Vergangenheit, die mir nichts bedeutet, rein gar nichts. Das habe ich dir bereits mehrmals erklärt.«

»Aber offenbar denkst du an sie.«

»Kaum. Mir ist nur eingefallen, wie sie sich immer beim Essen aufgeführt hat. Extrem nervig.«

»Ich möchte jetzt nicht über deine Exfreundin reden.«

»Sie ist nicht meine Exfreundin, sondern einfach nur irgendjemand, mehr nicht. Ich möchte, dass du deine Eifersucht überwindest, und das kannst du nur, wenn du dich ihr immer wieder stellst.«

»Ich soll meine Eifersucht überwinden? So wie du deine?«

»Ich muss zugeben, dass sie mich gelegentlich noch plagt.« Ein Lächeln spielt um Marcs Lippen.

»Also darf ich auch eifersüchtig sein.«

»Ab und zu. Aber mit Sigourney wirst du die nächsten Monate zusammenarbeiten müssen. Über die Eifersucht auf sie musst du wirklich hinwegkommen, Sophia. Übrigens – du bist verdammt sexy, wenn du wütend bist.« Er schlendert um die Küchentheke und dreht meinen Stuhl um, sodass ich ihn anschaue. »Wirklich verdammt sexy.«

»Mach dich nicht lustig über mich, Marc«, schmolle ich.

»Und unwiderstehlich.« Er küsst mich heftig, dann hebt er mich hoch und geht zur Treppe.

»Ich bin immer noch wütend auf dich«, murre ich.

»Wut ist gut. Damit kann ich umgehen.« Marc trägt mich ins Obergeschoss.

»Wir müssen noch zu Ende reden«, sage ich. »Ich war noch nicht fertig.«

»Spricht man so mit seinem Ehemann?« Marc geht in eines der vielen Gästezimmer. »Widerstand ist zwecklos. Und übrigens – du siehst sogar noch schöner aus, wenn du mich so zornig wie gerade eben anstarrst.«

Er schenkt mir sein unwiderstehliches Lächeln, während er mich sanft aufs Bett legt.

In diesem Raum war ich noch nie. Die Matratze unter mir bewegt sich komisch. »Oh!« Ich schnappe nach Luft. »Was ist mit dem Bett los?«

»Nichts. Es ist ein Wasserbett.« Marc beugt sich über mich, packt meine Handgelenke und zieht die Arme über meinen Kopf. »Es ist heute geliefert worden.«

»Wollen Sie mich ans Bett fesseln, Mr Blackwell? Wenn ich gewusst hätte, dass das Ihren Vorstellungen von der Ehe entspricht …«

»Das tut es durchaus«, erwidert Marc und schaut mir in die Augen. »Eine gute Ehefrau gehorcht ihrem Mann. Und wenn sie über die Stränge schlägt …«

»Wird sie bestraft?«

»Ganz genau.«

»Und ich dachte schon, dein Kontrollzwang hätte nachgelassen.«

»Ich kontrolliere dich nicht. Du kannst gern gehen.«

Ich lache.

Marc legt eine Hand ans Ohr. »Was hatte das Lachen eben zu bedeuten? Willst du gehen, oder willst du, dass dein Mann dir gute Manieren beibringt?«

Ich spüre das Gewicht seiner Hand, mit der er immer noch meine Handgelenke nach unten drückt. Er setzt sich rittlings auf mich.

»Es tut mir leid, aber ich habe dich nicht verstanden«, sagt er. »Meintest du, dass du gehen willst?«

»Nein«, murmle ich.

»Das dachte ich mir.« Marc drängt sich zwischen meine Beine, und ich spüre seine Erektion an meinen Oberschenkeln.

Das Bett unter uns schaukelt sanft.

Marc dreht meinen Kopf zur Seite. »Siehst du das dort drüben in der Ecke?«

Ich folge seinem Blick. »Was ist das?« Dort steht ein riesiger Metallrahmen, der auf den ersten Blick aussieht wie eine Art Fitnessgerät. Allerdings baumeln ziemlich viele Lederriemen von ihm herab.

Marc lächelt. »Deine Überraschung.«

34

Ich winde mich unter Marc, aber seine beiden Hände kehren wieder zu meinen Handgelenken zurück und halten mich so fest, dass ich mich nicht mehr rühren kann.

Das Wasser im Bett schwappt hin und her.

»Lass mich aufstehen. Ich will sie mir ansehen.«

»Du stehst erst auf, wenn ich es dir sage.«

»Hör damit auf. Wir sind jetzt verheiratet. Du kannst mich nicht mehr herumkommandieren.«

»Sagt wer?«

»Ich.«

»Wie üblich muss ich dein Vergnügen in meine Hand nehmen, weil du nicht zugeben willst, dass es dich anmacht, wenn ich das Kommando übernehme.«

Ich starre Marc finster an. »Meine Güte, manchmal bist du ein richtiger Mistkerl.«

»Ein Mistkerl, den du liebst.« Er küsst mich und hält mich mit seinem ganzen Gewicht fest.

Ich stoße einen Seufzer aus, schmelze dahin und bewege mich nur noch im Rhythmus der Wellen des Wasserbetts.

Seine Erektion drängt sich hartnäckig an meine Oberschenkel. Er zwängt mir ein Knie zwischen die Beine.

Ich schlucke, als er meine Füße hochhebt und geschickt die Schnürsenkel löst. Innerhalb von wenigen Sekunden hat er mir Sneaker und Jeans ausgezogen. Als er meinen Slip herunterstreift, sinkt sein Kopf zwischen meine Beine, und er lässt seine Zunge kreisen.

»Oh!«, seufze ich genüsslich und mache die Beine breiter.

Seine Zunge wird immer beharrlicher, während er mir mit einer Hand meine Knie an die Brust drückt.

Das Bett schaukelt unter mir, und die Muskeln in meinen Schenkeln spannen sich vor Lust an, während ich auf und ab wippe.

Marc hebt den Kopf und küsst sich einen Weg über meinen Nabel, meinen Bauch, meine Rippen, meine Brüste. Als er meine Beine um sich schlingt, spüre ich wieder sein steifes Glied zwischen den Oberschenkeln. Dann umfasst er eine Brust und saugt heftig mein weißes Fleisch in seinen Mund.

»Oh!«, wimmere ich und packe seine Haare.

Er saugt noch stärker, und ich zerre an einer Haarsträhne.

»Du machst mir einen Knutschfleck«, stöhne ich.

Marc lässt von meiner Brust ab. »Ganz richtig. Ich markiere mein Revier.«

Wieder saugt er mit einer Heftigkeit an mir, dass ich laut aufschreie. Als er mich endlich loslässt, entdecke ich einen blutroten Fleck.

»Eine interessante Stelle für so etwas«, sage ich.

Marcs Lippen wandern zu meinem Hals. »Während der Dreharbeiten kann ich dir ja wohl kaum einen hier verpassen«, murmelt er an meiner Kehle.

»Du musst mich nirgendwo markieren«, sage ich. Zwischen meinen Beinen brennt es heiß.

»O doch.« Marcs Lippen wandern von meinem Hals an mein Ohr. »Weil du mir gehörst«, flüstert er.

Ich schlinge wieder die Beine um sein Becken, und meine Hände finden erneut ihren Weg in seine Haare.

Als Antwort führt Marc sein steifes Glied in mich ein.

Ich bin so bereit für ihn, dass er mühelos in mich gleitet. Ich spüre, wie er mich voll und ganz ausfüllt. Mein Stöhnen wird lauter, meine Schenkel spannen sich um seine Hüften an.

Als Marc anfängt, sich zu bewegen, schaukeln wir auf dem Bett auf und ab.

Ich gehe unter in all den Sinneseindrücken – den sanften Bewegungen des Bettes, den schwappenden Geräuschen des Wassers in der Matratze, und Marc, Marc, Marc mit seinem harten Körper, seinen Händen und seinen unermüdlichen Lippen. Wir bewegen uns in perfektem Einklang.

Ich schließe die Augen, während die Hitze und der Druck weiter zunehmen. »O Marc. O Gott. O Gott, Marc. Marc!«, schreie ich laut. Mein Körper spannt sich an, und ich packe seine dichten braunen Haare.

Seine Stöße werden heftiger und schneller. Das Bett bewegt sich wie eine Flutwelle.

Wieder schreie ich laut seinen Namen und ziehe ihn tief in mich hinein.

Als ich mich an ihn klammere, Schweißtropfen auf meiner Stirn, erwarte ich, dass er uns beide mit ein paar weiteren Stößen zum Höhepunkt bringt. Doch stattdessen zieht er sich zurück, dreht mich auf alle viere um und liebkost mein Hinterteil mit seiner großen, starken Handfläche.

Mein ganzer Körper prickelt. Seine Berührung fühlt sich wahnsinnig gut an.

Er kniet sich hinter mich. Einen Moment lang neckt er mich, indem er sein steifes Glied zwischen meinen Beinen kreisen lässt.

Ich stöhne leise.

»Mach die Beine breit. Breiter.«

»Marc, bitte …«

»Ich dachte, wir hätten bereits geklärt, wer heute das Sagen hat«, flüstert er, und eine seiner Hände fährt in meine Haare. »Sie, Mrs Blackwell, werden jetzt genau das tun, was ich Ihnen sage. Und jetzt mach die Beine breit!«

Gehorsam stelle ich die Knie weiter auseinander und spüre Marc genau dort, wo ich ihn haben will. Aber wieder zieht er sich zurück. »Marc«, bettle ich. »Bitte spiele nicht noch länger mit mir.«

»Wenn ich mit dir spielen wollte, würde ich ganz andere Sachen mit dir anstellen«, knurrt Marc. »Und nun, Mrs Blackwell, sagen Sie mir bitte eines: Besitze ich etwas, was Sie haben wollen?«

»Ja«, stammle ich.

»Werden Sie tun, was ich Ihnen sage?«

»Ja.«

»Gut. Dann rühren Sie sich nicht vom Fleck. Bewegen Sie nicht den kleinsten Muskel. Ich möchte mir nicht vorwerfen lassen, dass ich Sie zu sehr angestrengt habe.«

»Ich werde es versuchen«, erwidere ich und spüre, wie das Wasser der Matratze unter mir schwappt.

»Versuchen reicht nicht«, knurrt Marc. »Du wirst es tun!« Er stößt tief in mich.

Ich seufze laut auf. Das Bett schwappt unter meinen Händen und Knien, und ich wiege mich mit Marc, auf und ab, auf und ab. »O Gott.«

Marcs Hand findet die empfindlichste, heißeste Stelle meines Körpers.

Ich keuche laut auf, als er sie mit einem Finger umkreist. »Marc. O Gott, Marc!«

»Rühr dich nicht.« Er stößt erst langsam und tief, dann schneller und immer schneller in mich hinein, bis das Bett hin und her schwappt und ich immer lauter stöhne.

Ich spüre, wie sich ein Orgasmus in mir aufbaut. »Marc, ich …«

Er hält meine Haare so fest, dass mein Kopf sich seinen Bewegungen anpasst. »Ich weiß. Du wirst gleich kommen.«

Er lässt meinen Kopf los, der schlaff nach unten sinkt, packt meine Hüften mit beiden Händen und stößt so heftig in mich, dass ich nach vorne aufs Kissen falle.

»Marc, o Marc!« Mein Orgasmus ist so stark, dass ich ein paar Sekunden lang nur noch rote Pünktchen sehe.

Marc ist noch immer in mir, stöhnt dann laut auf und kommt.

Völlig erschlagen liege ich auf dem weichen Wasserbett, Marc auf mir, seine Hüften an meinem Hintern. Er schiebt meine Haare etwas zur Seite und vergräbt die Lippen an meinem Nacken. »Sie, Mrs Blackwell, sind das Beste, was ich je in meinem Leben hatte. Wissen Sie das?«

Ich lächle in das Kissen. »In welcher Hinsicht?«

»In jeglicher. Aber gerade eben habe ich von dir als meinem ehelichen Besitz gesprochen.«

»Besitz?« Ich weiß, dass er mich aufzieht, aber ich kann nicht anders, als dieser Herausforderung zu begegnen.

»Genau, Besitz. Wie ich dir vorhin schon erklärt habe, gehörst du jetzt mir. Nur mir. Ich habe rechtliche Unterlagen, die das beweisen.« Er tastet nach meiner Hand, zieht sie an seinen Mund und küsst den Finger mit dem Ehering. »Und natürlich das hier – das Symbol meiner Eigentümerschaft an deinem hübschen Finger.«

»Dann besitze ich dich ebenfalls«, erwidere ich und taste nach Marcs Ehering. Ich drehe ihn hin und her und verschränke meine Finger mit den seinen.

»Richtig.« Er drückt mir die Hand.

Mein Blick schweift zu der Vorrichtung in der Ecke.

»Jetzt haben wir es gar nicht geschafft, meine Überraschung auszuprobieren.«

»Wenn du heute Abend ausgehst, sparen wir uns das für ein andermal auf. Ich habe dir versprochen, dass ich dich nicht erschöpfen werde.«

»Ich bin tatsächlich ziemlich müde.«

Marc streicht zärtlich über meine Haare. »Dann schlaf ein bisschen.«

»Aber ich muss doch noch zu unserem Treffen. Ich kann Nadia nicht versetzen.«

»Das kannst du sehr wohl.«

»Nein.« Ich schlüpfe unter ihm hervor. Er dreht sich auf den Rücken und stützt sich auf einen Ellbogen.

»Das wird zu viel für dich.« In seine Stimme hat sich eine Spur von Ärger geschlichen. »Du bist jetzt schon müde, das hast du selbst gerade gesagt. Nadia wird es dir verzeihen, wenn du nicht auftauchst, glaub mir.«

»Du kennst mich doch«, sage ich leise. »Du weißt, dass ich niemanden im Stich lasse, wenn ich etwas versprochen habe.«

»Dass du das sagst, habe ich befürchtet.« Marc setzt sich neben mich und umarmt mich. »Also hat mein Trick nicht funktioniert.«

»Was für ein Trick?«

»Mein Trick, der dich dazu bringen sollte, hierzubleiben und nicht auszugehen.«

»Ist das dein Ernst? Hast du wirklich … Ich meine, du hast mich doch nicht hierherverschleppt, um zu versuchen, mich dazu zu bringen, zu Hause zu bleiben?«

»Aber natürlich.«

»Netter Versuch.«

»Er war nicht schlecht, oder?« Marc lässt den Arm sinken und legt seine Stirn an meine. »Aber ganz im Ernst – wenn du unbedingt noch weggehen musst, dann nicht zu lange, okay? Keine Cocktails …«

»Marc, natürlich nicht.«

»Und um neun bist du wieder hier.« Er streicht mir die Haare aus dem Gesicht.

»Um neun?« Ich werfe einen Blick auf die Uhr. »Dann bleibt mir etwa eine halbe Stunde. Komm schon, Marc, ich soll mich mit meinen Kollegen und dem Team anfreunden, nicht nur für ein paar Minuten vorbeischneien.«

»Na gut, dann zehn.«

»Das klingt, als wolltest du meinen Tagesablauf kontrollieren.«

Marc zieht mich zu sich heran. »Es ist mir durchaus bewusst, dass ich keine Kontrolle über Ihren Tagesablauf habe, Mrs Blackwell. Ich habe nicht einmal die geringste Kontrolle über alles, was Ihre Karriere angeht. Ich kann mich nur damit trösten, dass du mir im Schlafzimmer ab und zu die Kontrolle überlässt.«

»Ab und zu?« Ich lache.

Marc gibt mir einen spielerischen Klaps auf den Hintern. »Ziehen Sie sich an, Mrs Blackwell. Ihr Publikum wartet.«

»Ich bin mir nicht so sicher, ob ich Sigourney schon wieder begegnen will«, gebe ich zu. »Aber auf die anderen freue ich mich.«

»Mach dir wegen ihr keine Sorgen. Hunde, die bellen, beißen nicht. Sie ist nur ein kleines Mädchen, das durch den Wind ist, im Körper einer Erwachsenen.«

Durch meinen Magen geht wieder ein Stich – zum Teil Zeichen der Eifersucht, zum Teil eines gewissen Kummers. Ich kann mich einfach nicht damit abfinden, dass Marc eine Vergangenheit hat. Aber er hat recht, ich werde eine ganze Weile mit Sigourney zusammenarbeiten müssen. Also sollte ich lernen, mich nicht aufzuregen, wenn Marc über sie redet.

»Hey.« Marc hebt mein Kinn an. »Für mich zählst nur du, okay? Du und keine andere. Vergiss das nie.«

»Ich versuch's.«

35

Marc fährt mich zur Peacock Lounge, begleitet mich jedoch nicht hinein. »Ich hole dich um zehn Uhr ab«, sagt er und sieht mich eindringlich an. »Verspäten Sie sich nicht, Mrs Blackwell, sonst muss ich Sie übers Knie legen.«

Ich sehe ihn gespielt unschuldig an. »Das würdest du nicht tun, oder?«

Seine Lippen kräuseln sich. »O doch.«

»In dem Fall verspäte ich mich vielleicht.« Ich drücke ihm einen sanften Kuss auf die Lippen, aber Marc zieht mich zu sich heran und küsst mich hart. Einen Moment lang kann ich mich kaum von ihm losreißen, aber dann schaffe ich es doch. »Ich muss das jetzt tun, okay? Ich weiß, dass es dir lieber wäre, wenn ich zu Hause geblieben wäre.«

»Woher weißt du das nur?«

»Weibliche Intuition.« Ich lächle. »Ich verstehe dich sogar. Du machst dir um mich Sorgen. Du willst, dass ich mich nicht überanstrenge. Und ich weiß, dass ich in meinem Leben schon einige schlechte Entscheidungen getroffen habe. Ich war ausgebrannt. Ich war dumm. Ich bin froh, dass ich dein Vertrauen habe. Aber glaube mir, Marc«, meine Hände wandern auf meinen Bauch, »vielleicht ist unser Baby da drinnen. Ich bin genauso bestrebt wie du, alles zu tun, dass ihm nichts passiert.«

Marc nimmt meine Hand und drückt sie ganz fest. »Ich weiß, aber es ist schwer, wenn man jemanden so sehr liebt.«

Die Peacock Lounge liegt an der Themse. Durch ein Panoramafenster sieht man aufs Wasser. Designerlampen werfen hellblaues Licht auf die Bar, die mit roten Samtsesseln möbliert ist und in der sich ziemlich viele Leute drängen.

Ich entdecke Leo, Baz, Ruby und Sigourney zusammen mit Nadia und dem Team am Fenster. Die Frauen schlürfen Cocktails, die Männer trinken Bier.

Als ich zu ihnen gehe, spüre ich, wie die anderen Gäste mich beobachten. Ich höre die Leute flüstern: »Ist sie das? Ich glaube, das ist Sophia Rose. Ist sie nicht die von *Die Schöne und das Biest*?«

Ich lächle verlegen und murmle »Verzeihung«, während ich mir einen Weg durch die Menge bahne.

Bevor ich den Tisch erreiche, springt Leo auf. »Sophia!« Er drängt sich durch die Gäste und nimmt meinen Arm. »Du hast es geschafft. Es gab ein kleines Missverständnis. Das hier hätte eigentlich unsere Privatveranstaltung werden sollen, aber die Leute von der Bar haben das Datum verwechselt. Als wir ankamen, war es brechend voll. Wir ziehen jetzt die Goldfischglas-Nummer durch und lassen uns von allen anstarren, daran ist leider nichts mehr zu ändern.« Er begleitet mich die letzten paar Schritte und rückt mir einen Sessel zurecht. »Hey.« Leo tippt einem Kameramann auf die Schulter. »Können wir die Plätze tauschen? Sophia und ich haben nach so langer Zeit einiges zu bereden.«

Als ich mich hinsetze, spüre ich, wie Sigourney mich vom anderen Tischende aus böse beäugt. Aber als ich mich ihr zuwende, setzt sie ihr breites falsches Lächeln auf.

»Sophia!«, ruft sie und nimmt einen Schluck ihres klaren, perlenden Drinks, in dem kunstvoll geschnitzte Zitronenscheiben schwimmen. »Wie geht es dir? Und Marc?«

»Danke, sehr gut«, erwidere ich so ruhig wie möglich.

»Die Flitterwöchner.« Nadia rückt ihren Sessel neben meinen. »Es tut mir so leid wegen der vielen Leute hier. Das hätte nicht passieren dürfen.« Sie deutet auf die Menge. »Aber irgendwas ist schiefgelaufen, sodass der Abend doppelt gebucht wurde. Ich wollte nicht, dass jemand gefeuert wird, deshalb habe ich gesagt, dass es schon gehen wird. Wir kommen damit klar, nicht wahr?«

»Natürlich«, murmle ich und ringe mir ein Lächeln ab.

»Natürlich kommen wir nicht damit klar!«, ruft Sigourney und nimmt einen weiteren Schluck. »Ich hasse die Öffentlichkeit. Sie will immer ein Stück von dir.«

»Möchtest du einen Drink?« Nadia überhört Sigourneys Kommentar. »Ach, fast hätte ich es vergessen – für dich keine Cocktails, stimmt's?« Sie zwinkert mir zu.

Ich sehe mich am Tisch um und hoffe, dass niemand ihre Bemerkung mitbekommen hat und eins und eins zusammenzählt.

Sigourney starrt mich an. Eine Braue ist nachdenklich hochgezogen.

36

Ich nehme einen Orangensaft«, sage ich leise.

»Da finden wir aber sicher noch etwas Besseres«, erwidert Nadia. »Das hier ist die beste Cocktailbar in ganz London. Es gibt auch Drinks ohne Alkohol. Mal sehen.« Sie blättert durch eine in roten Samt eingeschlagene Karte. »Aha – das hier scheint mir genau das Richtige für dich zu sein. Vanilla Chocolate Malt ohne Wodka. Du magst doch heiße Schokolade, oder?«

Ich lächle ein bisschen verlegen. »Im Herzen bin ich noch ein Kind. Woher wusstest du, dass ich gern heiße Schokolade trinke?«

»Marc hat heute früh die Caterer angerufen und wollte wissen, ob es für dich heiße Schokolade gibt. Und als er hörte, dass das nicht der Fall ist, hat er für morgen welche bestellt.«

»Vanilla Chocolate Malt klingt gut«, sage ich. »Danke.«

Nadia schlägt die Karte zu und winkt der Bedienung.

»Hey!«, ruft Sigourney. »Wenn du etwas bestellst, order mir doch noch einen mit.« Sie klopft an ihr halb volles Glas.

»Jemand trinkt hier ziemlich schnell«, flüstert Nadia.

»Soph«, Leo nimmt meine Hand, »du weißt jetzt Bescheid über Sigourney und Marc, richtig? Ich meine – er hat es dir gebeichtet, oder?«

»Ja.« Mir wird flau im Magen. »Ich wünschte, ich hätte es etwas früher erfahren. Ich bin mir völlig idiotisch vorgekommen.«

»Ich hätte es dir ja erzählt, aber … Ich dachte, es ist nicht wichtig. Sigourney hat alle möglichen hochkarätigen Freunde gehabt. Typisch Hollywood – ständig finden sich neue Paare. Einem wird ganz schwindlig, wenn man versucht, sich an alle zu erinnern.«

»Marc war nicht ihr Freund«, erwidere ich schroff und wünschte mir, ich könnte dabei gelassener klingen.

»Beruhige dich, das sagt man eben so. Und jetzt erzähl mir bloß nicht, dass du, perfekt, wie du bist, eifersüchtig bist.«

»Ich bin keinesfalls perfekt.«

»Ach, komm schon, aber ziemlich.«

»Nein.«

»Stört es dich, dass Marc etwas mit Sigourney hatte?«

»Na klar.«

»Das sollte es aber nicht.«

»Würde es dich nicht auch stören, wenn Jen mit jemandem zusammen gewesen wäre, mit dem du jetzt arbeiten musst?«

Leo lacht, angelt sich mit dem Cocktailpicker ein Stück Ananas aus dem Drink seines Nebenmanns und schiebt es sich in den Mund. »Mich nicht. Ich bin erleuchtet. Ich halte nichts von Eifersucht und Besitzdenken. Schau mich doch an – ich hocke nur zwei Stühle von meiner Exfreundin entfernt.« Er senkt die Stimme. »Die mir das Herz so was von gebrochen hat. Aber das habe ich dir schon erzählt, oder?«

»Ja, als wir *Die Schöne und das Biest* gespielt haben.«

»Sie hat meinen Stolz zerrissen und ist darauf herumgetrampelt. Aber solche schrecklichen Momente gibt es immer wieder im Leben.« Leo legt das Cocktailspießchen weg und nimmt einen Schluck aus seiner Bierflasche. »Die Vergangenheit ist passé. Ich lebe im Hier und Jetzt.«

»Gute Einstellung«, sage ich. »Ich wünschte, ich könnte das auch von mir behaupten. Aber es macht mich schier wahnsinnig, dass Marc mit anderen Frauen zusammen war. Vor allem mit einer, die ich von jetzt an mehrere Monate lang jeden Tag sehen muss.«

»Du bist mir gar nicht wie der eifersüchtige Typ vorgekommen«, sagt Leo. »Offenbar liebst du den Kerl wirklich.«

Ich lache. »Ich habe ihn geheiratet.«

»Aber jetzt mal ganz im Ernst, Sophia – eifersüchtig? Eine so schöne Frau wie du? Das passt doch nicht. Lass die Vergangenheit ruhen, sie hat nichts mit deiner Gegenwart zu tun.«

»Hat es dir je etwas ausgemacht, dass Sigourney vor dir mit Marc zusammen war?«

Leo lacht. »Diese Highschool-Spielchen sind nichts für mich. Du kennst mich doch. Ich bin kein Alpha-Männchen, das immer ausstrahlt: Lass bloß die Finger von meinem Mädchen. Wie gesagt, die Vergangenheit ist längst vorbei. Aber ich bin froh, dass Marc dir von Sigourney erzählt hat. Ich fand es nicht gut, dass du keine Ahnung hattest.«

»Er hat mir gesagt, dass sie für ihn nicht wichtig war.«

»Na also.«

Mein Drink wird gebracht – ein hohes Glas mit dickflüssigem dunklem Inhalt und einem schwarz-weißen Strohhalm. Auf dem Glasrand balanciert eine Schokoladenraspel.

Vor Sigourney wird ein klares, perlendes Getränk abgestellt, von dem sie einen langen Schluck nimmt.

»Wow, das sieht wirklich köstlich aus.« Ich nippe an meinem Drink.

»Ganz deiner Meinung«, sagt Leo und taucht einen Finger in mein Glas.

Lachend gebe ich ihm einen Klaps auf die Hand.

Leo nimmt mich in den Schwitzkasten und rubbelt mir über die Haare.

»Hey!« Ich löse mich aus seinem Griff. »Jetzt reicht's mit den Kleiner-Bruder-Spielchen, sonst verpetze ich dich bei Jen.«

»Jen hat mein Leben verändert.« Leo wirkt auf einmal ernst. »Ich war noch nie mit einem derart coolen Mädchen zusammen. Es ist ihr völlig egal, was in den Zeitungen steht oder wenn ich mit dir herumalbere. Sie hat nicht die geringsten Selbstzweifel.«

»Das stimmt«, pflichte ich ihm bei. »Jen hat eine dicke Haut. Und sie weiß ganz genau, was sie wert ist. Nämlich eine ganze Menge. Ich hoffe sehr, dass du nett zu ihr bist.«

»Nett zu ihr? Ich liebe sie!«

»Das solltest du auch. Sie ist etwas ganz Besonderes.«

Ich habe das Gefühl, dass Sigourney uns belauscht. Als ich sie anschaue, lächelt sie mich wieder schrecklich falsch an.

»Worüber redet ihr zwei?«, ruft sie uns zu.

»Nichts Wichtiges«, erwidere ich.

»Tatsächlich? Das glaube ich dir nicht.« Sie nimmt ihren Drink und stolziert zu uns herüber.

37

Sigourneys Augen glänzen feucht und sind rot. Sie ist wirklich zu dürr, überall stehen spitze Knochen heraus, und ihre Beine sind so dünn wie Besenstiele.

»Also«, sagt sie und stellt ihren Drink neben meinem ab. »Wir sind beide neu im Filmgeschäft.« Sie schwankt ein wenig.

Leo nimmt ihren Arm, um zu verhindern, dass sie mit einem Kellner zusammenstößt.

»Ich kann alleine stehen«, faucht sie und windet sich aus seinem Griff.

»Den Eindruck habe ich aber nicht.«

»Bevormundest du mich etwa immer noch?«

»Trinkst du etwa immer noch zu viel?«

»Ach, sei doch ein einziges Mal im Leben ehrlich und hör auf, dich so steif und konservativ aufzuführen.«

Leo lacht. »Man kann mir viele Dinge vorwerfen, aber dass ich konservativ bin …?« Er schüttelt den Kopf. »Irgendwie ist es schon traurig: Obwohl wir so lange zusammen waren, kennst du mich immer noch nicht.«

»O doch, ich kenne dich«, erwidert Sigourney grimmig. »Früher wusste ich immer ganz genau, was dir gefällt.«

»Früher vielleicht«, lenkt Leo ein. »Aber jetzt nicht mehr. Übrigens – hast du Sophia in *Die Schöne und das Biest* gesehen? Sie war einfach unglaublich.«

»Ich hasse Musicals«, erwidert Sigourney. »Aber ich bin mir sicher, dass Sophia und ich gute Freundinnen werden. Nicht wahr, Sophia?«

»Hm … bestimmt«, sage ich und fühle mich dabei gar nicht wohl in meiner Haut. Sigourney strahlt Gefahr aus. Ich glaube nicht, dass sie meine Freundin sein will. Das ist alles nur ein Riesengetue von ihr.

Sie legt mir einen langen, dünnen Finger auf die Schulter. »Nun – du und Marc, wie lange seid ihr jetzt schon verheiratet? Ein paar Monate?«

»Nur ein paar Tage.«

»Dann seid ihr also wirklich noch in der Flitterwochen-Phase«, stellt sie fest. »O Gott, als es mit Marc und mir noch so frisch war, konnten wir kaum die Finger voneinander lassen.«

»Du und Marc, ihr hattet nie eine richtige Beziehung«, brause ich auf.

Sigourney zieht eine Braue hoch. »Eins zu null für dich.« Sie wirft Leo einen Blick in der Art von »Was hat die nur für ein Problem?« zu.

»Sigourney«, knurrt Leo, »Sophia hat vor Kurzem geheiratet. Sei verdammt noch mal ein bisschen taktvoll!«

»Okay, okay.« Sie hält die Hände hoch. »Ich dachte nur, wir wären erwachsen. Aber wenn ich nicht offen sein kann …«

»Du weißt, was ich meine«, unterbricht Leo sie. »Nimm ein

bisschen Rücksicht. Sophia will sich von dir keine Bettgeschichten über dich und ihren Mann anhören.«

»Oh, verstehe«, sagt Sigourney, winkt einem Kellner und deutet auf ihren Drink. »Du, Falkirk, bist immer noch verdammt verbittert. Das mit uns ist jetzt Ewigkeiten her, Leo. Wann kommst du endlich über mich hinweg?«

Leo lacht. »Das war schon vor etlichen Jahren erledigt.«

»Nachdem du mich monatelang verfolgt hast.«

»Ich habe dich nicht verfolgt.«

»Du hast mich zehn- bis zwanzigmal am Tag angerufen: ›Wo steckst du, Baby? Ich brauche dich. Komm zu mir zurück.‹«

»Hey.« Leos Griff um die Bierflasche wird fester. »Du bist abgehauen. Ich hatte keine Ahnung, warum. Von einem Tag auf den anderen bist du von der Bildfläche verschwunden. Was hätte ich denn tun sollen?«

»Es wie ein Mann nehmen.«

»Das habe ich. Als ich herausfand, dass du mich mit diesem Franzosen betrogen hast, hätte ich ihm am liebsten die Nase gebrochen. Aber das habe ich nicht getan. Leben und leben lassen, das ist meine Devise.«

Sigourney reißt die Augen auf wie ein kleines Mädchen. »Du hättest ihm wirklich für mich die Nase gebrochen?«

»Damals schon.«

»Und jetzt?«

»Nachdem du mich betrogen und einen anderen geheiratet hast? Hm … ich glaube, dieser Zug ist abgefahren. Egal, ich bin jetzt mit der tollsten Frau zusammen, die ich je getroffen habe.« Er legt mir brüderlich einen Arm um die Schulter. »Mit einer Freundin von Sophia.«

»O mein Gott! Wirklich?« Sigourney nimmt dem Kellner ihren Drink ab. »Unter euch geht es ja richtig inzestuös zu.«

»Wir leben gemeinsam, und es läuft wie geschmiert«, erklärt Leo. »Wir passen hervorragend zusammen.«

»Bislang«, wirft Sigourney abschätzig ein. »Am Anfang ist das doch in allen Beziehungen so.«

Leo zuckt die Schultern. »Diese wird von Dauer sein. Na ja, sehr wahrscheinlich, sollte ich wohl sagen. Man weiß nie, was die Zukunft bringt.«

»Sehr wahrscheinlich?« Sigourneys Augen werden schmal. »Wie romantisch. Von sehr wahrscheinlich hast du mir nie etwas erzählt. Bei uns hieß es immer nur: wir zwei für immer und ewig.«

»Ich habe keine Ahnung, was das Leben für mich vorgesehen hat«, erwidert Leo. »Das habe ich von dir gelernt. Ich habe nie und nimmer gedacht, dass du tun würdest, was du getan hast. Manchmal nimmt das Leben die sonderbarsten Wendungen. Aber es hat sich ja alles zum Guten gewendet.«

Sigourney starrt mich an. »Noch nicht. Zumindest noch nicht für mich.« Sie stolziert zu Baz, lässt sich auf seinem Schoß nieder, wirft die Haare zurück und lacht.

Zu meiner Verwunderung scheint Baz sich zu freuen. Er legt den Arm um Sigourney, und sie lehnt sich an ihn und kichert wie ein kleines Mädchen.

Ich bemerke, dass auch Leo die beiden beobachtet.

»Hey!«, sage ich. »Jen neigt nicht zur Eifersucht, aber du solltest ihr auch keinen Grund dafür geben.«

Leo reißt sich von dem Anblick los. »Einen Grund? Sie hat keinen Grund.«

»Das kam ein bisschen zu schnell.«

»Sigourney ist mir vollkommen gleichgültig.« Trotzdem wandert sein Blick immer wieder zurück zu seiner Exfreundin, die Baz jetzt die Brust streichelt und ihm tief in die Augen sieht.

»Bist du dir sicher, Leo?«

Er verzieht das Gesicht, aber ich bekomme keine Antwort.

Wir sehen zu, wie Baz Sigourney etwas ins Ohr flüstert, sie von seinem Schoß schubst, ihr einen Klaps auf den Hintern gibt und mit wiegendem Gang auf Leo zukommt. Er trägt abgewetzte Jeans und einen grauen Hoody. Mit seinem vernarbten Stoppelgesicht wirkt er wirklich wie ein Gangster. »Guten Abend zusammen.« Er lässt sich neben Leo nieder.

Sigourney wirft immer wieder einen Blick in unsere Richtung, während sie so tut, als würde sie ein lustiges Gespräch mit einem Kameramann führen. Sie wirkt nicht sehr glücklich, der Kameramann hingegen so, als schwebte er im siebten Himmel.

»Ziemlich vornehmer Laden, oder?«, sagt Baz. »Anständigen Alk kann ich jeden Tag trinken, aber diese tuntigen Gläser gehen mir echt auf die Eier.«

»Was ist, Kumpel?«, fragt Leo. »Du hast dich mit Sigourney unterhalten. Will sie wieder Ärger machen?«

»Sigourney.« Baz beugt sich zu Leo vor. »Ihr wart mal zusammen, oder?«

»Stimmt, aber das ist lange her.«

»Wie lange?«

»Jahre.«

»Sie behauptet, dass du sie immer noch sehr gernhast.«

Leo lacht. »Ich lebe mit Sophias Freundin Jen zusammen. Man kann also mit Fug und Recht behaupten, dass ich mich weiterentwickelt habe.«

»Sigourney ist ein bildschönes Mädchen«, sagt Baz und setzt sich seitlich auf einen Sessel. »Ich könnte es gut verstehen, wenn du immer noch Augen für sie hast.«

»Sie wird sich nie ändern.« Leo schüttelt den Kopf. »Ständig ist sie auf Ärger aus.«

»Was ist nun – magst du sie noch?«

»Ich lebe mit der tollsten Frau zusammen, die ich je getroffen habe, Baz. Sigourney hat mich betrogen und mir das Herz gebrochen, und zwar vor fast zehn Jahren. Das interessiert heute keinen mehr. Was hat sie dir denn erzählt?«

»Nur das, was ich dir schon gesagt habe – dass du sie immer noch sehr gernhast.« Baz kratzt sich am Hinterkopf. »Ich wollte nur auf Nummer sicher gehen. Schließlich scheißt man nicht in den Garten seines Kumpels.«

»Es gibt bei mir keinen solchen Garten. Wenn du mit Sigourney anbändeln willst, nur zu, Baz. Meinen Segen hast du. Aber ich warne dich: Wenn sie in den letzten Jahren nicht von Grund auf ein anderer Mensch geworden ist, dann würde ich sehr vorsichtig sein. Sie steht ständig unter Strom.«

Baz grinst. »Das habe ich gehofft.«

Sigourney beäugt uns immer noch ab und zu. Ihre Miene hat sich allerdings verändert. Nachdem sie erst verärgert wirkte, sieht sie jetzt so traurig aus wie ein junger Hund.

Baz klopft Leo auf den Rücken. »Es macht dir also nichts aus, wenn ich …?«

»Überhaupt nichts.«

»Na, dann mal los.« Baz schlendert zu Sigourney zurück und zieht sie wieder auf seinen Schoß.

Sigourney scheint glücklich über seine Aufmerksamkeit zu sein, wirft jedoch immer wieder bekümmerte Blicke Richtung Leo.

Ich ertappe ihn dabei, wie er sie beobachtet. »Bist du dir wirklich sicher, dass ihr euch nichts mehr zu sagen habt?«, frage ich.

»Wie bitte?« Leo reißt sich von Sigourneys Anblick los. »Sie und ich? Nein, Himmel, nein. Es ist nur …« Er schüttelt den Kopf. »Obwohl es so lange her ist, kann sie mich noch verrückt machen. Nach all den Jahren.«

»Leo? Gibt es etwas, worüber du mit mir reden willst?«

Er leert den Rest seiner Bierflasche in einem Zug, dann knallt er sie auf den Tisch. »Nein. Absolut nichts. Zumindest nichts, was mit Sigourney zu tun hat. Ich mach mich dann mal auf den Weg. Bis morgen.«

»Äh – okay. Grüße Jen von mir.«

»Werde ich tun«, erwidert Leo unkonzentriert und schlüpft in seine Jeansjacke. »Bis morgen!«, ruft er in die Runde und winkt, während er sich einen Weg zur Tür bahnt.

Ruby saß neben Leo und wechselt jetzt auf dessen frei gewordenen Stuhl. »Dein Drink sieht köstlich aus. Was ist da drin?«

»So genau weiß ich es nicht.« Ich nehme einen Schluck. »Schokoladeneis vielleicht?«

»Kein Alk?«

»Nicht für mich.«

Ruby hebt ihr Wasserglas hoch und stößt mit mir an. »Schön, dass noch jemand so vernünftig ist. Ich weiß nicht, wie es all diese Leute schaffen, Alkohol zu trinken und am nächsten Tag zu filmen und zu funktionieren. Alkohol ruiniert die Haut.«

»Dafür gibt es Make-up«, erwidere ich.

Ruby lacht. »Ist mit Leo alles in Ordnung? Er ist so plötzlich verschwunden.«

»Ich weiß es nicht«, gebe ich zu. »Er kam mir etwas durcheinander vor, vielleicht wegen Sigourney.«

»Damals haben die beiden fette Schlagzeilen gemacht«, sagt Ruby. »Ich liebe Klatschzeitschriften, und Sigourney Seymour und Leo Falkirk waren eine Zeit lang überall. Das Hollywood-Traumpaar – der scharfe Surfer-Schauspieler und das schöne Supermodel. Stimmt was nicht?«

»Nein, nein, alles in Ordnung.« Ich ringe mir ein Lächeln ab. »Ich habe nur gerade an etwas anderes gedacht.«

»An deinen tollen Ehemann?«

»In gewisser Hinsicht schon.«

Ruby runzelt die Stirn. »Aber nicht in einer guten Hinsicht? Schätzchen, geht es dir wirklich gut?«

»Keine Sorge. Ich habe nur – es hat etwas mit dem zu tun, was du gerade über Klatschblätter gesagt hast.«

»Und zwar?«

»Wusstest du, dass zwischen Marc und Sigourney … äh … auch etwas gelaufen ist?«

»Wirklich?« Ruby reißt die Augen auf. »Nein, ich hatte keine Ahnung. Wow! Und dir macht es nichts aus, dass sie jetzt neben dir spielt? Ich meine – Marc und du, ihr zwei habt doch gerade erst geheiratet, oder?«

Ich nicke. »Und ich darf nicht eifersüchtig sein. Ich habe mich schon zu oft wegen Marcs Eifersucht aufgeregt.«

»Jaja, der emotionale Marc Blackwell. Ich dachte mir schon, dass er zu den Männern gehört, die ihre Frauen gern von anderen Typen fernhalten.«

»Und du hattest keine Ahnung, dass zwischen Marc und Sigourney vor ein paar Jahren etwas gelaufen ist?«

»Nein, wirklich nicht. Warum fragst du?«

»Weil du vorhin das mit den Klatschzeitschriften erwähnt hast.«

»Du wunderst dich, warum von den beiden nicht berichtet wurde?«

Ich nicke. »Schließlich sind sie ziemlich berühmt.«

»Vielleicht ist zwischen ihnen nicht wirklich viel gewesen.«

»Das hat Marc auch gesagt, aber …«

»Oder vielleicht war Sigourney noch nicht so bekannt, als sie mit Marc zusammen war.«

»Das glaube ich nicht.«

»Weißt du was?« Ruby rührt mit einem bunten Strohhalm in

ihrem Wasser. »Über solche Sachen kann man auch zu viel nachdenken. Du weißt schon – über Exfreundinnen und so. Wahrscheinlich ist es am besten, diese Dinge zu vergessen und die Vergangenheit ruhen zu lassen.«

Ich lache. »So etwas in der Art hat Leo auch gemeint. Wie spät ist es eigentlich?«

»Fünf nach zehn. Warum?«

»Ich habe Marc versprochen, dass er mich um zehn Uhr draußen abholen kann.«

»Was sind schon fünf Minuten? Männer lieben es, wenn man sie warten lässt.«

»Das mag schon sein, aber wahrscheinlicher ist es, dass Marc auf und ab läuft und befürchtet, dass ich entführt worden bin.«

38

Wie ich es vorhergesagt habe, tigert Marc tatsächlich auf dem Bürgersteig hin und her, die Hände in die Taschen gesteckt. Als er mich sieht, runzelt er die Stirn. »In zehn Sekunden wäre ich reingegangen, um nach dir zu suchen.«

»Ich weiß, und dafür liebe ich dich auch. Fahren Sie mich heim, Mr Blackwell.«

»Ich habe dich vermisst.« Marc zieht mich an sich und legt mir seinen Wollmantel um die Schultern. »Deine Kutsche wartet schon.«

»Weißt du was?«, frage ich, als Marc mich ins Schlafzimmer trägt. »Ich bin überhaupt nicht mehr müde.«

»Das mag dir so vorkommen, aber du brauchst trotzdem deine Ruhe.«

»Kannst du mir nicht die Überraschung zeigen? Die im Gästeschlafzimmer?«

»Nicht jetzt.«

»Wann dann?«

»Ist da etwa jemand ungeduldig?«

»Vielleicht könntest du mir wenigstens erklären, wie sie funktioniert.«

»Es macht Ihnen wirklich Spaß, meinen Blutdruck in die Höhe zu treiben, oder, Mrs Blackwell? Wenn ich dir zeige, wie das Ding funktioniert, dann werde ich mich höchstwahrscheinlich nicht davon abhalten können, dich zu ficken. Aber du brauchst deine Ruhe, das habe ich dir doch schon gesagt.«

»Ich bin wirklich überhaupt nicht müde.«

»Keine Widerrede. Du legst dich jetzt sofort ins Bett. Morgen musst du um sechs Uhr aufstehen.«

»Sechs ist nicht besonders früh.«

»Schluss jetzt, Sophia. Und ab ins Bett.«

Marc setzt mich sanft auf dem Bett ab, hilft mir aus meinem Kleid und zieht mir behutsam die Schuhe aus.

Als ich bis auf die Unterwäsche entkleidet bin, deckt er mich zu, und ich höre, wie er sich auszieht. Dann schlüpft er neben mir ins Bett und legt einen starken Arm auf meinen Brustkorb.

Ich schiebe ihn weg und setze mich auf.

»Was machst du?«, fragt er.

»Ich muss noch aufs Klo.« Ich gehe zur Schlafzimmertür.

»Nimm doch unser Bad nebenan«, schlägt er vor.

»Du sollst mir nicht zuhören«, entgegne ich.

»Das sagst du heute zum ersten Mal«, stellt Marc fest.

»Wir haben doch gerade erst geheiratet«, erwidere ich. »Jetzt ist vieles das erste Mal.«

Ich eile über den Flur zum Gästeschlafzimmer, wobei ich immer wieder einen Blick zurückwerfe, um zu sehen, ob Marc mir folgt.

Er tut es nicht.

Es ist bestimmt nicht so schlimm, wenn ich meine Überraschung ein bisschen genauer begutachte, finde ich. Ich schleiche mich ins Gästeschlafzimmer. Meine Augen müssen sich erst an das Zwielicht gewöhnen.

Die Laken auf dem Wasserbett sind noch immer zerwühlt. Wahrscheinlich hat Marc Rodney gesagt, dass er sich einige Tage von diesem Raum fernhalten soll. Ich bin erleichtert, denn ich möchte nicht, dass Rodney etwas von Marcs Überraschung mitbekommt.

Ich atme tief aus, schalte das Licht an und starre auf das Ding in der Ecke. Es ist eine Art Hängematte, die in einen Metallrahmen gespannt ist, überall sind Ledergurte und Ketten angebracht.

Fasziniert schleiche ich näher.

Vermutlich eine Sexschaukel. Davon habe ich schon mal etwas gehört. Jen hat von so etwas erzählt. Ich habe keine Ahnung, wie sie funktioniert, aber wahrscheinlich wird man auf ihr festgeschnallt.

Ich muss zugeben, dass mir bei dem Gedanken warm wird. Bevor ich Marc traf, hielt ich mich immer für ziemlich normal. Aber er führt mich zu Orten, an die ich mich allein nie wagen würde, und dafür liebe ich ihn.

Ich berühre die Ledergurte, befestige einen davon testweise um mein Handgelenk und setze mich in die kleine Hängematte, die ebenfalls aus Ledergurten besteht. Probeweise schaukle ich ein bisschen vor und zurück, und plötzlich schnellen meine Beine hoch. »Huch!«, kreische ich leise vor Überraschung.

»Sophia?«, erklingt Marcs tiefe Stimme vom Gang her.

»Schon gut«, sage ich schnell. »Alles in Ordnung.«

Ich höre seine Schritte.

»Wirklich, es geht mir gut!« Ich hüpfe aus dem Sitz und versuche, den Gurt zu lösen. »Ich bin gleich wieder da.«

Aber bevor ich mich befreien kann, taucht Marcs muskulöser Körper im Türrahmen auf. »Wir haben uns doch über die Büchse der Pandora unterhalten«, sagt Marc mit einem teuflischen Lächeln.

Schuldbewusst starre ich auf den Gurt um mein Handgelenk. »Ich wollte mir nur die Überraschung ansehen«, erkläre ich und fühle mich wie ein Kind, das mit der Hand in der Keksdose ertappt worden ist.

»Tatsächlich?« Marc tritt zu mir. »Ich habe den Eindruck, dass du sie dir nicht nur angeschaut hast. Ich habe dir vorhin etwas gesagt, weißt du noch? Im Auto?«

»Dass ich müde bin?«

»Dass ich es nicht schaffen würde, mich zurückzuhalten.«

»Das sollst du auch gar nicht. Vielleicht erinnerst du dich ja wiederum daran, dass ich gesagt habe, dass ich nicht müde bin.«

Marc bringt mich zum Schweigen, indem er mich gierig küsst. Er tastet nach dem Ledergurt um mein Handgelenk und zieht daran, um zu überprüfen, wie eng er sitzt. »Nicht schlecht«, bemerkt er. »Aber ich glaube, er sollte noch ein bisschen fester sein.« Er zerrt daran, nimmt dann mein anderes Handgelenk und fesselt es mit einem weiteren Gurt, den er ebenfalls sehr eng schnallt.

Mein Arm wird nach hinten gezogen. »Oh!«, sage ich.

Er entledigt mich meines Slips und hebt mich in den Ledersitz, bevor er auch meine Fußgelenke fixiert. Er tritt zurück, und seine Brust hebt und senkt sich.

Ich starre ihn an. »Hast du dir mich nach unserer Hochzeit so vorgestellt? Gefesselt?«

»Genau so.« Marc tritt wieder an die Schaukel und überprüft die Gurte. Er zieht eine Braue hoch und schenkt mir ein unwiderstehliches Lächeln. »Gefesselt und auf deinen Mann wartend. Aber wenn es dir nicht gefällt, musst du es mir bloß sagen, dann befreie ich dich wieder.«

Ich muss zugeben, dass ich das Leder an den Hand- und Fußgelenken mag. Es fühlt sich unglaublich gut an, gefesselt, hilflos und verletzlich zu sein, während Marc um mich herumschleicht.

Mein Atem geht schneller, als ich seinen riesigen Ständer bemerke. »Was willst du mit mir anstellen?«, quietsche ich erregt.

»Das habe ich noch nicht beschlossen.«

Er legt seine Hände auf meine Oberschenkel und sieht mir prüfend in die Augen. Seine Hände wandern langsam zu meinen Brüsten hinauf. Mein Körper beginnt zu schaukeln. Die Ketten quietschen, und ich stöhne leise auf.

Marc presst den Mund auf meinen Bauch. Seine Lippen wandern nach unten, bis sie zwischen meinen Beinen landen.

Ich will seine Haare packen, seinen Rücken, kann aber nicht, weil ich gefesselt bin.

Seine Zunge dringt in mich ein, wieder heraus, schnellt auf und ab.

Ich grabe die Nägel in meine Handflächen. »Ohhhh«, stöhne ich.

Die Schaukel beginnt, hin und her zu schwingen. Marc hält mich an den Hüften fest, damit ich mich nicht mehr bewegen kann. Er presst seinen Mund auf mich, lässt seine Zunge kreisen und reizt mich, bis ich vor Lust unablässig stöhne.

Plötzlich zieht er sich zurück. »Warte«, sagt er schwer atmend. »Ich muss noch etwas holen.«

»Marc«, flüstere ich. »Bitte hör nicht auf!« Ich winde mich und zerre an den Gurten. Wenn ich mich doch wenigstens selbst berühren könnte! Aber ich bin noch immer gefesselt.

Marc marschiert in seiner ganzen Schönheit hinaus. Sein Körper ist so muskulös und straff. Ich liebe die Art, wie seine Muskeln sich bewegen, wenn er geht.

Kurz darauf kehrt er mit einem langen schwarzen Gegenstand in der Hand zurück.

»Was ist das?« Ich beuge mich vor, um das Ding besser zu sehen.

»Du wolltest doch wissen, wie die Schaukel funktioniert. Damit kann ich es dir am besten zeigen.« Er stellt sich zwischen meine Beine und legt mir einen schwarzen Dildo auf die Schenkel.

»Oh!«, stöhne ich leise, als er ihn zwischen meine Beine schiebt.

Marc gibt der Schaukel einen kleinen Schubs, und der Dildo gleitet in mich hinein und wieder heraus.

»Oh. Ohhhh«, stöhne ich.

Marc beobachtet mich, legt mir eine Hand zwischen die Brüste. Sein Atem geht rasch und flach, seine Augen sind dunkel, stürmisch, seine Lippen zu einem kleinen Lächeln verzogen.

Ich schaukle vor und zurück, vor und zurück. Mein Kopf sinkt nach hinten, ich schließe die Augen.

Plötzlich packt Marc die Kette der Schaukel, bringt sie zum Stillstand und spielt mit dem Dildo an meinem Hintern herum. Bevor ich protestieren kann, hat er ihn mir hineingeschoben.

Ich reiße die Augen auf und schreie auf. »Oh!«

Die Schaukel bewegt sich hin und her, genauso wie der Dildo.

»Oh! O Gott, Marc! Bitte …«

»Zu viel?«

Ich nicke, meine Augen sind feucht.

Marc zieht den Dildo aus mir heraus und lässt ihn fallen. Er dreht einen Griff an der Seite der Schaukel, und plötzlich werde ich aufgerichtet und stehe ihm direkt gegenüber. Unsere Oberkörper sind aneinandergepresst. Marc gleitet in mich.

»O Gott!«

Marc schiebt sein Becken nach vorn. Die Schaukel beginnt wieder, sich zu bewegen.

»Oh! Oh!«

Unendlich viele Eindrücke stürmen auf mich ein – die Schaukel, die meinen gewichtslosen Körper vor und zurück schwingt, das Gefühl meiner gefesselten Hand- und Fußgelenke und natürlich Marc, der, während er mich völlig ausfüllt, mit den Lippen meinen Hals liebkost.

Ich versinke in einer Welt der Lust, ich schreie und stöhne, bis ich in einem übermächtigen Orgasmus untergehe. Ich spüre noch, wie Marc kommt und er sich dicht an mich drängt.

Als die Wogen der Lust verebben, öffne ich die Augen. Marc beobachtet mich und hat sich meine Haare um die Finger gewickelt.

»Bist du jetzt müde?«, fragt er.

»Ein bisschen«, sage ich schläfrig.

»Dann lassen Sie sich von mir ins Bett tragen, Mrs Blackwell.« Marc lächelt rätselhaft. »Aber dafür muss ich erst Ihre Fesseln lösen.«

39

Am nächsten Tag muss ich immer wieder an Marc und die Schaukel denken. Leo und ich gehen in dem großen Zelt unseren Text für die nächste Szene durch, aber ich verhaspel mich immer wieder.

»Tut mir leid, Leo.« Ich schüttle den Kopf. »Aber ich werde das schon hinkriegen. Versprochen.«

»Du und Mr Blackwell – ihr zwei kommt wohl gar nicht mehr aus dem Bett.« Leo schenkt mir ein schelmisches Kleiner-Bruder-Lächeln.

»Wie meinst du das?«

»Du glühst, als hättest du die ganze Nacht Sex gehabt.«

Ich erröte. »Tue ich nicht.«

»O doch, und damit kenne ich mich aus. Dank deiner wunderschönen Freundin geht es mir in letzter Zeit häufig genauso. Mit ihr zusammenzuleben ist … Besser geht es einfach nicht. Sie ist so toll. Und wenn du sie nackt sehen würdest …«

»Ich habe sie schon mal nackt gesehen. Aber solche Sachen will ich wirklich nicht wissen, Leo.«

»Was ist denn schon dabei? Es geht doch nur um Sex. Wir alle tun es.«

»Die meisten Leute finden, dass Sex etwas Privates ist.«

»Ich bin nicht die meisten Leute, und außerdem sind wir gute Freunde. Also, sag schon, wie ist Mr Blackwell im Schlafzimmer? Böse und launisch? Liebevoll und sanft? Ich vermute, dass er ein ziemliches Stehvermögen hat. Der Bursche ist immens fit. Ich wette, er kann …«

»Leo!«

»Schon gut, schon gut. Wir haben die Stelle hier schon oft genug geprobt. Du hast sie gestern beherrscht und wirst es auch heute schaffen. Wenn wir oben auf dem Tower stehen, wirst du nicht mehr an deinen Liebsten denken. Was hältst du davon, wenn wir jetzt den anderen bei ihren Szenen zusehen?«

»Superidee!«

In den nächsten Stunden beobachten wir Ruby, Baz und Sigourney bei der Arbeit.

Da Ruby eine Fee spielt, schwebt sie in den meisten Szenen an Seilen befestigt durch die Luft.

Baz muss mehr Körpereinsatz an den Tag legen, und ich bin wirklich beeindruckt von seiner Leistung. Wenn ich ihm zwischen den Takes zuhöre, wie er herumwitzelt, vergesse ich manchmal, dass er ein großartiger Schauspieler ist. Aber das ist er. Und er hat auch eine Wahnsinnskraft. Als ein Statist nicht mehr aus dem Sattel kommt, weil seine Rüstung so schwer ist, hebt ihn Baz einfach mit einer Hand vom Pferd.

Wir beenden den Tag mit Curry, Papadams, Naan-Brot und Bier auf den Stufen des Tower of London.

Ich trinke kein Bier, im Gegensatz zu Leo und Baz. Jeder leert während des Essens fünf Flaschen.

»Wenn ihr so weitermacht, Jungs, seid ihr morgen bestimmt nicht fit genug, um zu arbeiten«, bemerkt Nadia.

»Quatsch«, erwidert Baz. »Meistens trinke ich mindestens fünf Pints am Abend, und dann bin ich immer noch in besserer Form als ihr alle zusammen.«

Marc holt mich wieder ab und fährt mich ins Stadthaus.

Sofort zieht es mich zurück zur Sexschaukel, und Marc ist Feuer und Flamme. »Ist es falsch, dass es mich erregt, wenn ich dich fessle?«, will er wissen.

»Nicht solange es mir Spaß macht.«

Wir haben Sex in allen möglichen Stellungen – ich in Rückenlage, auf dem Bauch, auf der Seite. Marc macht mit mir, was ihm gerade in den Sinn kommt.

Als es mir reicht, trägt er mich ins Schlafzimmer und legt mich sanft ins Bett. Dann schlüpft er neben mich und streichelt mir über die Haare, bis mir die Augen zufallen.

40

Bald ist es für mich zur Normalität geworden, einen Film zu drehen, und ich gewöhne mich an den Rhythmus: sechs Uhr am Set, zum Frühstück Porridge und Beeren, gefolgt von einer heißen

Schokolade, dann ab in die Garderobe zum Ankleiden, Frisieren und Schminken. Und dann gehen die Dreharbeiten auch schon los, wobei man zwischendurch viel herumsitzt.

Viele meiner Szenen erfordern meinen vollen körperlichen Einsatz. Ich liebe es, so zu tun, als würde ich zu Tode erschrocken vor Ungeheuern davonlaufen, die später per Computer ergänzt werden.

Normalerweise isst die ganze Crew gemeinsam zu Abend. Es ist eine nette Runde. Bald fühlt es sich an wie eine Art Familie.

Nur mit Sigourney ist es nach wie vor schwierig. Ständig beklagt sie sich über das Essen, ihr Make-up und die Art und Weise, wie ihre Szenen aufgenommen werden. Trotzdem muss ich zugeben, dass sie ihren Job gar nicht mal schlecht macht. Vermutlich ähneln sich die Berufe Schauspieler und Model tatsächlich. In ihren körperlich anstrengenden Szenen gibt Sigourney alles, auch wenn sie dafür mit einigen Blutergüssen bezahlt. Ich lerne eine neue Seite an ihr kennen, eine entschlossene, konzentrierte Seite, die sie zeigt, bis sie ihre Arbeit ordentlich erledigt hat.

Nadia hat sie wohl wegen ihrer Unpünktlichkeit ins Gebet genommen, denn mittlerweile ist sie meistens pünktlich, zehn Minuten hin oder her, obwohl sie morgens oft ziemlich verkatert und immer mit einer großen dunklen Sonnenbrille aufkreuzt.

Ruby ist ziemlich lustig und sehr pragmatisch. Sie nimmt sich nicht allzu ernst, ist aber gleichzeitig sehr professionell und versteht immer sofort, was Nadia von ihr will.

Bei mir dauert das ein paar Szenen, aber dann habe ich es auch begriffen.

Die Zeit vergeht so rasch, dass mein nächster Arzttermin fast unbemerkt näher rückt. Aber plötzlich ist er da, und ich wache besorgt auf.

Marc liegt neben mir im Bett, seine Augen sind offen.

»Schläfst du überhaupt?«, frage ich. »Oder verbringst du die ganze Nacht auf einen Ellbogen gestützt und wartest darauf, dass ich aufwache?«

»Ich schlafe.«

»Bist du aufgeregt wegen heute?«

»Nein.«

»Warum nicht?«

»Weil es so oder so gut ausgehen wird. Wenn du nicht schwanger bist, muss ich mir keine Sorgen mehr wegen deinem straffen Zeitplan machen. Und wenn du schwanger bist … na ja, dann wirst du wohl sehr glücklich sein.«

»Und was ist mit dir?«

»Wir gehen jetzt erst mal zur Ärztin. Lassen wir Frau Doktor nicht auf uns warten.«

Als wir das Wartezimmer betreten, klammere ich mich so fest an Marcs Hand, dass meine Fingerknöchel weiß werden.

»Kein Grund zur Sorge«, flüstert Marc. »Alles wird gut.«

»Aber das ist wahnsinnig wichtig. Was ist, wenn ich schwanger bin? Unser Leben wird sich total verändern.«

Marc legt mir beruhigend den Arm um die Schulter. »Vielleicht bist du es ja nicht. Mach dir keine Sorgen, ich werde mich immer um dich kümmern.«

»Mir ist ein bisschen schlecht«, gebe ich zu, als wir uns auf das dick gepolsterte Ledersofa setzen.

»Musst du auf die Toilette?«

Ich schüttle den Kopf. »Nein, mir ist nicht übel, es ist nur die Aufregung. Ist dir nie schlecht, wenn du nervös bist?«

»Ich werde nie nervös, nur wütend.«

»Wirklich? Du bist nie nervös?«

»Nein. Ich habe zwar Angst bei dem Gedanken, dass dir etwas zustoßen könnte, aber bin ich dann nervös? Nein, das nicht.«

Ich nicke schwach und starre auf die Tür zum Sprechzimmer.

»Sophia«, sagt Marc. »Du bist eine völlig gesunde, attraktive junge Frau, die vielleicht bald ein Baby bekommt, vielleicht auch nicht. Sobald wir Gewissheit haben, wird es dir wieder gut gehen. So oder so.«

Plötzlich kommt mir ein Gedanke, bei dem sich mir der Magen umdreht. »Marc, das auf der Schaukel … Glaubst du nicht, wenn ich schwanger bin …?«

»Meinst du etwa, das hätte ich nicht überprüft? Sex ist für Schwangere völlig in Ordnung. Alle Arten von Sex.«

»Woher willst du das wissen?«

»Glaub mir einfach, dass ich es recherchiert habe.«

Die Sprechzimmertür geht auf, und wieder verkrampft sich mein Magen.

»Alles wird gut«, flüstert Marc. »Dir kann nichts passieren.«

Frau Dr. Christian begrüßt uns herzlich. Sie trägt einen rosafarbenen Hosenanzug von Chanel, der ausgezeichnet zu ihren grünen Augen und ihren weißen Haaren passt.

Wir setzen uns, und ich drehe eine Locke um einen Finger.

»Wie ist es Ihnen ergangen, Sophia?«, fragt mich die Ärztin. »Waren Sie oft müde? Hatten Sie mit Übelkeit zu kämpfen?«

»Momentan ist mir ein bisschen schlecht, aber das sind nur die Nerven«, gebe ich zu. »Abgesehen davon geht es mir sehr gut.« Ich werfe einen Blick auf Marc. »Und ich bin meistens überhaupt nicht müde.«

Dr. Christian lächelt. »Ich habe gehört, dass Sie gerade einen Film drehen. Nadia Malbeck ist die Regisseurin, richtig? Dann müssen Sie bestimmt schwer arbeiten.«

»Es ist gar nicht so schlimm«, erwidere ich. »Das meiste wird später per Computerbearbeitung eingefügt. Ich reagiere häufig nur auf irgendetwas. Und Marc hat dafür gesorgt, dass meine Stunts übernommen werden.«

»Das freut mich«, sagt Dr. Christian. »Sie wollen kein Risiko eingehen, falls …«

»Glauben Sie, dass ich schwanger bin?«, platze ich heraus. In meiner Stimme schwingt Verzweiflung mit.

»Das werden wir gleich wissen.« Sie zieht einen Schwangerschaftstest aus der Schublade. »Sie wissen ja mittlerweile, wie es geht. Bis gleich.«

41

Ich bin so aufgeregt, dass ich kaum pinkeln kann. Aber irgendwie schaffe ich es schließlich doch und kehre mit dem Teststreifen zu Frau Dr. Christian zurück.

»Sie sind wirklich ziemlich nervös«, bemerkt die Ärztin mitfühlend, als sie sieht, wie meine Hände zittern.

»Ich habe Angst.«

»Gibt es einen bestimmten Grund dafür?«

»Vermutlich wäre ich schwer enttäuscht, wenn ich nicht schwanger wäre.«

»Sie können es ja noch etwas länger versuchen«, sagt Dr. Christian augenzwinkernd. »Sie sind jung und gesund. Es gibt keinen Grund zur Eile, Sophia. Wenn es passieren soll, passiert es. Außerdem wäre es vielleicht gar nicht so schlecht, damit noch ein bisschen zu warten, wenn Sie gerade einen Film drehen. Nehmen Sie Platz.«

Ich setze mich. »Das weiß ich. Marc ist derselben Meinung.«

»Babys machen eine Menge Arbeit. Wenn so ein kleines Wesen auf die Welt kommt, denken viele Leute plötzlich, sie hätten vielleicht doch lieber noch ein paar Jahre warten sollen. So großartig Kinder auch sind, sie verändern das Leben ihrer Eltern von Grund auf.«

»Ich habe einen kleinen Bruder, von daher weiß ich, wie viel Zeit ein Kind in Anspruch nimmt. Aber … ich möchte zu gern Marcs Baby in den Armen halten.«

Ich spüre, wie Marc meine Hand drückt, und erwidere den Druck.

Dr. Christian lächelt. »Na schön. Dann will ich Sie nicht länger auf die Folter spannen. Sehen wir uns den Test mal an.« Dr. Christian hält den Teststreifen hoch.

Ich umklammere Marcs Hand so fest, dass ich ihm eigentlich das Blut abschnüren müsste.

»Nun, laut dem Test …«

»Frau Dr. Christian«, unterbricht Marc sie, »hätten Sie etwas dagegen, wenn wir den Test mitnehmen und ihn uns alleine ansehen würden? Sophia wird sehr aufgewühlt sein, egal wie das Ergebnis lautet. Es wäre mir lieber, wenn wir dabei alleine wären.«

»Das kann ich gut verstehen«, erwidert Dr. Christian. »Warum nicht. Schauen Sie sich das Ergebnis ruhig unter vier Augen an.«

»Aber, Marc«, sage ich ein wenig verständnislos, »wollen wir das nicht jetzt gleich wissen?«

»Wir haben Wochen darauf gewartet, dann können wir auch noch ein bisschen länger warten.«

»Wie lange?«

»Nicht lange. Ich weiß, dass du es kaum erwarten kannst, Gewissheit zu haben, aber … vertrau mir einfach.«

Am liebsten hätte ich Dr. Christian den Teststreifen entrissen. Aber ich vertraue Marc tatsächlich und nehme deshalb mit seiner Hand vorlieb.

»Dann stecke ich den Test wieder in seine Verpackung.« Dr. Christian überreicht Marc eine kleine weiße Schachtel. »Die Beschreibung ist auch dabei.«

Ich starre auf die Box. In ihr liegt unsere Zukunft auf einem kleinen weißen Plastikstreifen.

»Vielen Dank, Frau Dr. Christian«, sagt Marc und steht auf. »Wenn es gute Nachrichten sind, wird Rodney Sophias Kontrolltermine mit Ihnen vereinbaren.«

»Schön«, erwidert Dr. Christian und verabschiedet uns.

42

Marc führt mich nach draußen.

»Warum sollten wir das Testergebnis nicht von der Ärztin erfahren? Hast du geglaubt, ich würde in Tränen ausbrechen?«

»Ich dachte, dass das nur uns beide etwas angeht. Wenn du glücklich bist, möchte ich das gemeinsam mit dir feiern. Wenn du traurig bist, möchte ich dich alleine trösten.«

»Danke.«

Sobald wir im offenen Auto sitzen, brausen wir Richtung Oxford Street.

»Fahren wir nicht ins Stadthaus zurück?«, frage ich.

»Nein.«

»Wohin dann?«

»Woandershin.«

Der Wind bläst mir die Haare ins Gesicht. »Marc, das gefällt mir nicht«, sage ich ernst. »Ich möchte wissen, wohin wir fahren. Und wann ich den Test sehen kann.«

»Bald«, erwidert Marc und nimmt mehrere Kurven in hohem Tempo.

»Das ist kein Spiel, sondern etwas sehr Ernstes. Glaubst du etwa, es ist witzig, mir die vielleicht wichtigste Nachricht meines Lebens vorzuenthalten?«

»Unseres Lebens. Und nein, es ist nicht witzig.«

»Das finde ich auch.«

Der Wagen röhrt durch einen langen Tunnel. Plötzlich geht ein elektrisches Tor auf, und ich weiß, wo wir sind.

»Über uns ist das Ivy College, stimmt's?«, frage ich, als Marc in eine dunkle Tiefgarage fährt.

»Ganz recht.«

»Was tun wir hier?«

»Das wirst du gleich sehen.«

Kurze Zeit später gelangen wir durch das Theater nach draußen in die wunderschöne Parkanlage des Ivy College.

»Marc, sag mir bitte endlich, was du vorhast.«

»Gleich.« Er führt mich über den Rasen in Richtung Wald.

Als wir den Waldpfad erreichen, bleibe ich stehen. »Was soll das Ganze?«, frage ich.

»Es ist nicht mehr weit.«

Er geht mit mir zu einer Lichtung. »Da sind wir«, erklärt er.

Ich atme langsam aus. »Hier – hier haben wir geheiratet!«

»Richtig erkannt.«

»Und was tun wir hier?«

»Ich dachte, das wäre ein guter Ort, um den Test anzusehen.« Marc zieht die weiße Schachtel aus der Tasche. »Weil es ein besonderer für uns beide ist. Ich dachte, solltest du wirklich schwanger sein, würdest du das gerne an einem besonderen Ort erfahren.«

»Und wenn nicht?«

»Dann wirst du vielleicht nicht ganz so traurig sein. Weil du Bäume liebst und sie dich glücklich machen.«

Unwillkürlich muss ich lächeln. »Manchmal kennst du mich besser als ich mich selbst.«

»Stimmt.« Er reicht mir die Schachtel.

Ich ziehe den kleinen weißen Test heraus und suche nach einer Aufschrift, die besagt: schwanger. »Wie funktioniert das?«, frage ich.

Marc nimmt die Anleitung heraus und überfliegt sie. »Auf dem Test ist eine Art Fenster«, erklärt er. »Wenn dort ein rosafarbener Strich sichtbar ist, heißt das, dass du schwanger bist.«

Meine Hände beginnen zu zittern. Ich reiche Marc den Test. »Ich kann nicht nachsehen. Ich bin einfach zu aufgeregt.«

Marc nimmt ihn entgegen.

»Was ist?«, frage ich. »O mein Gott, ist er defekt? Hat er nicht funktioniert?«

»Er hat funktioniert«, erwidert Marc. »Mrs Blackwell, wir bekommen ein Kind.«

43

Ich jauchze laut auf und mache einen Luftsprung, dann breche ich vor lauter Glück in Tränen aus. »O mein Gott! Bist du dir sicher? Ganz sicher?«

»Schau ihn dir selbst an.« Marc reicht mir den Test.

»Das da ist er? Der rosafarbene Strich? Der besagt, dass ich schwanger bin?«

»Der Test ist eindeutig. Kein rosafarbener Strich – nicht schwanger. Rosafarbener Strich – schwanger.«

Ich fange an zu lachen und wische mir die Tränen von den Wangen. »Ich bin schwanger! Ich bin wirklich schwanger. Wir bekommen ein Kind!«

Marcs Lächeln ist verhaltener als meines, aber die Freude in seinem Blick ist die gleiche.

»Ich kann es kaum glauben.« Ich weiß, dass ich mich wie eine Idiotin aufführe, aber das ist mir egal. »Wir bekommen tatsächlich ein Baby!«

Marcs Augen sind so klar und hell, wie ich sie noch nie gesehen habe. »Du, Sophia Blackwell, wirst die beste Mutter der Welt sein.« Marc hebt mich hoch und küsst mich mit einer Kraft und einer Leidenschaft, die mir den Atem raubt.

Unsere Küsse werden immer drängender. Meine Tränen fallen auf Marcs glatt rasierte Wangen.

Er trägt mich zu einer Weißbirke und drückt mich gegen den Stamm.

Ich schlinge die Beine um ihn, und Marc sinkt mit mir auf den laubbedeckten Waldboden, wobei er mich immer noch so heftig küsst, dass ich um Atem ringe.

Ich zerre mir die Schuhe, die Jeans und den Slip vom Leib und öffne den Reißverschluss von Marcs Hose.

»Sophia.« Marc hält mich an den Hüften fest. »Vielleicht ist das nicht der richtige Zeitpunkt. Du hast eben erst etwas erfahren, was dein Leben von Grund auf verändern wird.«

»Soll das etwa heißen, dass ich dich nicht haben kann, weil ich innerlich zu aufgewühlt bin?«

Marc lächelt. »Darüber werde ich ganz bestimmt nicht mit dir streiten.« Mit einer lustvollen Bewegung gleitet er in mich hinein.

Ich presse seinen Hintern an mich und ziehe ihn zu mir. Um ihn noch stärker in mir zu spüren, hebe ich das Becken an und schlinge die Beine fest um seinen Po.

Wir bewegen uns im Einklang auf dem feuchten Waldboden. Ich rieche frische Erde und Laub und Marcs herrlich sauberen

Duft; sehe grüne Blätter und Äste über mir und Marcs Augen, und einen unglaublich blauen Himmel über uns.

Gemeinsam erreichen wir rasch den Höhepunkt. Beide keuchen wir und küssen einander noch immer heftig.

»Ich muss mir merken, wie sich gute Nachrichten auf dich auswirken«, sagt Marc.

»Ich wollte dir nur nahe sein. Das ist doch nicht schlimm, oder?«

»Nein, ganz und gar nicht.«

»Was wäre gewesen, hätte der Test angezeigt, dass ich nicht schwanger bin? Wie wäre es dir damit ergangen?«

»Ich war mir sicher, dass er nicht negativ ist.«

»Und woher hast du diese Sicherheit genommen?«

»Nicht nur ihr Frauen habt Instinkte.«

»Soll das etwa heißen, dass du die ganze Zeit geglaubt hast, ich bin schwanger?«

»Ich wusste es.«

»Woher?«

»Mein Drang, dich zu beschützen, hat neue Ausmaße angenommen. So schlimm war er noch nie. Wenn jemand dich berührt hätte, hätte ich ihm den Kopf abgerissen.«

»Sag nicht so hässliche Sachen. Das hier ist ein glücklicher Moment.«

»Das ist er. Du wirst eine tolle Mutter sein.«

»Und du der beste Vater aller Zeiten.«

Marc wendet sich von mir ab.

»Was ist los? Alles in Ordnung?«

»Ja.« Marc zieht sich die Hose an und reicht mir meine Jeans und meinen Slip.

»Etwas stimmt nicht mit dir«, sage ich, ziehe mich an und stehe vom Boden auf. »Was immer es ist – bitte, sag es mir, und zwar hier und jetzt, nachdem wir diese wunderbare Nachricht erhalten haben.«

»Es ist eine wunderbare Nachricht«, sagt Marc. »Und die soll niemand verderben.«

»Wer oder was könnte das schon?«

»Ich. Ich könnte sie dir verderben.«

44

Womit?«, frage ich. »Marc, bitte rede mit mir.«

»Vielleicht ist das bislang deiner Aufmerksamkeit entgangen, Sophia, aber ich bin anders als die anderen.«

»Das bist du nicht. Und ich bin sehr glücklich mit dir, so wie du bist.« Ich versuche, seine Hand zu nehmen, aber er weicht mir aus.

»Ich bin nicht in einem stabilen Umfeld aufgewachsen.«

»Ich auch nicht.«

Marc stößt ein freudloses Lachen aus. »Deins war um einiges stabiler als meins. Du hattest zwei Elternteile, die dich geliebt haben. Du hattest Vorbilder.«

Plötzlich ahne ich, was in ihm vorgeht. »Marc, hast du Angst, Vater zu werden?«

»Ja, das könnte gut sein. Ich freue mich sehr, dass du schwanger bist, aber es liegt eine Menge Arbeit vor mir.« Seine Augen wirken sehr verletzlich und sind unglaublich blau. »Eins kann ich dir jedoch versprechen: Ich werde mich wie ein Wahnsinniger anstrengen.«

»Das weiß ich, Marc. Ich mache mir keine Sorgen. Du wirst fabelhaft als Vater sein.«

»Das weiß ich nicht. Mein Vater war ein Monster. Vielleicht liegt es an den Genen. Ich werde ziemlich viele Hürden nehmen müssen.«

Ohne es zu wollen, muss ich lachen. »Entschuldige.« Ich lege eine Hand auf meinen Mund. »Marc, Elternschaft hat nichts mit Genen zu tun. Wir werden unsere eigenen Entscheidungen treffen.« Ich nehme ihn an der Hand, und zögernd geht er einen Schritt auf mich zu.

Er sieht so schutzlos aus, so jung. So habe ich ihn noch nie erlebt.

»Du bist ein guter Mensch, und deshalb wirst du auch ein guter Vater werden. Es ist ganz egal, wie du aufgewachsen bist. Jetzt bist du an der Reihe, mir zu vertrauen. Du, Marc Blackwell, wirst ein toller Dad werden. Denk nur daran, wie du mit deiner Schwester umgehst, mit mir, mit meinem kleinen Bruder. Und hier geht es um ein Kind von dir. Ich verspreche dir, sobald du unser Baby siehst, werden all deine Ängste von dir abfallen.«

»Das hoffe ich.«

»Du brauchst es nicht zu hoffen, weil ich es weiß.«

»Genug davon.« Marc drückt meine Hand. »Wir müssen weiter. Ich habe eine kleine Feier geplant.«

»Eine Feier?«, frage ich ungläubig, als Marc mich an der Hand nimmt und mit mir über den Rasen geht. »Ach so, das hatte ich ja völlig vergessen – du warst dir ja sicher, dass ich schwanger bin, also hast du etwas vorbereitet.«

»Seit Wochen«, erwidert Marc leise lächelnd, und mir fällt ein Stein vom Herzen.

»Wohin fahren wir jetzt?«

»Ins Stadthaus.« Marc legt mir einen Arm um die Schulter, und ich schlinge einen um seine Taille.

»Ich kann es noch immer kaum glauben«, juble ich. »Wir bekommen ein Baby, Marc. Ich bin mit unserem Kind schwanger. Ich fühle mich wie in einem Traum. Wir müssen uns einen Namen überlegen. Wollen wir vor der Geburt wissen, ob es ein Junge oder ein Mädchen wird?«

»Diese Entscheidung überlasse ich dir.«

»Ich glaube, ich würde mich gern überraschen lassen. Es vor der Geburt zu erfahren, das ist ein bisschen so, als würde man die Weihnachtsgeschenke vor Weihnachten aufmachen. Ich kann es kaum erwarten, dich als Daddy zu sehen, Marc!«

Wieder verdüstert sich seine Miene.

»Marc, bitte hör auf, dir Sorgen zu machen. Ich habe keine Lust, die nächsten neun Monate mit dir in dieser Stimmung zu verbringen.«

»Ich bin nur realistisch.«

»Du meinst, du bist negativ.«

»Vielleicht.«

45

Marc hat all meine Freunde und Verwandten zu einer Überraschungsparty ins Stadthaus zusammengetrommelt.

Als wir in die Küche kommen, bin ich völlig überwältigt. »Wow!« Ich presse mir eine Hand auf den Mund.

Überall erblicke ich vertraute, lächelnde Gesichter. Mein Dad und Denise, der kleine Sammy, Jen und Leo, Tom und Tanya, Marcs Schwester Annabel und ihr Sohn – alle sind da.

»Herzlichen Glückwunsch!«, ertönt es aus allen Ecken, und Konfetti fliegt in die Luft.

Über uns hängen rosafarbene und hellblaue Luftschlangen und mit Helium gefüllte Luftballons.

»Was hättest du getan, wenn der Test negativ gewesen wäre?«, frage ich Marc leise. »Alle wieder heimgeschickt?«

»Aber ich wusste doch, dass er nicht negativ sein würde.«

»Bist du jetzt etwa auch noch Arzt?«

»Ganz recht, dein Leibarzt, bereit, all deine Wünsche und Bedürfnisse zu erfüllen.« Er schiebt mich weiter in den Raum.

Meine Lieben umarmen mich einer nach dem anderen, alle freuen sich für uns. Nur Jen ist ein bisschen stiller als sonst. Als Leo in den Garten stürzt, um einen Anruf entgegenzunehmen, wirkt sie noch trauriger.

»Alles in Ordnung, Jen?«, frage ich.

Sie nickt etwas zu rasch. »Jaja«, sagt sie und setzt ein Lächeln auf. »Soph, du bekommst ein Baby! Das ist die beste Nachricht aller Zeiten. Du wirst eine fantastische Mum sein.«

»Danke«, sage ich. »Aber jetzt mal im Ernst, Jen. Ich kenne dich schon sehr lange. Was ist los?«

»Nichts, was nicht warten könnte. Heute ist dein Festtag.«

»Du bist meine beste Freundin. Ich kann nicht glücklich sein, wenn du es nicht bist. Raus mit der Sprache.«

Jen seufzt theatralisch. »Na gut – Leo macht mir Sorgen.«

»Sorgen in welcher Hinsicht?«

»Er benimmt sich seltsam.« Ihr Blick wandert zur Verandatür. »Zum Beispiel frage ich mich jetzt, warum er die Tür zugemacht hat, obwohl es draußen doch ziemlich warm ist. Ich habe den Eindruck, dass er nicht will, dass jemand ihm beim Telefonieren zuhört.«

»Vielleicht hat er sie aus Rücksicht geschlossen«, werfe ich ein. »Außerdem tobt Sammy hier herum. Wahrscheinlich wollte er nicht, dass der Kleine in den Garten rennt und sich wehtut.«

Jen verzieht das Gesicht. »Warum nur wiederholen sich die Geschichten mit mir und den Männern immer wieder? Anfangs ist alles bestens. Auch Leo ist wirklich ein wundervoller Mann. Wenn ich ihn im Bett sehe, muss ich mich kneifen, um mich davon zu überzeugen, dass er wahr ist. Dieser Körper, diese Muskeln …«

Tom beugt sich in seinem Rollstuhl zu uns herüber. »Von wem redest du, Jennifer? Zufällig von mir?«

Wir lachen.

Tom ist wie immer ziemlich ausgefallen gekleidet. Heute trägt er ein pinkes Paisley-Hemd und einen Robin-Hood-Hut, den eine ebenso pinke Seidenschleife ziert. »Halleluja!«, ruft er. »Ihr lacht! Gerade eben saht ihr viel zu ernst aus. Ich an eurer Stelle würde lieber etwas leiser sprechen, wenn ihr euch über meine Muskeln unterhaltet, sonst wird Tanya noch eifersüchtig. Habe ich nicht recht, Tanya, mein Schatz?«

»Womit hast du recht?«, fragt Tanya mit starkem Yorkshire-Akzent.

»Jennifer hat von mir gesprochen. Sie hat einen heißen Körper und beeindruckende Muskeln erwähnt. Das klingt doch so, als hätte sie mich damit gemeint, oder?«

Tanya tritt mit einer Tasse Tee in der Hand zu uns. »Natürlich.« Sie tätschelt Toms Bierbäuchlein. »Du weißt ja, wie sehr ich deine Speckröllchen liebe.«

»Aber wirklich, warum seht ihr zwei so ernst aus?«, fragt Tom Jen und mich. »Das hier ist eine Feier. Was ist los?«

»Männerärger«, sagt Jen. »Zumindest möglicherweise.«

»Der sagenhafte Leo Falkirk?« Toms Englisch klingt wie üblich perfekt nach Upperclass. »Wie um Himmels willen kann man sich über ihn nur ärgern? Würde ich Tanya nicht lieben, wäre ich vielleicht versucht, mich in ihn zu verknallen. Er sieht so gut aus, dass er selbst einem eingefleischten Hetero den Kopf verdrehen kann.«

»Hey.« Tanya legt Tom liebevoll einen Arm um die Schulter. »Keine Flirts mit Filmstars!«

»Bei Leo Falkirk würdest du doch bestimmt eine Ausnahme machen, oder?«, witzelt Tom. »So attraktiv, wie der ist?«

Tanya lacht. »Vielleicht hat Jen auch noch ein Wörtchen mitzureden. Ist alles in Ordnung? Hoffentlich ist es nichts Ernstes.«

»Ich weiß es nicht«, erwidert Jen. »Aber ich habe das Gefühl, dass irgendetwas los ist. Wie ernst es ist, kann ich noch nicht sagen.«

»Auf mich macht Leo keinen Eindruck, der Anlass zur Sorge wäre«, sagt Tanya. »Ich kenne ihn zwar nicht sehr gut, aber was ich bislang von ihm gesehen habe … Und er ist völlig verrückt nach dir. Er ist ständig in deiner Nähe und lässt dich kaum aus den Augen. Du hast ihn um den kleinen Finger gewickelt.«

»Er ist wirklich großartig«, sagt Jen. »Er ist aufmerksam, großzügig und fürsorglich. Manchmal ist er zwar wie ein großer Junge, trotzdem denkt er immer daran, dass es den anderen gut geht. Und der Sex … O mein Gott. Leo kennt sich im Tantrismus und allen möglichen anderen spirituellen Praktiken aus und hält stundenlang durch.« Jens Blick wird kurz glasig. »Tut mir leid, wo war ich stehen geblieben?«

»Du machst dir Sorgen, dass mit Leo etwas nicht stimmt«, liefere ich das Stichwort.

»Richtig. Ja … Seit er mit dem Dreh zu diesem Film angefangen hat, ist er nicht mehr er selbst. Er telefoniert zu den seltsamsten Zeiten und verhält sich auch sonst komisch. Neulich hat er eine E-Mail geschrieben, und als ich hinter ihn getreten bin, hat er schnell die Google-Seite geöffnet, damit ich nicht lesen konnte, was er getippt hatte.«

»Ich bin mir sicher, dass du keinen Grund zur Sorge hast«, meint Tom.

Doch Tanya wirkt beunruhigt. »Es ist nicht gut, wenn Menschen in einer Beziehung Geheimnisse voreinander haben«, sagt sie.

»Das finde ich auch«, sagt Jen. »Soll ich ihn ganz offen fragen, was los ist?«

»Lieber nicht«, erwidert Tom. »Männer hassen paranoide Frauen. Im Zweifel für den Angeklagten, so heißt es doch. Zumindest so lange, bis du dir sicher bist.«

»Ich weiß nicht, Tom«, wendet Tanya ein. »Wäre etwas los, würde ich es lieber sofort erfahren.«

Tom legt einen Arm um ihre Taille. »Mein Schatz, so etwas wird bei uns nie der Fall sein. Ich habe die beste Frau der Welt gefunden, und ich wäre nie und nimmer so blöd, meine Beziehung zu ruinieren. Andererseits könnte ich es durchaus verstehen, wenn du mal Lust bekommen würdest, mich zu betrügen.«

Tanya prustet los. »Sei nicht blöd!«

»Es fing alles mit den Dreharbeiten zu *Rapunzel* an«, sagt Jen. »Ich kann mir nicht helfen … Ich meine, Sigourney Seymour spielt doch auch mit, oder? Seine Ex.«

Ich senke den Blick, als mir einfällt, wie Leo sich in der Anwesenheit von Sigourney in der Peacock Lounge benommen hat.

»Soph? Was ist los?« Jen starrt mich mit Adleraugen an. »Weißt du etwas?«

»Nicht wirklich.« Schuldbewusst kaue ich an einem Fingernagel.

»Soph! Versuche nie, etwas vor mir zu verbergen. Du weißt, dass das ein Ding der Unmöglichkeit ist. Woran denkst du? Sag es mir!«

»Es ist wirklich nichts Wichtiges, Jen. Es ist nur – neulich in der Bar hat Sigourney ein bisschen geflirtet, und Leo schien das zu stören.«

»Zu stören?«, fragt Jen. »Wie hat sich das geäußert?«

»Er war aufgebracht.«

»Ach ja?«

Oh, oh. Ich tausche nervöse Blicke mit Tom und Tanya.

»Da haben wir's. Er hat eine Affäre mit dieser verdammten Sigourney, dem Supermodel, stimmt's?«

»So habe ich das nicht gemeint, Jen. Du kennst Leo. Er ist ein anständiger Kerl. Ich glaube nicht, dass er so etwas tun würde.«

»Du glaubst es nicht? Das klingt mir aber nicht sehr sicher. Ich will alles wissen, ich will hören, wann und wie sie sich auf dem Set unterhalten, was sie sagen. Alles.«

»Mir ist nicht aufgefallen, dass sie viel Zeit miteinander verbringen«, erwidere ich. »Ich fand es nur komisch, wie Leo sich dieses eine Mal in der Bar verhalten hat, und das könnte alles Mögliche bedeuten. Er hat mir gesagt, dass das zwischen ihm und Sigourney die reinste Katastrophe war. Sie hätten niemals eine Beziehung führen sollen. Und dass sie ihm einen Gefallen getan hat, als sie ihn verließ.«

»Er hat mir nie gesagt, dass *sie* ihn verlassen hat.« Jens Stimme wird lauter.

»Hast du ihn je gefragt?«, will Tom wissen.

»Nein, das nicht, aber … ich meine, das ist eine wichtige Information. In den Klatschblättern hieß es, er habe sie fallen gelassen und sich einer anderen zugewandt.«

»Nein, sie hat ihn betrogen«, sage ich. »Mit dem Typen, den sie dann auch geheiratet hat.«

»Also begehrt er sie womöglich immer noch«, stellt Jen tonlos fest. »Mein Gott, warum entpuppen sich all meine Freunde irgendwann als die totalen Arschlöcher?«

»Das stimmt nicht«, wende ich ein. »Einige waren super.«

»Und andere weniger. Ich wusste doch, dass es zu schön war, um wahr zu sein. Wenn eine Beziehung so fantastisch anläuft, ist sie immer dazu verdammt, den Bach runterzugehen.«

»Ich bin nach wie vor davon überzeugt, dass Leo kein Arschloch ist«, sage ich. »Gib ihm eine Chance. Du hast ja noch nicht einmal eine Ahnung, was los ist.«

»Er hat E-Mails vor mir versteckt und telefoniert heimlich. Und jetzt erfahre ich auch noch, dass es ihn störte, als seine Exfreundin geflirtet hat. Man muss kein Genie sein, um eins und eins zusammenzuzählen, Soph. Er hat eine Affäre.«

»Du liest zu viele Klatschblätter«, sage ich. »Zwei und zwei ergibt nicht zwangsläufig fünf.«

Aber Jen hört nicht mehr zu. »Mir reicht's!«, brüllt sie. »Jetzt ist Schluss. Aus und vorbei. So lasse ich mich nicht behandeln!«

Sie stürmt zur Verandatür und reißt sie auf. »Leo!« Sie wirft ihm einen Schlüsselbund zu. »Wenn du das Telefonat mit deiner Ex beendet hast, kannst du mir helfen, meine Sachen in meine alte Wohnung zu bringen. Es ist vorbei. Hast du gehört? Aus und vorbei.« Damit stapft sie in die Küche zurück.

Der arme Leo. Vor Schreck fällt ihm beinahe das Handy aus der Hand. Nur mit Mühe schafft er es, ein schnelles »Muss jetzt los! Bye!« ins Telefon zu flüstern, dann stürmt er Jen nach. »Warte, Baby!« Er erwischt sie in der Diele. »Bitte, du hast alles falsch verstanden.«

»Sätze in der Art habe ich schon mehrmals gehört«, sagt Jen und wirft sich ihren beigen Trenchcoat über die Schultern. »Die Worte eines Mannes, der sich schuldig gemacht hat.«

»Ich bin mir keiner Schuld bewusst. Ich habe nichts Unrechtes getan. Warte, Jen«, fleht Leo. »Bitte! Ich muss dir etwas sagen.«

Jen wird bleich.

Leo wirft einen Blick zurück in Richtung Küche. »Unter vier Augen, okay?« Er nimmt Jen am Arm. »Zieh deinen Mantel wieder aus und gib mir eine Chance, okay?«

Zögernd reicht ihm Jen ihren Trenchcoat.

Ich nähere mich den beiden auf Zehenspitzen. »Ihr ... ihr könnt oben miteinander reden. Sucht euch einen Raum aus. Es gibt ungefähr fünfhundert Gästezimmer. Geht in irgendeines, dessen Tür offen steht.« Das Zimmer mit der Schaukel ist abgeschlossen. Ich werfe Marc einen verlegenen Blick zu.

»Na gut.« Jen starrt Leo wütend an. »Ich hoffe, du hast dir etwas Gutes einfallen lassen.«

46

Während ich Jen und Leo auf dem Weg nach oben beobachte, spüre ich Marcs Arm, der sich um meine Schultern legt.

»Alles okay mit dir?«

»Mir geht's gut. Jen und die Männer – immer ein kleines Drama.«

»Wenn Leo Jen schlecht behandelt hat, bekommt er es mit mir zu tun.«

»Das Leben ist nie nur schwarz und weiß.«

Marc runzelt die Stirn. »Was hat Leo denn getan?«

»Nichts«, sage ich rasch. »Zumindest nichts, wovon ich wüsste. Er hat sich neulich in der Bar nur ein bisschen seltsam benommen. Ich glaube, Sigourney hat ihn durcheinandergebracht.«

»Wie ich sie kenne, kann das durchaus möglich sein«, sagt Marc.

»Hat sie dich damals auch mit ihrem Verhalten getroffen?«, entfährt es mir.

»Nein. Eher umgekehrt.«

»Du hast sie verletzt?«

»Ich würde eine Frau niemals willentlich verletzen. Ich sehe die Welt und Beziehungen allerdings in einem ziemlich anderen Licht – oder wohl besser: So habe ich sie den Großteil meines Lebens gesehen. Damit kamen die Frauen wohl manchmal nicht klar.«

»So wie ich«, sage ich. »Anfangs wusste ich nicht mehr, wo oben und unten ist.«

»Und jetzt?«

»Das ist oben, stimmt's?«, frage ich und deute auf den Boden.

Marc lacht. »Aber jetzt mal im Ernst: Wenn Leo Jen irgendwie verletzt hat, bekommt er mit mir großen Ärger. Ich mag Jen sehr, sie ist ein guter Mensch.«

»So wie Leo«, sage ich. »Ich hoffe, dass es sich nur um ein kleines Missverständnis handelt. Die zwei sind wirklich ein wundervolles Paar. Glaubst du … Ich meine, du als Mann, glaubst du, dass Leo Jen betrügen könnte?«

Marc zuckt die Schultern. »Möglich ist alles.«

Ich komme mir etwas seltsam vor, in der Küche zu stehen und zu wissen, dass Jen und Leo sich im Obergeschoss streiten.

Den anderen geht es wohl ähnlich, denn das Gespräch wird etwas unnatürlich. Tom und Tanya erzählen vom College und von ihren Plänen für dieses Jahr. Denise und ich gehen mit Sammy in den Garten, um dort mit ihm zu spielen. Alle wünschen mir Glück und fragen mich, welche Namen uns für unser Kind vorschweben, und dennoch denke ich, dass sie am liebsten wissen würden, was mit Jen und Leo los ist.

Endlich beschließe ich, nach oben zu gehen und nachzuschauen. Ich entschuldige mich und schleiche die Treppe hoch.

Bei zwei Zimmern sind die Türen geschlossen – in einem davon steht die Schaukel. Ich bleibe vor dem anderen stehen und höre leises Murmeln. Probehalber versuche ich, die Tür zu öffnen. Sie ist nicht verriegelt. Ich spähe hinein und trete sofort einen Schritt zurück.

Jen und Leo sind splitterfasernackt und treiben es im Stehen an der Wand. Jens Handflächen liegen auf der Samttapete, Leos gebräuntes Hinterteil bewegt sich vor und zurück, seine Finger krallen sich um Jens weibliche Hüften.

Lächelnd schließe ich die Tür.

Als ich in die Küche zurückkehre, nimmt Marc meine Hand. »Und?«

»Sagen wir mal, sie haben es geschafft, ihre wie auch immer gearteten Probleme zu klären.«

»Gut.« Marc drückt mir einen Kuss auf den Scheitel. »Wir wollten gerade den Kuchen anschneiden. Soll ich Rodney hochschicken, damit er den beiden Bescheid gibt?«

»Nein!«, sage ich etwas zu hastig. »Ich meine … ich denke, sie brauchen noch etwas Zeit. Wir können den Kuchen auch ohne sie anschneiden. Jen hat bestimmt nichts dagegen, sie macht sowieso ständig Diät.«

47

Zwanzig Minuten später sind Jen und Leo immer noch nicht aufgetaucht, aber alle anderen lachen und scherzen wieder und lassen sich den Kokoskuchen schmecken.

»Glaubst du, euer Baby wird eher dir oder seinem Vater ähneln?«, fragt Tom.

»Definitiv seinem Vater«, erwidere ich.

»Warum?«, fragt Tanya.

Ich zucke mit den Schultern. »Marcs Züge sind einfach markanter als meine.«

»Das finde ich nicht!«, widerspricht Tanya. »Bei dir kommen deine italienischen Wurzeln durch – dein dunkler Teint, die braunen Augen, deine herrlichen Locken. Braun setzt sich genetisch doch immer durch, oder?«

»Moment mal – heißt das etwa, dass unsere Kinder nicht deine hinreißenden roten Haare bekommen werden?«, fragt Tom.

»Wahrscheinlich nicht«, meint Tanya. »Wie gesagt – braun ist dominant.«

»Nicht immer«, wendet Tom ein. »Ein Cousin von mir ist

blond, und seine beiden Eltern haben braune Haare. Ach, sieh mal einer an – das junge Paar ist wieder da.«

Leo und Jen treten in die Küche.

»Alles in Ordnung?«, frage ich Jen.

»Besser als das.« Jen hält die Hand hoch, und ich bemerke einen glitzernden Diamanten an ihrem Ringfinger. »Wir sind verlobt.«

Ich lasse beinahe meinen Kuchen fallen. »Wie bitte?«

Jen grinst. »Ich bin eine Idiotin. Eine richtige Vollidiotin.«

»Dem muss ich leider zustimmen«, sagt Leo und drückt ihr einen Kuss auf ihre ziemlich zerzausten blonden Haare.

»Leo plante, unsere Verlobung mit einer Überraschungsparty zu feiern«, erklärt Jen. »Daher all die Telefonate und E-Mails. Er hat auch seine Verwandten in den USA angerufen, nachts zu den merkwürdigsten Zeiten. Er wollte diesen Monat noch um meine Hand anhalten, aber ich habe ihm die Überraschung mit meinem albernen Eifersuchtsanfall ruiniert.«

»So ist es.« Leo legt den Arm um ihre Schulter. »Meine wunderschöne, eifersüchtige Verlobte. Aber ich liebe dich so, wie du bist. Zum Glück hatte ich den Ring dabei. Ich weiß nicht, ob du mir sonst geglaubt hättest.«

»Lass ihn mal ansehen.« Tom packt Jens Hand. »Du meine Güte! Der ist ja wirklich riesig.«

»Dann ist also alles okay?«, flüstere ich Leo ins Ohr. »Es tut mir echt leid. Ich glaube, ich habe Jen etwas gesagt, was sie dazu veranlasst hat zu denken …«

»Schon gut«, entgegnet Leo. »Du bist ihre Freundin und sorgst dich um sie. Und in gewisser Weise hattest du sogar recht, hast aber die falschen Schlüsse gezogen. Ich habe mich in der Bar über Sigourney geärgert, aber nicht, weil ich noch etwas für sie empfinde, sondern weil Baz ein Freund von mir ist und ich gesehen habe, dass er auf sie reinfällt. Ich möchte nicht, dass sie ihn in den

Wahnsinn treibt, wie sie es mit allen Männern macht, in die sie ihre Klauen versenkt.«

»Dann sag es ihm.«

»Ich soll Baz Smith erzählen, was er tun soll? So läuft das nicht zwischen Männern. Wir sehen zu, wie der andere einen Fehler macht, und dann trinken wir gemeinsam ein Bier und reden darüber.«

»Soll ich es Baz sagen? Ihn warnen?«

»Er ist erwachsen.«

»Die Storys in den Zeitschriften klingen immer so, als würde Sigourney ein trauriger Engel sein, dem die Männer übel mitspielen. Ich glaube, deshalb ist Jen auch so eifersüchtig geworden. In den Artikeln über euch hieß es nämlich, dass du sie verlassen hast.«

»Ich fürchte, Sigourney besitzt so eine Art Zauberstaub, den sie über die Männer verteilt. Ich weiß das aus eigener Erfahrung. Sie hat ihn mir in die Augen gestreut, und ich habe all die guten Ratschläge ignoriert. Wenn er auch bei Baz wirkt, wird ihm meine Geschichte egal sein. Es wird ihm nur noch um eines gehen: sie zu ficken – wenn du mir meine grobe Ausdrucksweise nachsiehst.«

»Und wenn ich wirklich mit Baz rede?«

Leo zieht eine Braue hoch. »Hasst dich Sigourney denn nicht schon so genug?«

»Sie hasst mich?«

»Ist dir das nicht klar?«

»Tja, jetzt schon. Aber warum?«

»Weil sie schlicht und ergreifend neidisch ist.«

»Aber dazu hat sie keinen Grund. Sie ist ein Supermodel, megaerfolgreich, bildschön und berühmt.«

»Das mag schon sein, aber du hast Marc Blackwell und sie nicht.«

48

Am nächsten Tag denke ich während der Dreharbeiten immer wieder daran, dass Leo gesagt hat, Sigourney sei neidisch auf mich. Ich kann mir das einfach nicht vorstellen. Warum sollte ein heißes Supermodel auf jemanden wie mich neidisch sein?

Da das Wetter schlecht ist, verbringen wir einen Großteil des Vormittags im Garderobenzelt, trinken Kaffee und warten darauf, dass der Regen aufhört.

Ich beobachte Sigourney, die mit Baz schäkert, ihm schöne Augen macht und über seine muskulösen Arme streichelt. Es sieht aus, als wäre sie hin und weg von ihm. Aber ich sehe auch, dass sie Leo, der nur ein paar Meter von ihr entfernt sitzt, immer wieder Blicke zuwirft. Und ich bekomme mit, dass sie Baz über Marc ausfragt.

»Denkst du immer noch daran, Baz etwas zu sagen?«, flüstert Leo mir zu.

»Ich würde es wirklich gern«, wispere ich zurück. »Aber wie sollte ich mich ausdrücken? Du hast vollkommen recht, er sieht aus, als hätte er sich von ihr in den Bann ziehen lassen. Solche Menschen hören manchmal nur das, was sie hören wollen.«

»Wem sagst du das? Mir ging es genauso. Die Leute haben mich vor Sigourney gewarnt, aber damals habe ich auf niemanden gehört. Ich dachte immer, keiner gibt ihr eine Chance. Niemand sieht, wie verletzlich sie ist. Sie ist doch nur ein kleines Mädchen, das nicht weiß, wo es langgeht. Ich bin ihr Held, ich kann sie retten. Tja, solche Sachen habe ich mir damals eingebildet, und ich möchte wetten, dass es ihm jetzt genauso geht.«

Wir beobachten Baz, der Sigourney hingebungsvoll anschmachtet.

Da klingelt mein Handy, und ich sehe, dass Marc mir eine SMS geschrieben hat.

Sind Sie ein braves Mädchen, Mrs Blackwell?

»Möchtest du noch einen Kaffee, Leo?«, frage ich und stehe auf.

»Klar.«

»Ich bring dir einen mit.« Während ich zu der riesigen Thermoskanne schlendere, schreibe ich Marc eine SMS.

Ich bin immer ein braves Mädchen, Mr Blackwell. Das sollten Sie mittlerweile wissen. Zum Glück habe ich einen sehr strengen Ehemann, der dafür sorgt, dass ich nicht über die Stränge schlage. xx

Ich habe schon seit geraumer Zeit nicht mehr dafür gesorgt. Vielleicht sollte ich dich heute Abend ein bisschen disziplinieren.

Woran hast du gedacht? xx

Dir deinen wunderschönen Hintern zu versohlen, bis er knallrot ist.

Mein Atem geht schneller, während ich mit einer Hand versuche, zwei Pappbecher mit Kaffee zu füllen. Rasch schreibe ich zurück:

Und dann? xx

Dann werde ich deine Handgelenke an deine Knöchel binden.

Und dann? xx

Ich atme jetzt ziemlich schwer und weiß, dass mir die Röte ins Gesicht steigt.

Dann werde ich dich ficken. Du wirst mich anflehen, nicht aufzuhören. Aber kurz bevor du kommst, werde ich dich dazu bringen, mir zu versprechen, mir auf immer und ewig zu gehorchen. Und dann werde ich dich weiterficken, bis du kommst und noch mal kommst und noch mal kommst.

Warum nur habe ich ihm bloß die erste Nachricht geschickt?

Okay, okay! Ich brauche eine Pause. Ich bin mit allen anderen im Zelt und versuche, Kaffee einzugießen und so zu tun, als würdest du mich nicht anturnen. xx

Dann trinken Sie jetzt einen starken Kaffee und setzen sich lieber, Mrs Blackwell. Bis bald!

49

Als ich Leo seinen Kaffee bringe, kommt Nadia ins Zelt gehüpft. »Sophia! Es sieht so aus, als ob es gleich zu regnen aufhört. Bist du bereit für deine nächste Szene?«

»Na klar.«

»Alles in Ordnung mit dir, Schätzchen? Du siehst so rot aus. Ist dir zu warm?«

»An der frischen Luft wird es gleich wieder besser werden.«

»Übrigens – ich will heute Abend deine Schwangerschaft mit

einem besonders guten Essen feiern. Mit allen Schauspielern und dem Team.«

»Danke«, sage ich verlegen. Am Morgen bin ich eigentlich schon weit über Gebühr gefeiert worden. Alle waren unendlich nett zu mir, haben mir gratuliert und dafür gesorgt, dass ich den bequemsten Stuhl bekam. Alle – bis auf Sigourney. Sie hat sich zwar einen Glückwunsch abgerungen, aber ich glaube, das hat sie nur getan, weil alle sie beobachteten.

»Am Set sind wir eine große Familie«, sagt Nadia. »Wir kümmern uns umeinander. Auch um dich. Okay? Deshalb werden wir auch zusammen feiern. Dein Baby ist unser Baby.«

Ich spüre, dass Sigourney mich finster anstarrt. Rasch sage ich: »Leo hat auch Neuigkeiten.«

»Ach ja?«

»Er hat sich verlobt.«

»Leo!« Nadia schlägt ihm auf den Arm. »Mit dem blonden heißen Feger? Ich mag sie. Ich mag sie sehr. Sie ist eine Freundin von dir, Sophia, nicht wahr?«

»Meine beste«, erwidere ich und sehe, dass Sigourney von Baz' Schoß hüpft und zu uns herüberschreitet.

»Wie war das gleich noch mal?«, fragt sie und wendet sich Leo zu. »Eine weitere große Neuigkeit? Warum tust du das, Leo – versuchst du etwa, Sophia auszustechen? Aber das wird dir nicht gelingen. Einen Braten in der Röhre zu haben ist ja wohl die größte Neuigkeit, die es geben kann.«

Nadia runzelt die Stirn. »Mein Englisch ist zwar nicht sehr gut, aber ich glaube, ›ein Braten in der Röhre‹ sollte man nicht sagen. Wie heißt es richtig? Ach ja, man trägt ein Kind unterm Herzen. Das klingt viel besser.«

»Schreib mir doch einfach ein Drehbuch«, erwidert Sigourney sarkastisch. »Dann kannst du bestimmen, was ich zu sagen habe.«

»Oh, oh!« Nadia wackelt mit dem Zeigefinger. »Das Supermodel ist wieder mal schlecht gelaunt. Würdest du nicht so viel Wodka trinken, ginge es dir morgens vielleicht besser.«

Sigourney wirft ihr einen giftigen Blick zu und wendet sich an mich. »Nun, Sophia, wie geht es Marc mit dem Baby?«

Leo lacht. »Was soll die Frage?«

Sigourney reißt die Augen auf. »Wie bitte?«, fragt sie mit Unschuldsmiene. »Warum kann ich mich nicht danach erkundigen, wie es Marc geht? Etwa weil ich mal mit ihm zusammen war?«

»Hör damit auf, Sigourney«, sagt Leo.

»Womit?«

»Das weißt du ganz genau. Zu versuchen, andere Leute zu ärgern.«

In Sigourneys Augen treten Krokodilstränen. »Denkst du das wirklich von mir, Leo?«

Baz taucht neben ihr auf. »Was ist los? Gibt es ein Problem?«

»In Sigourneys Anwesenheit gibt es immer Probleme«, erwidert Leo beiläufig.

»Wenn du ein Problem mit Sigourney hast, dann hast du auch eins mit mir«, knurrt Baz.

50

Leo lacht. »Verschon mich mit deinem Macho-Getue, Baz. Wir sind doch Freunde.«

»Wir sind keine verfickten Freunde. Sigourney hat mir erzählt, was du ihr angetan hast. Ich hätte dich schon längst nach Strich und Faden verprügelt, wenn sie mich nicht gebeten hätte, es nicht zu tun. Sei froh, dass sie so ein weiches Herz hat.«

Leo zieht eine Braue hoch. »Was ich ihr angetan habe?«

»Sie hat mir alles erzählt«, knurrt Baz.

»Irgendwann wirst auch du merken, dass das, was Sigourney sagt, nicht immer der Wahrheit entspricht. Aber bis dahin solltest du mir einen Vertrauensvorschuss geben.«

»Willst du damit andeuten, dass sie lügt?«

»Nein, eher dass sie Wahnvorstellungen hat.«

Blitzschnell hat Baz Leo am T-Shirt gepackt und zieht ihn vom Stuhl hoch.

»Jungs!« Nadia drängt sich zwischen die beiden. »Hört sofort damit auf. Baz! Setz dich! Setz dich wieder hin!« Sie schubst ihn zu einem Stuhl.

Sigourney starrt Leo böse an. »Und? Freust du dich darüber, was du angerichtet hast? Wann kommst du endlich über mich hinweg, Leo?«

»Ich bin verlobt!«, ruft Leo. »Ich bin längst über dich hinweg.«

»Und wie lange wird das wohl halten?«, faucht Sigourney. »Liebst du das Mädchen?«

»Seit wann ist dir das wichtig?«, kontert Leo.

Tränen steigen Sigourney in die Augen. »Das war mir immer schon wichtig. Immer! Du hast mir stets gesagt, dass du von der Ehe nichts hältst.« Sie starrt Leo mit großen, traurigen Augen an. »Ach, scher dich doch zum Teufel. Ich hoffe, du und deine Frau, ihr werdet glücklich miteinander.« Sie rennt aus dem Zelt in den Regen hinaus.

Leo schüttelt den Kopf. »Baz, darf ich dir Sigourney Seymour vorstellen, die größte Drama-Queen aller Zeiten.«

Ich blicke mich im Zelt um. »Will denn niemand nach ihr sehen?«

»Ich bestimmt nicht«, sagt Leo.

»Ich verstehe das alles nicht«, sagt Baz. »Gestern Abend hat sie gesagt … Aber jetzt … Leo, was zum Teufel ist hier eigentlich los?«

Leo lacht. »Sie macht bloß das, was sie immer macht – die Leute mit ihrem Verhalten irritieren und verunsichern.«

»Wir dürfen sie nicht alleine lassen«, sage ich. »Sie ist völlig durch den Wind.«

»Und nicht nur sie«, sagt Baz und fällt auf seinem Plastikstuhl in sich zusammen. »Ich dachte, wir wären uns einig. Ich dachte … Ach, zum Teufel noch mal.« Er reibt sich die Augen, bis sie rot sind.

»Glaub mir, zwischen ihr und mir läuft nichts«, sagt Leo. »Ich würde dich niemals anlügen.«

Baz nickt.

»Lauf ihr nicht nach, Sophia«, rät Leo mir. »Das will sie doch nur, die große Drama-Queen.«

»Aber sie wirkte wirklich sehr aufgebracht.«

»Darin ist sie gut.«

»Ich suche sie«, sage ich unbeirrt.

»Himmel noch mal, jetzt lässt du dich auch noch auf ihre blöden Spielchen ein.«

»Man sollte sie in diesem Zustand nicht allein lassen«, erwidere ich nur.

51

Draußen kann ich keine Spur von Sigourney entdecken. Das wundert mich, weil ich angenommen habe, dass sie rasch gefunden werden will, wenn auch vermutlich nicht unbedingt von mir. Ich jogge zum Eingang. Vielleicht hat sie ja das Gelände verlassen.

Paparazzi und Fans drängen sich an den Absperrgittern. Sie winken und rufen, als ich näher komme.

Ich will ihnen sagen, dass sie sich ihre Energie besser für die echten Stars wie Leo oder Baz aufheben sollen.

»Sophia! Sophia – sind Sie noch mit Marc zusammen? Stimmt es, dass Sie schwanger sind?«

Fast stolpere ich, als ich die letzte Frage höre. Woher wissen sie das? Aber gute Nachrichten verbreiten sich wahrscheinlich so schnell wie ein Lauffeuer. Vielleicht hat jemand aus dem Team es einer Freundin gesteckt, die es weitererzählt hat. Was soll's – es ist ja schließlich kein Geheimnis.

Je näher ich dem Tor komme, desto wilder wird die Menge. Die Leute halten Handys und Kameras hoch, stecken die Hände durch die Gitterstäbe und schreien meinen Namen. Ich komme mir vor wie im Traum.

»Sophia!«, ruft ein Mädchen. »Kann ich ein Autogramm haben?« Sie steckt ein Notizbuch und einen Kuli durch das Gitter.

»Na klar.« Ich unterschreibe.

»Du warst unglaublich in *Die Schöne und das Biest*. Ich kann es kaum erwarten, dich in dem Film zu sehen.«

»Das freut mich«, sage ich und gebe noch ein paar weitere Autogramme. »Danke an alle. So viel Aufmerksamkeit habe ich gar nicht verdient, ehrlich. Wisst ihr denn nicht, dass Leo Falkirk dort drinnen ist?«

Ein paar Leute lachen.

»Hat jemand Sigourney Seymour gesehen?«, frage ich. »Ist sie durch das Tor gegangen?«

»Nein!« und »Ich glaube nicht« ertönt es aus allen Ecken.

»Danke.« Ich will gerade kehrtmachen, als ich Marc in der Menge entdecke.

Mein Herz macht einen Satz.

Marc? Was will der denn hier?

Er steht ziemlich weit hinten, überragt alle anderen jedoch um einen Kopf. Und er starrt mich an. Doch als ich seinen Blick suche, wendet er sich ab und geht.

Ich runzle die Stirn und krame mein Handy hervor, um nachzusehen, ob er versucht hat, mich anzurufen. Nein, hat er nicht. »Bye!«, rufe ich den Leuten schnell zu. »Und vielen Dank!« Dann ziehe ich mich zurück.

Ich möchte nach wie vor wissen, wo Sigourney steckt, muss aber auch unbedingt herausfinden, was Marc hier macht, also rufe ich ihn an.

Er nimmt nicht ab. Komisch.

Ich mache mich auf den Weg zurück zum Set. Meine Wangen werden im Nieselregen feucht. Mist – mein Make-up ist ruiniert, und die Maskenbildnerinnen machen gerade Mittagspause.

Ich beschließe, auf die Toilette zu gehen. Dort gibt es Tücher und Spiegel – vielleicht ist ja noch etwas zu retten. Als ich die Tür aufstoße, merke ich sofort, dass ich nicht allein bin.

52

Was willst du?« Sigourney beugt sich über das Waschbecken, ihre schlanken Finger halten sich am Beckenrand fest. Sie betrachtet ihr müdes Gesicht im Spiegel.

Ich sehe einen zusammengerollten Schein und ein paar Linien aus weißem Pulver neben ihrer Rechten.

»Was ist los? Hast du noch nie jemandem beim Koksen zugeschaut?«, fragt Sigourney und zieht mit dem Schein eine Line. Sie klopft auf ihre Nasenflügel und betrachtet sich wieder im Spiegel. »Das Zeug ruiniert zwar die Haut, aber es lässt mich funktionieren. Weißt du, was ich meine? Willst du auch etwas?« Sie hält mir den Schein hin.

»Äh – nein danke.«

»War ja klar. Die blitzsaubere Sophia. Die kleine Miss Perfekt würde es nie im Leben wagen, Drogen zu nehmen.« Sie betrachtet mich mit glasigem Blick. »Wen willst du eigentlich hinters Licht führen mit deiner Art, dass du kein Wässerchen trüben kannst? Und was hast du überhaupt beim Film zu suchen? Du gehörst nicht hierher. Du hast die Rolle doch nur bekommen, weil du mit dem richtigen Kerl vögelst.«

»Weißt du, manchmal glaube ich das fast schon selbst. Ich kann mich wirklich sehr glücklich schätzen.«

»Wie reflektiert.« Sie beugt sich hinab und zieht sich eine weitere Line rein.

»Hör mal, Sigourney – ich bin nicht hier, um mit dir zu streiten. Ich habe nach dir gesucht. Du hast dich so aufgeregt und …«

Sigourney lacht. »Erzähl mir bloß nicht solchen Quatsch. Dir ist es doch völlig egal, wie es mir geht. Du tust nur so, weil du ständig das nette Mädchen spielst. Aber ich durchschaue dich. Als ob du dich wirklich um mich sorgen würdest. Dass ich nicht lache!«

»Ganz ehrlich, ich will nicht, dass du dich so aufregst. Wie kann ich dir helfen?«

Sigourney betrachtet mich traurig. »Gib mir Marc zurück.«

»Es tut mir wirklich leid, wenn Marc dich verletzt hat, aber …«

»Das glaube ich dir nicht«, faucht sie. »Warum muss ich immer die Mistkerle lieben? Für Marc hätte ich alles getan, wirklich alles. Und von einem Tag auf den anderen teilt er mir mit, dass es vorbei ist. Einfach so, sang- und klanglos. Ohne Erklärung. Ich habe versucht, ihn mit Leo eifersüchtig zu machen, aber das hat nichts gebracht.«

»Du hast Leo benutzt?«

Sigourney lacht freudlos. »Alles, was Marc dazu gesagt hat, war, er hofft, dass ich glücklich werde. Glücklich! Mit diesem idiotischen Surfer-Typen, Amerikas verdammtem Helden Leo Falkirk. Und das nach Marc, nach jemandem, der noch eine dunklere Seite hat als ich. Jemandem, der mich verstanden hat.« Sie legt den Geldschein in ein kleines silbernes Kästchen und klappt den Deckel zu. »Wie hast du ihn dir geschnappt? Was ist so toll an dir? Fesselt er dich?«

»Über solche Dinge werde ich mit dir nicht sprechen.«

»Gefällt es dir? O Gott, ich habe es geliebt. Ich vermisse ihn so sehr. All die Sachen, die er mit mir angestellt hat.«

»Ich glaube, Baz mag dich wirklich.«

»Baz kann seinen Schwanz keine fünf Minuten in seiner Hose behalten. Sobald das nächste hübsche Mädchen aufkreuzt, hat er mich vergessen.«

»Du solltest nicht mit ihm rummachen, wenn du nicht ernsthaft an ihm interessiert bist.«

»Ich habe nicht gesagt, dass ich das nicht wäre, aber ich bin keine Idiotin. Ich lasse mich nicht von irgendeinem Kerl mit Haut und Haar verschlingen, nur um kurz darauf wieder ausgekotzt zu werden. Ich fasse es einfach nicht, dass Leo heiratet. Es tut weh. Er hat immer behauptet, dass er nichts von der Ehe hält, aber offenbar war ich ihm einfach nur scheißegal.«

»Er hat dich sehr gern gehabt. Das hat er mir selbst gesagt.«

Sigourney verstaut das silberne Kästchen in ihrer Handtasche. »Das war vielleicht früher mal so, aber jetzt nicht mehr.« Sie stößt die Toilettentür auf. »Es hat aufgehört zu regnen. Machen wir uns wieder an die Arbeit. Und erzähl Nadia nichts von dem Coke, okay? Bei Drogen versteht sie keinen Spaß.« Auf langen Beinen stolziert Sigourney zurück zum Zelt.

Ich beobachte sie und stelle mir vor, wie Marc mit ihr Sex gehabt hat. Wie er sie gefesselt hat … Mühsam verdränge ich den Gedanken. Schließlich wusste ich von Anfang an, dass er in Sachen Sex kein unbeschriebenes Blatt ist.

Aber warum stand er vorhin hinter dem Absperrgitter?

Ich überlege, ob ich ihn anrufen soll, verwerfe die Idee aber wieder. Darüber sollten wir persönlich sprechen. Heute Abend.

53

Als Marc mich an diesem Abend abholt, wirkt er sehr ernst, ja sogar verärgert. Er spricht weder unseren kleinen Handy-Flirt an noch meinen Anruf, den er nicht angenommen hat.

»Marc«, sage ich, als ich in den Wagen steige, »ich muss mit dir reden.«

»Du siehst müde aus«, bremst er mich aus. »Wenn sie dich zu hart rannehmen …«

»Das tun sie nicht. Aber, Marc …«

»Du klingst, als hättest du ein wichtiges Anliegen. Können wir nicht in Ruhe zu Hause darüber reden? Vielleicht sollten wir erst ein bisschen runterkommen, bevor wir uns in ernste Gespräche stürzen.«

»Na gut. So lange kann ich auch noch warten.« Ich spiele mit meinen Haaren und sehe zu, wie London an uns vorübergleitet.

Im Stadthaus schlage ich vor, dass wir uns in den Garten setzen. Dort wächst und gedeiht im Moment alles prächtig – Lavendel, Olivenbäume, das Gras, alles ist wunderschön. Ich habe Solarlämpchen in den Bäumen aufgehängt, sodass es aussieht wie in einer Märchenwelt. Wie im Wald an unserem Hochzeitstag.

Marc und ich setzen uns auf ein gepolstertes Rattansofa. Der Wind hat die düsteren Regenwolken vertrieben, der Himmel ist blau mit ein paar weißen Wolken und einer rosafarbenen untergehenden Sonne.

»Was hast du auf dem Herzen?«, fragt Marc und nimmt ein Glas Whiskey mit Eis von Rodney entgegen.

»Errätst du es nicht?«, frage ich, während Rodney mir eine Zitronenlimonade reicht.

»Ich mag keine Ratespielchen.«

»Also – ich verstehe vollkommen, dass du mich um jeden Preis beschützen willst und deshalb vielleicht Dinge tust, die du normalerweise nicht tun würdest.«

Marc zieht eine Augenbraue hoch. »Das klingt interessant. Worauf willst du hinaus?«

»Wie kommt es, dass du heute am Set vor dem Absperrgitter gestanden hast? Wolltest du mich beobachten?«

Marc verzieht das Gesicht. »Sophia …«

»Ich weiß, dass du dir Sorgen um mich machst. Aber ich wünschte, du hättest mir gesagt, dass du kommst. Es war sehr komisch für mich, dich dort zu sehen, nachdem ich überhaupt nicht mit dir gerechnet hatte. Und dass du es nicht erwähnt hast …«

Marc runzelt die Stirn und nippt an seinem Whiskey. »Du irrst dich. Du hast dir sicher nur eingebildet, dass du mich gesehen hast. In letzter Zeit bist du sehr müde.«

»Marc, ich …«

»Sophia, vergiss es. Okay?«

»Was ist los? Warum kannst du nicht zugeben, dass …«

»Ich habe nichts zuzugeben«, erklärt Marc unwirsch. »Und ich habe dir gesagt, dass du damit aufhören sollst.«

»Marc!«

»Entschuldige, dass ich laut geworden bin.« Er nimmt meine Hand und betrachtet mich mit dem Blick, der mich wie immer zum Schmelzen bringt. »Verstehst du jetzt, warum es mir nicht leichtfällt, Vater zu werden? Ich will die Kontrolle nicht verlieren.«

»Ich habe dir doch schon gesagt, dass du dir deshalb keinen Kopf machen sollst.« Aber mein Herz klopft wie wild. »Warum hast du mir nicht gesagt, dass du zum Tower of London kommen würdest?«

»Weil ich nicht dort war. Du hast dich geirrt. Und jetzt vergessen wir die Geschichte, okay?«

»Okay«, gebe ich nach. »Du hast recht, ich bin tatsächlich in letzter Zeit ziemlich müde. Ich könnte mich geirrt haben.« Und vielleicht stimmt es ja wirklich. Jedenfalls wäre das einleuchtender als Marcs unangekündigtes Auftauchen am Set.

Rodney bringt zwei Teller mit Tomaten, Mozzarella und Basilikum und stellt sie auf dem schmiedeeisernen Tisch neben meinem Ellbogen ab.

»Ich weiß, dass du schon gegessen hast«, sagt Marc. »Aber ich habe mir gedacht, dass du vielleicht vor dem Schlafengehen gern noch einen kleinen Imbiss zu dir nehmen möchtest. Es heißt, dass Frauen in der Schwangerschaft oft sehr hungrig sind.«

Als ich das köstliche Arrangement betrachte, überrollt mich plötzlich eine Welle der Übelkeit. Ich lege die Hand auf den Mund und schließe die Augen.

»Sophia, alles in Ordnung?«

Ich nicke. »Mit ist nur ein bisschen schlecht. Die Ärztin hat gesagt, dass das passieren kann, weißt du noch?«

»Ich erinnere mich. Aber wenn ich mich recht entsinne, hat sie von morgendlicher Übelkeit gesprochen. Jetzt ist es halb acht am Abend.«

»Ich glaube, mir kann zu jeder Zeit übel werden.« Ich schließe die Augen wieder, weil mich eine weitere Welle unter sich begräbt.

»Rodney!«, ruft Marc. »Würden Sie bitte die Tomaten entfernen?«

Rodney reagiert sofort und trägt das Essen ab. Ich bin ihm dankbar.

»Hättest du gern etwas anderes?«, fragt Marc. »Vielleicht eine leichte Brühe oder einen Zitronentee?«

»Zitronentee klingt gut.«

Aber als Rodney den Tee bringt, kann ich ihn nicht trinken. »Es tut mir leid«, sage ich und schiebe die Tasse aus meinem Blickfeld. »Ich weiß nicht, was mit mir los ist.«

»Ich rufe die Ärztin an«, sagt Marc. »Sie soll gleich vorbeischauen.«

»Es ist viel zu spät.«

»Es ist mir egal, wie spät es ist. Dir geht es nicht gut.«

Ich ringe mir ein Lächeln ab. »Marc, ich glaube, das ist völlig normal.«

»Dass du nichts isst, wenn du schwanger bist? Sophia, ob es dir gefällt oder nicht, ich lasse jetzt die Ärztin kommen.«

54

Marc trägt mich ins Schlafzimmer und deckt mich fürsorglich zu.

Die Übelkeit hat nachgelassen, mir ist nur noch ein bisschen flau im Magen. »Danke, dass du dich so liebevoll um mich kümmerst«, sage ich.

»Das tue ich doch gern.« Marc setzt sich auf die Bettkante.

»Du brauchst dir keine Sorgen zu machen, es ist bestimmt nur die typische Schwangerschaftsübelkeit. Das ist völlig harmlos.«

»Trotzdem möchte ich, dass du untersucht wirst, nur für alle Fälle. Wenn dir etwas zustieße …«

»Marc, ich bin einfach nur schwanger, und es geht mir gut.«

»Ich weiß, trotzdem bin ich besorgt, wenn du krank bist.«

»Ich bin nicht krank! Mir ist nur ein klein wenig übel. Damit komme ich schon klar.«

»Warten wir ab, was die Ärztin meint.«

Eine halbe Stunde später steht Frau Dr. Christian am Bett.

»Nun, meine Liebe«, sagt sie und holt sich einen Stuhl. »Marc hat mir gesagt, dass Ihnen ein bisschen übel ist. Das ist völlig normal. Aber natürlich schau ich Sie mir gern genauer an.«

»Ich habe ihm klarzumachen versucht, dass es mir gut geht«, erwidere ich. »Aber er hat darauf bestanden, Sie zu holen. Allein hätte ich jetzt einfach probiert zu schlafen und gehofft, dass die Übelkeit morgen früh wieder weg ist.«

Die Ärztin lächelt. »Er macht sich Sorgen um Sie, so wie jeder gute werdende Vater. Dinge wie diese sind für Männer sehr schwer zu ertragen. Sie wollen immer alles kontrollieren, aber die Natur lässt das nicht zu. Sie tut, was sie will.«

»Ich weiß.« Ich richte mich mühsam auf. »Jetzt geht es mir wirklich schlecht.«

»Müssen Sie sich übergeben?«, will die Ärztin wissen.

Ich schüttle den Kopf. »Nein, aber ich denke nicht, dass ich jetzt etwas essen könnte.«

»Machen Sie sich deshalb mal keine Sorgen. Wenn Sie bis morgen Nachmittag immer noch keinen Appetit haben, rufen Sie mich an.«

»In Ordnung.«

Frau Dr. Christian untersucht mich rasch und erklärt dann, dass ich bei bester Gesundheit bin. »Die Übelkeit ist ein gutes Zeichen«, erklärt sie mir. »Das heißt, dass Ihr Körper die Hormone produziert, die Sie in der Schwangerschaft brauchen.«

»Dann bin ich aber froh«, erwidere ich.

»Schlafen Sie sich aus, nehmen Sie so viel Flüssigkeit wie möglich zu sich und überanstrengen Sie sich nicht. Hoffentlich geht es Ihnen morgen wieder besser.«

Am nächsten Morgen wache ich in Embryostellung in Marcs Armen auf.

Ich hatte gehofft, hungrig zu sein, doch stattdessen ist mir schlecht. Richtig schlecht, sogar noch schlechter als am Vorabend. Schon allein bei dem Gedanken an Frühstück habe ich das Gefühl, mich übergeben zu müssen.

Ich winde mich aus Marcs Armen und renne ins Bad. Mit knapper Not schaffe ich es noch bis zur Toilette und übergebe mich möglichst leise. Aber ich hätte mir denken können, dass Marc mich trotzdem hört. Während ich mir den Mund abwische, sehe ich hinter mir seine nackten Füße.

»Sophia …«

»Geh wieder ins Bett, Marc. Ich möchte nicht, dass du mich so siehst.«

»Sei nicht albern.« Er beugt sich nach unten. »Für mich bist du immer attraktiv. Wirklich immer!«

Er reicht mir ein Papiertuch, und ich tupfe mir den Mund ab.

»Möchtest du einen Schluck Wasser trinken?«, fragt er sanft.

Ich schüttle den Kopf. »Ich glaube nicht, dass ich im Moment etwas bei mir behalten würde.«

»Dann helfe ich dir ins Bett zurück.«

»Aber ich muss zur Arbeit. Ans Set.«

»Du gehst nirgendwohin.«

»Marc, ich muss. Ich habe Nadia versprochen, dass eine Schwangerschaft mich nicht vom Drehen abhalten würde. Sie hat den ganzen Zeitplan für mich umgestellt. Und Morgenübelkeit kann monatelang dauern. Ich werde bestimmt nicht die ganze Zeit im Bett bleiben.«

Marc runzelt die dichten dunklen Brauen. »Sophia, nichts ist wichtiger als deine Gesundheit und die unseres Babys. Nadia versteht es bestimmt, wenn …«

»Ich gehe.« Ich stehe auf und greife mir einen seidenen Morgenrock. »Vielleicht schaffe ich es ja, eine Kleinigkeit zu frühstücken.«

55

In der Küche wartet Rodney mit einem ganzen Menü auf mich – Gebäck, Smoothies, Porridge, Joghurt. Nichts lacht mich an. Das Einzige, womit ich mich arrangieren kann, sind ein paar winzige Schlucke Mineralwasser.

Marc beobachtet mich besorgt. »Ich möchte nicht, dass du heute ans Set gehst.«

»Das weiß ich, aber ich muss.«

»Sophia …«

»Marc, wir hatten diese Diskussion schon etliche Male. Ich werde meine Meinung nicht ändern. Wenn ich das Gefühl habe, dass ich es nicht schaffe, komme ich nach Hause. Okay?«

»Dann lass mich dich heute wenigstens begleiten.«

»Aber nur heute«, erwidere ich. »Ab morgen machen wir so weiter wie bisher.«

»Das kann ich dir nicht versprechen.«

»Marc.« Ich nehme seine Hände. »Hör mir gut zu: So eine Schwangerschaft dauert eine ganze Weile. Wir müssen uns in dieser Zeit bemühen, weiterhin ein normales Leben zu führen. Würdest du mich bitte dabei unterstützen? Bitte, bitte! Ich habe Nadias Angebot angenommen.«

»Ich weiß«, seufzt Marc. »Und ich werde dich unterstützen. Aber sobald ich denke, dass etwas deiner Gesundheit schaden könnte …«

»Die Ärztin hat gesagt, dass es mir bestens geht und es nur Schwangerschaftsübelkeit ist. Ich muss mich jetzt anziehen.«

Der Tag will einfach nicht vergehen. Die Übelkeit verschwindet nicht, sondern wird sogar schlimmer, wenn mir der Geruch von Kaffee oder vom Lunch-Büfett in die Nase steigt.

Ich möchte nicht zugeben, dass es mir schlecht geht. Nadia sage ich nur, dass Marc mir heute Gesellschaft leisten will. Ich merke, dass sie es mir nicht abnimmt, aber sie ist zu höflich, um meine Ausrede laut infrage zu stellen.

Jedes Mal, wenn ich von der Toilette zurückkehre, versucht Sigourney, mit Marc ins Gespräch zu kommen.

Es ist lästig, aber mehr auch nicht. Ich merke sogar, dass Marc tatsächlich nicht an ihr interessiert ist. Er kehrt ihr mehr oder weniger den Rücken zu und wirkt, als gingen ihm ihre Bemühungen ziemlich auf die Nerven.

Meine Eifersucht verschwindet, und statt weiter über meine Gefühle nachzudenken, drehe ich mich zu Baz um. Er sieht ziemlich bekümmert aus.

Irgendwie ist es rührend, dass dieser große, starke Mann wegen einer Frau so traurig ist. Ich habe ihn schon in diversen Filmen gesehen. Meistens spielte er einen erbarmungslosen, mordlüsternen Psychopathen – einen Mann, vor dem man sich als Zuschauer fürchtet. Es ist beruhigend zu wissen, dass er in Wirklichkeit auch eine weiche Seite hat.

»Ich würde gern mal kurz mit Baz reden«, erkläre ich Marc.

»Worüber?«, fragt Marc.

»Es ist nur … Ach, egal. Ich bin gleich wieder da.« Ich hole mir einen Stuhl und setze mich neben Baz. »Hey!«

Er schenkt mir ein müdes Lächeln. »Was gibt es, Prinzessin? Langweilt dich Marc etwa schon?«

»Den Spitznamen werde ich wohl nie wieder los, oder?«

»Du hast ihn dir verdient.«

»Wie geht es dir?«

»Nicht besonders.«

»Wie läuft es zwischen dir und Sigourney?«

»Verdammt schlecht.« Baz leert seinen Energy-Drink. »Ich

mag sie, ganz ehrlich. Aber sie will einfach nicht kapieren, dass ich gut für sie sein könnte. Sie flippt völlig aus.«

»Es gibt noch andere Frauen.«

»Aber keine wie sie.« Er wirft die leere Dose in den Abfalleimer. »Ich dachte, sie könnte die Richtige sein. Endlich.«

»Du könntest dir eine feste Beziehung mit ihr vorstellen?«

Baz nickt. »Ich hätte ihr helfen können. Mit Leuten, die ein bisschen durch den Wind sind, kenne ich mich aus. Sie braucht jemanden, der sie wieder auf den richtigen Weg bringt.« Er legt freundschaftlich einen Arm um meine Schulter. »Du bist ein gutes Mädchen, Prinzessin. Weißt du das?«

Marcs Schatten fällt auf uns. »Belästigt dich der Bursche, Sophia?«, fragt Marc mehr oder weniger scherzhaft.

»Wir haben uns gerade über Beziehungen unterhalten«, antworte ich.

»Solange Baz weiß, dass du schon eine hast …«

Baz lacht. »Als ob ich mit deiner Frau rummachen würde! Ich habe dich boxen gesehen. Ein Schlag von dir kann tödlich sein.«

»Ich hatte einen hervorragenden Lehrer.«

Nadia eilt mit einem Klemmbrett herbei. »Sophia – du bist an der Reihe, Schätzchen. Deine große Szene mit Leo. Bereit?«

»Mit Leo?«, frage ich und werfe einen Blick auf Marc. »Ich dachte, heute wären Ruby und ich an der Reihe und morgen erst Leo und ich.« Ich senke die Stimme vielsagend.

Nadia versteht leider nicht, was ich ihr damit sagen will. »Ich habe den Zeitplan ein bisschen umgestellt. Ich dachte, euer großer romantischer Moment sollte vor diesem sagenhaften Bauwerk gedreht werden.« Sie deutet auf den Tower of London. »Findet ihr nicht auch? Ich meine, das ist doch ein fantastischer Hintergrund für eine heiße Liebesszene.«

»Eine heiße Liebesszene?«, fragt Marc mit leiser Stimme.

56

Nadia lacht. »Höre ich da etwa eine Spur von Eifersucht in Ihrer Stimme, Mr Marc Blackwell? Es wird bloß ein bisschen rumgeknutscht, die Bettszene drehen wir später.«

»Tut mir leid, Marc.« Meine Hand berührt seinen Unterarm. »Mir war nicht klar, dass das heute stattfinden wird.«

»Aber es ist dir doch recht, oder?« Nadia betrachtet mich besorgt mit ihren großen braunen Augen. »Du lässt dich jetzt dabei nicht von deinem großen bösen Ehemann stören, oder?«

»Ich glaube nicht.«

»Gut.« Nadia legt einen Arm um meine Schulter. »Ich möchte nämlich, dass bei dieser Szene die Funken sprühen, okay?«

Marc verzieht das Gesicht. »Musst du dieses Gespräch in meiner Anwesenheit führen, Nadia? Sophia ist meine Frau!«

»Tut mir leid, tut mir leid, es ist doch nur ein Job. Das solltest du besser wissen als jeder andere.«

Baz schnaubt. »Wer, Marc? Der schläft in der Regel doch mit den Frauen, mit denen er in einem Film spielt.«

Eine Welle der Übelkeit überrollt mich. Ich presse mir die Hand auf den Mund.

»Sophia!« Marc berührt besorgt meinen Arm. »Stimmt etwas nicht?«

Ich schüttle den Kopf. »Alles okay, aber sag Baz bitte, dass er aufhören soll, so zu reden.«

»Mit dem größten Vergnügen«, erwidert Marc.

»Tut mir leid, Kumpel.« Baz hält die Hände hoch, die in Kettenhandschuhen stecken. »Ich und meine große Klappe. Aber du kennst mich ja. Wenn sich die Gelegenheit zu einem kleinen Witz bietet, kann ich einfach nicht widerstehen.«

»Morgenübelkeit?«, fragt mich Nadia mit wissendem Blick.

Ich nicke.

»Das hättest du mir sagen sollen. Die hat mich in meiner zweiten Schwangerschaft ziemlich geplagt. Du Ärmste!«

»Es geht mir gut, ehrlich«, sage ich. »Ich möchte keine Sonderbehandlung. Ich bin hier, um meine Arbeit zu machen, so wie alle anderen auch. Und jetzt lass es uns hinter uns bringen.«

»Die Worte eines echten Profis. Dann komm.« Nadia hilft mir beim Aufstehen. »Legen wir los. Marc, du wartest hier. Ich möchte nicht, dass du uns zusiehst.«

»Warum nicht?«

»Das weißt du ganz genau. Wenn du bei der Szene dabei bist, kann sich Sophia bestimmt nicht entspannen. Ich will einen Ausschnitt davon für den Vorspann und ein Standbild für das Filmplakat verwenden. Die zwei sollen richtig heiß wirken, und das würdest du durch deine Anwesenheit verhindern, okay?«

»O Gott – ich hätte dich diesen Film nie im Leben machen lassen sollen«, murmelt Marc, bringt aber immerhin ein kleines Lächeln zustande.

»Du hattest bei dieser Entscheidung nichts zu sagen«, erwidere ich. »Es war einzig und allein meine. Die Entscheidung einer Frau, die für sich selbst denken kann.« Ich drücke seine Hand. »Bin gleich wieder da.«

»Das ist auch besser so, sonst komme ich und hole dich.«

57

Nadia führt mich um den Tower herum zu einer Wiese, auf der Raben picken.

Leo wartet bereits an einen Fahnenmast gelehnt, die Hände

in die Hüften gestemmt, in seinem attraktiven Prinzenkostüm – mit über der Brust gekreuztem Ledergürtel, gegurtetem Schwert und abgewetzten Reitstiefeln. Sein blondes Haar ist zerzaust und kunstvoll mit Dreck und Erde verkrustet.

Ein paar Kameras sind schon in Stellung gebracht, eine davon läuft auf einer Schiene. Die Kameraleute und die Beleuchter stehen herum und warten auf Nadias Zeichen.

»Ich dachte, der Ort ist perfekt dafür«, sagt sie zu mir. »Findest du nicht auch? Ein bisschen düster und beängstigend, aber gleichzeitig auch wunderschön. Sehr romantisch.«

»Stimmt«, sagt Leo und grinst mich an. »Sieht toll aus, oder?«

»Ja«, pflichte ich ihm bei und sehe mich um. »Wo soll ich stehen?«

»Hier.« Nadia führt mich zu Leo. »Direkt neben ihm, okay? Von Anfang an Brust an Brust.« Sie schubst mich ihm entgegen.

Ich stolpere. Meine Übelkeit ist noch nicht verflogen.

Leo fängt mich auf. »Hey, nicht fallen, Prinzessin. Nicht in deinem Zustand.«

»Ich bemühe mich.«

»Okay. Gut!« Nadia tritt zurück. »So ist es gut, und jetzt umarmt euch.«

Leo legt die Arme um meine Schultern, ich ihm meine um seine Taille.

»Das hast du schon mal gemacht«, stellt Leo augenzwinkernd fest.

»Keine Witze mehr. Du bist mit meiner besten Freundin zusammen, weißt du noch?«

»Ich weiß. Mit der besten Frau der Welt. Aber wenn ich keine Witze machen darf, bin ich nicht mehr ich selbst.«

»Wir fangen mit dem Kuss an, alles klar?«, ruft Nadia.

Ich nicke.

Leo setzt seine verführerische Miene auf. »Schönste Prinzessin Sophia, endlich halte ich dich in meinen Armen.«

»Lass es gut sein, Leo.«

»Okay, okay. Ich hab's ja kapiert, keine Witze. Nicht wenn Mr Blackwell gleich um die Ecke auf der Lauer liegt.«

»Halten wir uns an das Drehbuch.« Mein Magen rebelliert immer stärker, ich möchte die Szene endlich hinter mir haben.

»Ach, komm schon«, sagt Leo. »Ein bisschen muss ich doch improvisieren dürfen. Ich bin ein Freigeist. Wenn ich meine Gefühle auslebe, kommt das beste Ergebnis zustande.«

Ich verdrehe die Augen. »Jetzt werd aber endlich wieder ernst.«

»Damit hast du natürlich recht. Küssen ist eine ernste Angelegenheit.«

»Also, ihr zwei.« Nadia sieht zur Kamera hinüber. »Und … Action!«

Leo blickt mich an, seine braunen Augen wieder sehr verführerisch. »Wie seid Ihr aus dem Turm gelangt?«, flüstert er.

Wow! Leo ist wirklich ein erstaunlich guter Schauspieler. Ich bin zutiefst beeindruckt, wie er von einer Sekunde auf die andere von witzig auf sexy umschalten kann.

Ich sehe ihm in die Augen. »So wie Ihr es immer macht. Ich bin geklettert.« Leo riecht wahnsinnig gut. Ich glaube, es hat mit der Schwangerschaft zu tun, dass meine Sinne momentan so unglaublich scharf sind. Ich kann den Duft seiner Haut und seines Aftershaves, ja sogar seines Shampoos riechen.

»Den ganzen Weg?«

»Den ganzen Weg. Um Euch zu finden.«

»Und dabei hatte ich gedacht, ich wäre derjenige, der Euch findet.« Leo senkt seine Lippen auf meine, küsst mich und lehnt sich dabei ein bisschen zurück, sodass die Kamera mein Gesicht einfangen kann.

Ich lasse den Kuss zu und erwidere ihn. Aber mein Herz bleibt verschlossen. Es ist mein Job, so zu tun, als wären Leo und ich ein Liebespaar. Ich schaffe es, so auszusehen, aber der Eindruck entspricht nicht der Wahrheit.

Ich höre, wie die Kamera den Zoom ausfährt, und weiß, dass unsere Gesichter jetzt in Nahaufnahme zu sehen sind. Wir lösen uns voneinander und schauen uns tief in die Augen – der verliebte Prinz und die verliebte Prinzessin. Ich schlucke und hoffe, dass ich diesen Moment nicht ruinieren werde, indem ich mich übergebe.

»Bravo!« Nadia klatscht begeistert. »Toll! Ganz großartig! Wisst ihr was? Ich glaube, wir haben die Szene schon beim ersten Take im Kasten. Ich sehe sie mir gleich mal an.«

Insgeheim hoffe ich, dass wir sie nicht noch einmal machen müssen. Nicht dass ich ein Problem damit hätte, Leo zu küssen, aber ich weiß, dass es umso schmerzhafter für Marc wird, je länger die Aufnahme dauert.

Natürlich ist das mein Beruf, und er muss alles damit Zusammenhängende akzeptieren, aber ich kann verstehen, wie schwer es für ihn sein muss. Wenn es umgekehrt wäre, würde ich ausflippen.

Nadia sieht sich die Szene auf dem Display der Digitalkamera an und klatscht noch einmal. »Super. Ich glaube, das hätten wir geschafft. Aber lasst uns trotzdem noch einige Wiederholungen drehen, okay? Damit wir später auch wirklich den allerbesten Take haben.«

58

Marc sitzt mit finsterer Miene auf einem Holzstuhl, die Ellbogen auf die Knie gestützt, als ich mich wieder zu ihm geselle. »Wie war's?«, fragt er gereizt.

»Gut«, erwidere ich. »Es hat alles geklappt. Ich konnte sogar meine Übelkeit unterdrücken.«

»Das freut mich.«

»Du weißt doch, dass mir Leo nichts bedeutet, oder?«

»Schon.«

»Hey, Marc, ich meine – Mr Blackwell, ich habe Leo nicht richtig geküsst. Das hier ist ein richtiger Kuss.« Ich drücke meine Lippen auf seine.

Marc schlingt die Arme um mich. Dann zieht er sich zurück und betrachtet mich mit einem verhangenen Blick. »Vielleicht sollte ich dich öfter einen anderen Mann küssen lassen.«

Ich lache.

»Bist du für heute fertig?«

»Ja.«

»Und dir ist nicht schlecht?«

»Überhaupt nicht mehr. Nicht wenn ich dir so nahe bin. Komisch, oder?«

»Dann zieh dich um, wir fahren gleich heim.«

Marc trägt mich zum Wagen und küsst mich dabei unablässig.

Ich versuche, dabei nicht zu laut zu stöhnen, aber als er sich mit mir auf dem Schoß auf den Fahrersitz niederlässt, kann ich mich nicht mehr zurückhalten. »O Gott, Marc!«

Wir küssen uns noch immer leidenschaftlich, während er die Tür zuzieht.

»Ich weiß nicht, ob ich warten kann, bis wir daheim sind«, murmle ich.

Marc stellt den Sitz zurück, sodass ich nicht mehr gegen das Lenkrad gepresst werde.

»Wir werden nicht warten.« Er schiebt mein Sommerkleid hoch und seine Hand unter meinen Slip.

»Marc«, murmle ich, während er meinen Nacken küsst und ich den Kopf zurückfallen lasse. »Das geht nicht, hier kann uns doch jeder sehen.«

»Sag das nicht, das macht mich nämlich nur noch schärfer.«

Bevor ich protestieren kann, hat Marc auch schon seine Hose heruntergeschoben und meinen Slip zur Seite gezerrt.

»Marc, nein! Das geht hier wirklich nicht!«

»Schon wieder.«

Er gleitet in mich hinein, und ich verstumme. Ich muss mir auf die Lippen beißen, um nicht laut aufzuschreien.

»Eigentlich«, sagt Marc, während er das Auto anlässt, »bist du doch selbst daran schuld. Nach deinem Kuss konnte ich mich nicht mehr zurückhalten.«

Ich blicke mich verzweifelt um. »Was machst du da?«

»Ich fahre dich heim.« Marc schiebt meinen Kopf zur Seite, sodass meine Lippen den weichen Ledersitz berühren. »Aber dafür muss ich freie Sicht haben.« Er legt eine Hand ans Lenkrad, und schon rollen wir über den Parkplatz.

»Marc! Du kannst doch nicht fahren, während wir …«

»Beweg dich nicht.« Er führt den Gurt über uns beide hinweg.

Ich spüre ihn in seiner ganzen Länge in mir, tief in mir. Beim Fahren rutsche ich auf ihm hin und her.

»O Marc. Oh. O Marc«, stöhne ich und schließe die Augen.

»Ich hab dir doch gesagt, dass du dich nicht rühren sollst.«

»Ich kann nichts dagegen tun.«

Ich spüre, wie sein Fuß sich aufs Gaspedal senkt. Der Wagen fährt durch das Tor in Richtung Tower Bridge.

»Man kann uns sehen«, keuche ich, während wir langsam dahinrollen.

Marcs Hand liegt völlig entspannt auf dem Lenkrad. »Man kann nur sehen, dass du auf meinem Schoß sitzt.«

»Bist du dir sicher, dass du dich aufs Fahren konzentrieren kannst?«

»Bin ich. Solange du stillhältst.«

»Das ist nicht so einfach«, keuche ich, denn dank der Beschleunigung des Wagens dringt Marc noch tiefer in mich ein. »Marc! O Marc, o mein Gott. Bitte – du kannst nicht …«

»Schon wieder das Wort.«

»Oh!«, schreie ich, als er noch etwas tiefer in mich gleitet. Ich klammere mich an ihn, und eine Hand packt mich am Hintern. »Marc. Marc!«

Ich schaffe es nicht mehr stillzuhalten. Ich bewege meine Hüften, und meine Finger wandern unter seinen Po, um ihn noch tiefer in mich hineinzupressen.

»Sophia!« Marcs Griff um den Lenker wird fester. »Nicht bewegen!«

»Ich kann nicht anders. Es fühlt sich einfach zu gut an.« Mittlerweile habe ich einen stetigen Rhythmus gefunden – auf und ab, auf und ab. Marc berührt die empfindlichsten Stellen meines Körpers. Ich lege den Kopf zurück und stöhne.

Marc fährt jetzt schneller, die Häuser von London fliegen an uns vorbei. Er legt eine Hand auf meine Schulter und hält mich so fest, dass ich mich nicht mehr rühren kann. »Hör auf!«, sagt er streng.

»Ich weiß nicht, wie du noch fahren kannst«, keuche ich und sehne mich verzweifelt danach, mich zu bewegen.

»Es wird immer schwieriger, das kannst du mir glauben.«

59

Als wir endlich in die Garage fahren, verzehre ich mich so sehr nach Marc, dass ich es kaum noch aushalte.

Er parkt den Wagen, stellt den Motor ab, schließt die Augen und stöhnt leise auf. »Du bist verfickt unwiderstehlich.« Er packt mich an den Hüften, hebt mich hoch und lässt mich wieder auf sich herabsinken. »O Sophia. O ja. Ja. Ja!«

Ich umschlinge seinen Nacken und versuche, ihn so tief wie nur möglich in mir aufzunehmen. Stöhnend werfe ich den Kopf zurück, meine Haare fallen aufs Lenkrad.

»Marc«, murmle ich, während wir uns gemeinsam auf dem Ledersitz bewegen. »O Gott, Marc. O Gott.«

Unsere Hüften stoßen immer wieder zusammen. Wir fallen in einen erregenden Rhythmus, bei dem jede Berührung meinen Körper in Ekstase versetzt.

Marc nimmt meine Haare und hält sie fest. Aufmerksam beobachtet er mich, während er das Becken vorschiebt.

Ich versuche, ihn zu küssen, aber er hält mich weiter so fest, dass ich gezwungen bin, ihn nur anzublicken.

»Ich möchte dein Gesicht sehen, wenn du kommst«, keucht er, stößt in mich und stöhnt leise auf.

Eine Hand hat er unter meinen Hintern geschoben und drückt mich bei jedem Stoß fest an sich, sodass ich ihn innen wie außen überall spüre. »O Marc. O Gott.«

Er stößt weiter in mich, bis ich mich nicht mehr zurückhalten kann.

Mein Orgasmus ist gewaltig, ich breche unter seiner Wucht zusammen und werde zurück gegen das Lenkrad geschleudert.

In dem Moment, als ich wieder atmen kann, zieht mich Marc

wieder an sich und schiebt sich noch einmal, zweimal, dreimal zwischen meine Beine.

»Oh! Oh!«, stöhne ich, während weitere Wellen der Lust über mir zusammenschlagen. Ich klammere mich an Marc. Meine Augen sind geschlossen, mein ganzer Körper wird von Wärme durchflutet.

Ich höre, wie Marcs Atem sich beschleunigt. Ein letztes leises Stöhnen, dann kommt auch er. Er vergräbt das Gesicht in meinen Haaren. »Sophia. O Gott, ja. O ja.« Nach einem letzten harten Stoß sinkt er auf den Ledersitz zurück.

Keuchend halten wir uns aneinander fest. Nur ganz langsam nehmen wir die Welt um uns wieder wahr.

Ich atme tief aus. »Ich kann es kaum glauben, was wir gerade im Auto getan haben.«

»Du warst immer sicher. Ich hätte nie die Kontrolle verloren, obwohl ich zugeben muss, dass du es mir sehr schwer gemacht hast.«

»Aber ich habe die Kontrolle verloren.«

»Sieht ganz danach aus.« Marc wickelt sich eine Haarsträhne von mir um den Finger. »Ich liebe es, dich zu beobachten, wenn du loslässt und kommst. Selbst das Make-up kann deine Schönheit dann nicht verdecken.«

Ich fasse mir unwillkürlich an die Wange. »Magst du es nicht, wenn ich Make-up trage?«

»Eigentlich ist es mir egal, aber lieber bist du mir ohne.«

»Findest du, dass ich wie eine Prinzessin aussehe?«, frage ich und ziehe eine Augenbraue hoch. »So nennen sie mich nämlich manchmal am Set. Prinzessin Sophia.«

»Das kann ich mir gut vorstellen.«

»Aber ich will keine Prinzessin sein. Ich will so sein wie alle anderen.«

»Und genau das macht dich zu einer Prinzessin. Zu einer echten, demütigen, unglaublich schönen Prinzessin und zu einer Lady.« Marcs Hand bleibt zögernd auf dem Türgriff liegen. »Ich hoffe sehr, dass Leo Falkirk daran gedacht hat, als er heute mit dir die Szene gespielt hat.«

»Na klar. Er war ein richtiger Gentleman. Und es ist doch nur Schauspielerei, Marc. Das weißt du genauso gut wie ich. Es bedeutet überhaupt nichts.«

»Auf eines kannst du dich verlassen: Ich werde herausfinden, wann die Bettszene gedreht wird, und dann auf alle Fälle am Set sein.«

»Ach, komm schon, Marc. Diese Eifersüchteleien haben wir doch hinter uns gelassen, oder?«

»Schon, aber das heißt noch lange nicht, dass ich nicht auf dich aufpassen werde. Ich muss dich doch beschützen.«

»Wovor?«

»Zum Beispiel davor, dass Leo es zu bunt treibt.«

»Marc! An einem Set voller Leute? Das ist doch albern.«

»So albern auch wieder nicht. Ich bin schon eine ganze Weile in diesem Geschäft. So etwas kommt durchaus vor.«

Mein Lächeln verblasst. »Im Ernst?«

»Ja. Ich habe erlebt, wie berühmte Schauspieler am Set die Kontrolle verloren haben. Die Kamera nimmt munter auf, und die Schauspieler gewinnen einen Oscar für ihre Leistungen. Und keiner weiß, dass nichts davon gespielt war.«

»Hast du je …?«

»Nein.«

Ich schüttele den Kopf. »Wie auch immer – Leo würde das niemals tun. Und ich genauso wenig. Leo ist bis über beide Ohren in meine beste Freundin verliebt, und er hat schon eine ganze Menge Bettszenen hinter sich. Ich bin fest davon überzeugt, dass er sich beherrschen kann.«

»Da bin ich mir nicht so sicher.«

»Ach, Marc! Übrigens – haben wir nicht bald unseren ersten Termin zum Ultraschall? Denk lieber daran, statt dir über so dumme Sachen deinen Kopf zu zerbrechen. Bitte, Marc, keine Eifersucht mehr, okay?«

»Ich bin nicht eifersüchtig, ich will dich nur beschützen, und zwar jetzt so sehr wie noch nie zuvor. Aber wenn du es genau wissen willst – ich freue mich nicht besonders auf den ersten Ultraschall.«

»Ach, nein?«, frage ich ein wenig gekränkt. »Und warum nicht?«

»Wenn ich jetzt schon diesen mächtigen Drang verspüre, dich zu beschützen, wie wird es mir dann erst gehen, wenn ich unser Baby auf einem Foto sehe?«

60

Ich wünschte, du hättest etwas gefrühstückt«, sagt Marc. Ich liege im Krankenhaus, und er hält mir die Hand. »Du musst bei Kräften bleiben.«

Eine Schwester bereitet alles für den Ultraschall vor, während die Ärztin bereits am Bett wartet.

»Ich bin zu aufgeregt«, erwidere ich. »Und ich hatte überhaupt keinen Appetit. Ich werde etwas essen, sobald wir hiermit fertig sind. Versprochen.«

Die Ärztin lächelt. »Okay, Mrs Blackwell. Würden Sie jetzt bitte Ihr T-Shirt hochstreifen?«

Nachdem ich das getan habe, verteilt sie ein kaltes Gel auf meinem Bauch. Anschließend legt sie die Ultraschallsonde, ein weißes Plastikteil, auf meine glänzende Haut. »Dann fangen wir mal an.«

»Kann man schon sehen, ob es ein Junge oder ein Mädchen wird?«, frage ich.

»Noch nicht. Frühestens beim nächsten Mal. Wir überprüfen heute nur, ob es dem Baby gut geht.«

Mein Griff um Marcs Hand wird fester.

Während die Ärztin die Sonde auf meinem Bauch hin- und herschiebt, bemerke ich, dass auf dem Bildschirm, der über dem Bett hängt, weiße Schatten auftauchen.

»Das ist Ihr Baby«, erklärt die Ärztin und deutet mit dem Kopf auf den Bildschirm.

»O mein Gott!«, flüstere ich ehrfürchtig. »O Marc, sieh doch nur!«

Marcs dunkle Augenbrauen ziehen sich zusammen. »Ist alles so, wie es sein soll?«

Die Ärztin lacht. »Eine typische Vater-Frage. Aber ja, Mr Blackwell. Ausgehend von dem, was ich erkennen kann, befindet sich im Bauch Ihrer Frau ein völlig gesundes Baby. Beim nächsten Ultraschall werden wir mehr sehen. Aber bislang macht alles einen sehr guten Eindruck.«

»Wir müssen uns also keine Sorgen machen?«, frage ich mit belegter Stimme.

»Absolut sicher kann man sich natürlich niemals sein«, erklärt die Ärztin. »Bald steht ja noch eine Untersuchung an. Aber ich glaube nicht, dass Grund zur Sorge besteht.«

Marc hilft mir, das Gel von meinem Bauch zu wischen, und zieht mein T-Shirt nach unten.

»Glücklich?«, frage ich und drücke seine Hand.

»Erleichtert.«

»Es wird alles gut werden, Marc.«

»Nun denn, den ersten Ultraschall hätten wir geschafft«, sagt Marc. »Was steht als Nächstes auf dem emotionalen Kalender? Richtig – deine Bettszene mit Leo Falkirk.«

»Es tut mir leid. Ich weiß, dass es für dich schwierig ist. Aber das ist es für mich auch.«

»Warum?«

»Weil ich weiß, dass du es hasst.«

»Das ist nicht der einzige Grund. Du bist aufgeregt, oder? Das sehe ich dir an.«

»Ja«, gebe ich zu. »Ich habe noch nie vor der Kamera eine Bettszene gespielt. Vermutlich bin ich deshalb etwas befangen.«

»Lass uns jetzt heimfahren, dann kannst du mir noch einmal das Drehbuch zeigen.«

61

Im Stadthaus setzen wir uns in den Salon, und Marc überfliegt das Drehbuch. Er entlässt Rodney und sagt ihm, dass wir uns am Abend etwas zu essen bestellen werden.

Sobald er Rodney freigegeben hat, weiß ich, dass er etwas geplant hat. Etwas, was mit dem Drehbuch und damit zu tun hat, mich von meiner Befangenheit zu kurieren.

»Okay.« Marc legt sich das Drehbuch auf seine Knie. »Das ist keine normale Bettszene, sondern etwas Animalischeres. Zwei Menschen, die mit Schlamm bedeckt und mit Blutergüssen übersät sind, haben Sex auf einem Heuballen.«

»Was daran ist animalisch?«

»Fällt dir vielleicht ein besseres Wort ein?«

»Wie wäre es mit ›leidenschaftlich‹?«

»Es ist mehr als das. Die beiden sind erschöpft und abgekämpft. Rapunzel blutet. Dem Helden droht der Tod, den ihm der von Baz verkörperte Schurke zufügen könnte, und er denkt: Wenn ich denn bald sterben werde, müssen wir uns vorher unbedingt noch lieben. Sie will erst nicht und versucht, ihn wegzustoßen. Aber schließlich gibt sie nach, denn liebt und begehrt ihn ebenfalls.« Marc zieht spöttisch eine Braue hoch. »Mit anderen Worten: Die Szene ist animalisch.«

»Na gut, wenn du meinst.«

»Ich bin froh, dass du dich endlich fügst. Also gut, zieh dein Kostüm an.«

»Wir haben keine Kostüme hier.«

»Rapunzel trägt in dieser Szene kaum etwas am Leib. Ich bin mir sicher, dass wir etwas improvisieren können.«

»Ist das denn wirklich nötig?«

»Unbedingt. Du musst üben, wie es ist, wenn einem die Kleider vom Leib gerissen werden.«

Ich lache. »Findest du nicht, dass wir das schon oft genug geübt haben?«

»Such dir ein Hemd von mir aus, ich besorge währenddessen eine Schere.«

»Wir verfügen über keinen Heuballen«, sagt Marc und geht in die Tiefgarage. »Aber über eine Gruft.«

»Hier sollen wir üben?«, frage ich und folge ihm.

»Kannst du dir einen besseren Ort vorstellen? Hier unten ist es dunkel. Düster. Die perfekte Atmosphäre, findest du nicht?«

»Vermutlich.«

Marc hat ein paar Sofakissen mitgenommen, die er nun direkt neben einem Ölfleck auf den Zementboden fallen lässt.

»Sie werden schmutzig werden«, bemerke ich.

»Dann kaufe ich eben ein paar neue.«

»Es muss nett sein, Millionär zu sein.«

»Ich bin kein Millionär, Sophia, ich bin Milliardär.«

Ich lache. »Egal – es ist nicht gut, Dinge zu verschwenden.«

»Es sind Lederkissen, die man reinigen kann. Vielleicht bleiben ein paar Gebrauchsspuren zurück, aber die verleihen dem Leder wenigstens Charakter.«

»Wenn du meinst.«

»Das tue ich. Übrigens steht dir mein Hemd ganz ausgezeichnet.«

Ich trage eines von seinen schwarzen Shirts, in dem ich schier versinke. Es reicht mir bis zur Mitte meiner Oberschenkel. Auf Marcs Drängen hin bin ich darunter nackt, so wie in der Szene.

Marc trägt eine Cargo-Hose und ein aufgeknöpftes, ebenfalls schwarzes Hemd.

Mit nackten Füßen stehe ich auf dem Zementboden. Marc dreht mich um und zerfetzt den Hemdrücken mit einer scharfen Schere.

»Wow«, sage ich, als ich höre, wie der Baumwollstoff zerreißt.

»Dreh dich um.« Kunstfertig schlitzt Marc auch die Vorderseite des Hemdes auf – gerade genug, um nacktes Fleisch, aber keine intimen Stellen zu entblößen.

»Das machst du sehr gut«, bemerke ich. »Vielleicht solltest du dir überlegen, eine Karriere als sexy Lumpenhersteller einzuschlagen.«

Marc tritt einen Schritt zurück und mustert mich von oben bis unten. »Okay. Wir fangen an der Stelle an, an der du den gefesselten Prinzen befreist.«

»Es wird bestimmt lustig, den Spieß mal umzudrehen«, bemerke ich grinsend.

»Ganz meine Meinung.« Marc bedenkt mich mit seinem unwiderstehlichen Lächeln.

»Marc …«

»Wir arbeiten. Los geht's.«

Er stellt sich an die raue Wand und hebt die Arme. »Zu schade, dass wir hier unten keine Handschellen haben«, sagt er. »Vielleicht sollte ich welche anbringen lassen.«

»Warum nicht«, erwidere ich. Ich atme tief ein, als ich meinen attraktiven Mann mit seinem aufgeknöpften Hemd und den erhobenen Armen mustere. Seine nackte Brust hebt und senkt sich.

»Also dann – worauf wartest du, Rapunzel?«, fragt Marc. »Komm und befreie mich.«

Ich versetze mich in Rapunzel hinein – sie ist lebhaft und temperamentvoll. Ich tue so, als wäre ich gerade auf der verzweifelten Suche nach der Liebe meines Lebens durch eine Tür in einen Raum gerannt. »Prinz Frederick!«, keuche ich und presse eine Hand auf die Brust. »O mein Gott! Was hat man Euch angetan?«

Marcs strenges Naturell verflüchtigt sich, und er wird zu dem kecken, lockeren Prinz Frederick mit den leuchtenden Augen und dem sexy Lächeln. »Sie haben mich gefoltert«, erklärt er. »Es war kein besonders guter Tag.«

»Ich lasse Euch herunter.« Ich tue so, als würde ich die Handschellen lösen.

Marc reibt sich die Handgelenke und mustert mich frech.

Er ist ein unglaublicher Schauspieler. Es haut mich um, wie er sich binnen Sekunden so verändern kann.

»Danke, Prinzessin.«

Ich trete einen Schritt von ihm zurück. »Gern geschehen.«

»So sagt mir – warum habt Ihr mich gerettet?«

»Weil Ihr der Einzige seid, der diese Stadt befreien kann.«

»Nur deshalb?« Marc kommt auf mich zu.

»Wir sollten fliehen. Wir müssen …«

Marc packt mich an einem Handgelenk. »Euer Auftauchen hat also nichts mit Liebe zu tun?«

Ich versuche, mich von ihm loszumachen. »Ich liebe Euch nicht.«

»Wisst Ihr, dass Eure Lippen zittern, wenn Ihr lügt?« Marc presst seinen Mund auf meinen, aber ich versuche, ihm auszuweichen.

»Wir … wir müssen fliehen«, stammle ich. »Wir müssen …« Aber dann küsst mich Marc erneut, und ich verstumme.

Keuchend reißen wir uns die Kleider vom Leib. Marc trägt mich zu den Kissen und legt mich darauf, dann entledigt er mich auch vom Rest des Hemdes. Er tut so, als würde er sich zwischen meinen Beinen zu schaffen machen und küsst mich dabei leidenschaftlich.

O Gott. Er ist unglaublich.

»Wie schaffst du es nur, die Beherrschung zu bewahren?«, frage ich mit rauchiger Stimme.

»Es ist nicht leicht.«

»Du musst es nicht. Wir müssen die Szene nicht weiter durchgehen.«

»Gott sei Dank!«

Marcs Daumen kreist zwischen meinen Beinen, und ich bäume mich ihm entgegen und werfe den Kopf zurück.

»Wenn Leo auch nur etwas in der Art probiert, schlage ich ihn grün und blau«, murmelt Marc mir ins Ohr.

Sein Finger kreist und kreist, und ich bewege stöhnend und keuchend meine Hüften, um seiner Hand zu begegnen.

»Und wenn er so etwas versucht«, sagt Marc und zieht sich die Hose aus, »dann bringe ich ihn um.« Er schiebt sich in mich hinein.

»Marc. Marc. O Gott, Marc!«, ächze ich.

Als er sich zu bewegen beginnt, breitet sich sofort Hitze in mir aus, die immer stärker wird. Ich antworte auf jeden seiner Stöße, indem ich ihn fest in mich ziehe.

Seine Augen beginnen sich zu schließen. »Sophia. Sophia!«,

murmelt er. »Ich könnte dir den ganzen Tag lang dabei zuschauen, wie du kommst. Den ganzen Tag!«

Als er das sagt, kann ich mich nicht mehr zurückhalten und stöhne laut auf. Ein Orgasmus durchflutet meinen Körper und lodert zwischen meinen Beinen.

Marc bewegt sich weiter. Er packt meinen Hintern und presst mich an sich. »Gott, ich will dich. O Gott!« Er presst die Augen fest zusammen. Sein Unterkiefer verspannt sich, während seine Stöße immer heftiger werden. »Sophia!« Er bricht auf mir zusammen und hält mich ganz fest, als er kommt. Dann vergräbt er den Kopf in meinen Haaren. »Nur um es noch einmal in aller Deutlichkeit zu sagen«, flüstert er. »Unsere Probe war in dem Moment zu Ende, als ich die Hand zwischen deine Beine geschoben habe.«

»Ich bin froh, dass du mir das noch einmal klargemacht hast. Ich will vor der Kamera schließlich nichts falsch machen.«

»Sophia!« Marc schnellt hoch und sieht mich warnend an.

Ich lache. »War nur ein Scherz.« Ich lege die Hand auf seine raue Wange. »Das weißt du doch.«

»Ja, ich weiß«, lächelt Marc. »Aber manchmal brauche ich eine Rückversicherung.«

62

In den nächsten Wochen wird im Studio gedreht. Die meisten Szenen spielen im Wald. Wirklich erstaunlich, wie echt falsche Bäume wirken können. Immer wieder muss ich die Blätter berühren, weil ich kaum glauben kann, dass sie aus Plastik sind.

Auch Szenen im Schloss sind jetzt an der Reihe. Baz und Leo liefern sich einen Schwertkampf auf einer Wendeltreppe, der für meinen Geschmack ein bisschen zu echt rüberkommt. Baz drischt ziemlich heftig auf Leo ein. Ich glaube, insgeheim trauert er Sigourney noch immer nach. Die fertige Szene ist ziemlich gut, weil der ruhige, sonst so lässige Leo plötzlich in Wut geraten ist und zurückgeschlagen hat.

Schließlich müssen Leo und ich auch unsere Bettszene spielen. Ich bin ein bisschen aufgeregt, habe aber das Gefühl, dass Marc mir viel geholfen hat.

Er freut sich natürlich immer noch nicht darüber, aber ich habe ihm Tausende von Male erklärt, dass sie für den Film unabdingbar ist. Nadia möchte ein dunkles Märchen für Erwachsene erzählen, und dazu gehört eben auch eine Bettszene – mit allem, was die Zuschauer davon erwarten. Ich werde nicht komplett nackt sein, aber so aussehen, als wäre ich es, und die Kamera wird meinen entblößten Rücken filmen.

Mich belustigt es mittlerweile fast, dass Marc, der so viel Zeit damit verbracht hat, mir beizubringen, loszulassen und erwachsene Rollen zu spielen, jetzt, da ich es endlich tue, eifersüchtig ist.

Am Morgen des Drehtages mit der Bettszene fährt er mich ins Studio. »Ich denke wirklich, ich sollte dich heute nicht allein lassen«, meint er zum hundertsten Mal.

»Marc, du kannst nicht dabei sein.«

»Ich könnte mit Nadia reden …«

»Nicht nur Nadia will dich nicht dabeihaben. Ich auch, weil ich in dir ein kleines bisschen Eifersucht spüre, ob du es nun zugeben willst oder nicht. Das ist nicht gesund. Sieh es doch mal aus der Perspektive: Ich helfe dir, innerlich zu wachsen.«

»Vielleicht, aber dafür gibt es bestimmt einfachere Wege. Sophia, du hast so eine Szene noch nie gespielt. Du weißt nicht, wie Männer sein können. Nicht nur Leo, sondern auch die Crew. Was sie denken, wenn sie eine Frau halb nackt am Set herumliegen sehen, und wie sie später in der Bar über sie reden.«

»Das sagst du mir ständig. Aber wenn ich diese Szene abgedreht habe, werden mich bald Millionen Menschen halb nackt herumliegen sehen. Was willst du dann tun? Sie alle davon abhalten, in der Bar über mich zu reden?«

Marc lenkt den Wagen auf den Parkplatz. »Du kannst von Glück sagen, dass Nadia Regie führt. Ansonsten würde ich dich das nie machen lassen.«

»Und wie würdest du mich davon abhalten wollen?«

»Ich würde dich fesseln.«

»Diese Art von Witz lasse ich dir gerade noch durchgehen.«

»Wer behauptet, dass das ein Witz war?«

»Ach, komm schon, Marc. Du hast mich immer gedrängt, mehr aus mir herauszugehen und meine Hemmungen fallen zu lassen.«

»Ich weiß. Schon komisch, oder?«

»Sehr.«

»Ich hatte nicht mit deiner Schwangerschaft gerechnet.«

»Immerhin ist mir jetzt nicht mehr so schlecht. Oder vielleicht habe ich mich auch nur daran gewöhnt. Wie auch immer, es geht mir nicht halb so miserabel wie vor einiger Zeit.«

»Und darüber bin ich sehr froh.« Marc parkt den Wagen und starrt aus dem Fahrerfenster. »Na gut. Dann werde ich eben nicht dabei sein. Aber nur, weil ich Nadia kenne. Sie kümmert sich sehr gut um ihre Schauspielerinnen und wird auch auf dich aufpassen. Aber sobald es irgendwelche Probleme gibt, wenn du anfängst, dich unwohl zu fühlen …«

»Marc.« Ich nehme seine Hand. »Sei nicht so. Ich weiß, dass es schwer für dich ist.« Ich ziehe an seinem Arm, und er dreht sich zu mir um. In seinen klaren blauen Augen liegt tiefer Schmerz.

»Ich liebe dich«, sage ich. »Okay? Es ist doch nur dieser eine Tag. Versuche, nicht zu sehr daran zu denken. Fahr ins College, treff dich mit ein paar Studenten.«

Marc trommelt mit den Fingern auf das Lenkrad. »Jetzt geh schon, sonst entführe ich dich noch wirklich.«

Ich lache. »Ich liebe dich auch.«

63

Für die Bettszene hat Nadia ein Extraset aufbauen lassen, in das sie Leo und mich jetzt führt. Es ist ein runder Raum mit steinernen Wänden – es soll das Verlies im Tower of London darstellen –, an den Wänden hängen Handschellen, in den Ecken liegen Heuballen. Was das Publikum später nicht sehen wird, ist die dicke Polsterung der Ballen, damit es für Leo und mich nicht allzu unbequem ist, wenn wir so tun, als würden wir uns auf ihnen lieben.

Mir fällt auf, dass ziemlich viele Leute aus der Crew anwesend sind. Sie treten sich in dem Raum fast auf die Füße. Verlegen ziehe ich meinen Morgenmantel enger um mich. Unter dem Mantel trage ich einen winzigen Stringtanga, meine Nippel und ein Teil meiner Brüste sind mit Plastik beklebt. Sonst habe ich nichts an.

Leo hat auf den Morgenmantel verzichtet. Er stolziert in seinem Tanga so normal herum, als wäre er voll bekleidet.

Ich muss zugeben, dass mich die Beule zwischen seinen Beinen beeindruckt. Am liebsten würde ich schnell ein Foto für Jen machen und es ihr mit den Worten schicken: »Hast du ein Glück, Mädel!« Aber Leo ist ohnehin schon eingebildet genug.

»Warum sind hier so viele Leute?«, frage ich Nadia. Selbst die Männer für die Spezialeffekte drängen sich am Rand des Sets. »Die Szene soll doch ganz normal aufgenommen werden, ohne 3-D und so weiter.«

Nadia legt mir einen Arm auf die Schulter. »Sie wollen dich nackt sehen, Schätzchen. Diese Männer! Sie freuen sich schon auf eine Geschichte, die sie ihren Freunden erzählen können, von dem Tag, als sie Sophia Blackwell ohne Klamotten gesehen haben.«

Ich ziehe den Morgenmantel noch enger. »Ich hab doch nichts, was andere nicht haben.«

»Doch, Schätzchen. Du bist berühmt.«

»Wohl kaum.«

»Berühmt und bescheiden. So etwas kommt nicht oft vor.« Nadia klatscht in die Hände. »Hey, Leute, wer nicht für die Szene gebraucht wird, verschwindet jetzt, okay? Das ist keine Peepshow.«

Unter Murren leert sich der Raum zur Hälfte.

»Daryl!«, ruft Nadia. »Du auch!«

»Ich dachte, vielleicht brauchst du einen Extra…«

»Nein, brauche ich nicht. Raus mit dir.«

Jetzt sind nur noch weibliche Crewmitglieder anwesend. Nadia hat für diese Szene ausschließlich Frauen an der Kamera, für den Sound und die Beleuchtung ausgewählt, und ich bin ihr sehr dankbar dafür.

»Bereit, um Träume wahr werden zu lassen?«, fragt Leo mich grinsend, mit weit auseinandergestellten Beinen und seinen Händen an den Hüften.

Nadia lacht. »Wenn du die Beine noch breiter machst, rutscht dir noch alles aus deinem Tanga, Leo.«

»Dann bekämt ihr Ladys wenigstens etwas zu sehen, was ihr nie wieder vergesst.«

»Okay, Schätzchen.« Nadia tätschelt meinen Arm. »Zieh dich bitte aus und leg dich auf den Heuballen. Wir drehen erst die Liebesszene und dann den Dialog.«

Rasch schlüpfe ich aus dem Mantel, damit ich nicht länger über ihn nachdenken muss, und reiche ihn Nadia. Dann klettere ich auf die Heuballen und lege mich hin. Ich versuche, mich so zu drapieren, dass die Kamera den besten Winkel erwischt.

»Perfekt. Und jetzt Leo. Leg dich auf sie.«

Mein Atem beschleunigt sich, als Leo über mir ist und sich mit den Ellbogen abstützt.

Er grinst mich schelmisch an. »Nun, Mrs Blackwell, ist heute nicht ein herrlicher Tag?«

»Leo, mein Lieber, rutsch ein bisschen weiter runter«, sagt Nadia. »Genau, das sieht gut aus. Okay – und jetzt: Action!«

Leos belustigter Blick verwandelt sich und wird intensiv und verführerisch. Er fixiert mich und legt die Handflächen neben meinem Kopf auf den Heuballen, während er so tut, als würde er sich zwischen meinen Beinen bewegen.

Ich sehe ihn an. Meine Hände wandern zu seinem Gesicht, ich tue so, als wäre ich wahnsinnig verliebt, völlig hin und weg von dem, was er mit mir anstellt. Im Grunde denke ich einfach nur an Marc. Meine Hände wandern zu Leos starken Armen, ich spüre seine Muskeln unter meinen Fingern.

Leo küsst mich. Hungrig, leidenschaftlich. Noch immer bewegt er sich zwischen meinen Beinen auf und ab.

Ich fahre ihm durchs Haar und winde meinen Körper unter ihm. Ich schlinge die Beine um seine Hüften und mache die passenden Geräusche – ich stöhne, seufze und so weiter. Zuletzt schließe ich überwältigt vor Lust die Augen. Mein Körper gehorcht mir, aber mein Herz weiß genau, dass alles nur gespielt ist.

Nach ein paar Takes ruft Nadia: »Okay, das hätten wir. Ihr zwei könnt euch jetzt wieder entwirren. Natürlich nur, wenn ihr wollt.«

Ich drehe mich zu ihr um und sehe, dass sie schelmisch grinst.

Und dann blinzle ich, weil ich nicht glauben kann, wen ich hinter der Kamerafrau sehe.

Marc.

64

Ich richte mich auf, um besser sehen zu können, und schubse Leo weg.

»Benimmst du dich nach dem Sex immer so?«, fragt Leo und dreht sich zur Seite. »Junge, Junge, allmählich tut mir Marc fast leid. Dass ich je so etwas sagen würde, hätte ich mir nie träumen lassen.«

»Marc war gerade hier«, erwidere ich. »Ich habe ihm gesagt, dass er heute nicht dabei sein kann. Aber er war hier. In diesem Raum.«

Nadia dreht sich in die Richtung, in die ich schaue. »Marc?«

»Ja.« Ich klettere vom Heuballen hinunter. »Wo ist er hin?«

»Ich wette, dass er sich aus dem Staub gemacht hat«, meint Leo. »Männer hassen es, wenn ihre Frauen mit ihnen schimpfen. Glaub mir, ich weiß das.«

»Marc ist nicht so«, entgegne ich.

»Alle Männern sind so«, beharrt Leo. »Egal für wie tapfer sie sich halten, vor einer wütenden Frau haben sie alle Schiss.«

Ich nehme meinen Morgenmantel vom Kleiderständer und werfe ihn mir über. »Ich kann es einfach nicht glauben. Ich habe ihn ausdrücklich gebeten, heute nicht hier aufzukreuzen. Was bildet er sich eigentlich ein? Und wo ist er hin?«

Nadia zuckt die Schultern. »Ich habe mich ausschließlich auf euch zwei konzentriert. Wenn er euch gesehen hat, dreht er jetzt wahrscheinlich durch vor Eifersucht. Das ginge jedem Ehemann so. Die Szene war ja auch wirklich scharf. Seid ihr euch ganz sicher, dass zwischen euch nichts läuft?« Sie zwinkert. »Normalerweise knistert es nie so, es sei denn, es sind echte Gefühle im Spiel.«

»Wie kannst du es wagen!«, ruft Leo gespielt empört. »Ich bin verlobt und werde demnächst heiraten.« Er steht auf und legt mir freundschaftlich einen Arm um die Schulter. »Aber im Ernst – Sophia und ich sind einfach nur gute Freunde. Wir haben es zwar auch mal anders probiert, aber das hat nicht geklappt.«

»Wir haben überhaupt nichts ausprobiert«, widerspreche ich. »Du hast versucht, mich zu küssen. Das war alles.«

»Und du hast meinen Kuss erwidert, wenn ich mich recht entsinne.«

»Ach, komm schon – eine halbe Sekunde lang vielleicht.«

»Okay, okay. War nur ein Scherz. Du bist eine großartige Schauspielerin, das ist alles, was ich damit sagen wollte.«

»Du bist auch ziemlich gut«, entgegne ich und erinnere mich kurz an seinen intensiven Blick und daran, wie sein harter Körper sich anfühlt.

Dann muss ich wieder an Marc denken und daran, wie er uns beide beobachtet hat. Wut steigt in mir auf. Ich hatte ihm doch mehrmals eingeschärft, nicht ans Set zu kommen. Wenn er jetzt gekränkt ist, ist er selbst schuld. Ich würde ihm nie bei einer Sexszene mit einer anderen Frau zuschauen, nie und nimmer.

»Ich muss Marc finden«, sage ich und schlüpfe in ein Paar Slipper. »Er ist mir eine Erklärung schuldig.«

Auf dem Flur ist von Marc nichts mehr zu sehen.

In der Garderobe nehme ich mein Handy und rufe ihn an.

Sofort geht die Mailbox ran.

Als ich mein Sommerkleid und meine Flip-Flops anziehe, höre ich Geräusche – eine Art Stöhnen und Klirren. Sie scheinen aus der hintersten Garderobe zu kommen.

Was zum Teufel geht dort vor?

Ich schleiche näher und bemerke, dass die Tür einen Spaltbreit offen steht.

65

Durch die schmale Öffnung hindurch sehe ich Baz und Sigourney.

Sigourney ist splitterfasernackt, Baz trägt seine mittelalterliche Kampfausrüstung und drückt ein Breitschwert an ihre Kehle.

Anfangs bin ich verwirrt und überlege, ob ich Hilfe holen soll.

Aber dann schreit Sigourney: »Härter! Härter! O ja. Fick mich. Härter! Härter!« Sie hat die Hände so fest auf Baz' gepanzerte Schultern gepresst, dass die Knöchel weiß sind. »Gib's mir. Gib's mir, verfickt noch mal!«, schreit sie.

Ich schleiche davon und muss ein Lachen unterdrücken. Es sieht ganz danach aus, als hätten sich die zwei wieder versöhnt. Ich hoffe nur, dass es von Dauer ist.

»Ist Marc hier vorbeigekommen?«, frage ich die Frau, die den Empfang überwacht. »Marc Blackwell?«

»Marc? Hm … jemand hat vor Kurzem das Gebäude verlassen. Ich denke, es war ein Mann.«

»Wohin ist er gegangen?«

»Zum Parkplatz. Ich habe ein Auto wegfahren hören.«

Ich rufe Marc noch einmal an.

Diesmal geht er ran. »Sophia?«

Im Hintergrund sind Verkehrsgeräusche zu hören. Wahrscheinlich sitzt er in seinem Wagen.

»Wo bist du?« Ich schäume vor Wut. »Was hast du am Set zu suchen gehabt?«

Schweigen.

»Marc?«

»Ich war nicht am Set.«

»Lass den Quatsch. Die Frau am Empfang hat dich weggehen sehen.«

»Sie hat sich geirrt.«

»Das heißt, sie und ich, wir haben uns beide geirrt?«

»Sophia – du hast in letzter Zeit viel gearbeitet. Du bist müde und gestresst. Gestresste Menschen machen Fehler, täuschen sich.«

Ich drücke das Handy an die Brust und wirble zu der Frau herum. »Sie haben Marc doch gesehen, oder?«

»Hm …« Die Sekretärin runzelt die Stirn. »Jemand ist hier vorbeigekommen, aber wer genau das war, kann ich Ihnen nicht sagen.«

Jetzt bin ich völlig verwirrt. Ich nehme das Handy wieder ans Ohr. »Aber ich habe dich gesehen.«

Pause.

»Ich war heute nicht am Set.«

»Du würdest mich niemals anlügen, oder?«

Noch mal eine Pause.

»Marc?«

»Nein. Ich würde dich niemals anlügen.«

Das ist doch völlig verrückt. Vielleicht habe ich wirklich zu viel gearbeitet und bilde mir Dinge ein. Aber eine kleine Stimme in mir sagt, dass meine Sorgen nicht grundlos sind. Ich vertraue Marc zwar, aber die Art und Weise, wie er meine Fragen beantwortet, ist seltsam. Und ich bin mir ganz sicher, ihn gesehen zu haben. Das ist jetzt schon das zweite Mal, dass so etwas vorgekommen ist.

Werde ich verrückt?

66

Als wir an diesem Abend heimkommen, frage ich Marc nicht mehr, ob er am Set war; ich weiß, was er erwidern würde.

Das habe ich dir doch schon gesagt, Sophia. Ich war nicht da. Und jetzt hör damit auf.

Entweder sagt er mir nicht die Wahrheit, oder ich bilde mir Dinge ein. Der Marc, den ich kenne, ist kein Lügner, was zum Teufel geht hier also vor?

Das Abendessen verläuft ziemlich steif. Marc ist in Gedanken vertieft, wahrscheinlich grübelt er über meine abgedrehte Sexszene nach.

Auch ich denke über einiges nach. Immer noch frage ich mich, warum ich Marc am Set gesehen habe. Kann es in einer Schwangerschaft zu Halluzinationen kommen? Ich habe zwar noch nie davon gehört, aber möglich ist alles. Vielleicht sollte ich mit Dr. Christian darüber reden. »Und, was hast du heute gemacht?«, frage ich, während Rodney uns einen Salat mit Ziegenkäse und Walnüssen serviert.

»Ich habe mir ein Grundstück in London angesehen«, antwortet Marc. »Eine gute Anlagemöglichkeit, vielleicht für ein neues College.«

»Willst du nichts von meinem Drehtag wissen?«

»Nein, Sophia, ich möchte nichts davon hören, wie du fast nackt auf einem Strohballen gelegen hast, mit Leo Falkirk auf dir.«

Meine Gabel fällt auf den Tisch. »Also warst du doch dort.«

»Wie bitte?«

»Du warst heute am Set.«

»Darüber haben wir doch schon gesprochen. Ich habe dir gesagt, dass ich nicht da war. Wenn die Schwangerschaft dich so fertigmacht, dass du dir komische Sachen einbildest, denke ich allen Ernstes, es wäre besser …«

»Ich habe mir nichts eingebildet!«, rufe ich laut. »Du warst da. Woher willst du sonst wissen, wie Leo und ich dagelegen haben?«

»Das habe ich erraten, Sophia. Außerdem kenne ich das Drehbuch. Himmel noch mal – willst du wirklich wissen, was ich den ganzen Tag getan habe? Ich habe mir meine schwangere Frau mit einem anderen Mann vorgestellt. Ich habe mir jedes Detail der Szene ausgemalt. Den Strohballen, die Wände …«

Meine Wut lässt ein wenig nach. Ich gehe zu ihm und lege ihm die Arme auf die Schultern. »Es tut mir leid. Ich bin müde. Es war ein seltsamer Tag.«

»Für dich und für mich.«

»Die Dreharbeiten sind bald zu Ende.«

»So bald nun auch wieder nicht.«

»Und danach kommt vielleicht schon der nächste Film. Aber die intimen Szenen zwischen Leo und mir sind geschafft.«

»Das freut mich zu hören. Sehr sogar.«

❧ 67

Zwei Monate später …

»Was meinst du?« Jen hält ein weißes Kleid aus fließender Seide mit einem tiefen herzförmigen Ausschnitt und langen Spitzenärmeln hoch.

Jen und ich sind in Chelsea auf der Suche nach einem Brautkleid in der fünften Boutique angelangt. Komischerweise weiß ich, dass Jen ihr Brautkleid bereits gefunden hat. Es war das zweite, das sie in einem Laden ein paar Straßen weiter anprobiert hat.

Aber sie hat noch keine Ahnung davon. Wahrscheinlich wird sie noch fünfzig Kleider anprobieren müssen, bis es ihr klar wird.

»Sehr schön«, sage ich. »Aber es sieht ein bisschen nach Prinzessin Kate aus, findest du nicht?«

»Na und? Ist das schlimm?«

»Es wäre schon in Ordnung.« Ich suche nach den richtigen Worten. »Aber … aber du möchtest doch bestimmt ein Kleid, das gut zu dir und deiner Figur passt. Was dich verkörpert.«

Jen lacht. »Jetzt kapier ich's. Du meinst, meine großen Titten und Kate Middletons schlanke Gestalt sind Welten voneinander entfernt.«

»Genau.«

»Und wie wär's mit dem hier?« Jen nimmt ein anderes Kleid von der Stange.

»Was hältst du von dem in der ersten Boutique?«, frage ich. »Du weißt schon, das zweite, das du anprobiert hast. Mit den vielen Kristallen.«

»Oh, das war wirklich fantastisch.« Jen befühlt die tränenförmigen Kristalle, mit denen ein anderes Kleid verziert ist. »Das hätte ich fast vergessen. Es war bis jetzt das beste, oder?«

»Ja.«

»Weißt du was? Wir sehen uns nur noch in ein paar weiteren Läden um, und dann gehen wir zurück, und ich ziehe das Kleid noch einmal an. Okay?«

Ich lache. »Na gut. Wie läuft es eigentlich gerade zwischen dir und Leo?«

»Super. Richtig, richtig gut. Er ist echt scharf. Im Bett eine wahre Offenbarung. Was er mit seiner Zunge anstellt …«

»Ich dachte eher in allgemeiner Hinsicht«, unterbreche ich sie. »Wie klappt das Zusammenleben?«

»Er ist ein ziemlicher Schlamper. Aber er bezahlt eine Haushälterin, also ist es nur halb so schlimm. Ich kann mich nicht beklagen. Der Sex ist heiß, aber manchmal reden wir auch nur die ganze Nacht. Ich bin wahnsinnig gern mit ihm zusammen. Unsere Geschmäcker sind zwar ziemlich verschieden, aber es funktioniert trotzdem. Er ist mein bester Freund – jedenfalls kommt er gleich nach dir. Wie arbeitet es sich mit ihm?«

»Gut. Und wie geht es dir damit, dass er momentan Sigourney so häufig sieht?«

»Es macht mir überhaupt nichts mehr aus. Anfangs bin ich ja ein bisschen ausgeflippt wegen ihr, so habe ich vorher noch nie reagiert. Aber mittlerweile bin ich völlig darüber hinweg. Was hat der Typ nur mit mir angestellt?« Sie kichert. »Das muss Liebe sein. Egal – ich glaube, jede Frau würde wenigstens etwas auf die Exfreundin ihres Freundes eifersüchtig sein, wenn die ein Supermodel ist. Ich bin auch nur ein Mensch. Und Sigourney sieht wirklich umwerfend aus.«

»Nicht so umwerfend wie du.«

»Die Worte einer echten besten Freundin. Wie ist Leo eigentlich am Set? Ist er witzig oder ganz ernst, wenn er arbeitet?«

»Er ist toll«, sage ich. »Lustig, aber auch rücksichtsvoll und aufmerksam. Ich kann es kaum glauben, wie schnell die Zeit vergangen ist. Die Dreharbeiten sind fast vorbei. Es macht mir Spaß, aber ich bin auch froh, wenn wir es geschafft haben.«

»Und wenn du die Füße hochlegen und nur noch dick und schwanger sein kannst.«

»Richtig.« Ich streichle meinen Bauch, der sich ein bisschen wölbt. Ich liebe den Anblick. »Auch wenn es mir momentan richtig gut geht. Mir ist überhaupt nicht mehr schlecht.«

»Und wie läuft es zwischen dir und Prinz Charming?«

Ich befingere die Spitze von einem der Kleider. »Okay.«

»Nur okay?«

»Gut. Ich meine, es läuft sehr gut, aber …«

Jen hängt das Kleid wieder auf den Bügel. »Aber was?«

»Es ist nur … Seit ich ihn damals am Set gesehen habe, ist alles ein bisschen seltsam.«

»Was heißt hier seltsam?«

»Ich weiß nicht. Ich habe keine Ahnung, ob es an ihm liegt, an mir oder an uns beiden. Einerseits bin ich mir sicher, dass Marc mich nie belügen würde, andererseits denke ich ständig – mir war so, als hätte ich ihn zweimal bei den Dreharbeiten gesehen. Und beide Male hat er es abgestritten. Ich meine – einmal hätte ich es mir ja einbilden können. Aus Müdigkeit, weil ich überarbeitet war, was weiß denn ich. Aber zweimal?«

»Und warum sagt er, dass er nicht da war?«

»Weil ich ihn gebeten hatte, nicht zu kommen«, sage ich. »Und er mir versprochen hatte, sich fernzuhalten. Und noch etwas: Er hat komisch reagiert, als ich ihn gefragt habe, ob er da war. Ich weiß auch nicht, wie ich das beschreiben soll – jedenfalls nicht so, wie er normalerweise reagiert. Er schien aufgebracht zu sein.«

»Marc kommt mir wie ein ehrlicher Mensch vor«, sagt Jen. »Vielleicht hält er sich nicht immer strikt an das, was du ihm sagst, aber ich glaube nicht, dass er es dann abstreiten würde.«

»Das denke ich auch. Trotzdem, seither … Ach, keine Ahnung. Marc verlässt das Haus zu seltsamen Zeiten und wirkt irgendwie verschlossen.«

»Vielleicht plant er eine Überraschung für dich«, sagt Jen. »So wie Leo es für mich getan hat.« Sie drückt ein weiteres Kleid an sich. »Ich bin so glücklich, dass wir heiraten! Tut mir leid, hast du gerade etwas gesagt?«

»Nur dass Marc anders ist.«

»Könnte es etwas mit seiner Schwester zu tun haben?«

»Das glaube ich nicht. Bei ihr ist alles in Ordnung. Sie lebt wieder mit ihrem Sohn zusammen, und alles läuft bestens. Allerdings haben sie an unserem Hochzeitstag über ein Familiendrama oder so etwas Ähnliches gesprochen.«

»Aber das ist doch schon eine ganze Weile her. Ich bin mir sicher, dass alles längst geklärt ist, was auch immer es war.«

»Vielleicht.«

»Könnte es nicht sein, dass ihn deine Schwangerschaft mitnimmt? Ein Kind bedeutet ja eine Riesenveränderung. Und Marc sorgt sich sehr um dich. Vielleicht hat er Angst, dass bei der Geburt etwas schiefgehen könnte.«

»Sag so was nicht. Ich mache mir schon genügend Sorgen wegen der Geburt.«

»Tut mir leid. Deiner Freundin Jen mangelt es an Einfühlungsvermögen. Aber das weißt du ja schon lange.«

»Da hast du allerdings recht.«

Wir müssen beide lachen.

»Heute steht doch der Ultraschall an, bei dem du erfährst, ob es ein Junge oder ein Mädchen wird.«

»Ja, heute Nachmittag. Das ist auch etwas, was ich seltsam finde. Marc ist irgendwie gereizt und wechselt, wann immer ich den Ultraschall erwähne, das Thema.«

»Wahrscheinlich hat er nur Angst.«

Ich lege die Hände auf meinen Bauch. »Die habe ich auch.«

»Du hast keinen Grund dazu. Du wirst ein vollkommen gesundes Baby bekommen.«

»Aber du hast recht. Meine Sorgen sind albern. Also, was ist jetzt? Gehen wir gleich zurück zur ersten Hochzeitsboutique?«

Jen grinst. »Ja. Das tun wir, und ich probiere das Kleid mit den Kristallen noch einmal an. Weißt du was? Ich kann mir gut vorstellen, dass es das Richtige ist.«

»Das denke ich auch.«

68

Ich liege auf einem Krankenhausbett und starre an die beigefarbene Decke. Inzwischen kenne ich das Prozedere. Ich ziehe mein T-Shirt hoch, die Ärztin verteilt Gel auf meinem Bauch und führt dann die Sonde mit dem Schallkopf darüber. Natürlich ist mein Bauch jetzt ein bisschen größer als beim letzten Mal.

Wir starren auf den kleinen Schwarz-Weiß-Bildschirm, auf dem sich gleich unser Baby zeigen wird.

»Da ist er ja!« Marc wendet sich an die Ärztin. »Ist alles in Ordnung? Ist das Baby gesund? Und Sophia …?«

»Nach allem, was ich hier sehe, ist Ihr Baby kerngesund«, erwidert die Ärztin. »Alles sitzt am rechten Fleck. Sie müssen sich keine Gedanken machen.«

»Danke!« Ich spüre, wie mir die Tränen kommen. Es war mir gar nicht klar, dass ich mich so gesorgt hatte. Dass unser Baby gesund und munter ist, erleichtert mich zutiefst. »O Marc, unser Baby. Das da ist unser Baby!«

»Ich kann Ihnen jetzt auch einen ziemlich genauen Zeitpunkt nennen, wann Ihr Baby zur Welt kommen wird«, erklärt die Ärztin. »Kurz nach Silvester, so um den fünfzehnten Januar herum. Möchten Sie wissen, was es wird?«

»Ja!«, bricht es aus mir heraus.

»Sophia, bist du dir sicher?«, bremst mich Marc. »Du hattest doch erst gesagt, du würdest dich gerne überraschen lassen.«

»Da habe ich noch nicht gewusst, dass wir es jetzt schon erfahren können.«

»Ist es nicht besser, sich ein bisschen zu zügeln? Dann macht man die Überraschung nicht kaputt.«

Damit hat er recht.

»Okay«, gebe ich nach. »Vielleicht sollten wir wirklich noch ein Weilchen warten.«

»Mit hundertprozentiger Sicherheit können wir das Geschlecht ohnehin nicht vorhersagen«, erklärt die Ärztin. »Aber in etwa fünfundneunzig Prozent aller Fälle liegen wir richtig. Soll ich das, was ich vermute, auf einen Zettel schreiben und ihn in einen Umschlag stecken? Manche Eltern wollen das so. Dann können Sie beschließen, den Umschlag zu öffnen, wenn Sie nicht mehr länger warten wollen.«

»Die Idee finde ich gut«, sage ich.

»Ich kümmere mich um den Umschlag«, sagt Marc und zieht eine Braue hoch. »Sophia ist momentan in einem sehr erregbaren Zustand. Ich traue ihr zu, dass sie das Kuvert aufreißt, noch bevor wir die Klinik verlassen haben.«

Ich lache. »So schlimm bin ich nun auch wieder nicht.«

Marc drückt mir einen Kuss auf die Stirn. »Du bist überhaupt nicht schlimm.«

Auf dem Weg zum Ausgang klammere ich mich aufgeregt an ihn. »O Marc! Unserem Baby geht es gut. Es wächst und gedeiht. Bist du dir sicher, dass du nicht wissen willst, ob es ein Junge oder ein Mädchen wird?«

»Ich bin mir jedenfalls sicher, dass du es nicht wissen willst«, sagt Marc. »Ich erinnere mich nämlich, dass du es mit einem Weihnachtsgeschenk verglichen hast, das man nicht vor Weihnachten auspacken sollte. Hast du das vergessen?«

Ich lache. »Jetzt hast du mich mit meinen eigenen Waffen geschlagen.«

»Willst du deinen Vater anrufen? Und vielleicht auch Jen?«

»Das sollte ich wohl tun.«

Aber als wir aus dem Klinikgebäude treten, verschlägt es mir die Sprache. Am Eingang wartet ein ganzes Heer von Fotografen, eine riesige schwarze Masse.

Marcs Lippen werden schmal. »Die Aasgeier.« Er legt den Arm um meine Schulter.

Die Fotografen knipsen wie wild und bestürmen uns mit Fragen. »Sophia! Wird es ein Junge oder ein Mädchen? Marc – haben Sie sich schon einen Namen überlegt? Wissen Sie, wann das Baby zur Welt kommen wird?«

Marc lenkt mich durch die Menge. »Aus dem Weg!«, faucht er.

Die Menge teilt sich zu einem schmalen Durchgang für uns.

Endlich entdecke ich die Limousine. Sie parkt auf dem Gehweg.

Als Marc mich hineinschiebt, bedrängen ihn wieder die Reporter. Ich höre einen rufen: »Sind Sie sich sicher, dass das Baby von Ihnen ist, Marc? Und nicht von Leo Falkirk?«

Leises Lachen erklingt.

Marcs Faust schlägt so schnell zu, dass ich es gar nicht richtig mitbekommen habe. Ich höre nur einen dumpfen Knall und sehe, wie ein Fotograf zu Boden geht.

Die anderen weichen zurück.

Marc schüttelt seine Finger aus. »Sagt ihm, wenn er mich verklagen will, dann verklage ich ihn wegen übler Nachrede.« Er steigt ein und knallt die Tür zu.

Keith schiebt die Trennscheibe etwas zur Seite. »Es tut mir leid, Marc. Ich habe versucht, in der Klinik anzurufen, um Sie zu warnen. Aber es ging niemand ran.«

»Ich habe das Klinikpersonal gebeten, keine Anrufe entgegenzunehmen, solange wir im Behandlungszimmer sind«, knurrt Marc. »Ich wollte nicht, dass die Presseleute herumschnüffeln und rausbekommen, dass wir dort sind. Aber jemand muss ihnen einen Tipp gegeben haben.«

»Elendes Gesocks«, sagt Keith und lenkt das Auto auf die Straße. »Könnte es jemand vom Krankenhaus gewesen sein?«

Marc schüttelt den Kopf. »Auf gar keinen Fall. Ich kenne die Leute, sie würden der Presse niemals einen entsprechenden Hinweis geben. Das würde ihren Ruf ruinieren.«

»Die Journalisten tauchen immer in den schlimmsten Momenten auf.« Keith fährt über eine orangefarbene Ampel. »Meistens in emotionalen Situationen. Ich gehe davon aus, dass der Besuch im Krankenhaus ein angenehmer für Sie war?« In seiner Stimme liegt Besorgnis.

»Ja«, beruhigt ihn Marc. »Das Baby ist gesund, das ist die Hauptsache.«

»Da bin ich aber froh. Als Sie dem Fotografen eine reingehauen haben, dachte ich schon … Vielleicht … Na, Gott sei Dank. Wissen Sie, ob es ein Mädchen oder ein Junge wird?«

Marc lacht. »Du bist ja schlimmer als Sophia.«

»Dann lasse ich Sie jetzt mal in Ruhe über den Arztbesuch reden.« Keith schließt die Scheibe.

»Marc«, sage ich, »so habe ich dich ja noch nie erlebt. So wütend. Es … es ist ein bisschen beängstigend.«

»Hast du Angst vor mir?«

»Nein, natürlich nicht. Ich weiß, dass du mir nie wehtun würdest. Aber ich habe noch nie gesehen, dass du jemanden geschlagen hast. Einfach so.«

»Einfach so? Er hat den Namen meiner Frau in den Dreck gezogen!«

»Das ist mir völlig egal.«

»Nun, mir nicht.«

»Marc, seit ich schwanger bin, bist du irgendwie anders. Möchtest du mir nicht irgendwann sagen, was los ist?«

»Nein.«

»Aber, Marc …«

»Das ist jetzt nicht die richtige Zeit dafür, Sophia.« Seine Stimme wird zärtlich. »Jetzt sollten wir glücklich sein.«

»Ich bin glücklich. Unendlich glücklich. Warum soll ich mich wegen der Presse aufregen? Das Einzige, was zählt, ist unser Baby.«

»Ich weiß.« Doch seine Miene ist immer noch düster.

69

Die Dreharbeiten zu *Rapunzel* dauern den ganzen Sommer und werden im September um ein paar zusätzliche Drehtage verlängert. Zu dem Zeitpunkt bin ich schon ziemlich rund. Alle Aufnahmen von mir zeigen mich nur noch vom Hals aufwärts. Zum Glück hat es Nadia so geplant, dass alles andere früher gedreht wurde, und sollten trotz allem noch Ganzkörperaufnahmen fehlen, werde ich von einem Double vertreten. Mein Rapunzel-Kostüm muss geändert werden, und Marc beharrt darauf, dass ich mit Jen ein paar Umstandsklamotten einkaufe.

Der letzte Drehtag ist der fünfte September – viel später, als wir dachten; doch das ist offenbar nicht ungewöhnlich. Hauptsächlich liegt es natürlich an Nadias Perfektionismus, dass wir überzogen haben. Sie will, dass alles ihren Vorstellungen entspricht, damit ein wahres Kunstwerk daraus wird.

Der letzte Tag ist ein besonderer Tag. Wir wissen, dass wir die meisten von uns erst zur Premiere des Films im nächsten Jahr wiedersehen werden.

Um sechs Uhr morgens watschle ich ins Studio und fächle mir Luft zu. Wenn doch nur die Klimaanlage etwas besser funktionieren würde!

Ruby und Leo tragen schon ihre Kostüme und hängen in der Gemeinschaftsgarderobe rum.

»Einen schönen letzten Tag wünsche ich dir, Mama«, sagt Leo. »Ich wette, du freust dich darauf, endlich die Füße hochzulegen.«

»Und wie«, gebe ich zu. »Aber es hat Spaß gemacht. Ich bin froh, dass ich in dem Film mitgespielt habe. Es war wirklich schön, wieder mit dir zusammenzuarbeiten, Leo, und es hat mich sehr gefreut, dich kennenzulernen, Ruby.«

»Ganz meinerseits«, erwidert Ruby lächelnd und zupft an ihren Feenflügeln.

»Was hast du jetzt vor?«, frage ich sie.

»Ich fliege zurück nach Australien«, erwidert Ruby. »In die liebevollen Arme meines Freundes.«

»Deines Freundes? Ich wusste gar nicht, dass …«

»Ich erwähne ihn kaum«, erklärt Ruby. »Ich will nicht, dass er von der Presse behelligt wird. Außerdem finde ich es lustig, in den Zeitschriften von all meinen sogenannten Eroberungen zu lesen. Wenn man den neuesten Schlagzeilen Glauben schenkt, haben Leo und ich gerade etwas am Laufen. Stimmt's?«

»Stimmt«, meint Leo augenzwinkernd. »Die Redakteure haben anscheinend vergessen, dass ich verlobt bin und demnächst heiraten werde.«

Vom Flur erklingen laute Stimmen. Baz und Sigourney sind da.

»Streiten die beiden sich schon wieder?«, fragt Ruby. »Man sollte doch denken, dass ihnen mittlerweile der Stoff ausgegangen ist.«

»Sigourney? Der geht nie der Stoff aus«, erklärt Leo.

»Ich habe fast das Gefühl, dass Baz nicht wirklich etwas gegen die Streitereien hat«, sage ich. »Ich glaube, die beiden haben eine Menge Versöhnungssex.«

Ruby lacht.

Wir verstummen, als wir Sigourney kreischen hören: »Und woher hat sie deine Telefonnummer, wenn du nicht mit ihr geschlafen hast?«

»Verdammt noch mal, sie ist meine Agentin«, erwidert Baz. »Willst du etwa, dass ich ab sofort nur noch mit Männern arbeite?«

»Nur weil sie deine Agentin ist, heißt das noch lange nicht, dass du nicht mit ihr geschlafen hast!«, brüllt Sigourney.

»Lieber Gott, schenke mir Kraft!«

Baz und Sigourney tauchen im Eingang auf.

»Guten Morgen allerseits«, sagt Baz und schenkt uns ein müdes Lächeln. »Ich wette, ihr habt unser kleines Liebesgeflüster mitbekommen. Geschieht mir ganz recht, wenn ich mit diesem verrückten Weib zusammen bin.«

»Oho, jetzt bin ich also verrückt?«, zischt Sigourney und marschiert an uns vorbei zu einer Umkleide. »Schließe bloß nicht von dir auf andere!«

»Meine Güte.« Baz schüttelt den Kopf. »Sigourney, Schätzchen, heute ist der letzte Drehtag. Können wir wenigstens diesen einen Tag ohne einen weiteren Streit durchstehen?«

Sigourney bleibt stumm.

»Na toll.« Baz verdreht die Augen. »Jetzt zeigt sie mir die kalte Schulter. Ich frage mich, wie lange sie es diesmal durchhält. Wahrscheinlich bis zur Party heute Abend. Dann wird sie sich betrinken und anfangen, auf mich einzuschlagen.«

»Welche Party?«, frage ich.

»Die Letzter-Drehtag-Party«, erklärt Leo. »Ach, stimmt ja, du hast zum ersten Mal mit Nadia gearbeitet. Sie veranstaltet immer eine Feier am Set, sobald alles abgedreht ist.«

»Immer«, pflichtet Ruby ihm bei. »Eine phänomenale, riesige Party, um alle zu verabschieden.«

»Klingt gut, aber ich muss Marc Bescheid geben. Momentan verspürt er nämlich einen immensen Drang, mich zu beschützen«, erkläre ich.

»Einen zu immensen Drang«, sagt Leo. »Was hast du mir neulich erzählt? Dass er es nicht mag, wenn du das Haus verlässt, ganz zu schweigen davon, dass du arbeitest?«

»Mögen hin oder her«, sage ich. »Ich bestimme immer noch über mich selbst. Wenn ich arbeiten möchte, dann tue ich das auch.«

»Ich finde es nett, dass er dich jeden Tag abholt«, sagt Ruby. »Und wie er darauf achtet, dass du auch ja genug Flüssigkeit zu dir nimmst. Und dass er dir einen Spezialstuhl besorgt hat, damit du dich in den Pausen ausruhen kannst.«

Baz schüttelt den Kopf. »Es ist wirklich schrecklich, wenn man einen guten Kumpel an die andere Seite verliert. Marc war früher mal meine rechte Hand. Aber ich füge mich in meine Niederlage. Du hast ihn erobert, Sophia, und jetzt steht er unter deiner Fuchtel.«

»Er steht nicht unter meiner Fuchtel«, widerspreche ich.

»Ach, nein?« Baz sieht mich fragend an. »Der Marc, den ich gekannt habe, würde sich niemals wegen einer Frau ein Bein ausreißen.«

»Das stimmt nicht«, widerspreche ich abermals. »Er hat sich immer um Denise und um seine Schwester gekümmert.«

»Das ist etwas anderes, schließlich sind das seine Verwandten. Ich sage ja nur, dass du ihn verändert hast. Er ist ein neuer Mensch, ein ganz anderer als früher. Als ich ihn kannte …« Baz lässt die Worte eine Weile in der Luft hängen. »Gut, jetzt werfe ich mich lieber mal in meine Rüstung. Heute kann ich es euch endlich sagen, diese Kettenklamotten sind wirklich lästig, vor allem am Hintern. Ich bin schon ganz wund gescheuert und weiß Gott wie froh, dass ich das Zeug zum letzten Mal trage.«

Er marschiert zu Sigourneys Umkleide. »Dein Liebster ist da«, säuselt er und grinst uns an. »Möchtest du deine Garderobe mit mir teilen?«

»Scher dich zum Teufel!«, ertönt es von drinnen.

Baz seufzt. »Na toll. Offenbar will sie den ganzen Tag so weitermachen.«

70

Als wir die letzte Szene im Kasten haben, jubeln alle, und die Crew zündet Konfettikanonen.

Nadia öffnet Champagnerflaschen und schenkt allen ein. »Trinkt jetzt nicht zu viel«, warnt sie uns. »Die Party steigt erst in einer Stunde. Ich möchte, dass ihr euch bis dahin noch ein bisschen schont.«

»Nadia, ich muss Marc erst noch wegen der Party fragen«, sage ich. »Er will mich momentan vor allem und jedem beschützen. Ich befürchte, er findet die Idee mit der Feier nicht besonders gut.«

»Wer oder was ist er eigentlich? Dein Mann oder dein Vater?«, schimpft Nadia. »Sophia, du bist eine erwachsene Frau. Möchtest du gerne mit uns feiern?«

»Selbstverständlich. Ich möchte mich gerne von allen verabschieden, aber …«

»Wo ist dann das Problem? Du bleibst hier, isst ein paar Happen, trinkst ein Glas alkoholfreien Champagner und verabschiedest dich. Wir können doch nicht ohne unsere Hauptdarstellerin die Letzter-Drehtag-Party steigen lassen.« Sie legt einen Arm um meine Schultern. »Warum lädst du Marc nicht ein? Dann kann er sich vor Ort um dich kümmern. Liebe Verwandte und Freunde sind herzlich willkommen.«

»Wie schön«, sagt Leo und gesellt sich zu uns. »Ich habe Jen schon Bescheid gesagt. Weißt du was, Prinzessin? Du erklärst Mr Blackwell einfach, dass du mit der Crew eine Party feierst. Und wenn ihm das nicht gefällt, bekommt er es mit Baz zu tun.«

Baz lacht. »Mit mir? Das soll wohl ein Witz sein. Er würde es bestimmt mit mir und dir aufnehmen.«

Die Leute vom Catering strömen herbei und stellen lange Tische auf, die sie mit Speisen und Getränken beladen.

»Also!« Nadia klatscht in die Hände. »Ich dachte, da das Set heute wie ein großes, schönes Schloss ausgesehen hat, gibt es zur Feier des Tages ein mittelalterliches Gelage. Hühnchen, Brot, Bier, Rotwein. Was haltet ihr davon?«

»Klingt gut«, sagt Baz. »Ab wann können wir dem Alkohol zusprechen?«

Während drinnen die Party-Vorbereitungen auf Hochtouren laufen, gehe ich auf den Parkplatz hinaus.

Marc wartet bereits in seinem Aston Martin auf mich.

Als er mich sieht, steigt er aus. »Sophia, alles okay? Bist du müde?«

»Mir geht's gut. Aber Nadia hat eine Party organisiert, und ich finde, wir sollten hingehen. Ich werde die meisten der Leute etliche Monate nicht mehr sehen. Und wir sind alle so froh und glücklich, dass wir es geschafft haben.«

»Sophia …«

»Bitte, Marc«, unterbreche ich ihn, »lass uns jetzt nicht darüber streiten. Gehen wir einfach gemeinsam auf diese Party. Wir können ja früher nach Hause fahren.«

Marcs Miene entspannt sich. »Also gut. Aber ab morgen kommst du hinter Schloss und Riegel, bis das Baby da ist.«

»Hinter Schloss und Riegel?«

»Das ist nur eine Redewendung.«

»Eine sehr interessante. Hast du schon Schlösser und Riegel besorgt?«

Marc zieht eine Braue hoch. »Könnte gut sein.« Er legt die Hand auf meinen Bauch. »Hast du heute wieder etwas gespürt?«

»Ich spüre ständig Bewegungen. Aber ich glaube, im Moment schläft das Baby. Und wächst. Ich habe das Gefühl, im Sekundentakt dicker zu werden. Ich bin schon gigantisch.« Ich lege meine Hand über Marcs auf meinem Bauch.

»Du bist wunderschön«, sagt er.

Plötzlich tritt das Baby gegen unsere Hände, und wir lachen beide.

»Versuchst du, Mummy und Daddy etwas zu sagen?«, frage ich.

»Bestimmt«, sagt Marc. »Unser Baby hört, dass Daddy versucht, auf Mummy aufzupassen, und will Mummy erklären, dass sie nicht so eigensinnig sein soll.« Er legt einen Arm um meine Schulter. »Dann gehen wir jetzt zu der Party.«

»Danke.«

»Baz wird auch da sein, oder?«

»Natürlich. Ist das ein Problem für dich?«

»Nein.«

»Baz hat heute früh etwas in der Art gemeint, dass du ein ganz anderer Mensch gewesen wärst, als du und er befreundet waren.«

»Das war ich, und das habe ich dir auch schon mehrmals klarzumachen versucht. Ich war jemand, den du zum Glück niemals kennengelernt hast.«

»Das stimmt so nicht«, meine ich. »Ich habe ihn kennengelernt, als ich begonnen habe, im Ivy College zu studieren. Und ich habe ihn geliebt.«

»Nein, du hast ihn nicht kennengelernt«, widerspricht Marc. Seine blauen Augen sind klar und einzigartig. »Ich habe begonnen, mich zu verändern, sobald ich dich getroffen habe. Und ich möchte nicht, dass du je mit dem Mann Bekanntschaft machst, der ich früher war. Ich war kalt, wütend und gewalttätig.«

»Gewalttätig?«

»Lass gut sein, vergiss, dass ich das gesagt habe.«

71

Als Marc und ich am Set auftauchen, sind alle schon da und essen und trinken.

Spanische Musik schallt aus den Lautsprechern, und in einer Ecke neben ein paar Heuballen dampft eine große Paella.

»Ich dachte, es sollte ein mittelalterliches Fest werden?«, sage ich zu Nadia, als diese mir ein Glas Rotwein einschenkt.

»Tut mir leid«, erwidert sie, »aber irgendetwas Spanisches muss ich einfach einfließen lassen, wie auch immer das Motto lautet. Willst du wirklich nur ein halbes Glas?«

»Halb reicht«, sage ich und reibe meinen dicken Bauch.

»Marc?« Nadia hält ihm die Flasche hin.

»Im Moment nicht, danke.«

Ich spüre, dass mir jemand auf die Schulter klopft, und drehe mich um.

»Jen!«, juble ich.

Ihr glänzendes blondes Haar ist glatt wie immer, und sie trägt ein cremefarbenes Kleid mit schwarzen Biesen.

»Schätzchen!« Sie umarmt mich stürmisch, dann schiebt sie mich weg und starrt mich an. »Ich kann es kaum glauben, aber du bist noch dicker als letzte Woche. Wie ist das möglich?«

»Babys haben die Angewohnheit zu wachsen.«

»Deines tut es jedenfalls. Und wie! Es wird riesig werden.«

»Sag das nicht. Ich mache mir ohnehin schon viel zu viele Sorgen wegen der Geburt.«

»Ach, das wollte ich dir gleich erzählen – ich habe mich ein bisschen mit Hypnose beschäftigt.«

»Aber nicht, bevor du deinen Verlobten begrüßt hast«, sagt Leo, der zu uns getreten ist und nun einen Arm um Jens Schulter legt. »Hallo, meine Schöne.« Er zieht sie zu sich heran und küsst sie lange und genüsslich.

Sigourney, die das Geschehen von Weitem beobachtet hat, ruft quer durch den Raum: »Besorgt euch ein Zimmer!«

Jen runzelt die Stirn. »Sigourney sollte sich zusammenreißen.«

»Achte nicht auf sie«, sagt Leo. »Sie will Aufmerksamkeit, sonst nichts. Am besten ignorierst du sie einfach. Komm mit, du brauchst ein Glas Wein.«

»Ich brauche vielmehr eine Flasche. Und vielleicht reicht noch nicht mal die, um mich wieder zu beruhigen.«

»Ach, komm schon, meine zauberhafte zukünftige Braut. Sigourney ist es wirklich nicht wert, dass man sich über sie aufregt.«

Im Laufe des Abends wird Sigourney immer betrunkener.

Ich kann nicht anders, als sie zu beobachten, und allen anderen im Raum geht es nicht anders. Sie ist eine Katastrophe auf zwei Beinen.

Zuerst fängt sie nur an zu nuscheln, dann zu kreischen und zu singen. Schließlich schmeißt sie sich an die Kameramänner ran und erzählt jedem einzelnen von ihnen, wie sexy er ist – sehr zu Baz' Verdruss. Als sie mit einem Tonmann langsam zu tanzen beginnt, stürmt Baz zu uns herüber.

»Ich sollte einfach Schluss machen«, knurrt er und nimmt einen großen Schluck Bier aus einem Metallkrug. »Wie viel kann ein Mann ertragen? Sie ist es nicht wert, dass man sich über sie aufregt.«

»Und warum beendest du es dann nicht?«, fragt Marc. »Sie ist wahrhaftig nicht die einzige Frau auf der Welt.«

Baz seufzt. »Warum nur stehe ich immer auf verrückte Weiber?«

»Sie ist nicht halb so verrückt wie zu der Zeit, als sie mit mir zusammen war«, sagt Leo. »Vielleicht klappt es ja doch noch mit euch beiden.«

»Du meine Güte – wie verrückt war sie denn damals?«, fragt Baz und beobachtet Sigourney, die dem Tonmann gerade an den Hintern fasst.

»Völlig. Glaub mir, das willst du gar nicht so genau wissen.«

»Wie schön für dich, dass du mich gefunden hast«, sagt Jen lächelnd. »Ich bin völlig normal.«

»Das wird sich noch zeigen«, sagt Leo.

»Hey!« Sie gibt ihm einen kleinen Klaps auf den Arm. »Ich gehe schnell mal auf die Toilette, mein Make-up überprüfen, okay? Währenddessen kannst du über deine Exfreundin reden, danach will ich nichts mehr von ihr hören. Bin gleich wieder da.«

»Du willst dein Make-up überprüfen?«, fragt Leo. »Dann rechne ich mal mit mindestens zehn Minuten.«

»Du kennst mich so gut.«

»Also, was wird jetzt aus dir und Sigourney?«, frage ich Baz.

»Ich fürchte, ich liebe sie.«

Marc wirkt überrascht. »Dann hast du ein Problem.«

»Zum Teufel mit dir, Marc. Wie kannst du es wagen, Sigourney zu kritisieren? Du hast eine Studentin von deinem College geheiratet.«

»Mit Sigourney handelt man sich nichts als Ärger ein, das weißt du genauso gut wie ich. Und nur, damit das klar ist: Ich wollte mit Sophia nichts anfangen, solange sie meine Studentin war. Aber was passiert ist, ist passiert. Und dafür bin ich noch heute jeden Tag dankbar.«

»Du Glücklicher.« Baz leert seinen Krug und knallt ihn auf einen Klapptisch. »Mr Marc Blackwell mit der blütenweißen Weste. Du hast wohl vergessen, dass ich alles über dich weiß. Wirklich alles. Gott helfe Sophia, wenn sie die Wahrheit herausfindet. Was meinst du, Marc? Soll ich sie ihr gleich erzählen?«

»Es gefällt mir nicht, in welche Richtung sich das Gespräch entwickelt«, sagt Marc.

»Weiß sie, warum sie dich vor ein paar Monaten am Set gesehen hat? Aber nein, du hast ihr ja nur erzählt, du wärst nicht da gewesen.«

Marcs blaue Augen verdunkeln sich. »Ich warne dich, Baz. Noch ein Wort, das meine schwangere Frau aufregt, und du wirst es bereuen.«

»Ist das etwa eine Drohung?«

»Nein.« Marcs Augen funkeln kalt und hart. »Das ist ein Versprechen.«

72

Der Blick in Marcs Augen macht mir Angst, und mir fällt etwas ein, was Baz mir einmal gesagt hat: dass Marc tödlich sein kann. Eine ziemlich gute Beschreibung dafür, wie er im Moment wirkt. Was ist los? Wovon redet Baz? War Marc also doch am Set?

»Hey.« Baz knufft Marc in den Oberarm. »Jetzt komm schon – das ist doch albern. Warum streiten wir uns überhaupt?«

»Sag du es mir«, knurrt Marc.

»Sigourney treibt mich in den Wahnsinn. Und die Tatsache, dass du sie mal gevögelt hast …« Baz zuckt mit den breiten Schultern. »Ich kann den Gedanken daran kaum ertragen. Außerdem fragt sie mich ständig nach dir, und ich weiß nicht, ob sie das nur tut, weil sie ihre Spielchen mit mir spielt.«

»Ich habe es dir doch schon gesagt«, erwidert Marc. »Dieses Weib bedeutet nichts Gutes. Aber deswegen solltest du den Überbringer der schlechten Nachrichten nicht erschießen.«

»Du hast recht.« Baz hält einen Kellner mit einem Tablett voller Rotweingläser auf. »Hast du ein Bier für mich, Kumpel?«

Der Kellner wirkt verdutzt. »Bier?«

»Du weißt schon, das braune Zeug. Ich hätte gern 'n Pint.« Baz nimmt seinen leeren Krug vom Klapptisch und stellt ihn auf das Tablett. »Guter Junge.«

Der Kellner nickt und eilt davon.

»Sieh sie dir bloß mal an.« Baz nickt Richtung Sigourney, die sich mit ihrem Becken an den Tonmann presst und kichert. »Sie ist so verdammt schön. Warum muss sie nur so durchgeknallt sein? Warum kann ich mich nicht ein einziges Mal in ein ganz normales nettes Mädchen verlieben?«

Marcs Lippen verziehen sich zu einem kleinen Lächeln. »Das würde nicht zu dir passen, Baz. Du brauchst eine mit 'nem Sprung in der Schüssel. Das war schon immer so.«

Als Sigourney bemerkt, dass Baz sie beobachtet, tänzelt sie mit schwingenden Hüften zu ihm. »Redet ihr über mich?«, nuschelt sie.

»Schon«, erwidert Baz. »Was ist jetzt? Fährst du mit dem Tonmann heim? Wenn du das machst, ist es aus zwischen uns.«

»Hättest du mir etwas mehr Beachtung geschenkt, hätte ich nicht woanders danach suchen müssen.«

»Du willst sie also woanders finden?«, knurrt Baz.

»Aha, und jetzt bist du eifersüchtig?« Sigourneys Augen werden schmal. »Zu spät. Ich hatte dich gebeten, mich heute früh abzuholen, aber du hattest keine Zeit für mich.«

»Himmel noch mal, Sigourney – meine Mutter musste ins Krankenhaus.«

»Jaja. Irgendeine Entschuldigung findet sich immer. Als ich mit

Leo zusammen war …«, sie tritt zu Leo und fährt ihm mit ihren langen Fingern durch sein blondes Haar, »hat er mich stets beachtet.«

»Lass gut sein, Sigourney.« Leo packt sie am Handgelenk. »Du bist betrunken. Hast du nicht schon genügend Ärger gemacht?«

»Du willst Ärger, Leo Falkirk? Den kann ich gern arrangieren.«

»Nein danke«, erwidert Leo.

Sigourneys Augen werden wieder schmal. »Dann scher dich zum Teufel.« Sie stößt ihn weg.

»Hey!« Jen taucht auf und verpasst Sigourney eine kräftige Ohrfeige.

Das Geräusch schallt durch den ganzen Raum, alle drehen sich um und starren uns an.

»Oh!« Sigourney schnappt nach Luft und legt die Hand auf ihre rote Wange. »Du verdammtes Miststück!«

Sie versucht, Jen an den Haaren zu ziehen, aber Jen hält ihre Unterarme fest.

»Ich mach dich fertig!«, schreit Jen. »Glaub ja nicht, dass ich mich das nicht traue. Nur weil du größer bist als ich, heißt das noch lange nicht, dass …«

»Ihr beiden!«, ruft Leo. »Jetzt beruhigen wir uns mal wieder, okay?« Er versucht, sich zwischen sie zu drängen, aber Baz packt ihn an der Schulter.

»Fass sie ja nicht an!« Baz will Leo einen Kinnhaken verpassen, doch Marc hält Baz am Handgelenk fest.

»Tu es nicht«, sagt er.

Wutentbrannt dreht Baz sich zu Marc um. »Scher dich zum Teufel, Marky Boy. Ich lasse es nicht zu, dass ein Mann meine Frau anfasst.«

»Er will Sigourney doch bloß davon abhalten, sich völlig zum Narren zu machen«, knurrt Marc. »Und jetzt schleich dich.«

»Nein, du schleichst dich!«, brüllt Baz. »Sonst erzähle ich Sophia, was du ihr verheimlichst. Und zwar alles.«

Marcs Griff wird fester.

»Was sagst du jetzt?«, höhnt Baz. »Oder hast du deine Zunge verschluckt?«

»Beruhige dich endlich und bring Sigourney nach Hause.«

»Tu Baz nicht weh!«, kreischt Sigourney plötzlich. »Wage es bloß nicht, ihm wehzutun.«

Baz wirkt ebenso verdutzt wie alle anderen. »Was geht dich das an?«, fragt er. »Noch vor fünf Minuten warst du kurz davor, den Tonmann abzuschleppen.«

»Es ist mir eben nicht scheißegal«, sagt Sigourney. »Das ist ja das Problem. Kapierst du das denn nicht?«

Baz lacht. »Nicht wirklich.«

Sigourney zerrt Baz von Marc weg. »Komm, wir nehmen ein Taxi zu dir. Ich werde dir einen blasen, dass dir Hören und Sehen vergeht.«

»Das wirst du nicht. Du wirst ins Bett fallen und schlafen. Und morgen werde ich dich zu den Anonymen Alkoholikern bringen. Vielleicht wird dann ja doch noch etwas aus uns beiden.« Baz legt sich Sigourneys Arm um die Schulter und zerrt sie davon.

Alle beobachten die beiden, nur ich starre Marc an. Mir ist übel. Was weiß Baz, was ich nicht weiß? Welche Geheimnisse verbirgt Marc vor mir, seiner schwangeren Frau? Wie kommt es, dass Baz Dinge über Marc weiß, die ich nicht erfahren soll? Und warum war Marc am Set und hat mich belogen?

»Sophia …« Marc legt den Arm um meine Schulter.

Ich schüttle ihn ab. »Wir müssen reden.«

Marc verzieht das Gesicht. »Nicht hier.«

»Dann fahren wir jetzt nach Hause.«

»Einverstanden.«

Als wir uns verabschieden, stürmt Nadia herbei. »Sophia, geht ihr schon? Ihr habt ja noch nicht mal die Paella probiert.«

»Tut mir leid«, murmle ich. »Marc und ich müssen etwas klären.«

»Alles in Ordnung?«, fragt sie besorgt.

»Natürlich«, erwidert Marc schroff.

»Und bei dir, Sophia?«, will Nadia wissen.

Ich schenke ihr ein müdes Lächeln.

»So gut, hm?« Mitfühlend legt sie die Hand auf meinen Oberarm. »Marc, du kümmerst dich um sie, okay? Und schickt mir ein Foto von dem Baby.«

»Selbstverständlich kümmere ich mich um sie.«

»Und wenn du irgendetwas brauchst, ruf mich an, verstanden, Sophia? Haltet mich auf dem Laufenden, wie es eurem Baby geht. Und natürlich auch euch.« Sie schenkt mir einen vielsagenden Blick. »Nehmt bitte etwas Paella mit.« Sie winkt einen Kellner herbei. »Können Sie eine Portion Paella für Sophia und Marc einpacken? Die beiden haben sie leider nicht probieren können.«

»Danke, Nadia.«

»Sophia, ganz im Ernst: Wann immer du jemanden zum Reden brauchst, ruf mich an.«

73

Wir steigen in den Wagen und schweigen uns an.

Ich warte auf eine Erklärung von Marc. Dass er mir sagt, wovon Baz gesprochen hat. Aber stattdessen starrt er aus dem Fenster, einen Finger an die Lippen gelegt, als müsste er sich stark konzentrieren.

Während der Fahrt ins Stadthaus wechselt Marc kein einziges

Wort mit mir. Selbst als er den Wagen parkt, ist seine Miene noch finster.

Ich lege die Hände auf meinen schwangeren Bauch. »Marc? Werden wir über das reden, was Baz angedeutet hat?«

Marcs Miene entspannt sich etwas. »Sophia, glaubst du mir, dass ich immer nur das Beste für dich will?«

»Ja«, sage ich, ohne zu zögern.

»Wenn ich dich bitten würde zu vergessen, was Baz gesagt hat, könntest du es dann tun?«

»Ich bin mir nicht sicher.«

»Könntest du es versuchen?«

»Vermutlich. Aber, Marc …«

Er nimmt meine Hand und drückt sie ganz fest. »Ich werde dich immer beschützen, Sophia. Immer. Okay?«

»Okay«, sage ich und bringe ein schwaches Lächeln zustande. Aber in mir drinnen sieht es ganz anders aus. Ich habe Angst. Angst, dass Marc ein grausames Geheimnis hat. Und dass es mein perfektes Leben kaputt machen wird, wenn ich es herausfinde.

Am nächsten Tag ziehen wir in unser Haus auf dem Land um.

Ich habe unsere Pferde vermisst. Endlich kann ich wieder viel Zeit mit ihnen verbringen und sie nach Strich und Faden verwöhnen. Sie bekommen sogar ihre Lieblingsleckerlis von mir, Mentos-Kaubonbons mit Fruchtgeschmack.

Natürlich lässt Marc mich in meinem Zustand nicht reiten, doch das würde ich auch gar nicht wollen. Ich bin viel zu besorgt um unser Baby. Aber es fühlt sich gut an, mit den Pferden zu reden und ihr glänzendes Fell zu striegeln. Marc hat einen Stallburschen eingestellt, der die Tiere in unserer Abwesenheit gut versorgt hat. Aber ich denke trotzdem, dass sie sich freuen, uns wiederzusehen.

Irgendwie habe ich es geschafft, die Gedanken an die Vorfälle auf der Party gut zu verdrängen. Manchmal tauchen sie zwar wieder auf, aber ich zwinge mich dazu, nicht zu viel darüber nachzugrübeln. Ich habe beschlossen, Marc zu vertrauen und die Dinge so zu nehmen, wie sie kommen. Also bin ich geduldig und warte darauf, dass er mir zu gegebener Zeit alles sagen wird.

»Glaubst du, unser Kind wird gerne reiten?«, frage ich Marc bei einem unserer gemeinsamen Besuche im Stall.

»Na klar. Alle Kinder reiten gern. Warum, glaubst du, habe ich ein Haus mit einem so großen Stall gekauft? Hier gibt es Platz für all ihre Pferde und Ponys.«

»Dann sind es mittlerweile also schon mehrere Kinder?«, frage ich grinsend. »An wie viele denkst du?«

»An mindestens ein Dutzend«, erklärt Marc augenzwinkernd.

»Ein Dutzend? Gibt es hier denn Platz für ein Dutzend Pferde?«

»Sogar für noch mehr. Komm mit, ich zeige dir noch einmal alles.«

Er führt mich über Stroh und Lehm. Ich trage UGG-Stiefel und eine Umstandsjeans, darüber einen marineblauen Umstandsmantel aus Wolle.

Marc stützt mich, als ich kurz wegrutsche. »Sei vorsichtig.«

»Das ist nicht so einfach. Ich komme mir vor wie ein Walross. Ich glaube kaum, dass ich das auch nur noch einen weiteren Monat lang aushalten kann. Wie dick soll ich denn noch werden?«

»Dick ist schön. Das heißt, dass unser Baby gesund ist.«

Marc öffnet eine Stalltür. »Das erste Pony unseres Kindes wird hier stehen. Was meinst du?«

Ich betrachte den sauberen, aufgeräumten Verschlag und die Heuballen in einer Ecke. »Perfekt.« Plötzlich spüre ich, wie das Baby sich bewegt. »Marc.« Ich nehme seine Hand und lege sie auf meinen Bauch.

»Er hat gehört, dass wir uns über sein Pony unterhalten«, schmunzelt Marc.

»Schon wieder ›er‹?«

Marc ist sich vollkommen sicher, dass das Baby ein Junge ist. Er redet ständig von gemeinsamen Jagd- und Fischausflügen in die Wälder. Und Boxen will er ihm auch beibringen.

Ich sage ihm andauernd, dass er das Geschlecht doch gar nicht kennt, aber er lässt sich seine Überzeugung nicht ausreden.

»Es könnte auch ihr Pony sein«, bemerke ich.

Marc schenkt mir sein hinreißendes Lächeln. »Sie geben Ihrem Mann Widerworte, Mrs Blackwell? Ich bin immer noch jederzeit bereit, Sie zu disziplinieren. Selbst in Ihrem momentanen Zustand.«

»Wirklich?«

»Wirklich. Wärst du nicht hochschwanger, würde ich dir auf der Stelle die Kleider vom Leib reißen und dich auf den Heuballen legen.«

Ich ziehe neckisch eine Braue hoch. »Ich liebe die freie Natur.«

»Hör auf damit«, sagt Marc streng.

»Womit?«, frage ich unschuldig.

»Das weißt du ganz genau.« Er grinst schelmisch. »Allerdings gibt es da noch die Sattelkammer …«

74

Die Sattelkammer ist wie der ganze Stall mit Holz verkleidet, zudem ist sie geheizt und kann mit einer stabilen Tür verschlossen werden. Auch Polsterwürfel stehen herum, auf die man sich setzen kann, um die Reitstiefel anzuziehen, und an den Wänden hängen Zügel, Zaumzeug und Reitgerten.

»Der perfekte Ort für eine kleine Strafe, findest du nicht auch?«, meint Marc, nimmt eine Gerte zur Hand und schwingt sie durch die Luft. Ihre Spitze knallt auf seine Handfläche.

Ich beobachte den schwarzen Stock, und mein Herz beginnt, schneller zu schlagen.

»Ich habe dich etwas gefragt.«

»Hm … ja«, pflichte ich ihm bei. »Ein guter Ort.«

»Auf alle Fälle mit der richtigen Ausstattung.« Marc nimmt Zügel in die Hand und zerrt sie mit einem Ruck straff. Das Leder knallt leise. »Zieh den Mantel aus.«

Gehorsam folge ich seiner Aufforderung.

»Und jetzt deine übrigen Kleider.«

Während ich mich ausziehe, verriegelt Marc die Tür und zieht die Rollos an den Fenstern zu.

»Wenn dir zu kalt ist, sag es mir«, befiehlt er. »Hast du mich verstanden?«

»Ja.« Meine Kleidung liegt auf einem Haufen. Ich stehe da, wie Gott mich schuf, und ja: Ich bin hochschwanger, habe aber trotzdem große Lust auf Marc. Und der Blick in seinen Augen sagt mir, dass es ihm umgekehrt genauso geht.

»Dreh dich um«, weist er mich an. »Und streck die Hände hinter dich.« Er fesselt meine Handgelenke mit den Zügeln. »Ich habe noch etwas Nützliches gefunden«, sagt Marc und geht zur Wand.

Ich höre das Knistern von Plastik.

»Marc?«

»Halt den Mund, es sei denn, du wirst angesprochen.«

Ich spüre, wie er hinter mich tritt.

»Beug dich nach vorn«, knurrt er und schiebt vier Sitzwürfel mit den Füßen locker zusammen.

Mein Schwangerschaftsbauch ruht bequem in den Lücken zwischen den Würfeln.

Marc beugt sich über mich.

»Was hast du ausgepackt?«

»Das hier.« Marc zeigt mir eine neue Reitgerte. Er fährt mit der Spitze von meinem Nacken über meinen Rücken. »Ich dachte, du hättest vielleicht gern eine neue. Frisch aus der Verpackung.«

Mein Körper fängt an, lustvoll zu zittern, als die Gerte auf meiner Kehrseite landet.

Klatsch!

Marc schlägt mir mit der Peitsche auf den Hintern.

Ich stöhne.

Klatsch!

Er schlägt mich noch einmal.

»O Gott, Marc!«

Er fährt mir mit der Gerte zwischen die Oberschenkel. »Mach die Beine breit!«, befiehlt er und lässt die Gerte weiter an meiner nackten Haut hin und her gleiten.

Ich rutsche auf den Knien über den harten Boden.

Marc hockt sich hinter mich, eine Hand auf meinem glühenden Hintern. Er schwingt die Gerte durch die Luft, packt sie am Ende und schiebt den harten Ledergriff zwischen meine Beine, vor und zurück, auf und ab.

Stöhnend sinke ich auf die Kissen, während Marc den Griff über den weichen, warmen Bereich gleiten lässt. Die Reibung bringt mich angenehm zum Glühen. Ich werde immer schärfer. Meine Oberschenkel pressen sich zusammen, während Marc mich mit dem ledernen Griff massiert. Alles beginnt, sich anzuspannen – meine Oberschenkel, mein Hinterteil, mein Inneres.

In dem Moment, als sich die Lust in gefährliche Höhen zu steigern beginnt, führt Marc die Gerte in mich ein. Bald steckt sie weit in mir. Marc beginnt, sie auf und ab zu bewegen. Erst ganz langsam, dann schneller und schneller.

»O Gott, Marc. O Gott!«

Er lässt den Griff in mir kreisen, bevor er ihn herauszieht.

Ich spüre seinen heftigen Atem auf meinem nackten Rücken und höre, wie er sich die Hose aufknöpft.

Sein hartes Glied berührt meine Oberschenkel, und er führt es mit einer einzigen schnellen Bewegung in mich ein. Seine Größe füllt mich völlig aus.

Ich keuche auf.

»Bist du jetzt gehorsamer?«, fragt er und fährt mit der rauen Spitze der Gerte über meinen Nacken.

»Ja.«

»Gut.«

Er legt die Hände auf meine Hüften, in einer hält er jedoch immer noch die Peitsche. Dann legt er mich so, dass meine intimste Stelle auf dem Rand eines Sitzwürfels landet.

Stöhnend reibe ich mich an dem weichen Möbel. Marcs riesiges Glied steckt in mir.

Er hebt die Gerte hoch, reibt deren Spitze an meinem Hinterteil und fährt mit ihr dann hoch zu meinen Schultern.

Klatsch! Klatsch! Klatsch!

Die Gerte landet in der Nähe meines Nackens.

Es ist einfach zu viel. Ich komme in einer riesigen Woge der Lust. Mein ganzer Körper glüht.

Marc schiebt sich noch tiefer in mich hinein. Ich sehe, dass die Gerte auf den Boden fällt, dann packt er meine Hüften und zieht mich fest an sich.

»Sophia«, stöhnt er und krallt sich an mir fest. Er streift mir die Haare von den Schultern und küsst meinen Nacken und dann meine Schultern. »Ich liebe dich«, stöhnt er nahe der wunden Stelle, an der er mich eben noch mit der Gerte geschlagen hat.

»Ich liebe dich auch.«

75

Marc hilft mir beim Anziehen. Ich schlinge den Mantel fest um mich.

»Glaubst du, das Baby friert bei diesem Wetter?«

»Nein. Aber ich glaube, dass du einen neuen Mantel brauchst. Der hier passt dir ja kaum noch.«

»Lohnt sich das denn? Bald wird das Baby da sein.«

»Natürlich lohnt es sich. Es ist mir wichtig, dass du dich wohlfühlst. Warum kaufst du nicht mit Jen noch ein paar neue Klamotten?«

»Ich weiß nicht, ob dieses Haus noch Platz für irgendwelche neuen Klamotten hat.«

»Du brauchst einen Mantel.« Marc küsst mich auf die Stirn. »Ich muss dich heute Nachmittag allein lassen. Es wäre gut, wenn Jen sich um dich kümmert.«

In meinem Magen kribbelt es. »Warum musst du weg?«

»Kein Grund zur Sorge. Aber bitte bekomme keine Wehen, solange ich weg bin.«

Ich lache. »Der errechnete Geburtstermin ist erst in einem Monat.«

»Die Ärztin hat gesagt, es könnte jetzt jederzeit losgehen.«

»Aber auch, dass das ziemlich unwahrscheinlich ist. Im Allgemeinen verzögert sich bei Erstgebärenden die Geburt eher.«

»Wie auch immer – ich möchte nicht, dass du alleine bist.«

»Dann geh nicht weg.« Ich bin mir bewusst, dass in meiner Stimme ein flehender Unterton mitschwingt.

Marc verzieht das Gesicht. »Ein letztes Mal, okay? Ich muss etwas regeln. Etwas Wichtiges, was noch vor der Geburt geklärt werden sollte. Wenn Jen da ist, kann dir nichts passieren.«

»Ich weiß. Und ich freue mich ja auch, wenn ich sie mal wiedersehe. Sie dreht momentan völlig durch wegen ihrer Hochzeit. Aber …«

»Keith holt mich in etwa einer Stunde ab, kommt später wieder zurück und fährt dich nach London. Kauf, was du möchtest. Hier ist meine Kreditkarte.«

Während ich mit Jen in die Stadt fahre, versuche ich, mich in ihr glückliches Hochzeitsgeschwätz einzuklinken. Aber ich kann nur an Marc und daran denken, was er wohl an diesem Nachmittag tut.

»Jetzt sag schon, was los ist«, meint Jen, als wir uns dem Kaufhaus nähern. »Warum bist du so still?«

»Alles bestens«, erwidere ich. »Erzähl nur weiter von der Hochzeit, es ist alles in Ordnung.«

»Das ist es nicht. Ich weiß, was ›in Ordnung‹ aus deinem Mund bedeutet. Ist wirklich alles gut, Soph? Es ist doch nichts mit dem Baby, oder?«

Ich schüttle den Kopf. »Natürlich nicht. Ich mache all die Übungen, die du mir geschickt hast, und versuche, Ruhe zu bewahren.«

»Aber warum wirkst du dann so bedrückt?«

»Es hat etwas mit Marc zu tun.«

»Was ist mit ihm?«

»Er … Ich weiß nicht. Er hat gemeint, er müsse heute Nachmittag etwas regeln, aber nicht gesagt, worum es geht.«

»Na und?«

»Und … ich werde das Gefühl nicht los, dass irgendetwas passiert ist. Vielleicht hat es etwas mit diesem Geheimnis zu tun, das Baz erwähnt hat.«

»Du bist hochschwanger, Soph. Bist du dir sicher, dass es nicht die Hormone sind, die dich ein bisschen paranoid machen?«

»Nein, ich bin mir keineswegs sicher.«

Die Limousine hält vor einem Hintereingang des Kaufhauses, der nur von Promis benutzt wird. Ich fühle mich immer seltsam, wenn ich durch ihn hineingehe, denn ich komme mir in keiner Weise prominent vor.

Ein Portier hält uns die Tür auf, und wir werden in den obersten Stock in einen privaten Umkleideraum geführt.

Man bringt uns Tee und süße Scones, und dann führen uns Verkäuferinnen verschiedenste hübsche Umstandsmäntel vor. Schnell sticht mir ein besonders schöner pinkfarbener Mantel ins Auge, für den ich mich entscheide. Die Verkäuferin verschwindet mit ihm, um ihn in Seidenpapier einwickeln zu lassen.

»Und was machen wir jetzt?«, fragt Jen und sieht auf die Uhr. »Wir hätten den ganzen Nachmittag mit dem Suchen nach deinem Mantel beschäftigt sein sollen.«

»Wie wär's, wenn wir Sachen für deine Hochzeit kaufen? Du wolltest doch noch ein paar kleine Geschenke für deine Gäste besorgen, oder?«

»Schon, aber ich kann doch mit einer Schwangeren keine Einkaufstour machen. Du brichst mir unterwegs noch zusammen.«

»Das schaffe ich schon.«

»Ich möchte nicht, dass du dein Kind in einem Kaufhaus bekommst. Abgesehen davon wird es Marc nicht freuen, wenn ich dich durch Menschenmassen schleuse.«

»Ehrlich, es geht mir gut. Ich bin fit, kerngesund und habe viel zu lange im Haus herumgesessen. Komm schon, lass mich raus in die große weite Welt.«

»Okay, aber wir nehmen einen Wachmann mit. Du sollst nicht von irgendwelchen Leuten belagert werden.«

»Jen, ich bin immer noch ich, nicht Jennifer Lopez. Niemand wird mich erkennen.«

»Wo lebst du eigentlich, Soph? Du und Marc, ihr beide seid jeden Tag in den Zeitungen. Ihr habt sogar einen eigenen Namen verpasst bekommen.«

»Ach ja?«

»Ja. Sie nennen euch Marc-So.« Jen tätschelt mir die Hand. »Ich werde dafür sorgen, dass der Wachmann keine Uniform trägt. Warte einfach hier, ich kümmere mich um alles.«

76

Wir fahren mit dem Lift ins Erdgeschoss, gefolgt von einem Wachmann in Zivil.

Wieder in der Öffentlichkeit herumzuspazieren fühlt sich seltsam an, in einer guten Art und Weise. Vor allem, weil sämtliche Schaufenster in weihnachtlichem Glanz erstrahlen. Doch Jen hat recht, alle starren mich an.

Anfangs versuche ich noch zu lächeln, aber das ist ziemlich anstrengend. Bald weiche ich den Blicken einfach aus.

»Sieh dir diese tollen Champagnerkelche an«, sagt Jen plötzlich. »Die würden doch hübsche Geschenke abgeben, wenn ich sie mit den Namen unserer Gäste gravieren ließe.«

»Eine gute Idee«, sage ich. »Und wie wär's mit kleinen Tütchen mit Samen? Die Leute könnten sie aussäen, und die Pflanzen würden sie dann immer an eure Hochzeit erinnern.«

Jen lacht. »Du und deine Pflanzen! Aber die Idee ist nicht schlecht. Ich werde versuchen, ein paar passende …« Sie hält inne und starrt mit gerunzelter Stirn auf die andere Straßenseite.

»Was ist los?«

»Ich dachte, ich hätte Marc gesehen. Wollte er sich hier mit dir treffen?«

»Was?« Ich wirble herum und starre in die Richtung, in die Jen blickt. Aber ich sehe niemanden. »Nein, wir hatten uns nicht verabredet.«

Jen schüttelt den Kopf. »Tut mir leid. Der Typ sah wirklich so aus wie Marc. Aber wahrscheinlich habe ich mir das nur eingebildet.«

»Okay, jetzt reicht's.«

»Wie bitte? Was ist denn los?«

»So etwas passiert mir immer wieder. Marc taucht an allen möglichen Orten auf und verschwindet dann wieder. Und jetzt hast sogar du ihn gesehen. Das kann doch kein Zufall sein. Ich werde ihn finden.«

»Soph! Warte!« Jen rennt mir nach. »Beruhige dich. Denk daran, dass du hochschwanger bist.«

An der Limousine angekommen klopfe ich laut an die Fensterscheibe. »Keith!«, brülle ich. »Wo ist Marc?«

Keith öffnet das Fenster. »Das kann ich Ihnen nicht sagen. Ich habe es ihm versprochen, Mrs Blackwell.«

»Es ist mir völlig egal, was Sie versprochen haben. Sagen Sie mir, wo er steckt.«

»Ein Befehl ist ein Befehl.«

»Und jetzt erteile ich Ihnen mal einen. Ich befehle Ihnen, mir zu sagen, wo Marc ist. Warten Sie hier auf ihn?«

»Nein, ich warte auf Sie.«

»Wo ist er dann?«

»Darauf kann ich Ihnen keine Antwort geben. Steigen Sie ein, ich fahre Sie nach Hause.«

»Nein! Sie sagen mir jetzt auf der Stelle, wo Marc ist.«

Keith seufzt. »Steigen Sie in den Wagen. Ich lasse Ihre Freundin vor ihrer Wohnung raus. Und dann treffen wir Marc.«

»Ihn treffen? Aber er war doch gerade erst hier, vor dem Laden.«

»Steigen Sie endlich ein, Mrs Blackwell, bitte.«

»Na gut, und Sie fahren mich auch bestimmt zu Marc, sobald wir Jen abgesetzt haben?«

»Selbstverständlich.«

77

Keith lässt Jen vor ihrer Wohnung raus, dann fahren wir quer durch London zurück.

Ich lege die Hände auf meinen Bauch und würde am liebsten losheulen. Was um Himmels willen wird hier gespielt? Warum verfolgt mich Marc? Ich rufe ihn an, und er antwortet beim ersten Klingeln. »Sophia, geht es dir gut?«

»Das weißt du doch. Was ist los, Marc?«

»Das habe ich dir bereits gesagt. Ich musste ein paar Dinge regeln.«

»Warum hast du mir verschwiegen, dass du in London bist?«

Pause.

»Woher weißt du, dass ich in London bin?«

»Jen hat dich gesehen.«

»Wo bist du jetzt?«

Ich blicke mich um. »Keine Ahnung. Irgendwo nahe Covent Garden. In der Shaftesbury Avenue, glaube ich.«

»Ist Keith bei dir?«

»Ja, ich bin im Auto.«

»Und wo ist Jen?«

»Bei sich zu Hause.«

»Sag Keith, dass er irgendwo parken soll. Ich hole dich ab.«

»Keith?« Ich klopfe an die Scheibe. »Würden Sie bitte parken?«

Ich presse das Handy ans Ohr. »Warum spionierst du mir nach, Marc?«

»Sophia, ich habe dir nicht nachspioniert.«

»Ach nein? Jen hat dich gesehen.«

»Ihr wolltet doch einkaufen gehen.«

»Und genau das haben wir getan.«

»Sophia, was ich dir jetzt sage, ist äußerst wichtig: Bleib im Wagen. Steig nicht aus. Ich bin gleich bei dir.«

Ich beende das Gespräch, aber als ich das Handy in meine Manteltasche stecke, wird mir plötzlich speiübel.

Ich presse die Hand auf den Mund und schlucke verzweifelt in der Hoffnung, mich nicht übergeben zu müssen. Dr. Christian hat mir gesagt, dass die Übelkeit gegen Ende der Schwangerschaft zurückkehren kann, und zwar dann, wenn ich gestresst bin. Das bin ich jetzt wahrhaftig. Übelkeit überflutet mich. Es gibt kein Halten mehr. Ich stoße die Wagentür auf und erleichtere mich in den Rinnstein. »O mein Gott«, murmle ich und lege mir eine Hand an die Stirn.

Eine weitere Welle rollt auf mich zu, und ich steige aus dem Auto. Bewegung an der frischen Luft scheint mir gutzutun. Ich laufe ein bisschen auf und ab, bis der Brechreiz abflaut.

Ich hole mein Handy aus der Tasche und rufe Marc erneut an. »Marc, ich glaube, ich habe mich in der Adresse geirrt.«

»Sophia, ich höre Verkehr im Hintergrund. Bist du nicht im Wagen?«

»Auf dem Straßenschild steht …« Plötzlich wird mir das Handy aus der Hand gerissen. »Hey!«, rufe ich einem großen Mann in Lederjacke nach, der damit davonstürmt. »Mein Telefon! Geben Sie es mir zurück!«

Ein paar Passanten drehen sich um und starren mich an.

Keith springt aus dem Auto. »Rühren Sie sich nicht von der

Stelle, Mrs Blackwell. Ich schnappe mir den Kerl. Machen Sie sich keine Sorgen.«

Ich lehne mich an die Limo. Das Herz schlägt mir bis zum Hals. Und dann höre ich eine Stimme.

»Hallo, Sophia.«

Ich drehe mich um und erblicke Marc.

Aber es ist nicht Marc.

Der Mann hat eine ähnliche Nase und auch eine ähnliche Gesichtsform wie Marc. Aber seine Augen sind anders. Sie sind dunkelbraun, fast schwarz.

»Wer sind Sie?«, hauche ich und halte mich an der Wagentür fest.

78

Wir sind uns schon einmal begegnet.« Seine Stimme ist tief und voll, wie die von Marc. Aber sie klingt, als käme er aus dem Norden, aus Leeds oder der näheren Umgebung. Ganz anders als Marc, bei dem der Londoner Akzent deutlich durchschlägt.

»Ach ja?« In meinem Kopf schreit eine Stimme: Renn weg! Aber ich weiß, dass ich in diesem Zustand nicht weit kommen werde.

»Ich bin Marcs jüngerer Bruder«, erklärt der Mann. »Michael.«

»Was?« Ich klinge schrill und verängstigt. »Sind Sie mir gefolgt? Heute im Kaufhaus? Und am Set?«

»Ja«, gesteht Michael. »Marc hat mich mehr oder weniger aus seinem Leben verbannt, deshalb wollte ich … Ich habe gehört, dass Sie sehr freundlich sein sollen. Ich dachte, vielleicht könnten Sie Marc überreden, mich wieder in sein Leben zu lassen, wenn ich mit Ihnen rede.«

Mir wird schwindelig. Träume ich? »Das ist ja wirklich sonderbar. Das kann doch nicht wahr sein.« Aber selbst während ich das sage, weiß ich, dass dieser Mann mit Marc verwandt sein muss. Er sieht ihm einfach zu ähnlich. »Warum will Marc nichts mehr mit Ihnen zu tun haben?«, frage ich.

»Keine Ahnung. Er hat sich dazu entschieden, als Sie in sein Leben getreten sind.«

»Warum hätte er das tun sollen?«

»Das müssen Sie ihn selbst fragen. Ich habe es natürlich versucht, aber … Na ja, Sie kennen Marc. Wenn er einen Entschluss gefasst hat, sieht er keinen Grund, ihn jemandem zu erklären. Ich habe auch mit Baz darüber geredet, aber er hatte ebenfalls keine Ahnung, was los ist. Und die beiden waren mal beste Freunde.«

»Baz kennt Sie?«

»Sehr gut. Er war es, der mich ein paarmal aufs Filmset gelassen hat.«

»Aber warum …?«

»Jahrelang war ich Marcs Double, wenn er keine Lust auf die Presse hatte. Baz kann Ihnen das bestätigen. Ich bin mit Baz in eine Kneipe gegangen, und die Presseleute haben mich statt Marc verfolgt. Dadurch hatte er ein bisschen Freiraum.«

»Aber … aber warum hat Marc Sie nie erwähnt?«, frage ich.

Keith kommt angerannt und schwenkt mein Handy in der Hand. »Hab es!«, ruft er atemlos. »Der junge Mann wird es sich in Zukunft gut überlegen, ob er eine Schwangere beklaut. Ein Fausthieb, und er ist zu Boden gegangen. Die Polizei ist bereits auf dem Weg, ich habe …« Keith verstummt, als er sieht, wer neben mir steht. »Michael«, sagt er dann. Seine Stimme ist kalt. »Was machst du hier? Marc hat dir doch gesagt, dass du dich fernhalten sollst.«

»Richtig«, sagt Michael.

»Ich an deiner Stelle würde Marc nicht verärgern«, sagt Keith. »Vor allem nicht jetzt, während Sophias Schwangerschaft.«

»Ich dachte, Sophia würde mich vielleicht gern kennenlernen«, sagt Michael. »Warum fährst du uns nicht zu Marc, dann können wir mit ihm reden.«

»Du weißt, dass er dich umbringen wird«, sagt Keith. »Und mich wahrscheinlich gleich mit.«

»Ich werde dafür sorgen, dass seine Wut nur mich trifft«, sagt Michael.

Keith seufzt. »Du wirst noch mein Untergang sein, Michael Blackwell. Aber steig ein. Ich werde Marc Bescheid geben, dass wir auf dem Weg zu ihm sind.«

Plötzlich blitzt eine Kamera.

Wir drehen uns um und sehen einen Paparazzo, der davonrennt.

»Ich habe schon die Schlagzeilen vor Augen«, sagt Michael grinsend. »Schlägerei zwischen Marc und Sophias Liebhaber.«

79

Sie wollen zum Stadthaus?«, frage ich Keith, als der Wagen in Richtung Chelsea fährt.

»Dorthin habe ich Marc vorhin gebracht«, erwidert Keith, »um Michael zu treffen. Aber ich vermute, dass das nur ein Ablenkungsmanöver war. In Wirklichkeit wollte Michael mit der Verabredung Marc aus dem Weg schaffen, um sich ungestört mit Ihnen zu unterhalten.«

»Du verschwendest deine Fähigkeiten als Chauffeur«, wirft Michael ein. »Du hättest lieber Detektiv werden sollen.«

»Warum hast du dich nicht mit Marc getroffen?«, kontert Keith. »Er ist ein vernünftiger Mensch. Man kann nie wissen – vielleicht hat er seine Meinung ja geändert.«

»Ohne Weiteres wird er das nie tun«, erwidert Michael. »Komm schon, Keith – du kennst ihn doch seit Ewigkeiten. Er hat sich nur auf ein Treffen mit mir eingelassen, um mir zu sagen, dass ich mich fernhalten soll. Und das zum wiederholten Mal. Das weißt du genauso gut wie ich. Sophia ist meine einzige Chance.«

»Wird Marc wütend sein, wenn er Sie jetzt mit mir sieht?«, frage ich.

»Ganz bestimmt. Stocksauer. Aber ich werde nicht aufgeben, auch wenn Marc das nicht versteht. Ich bin noch immer ein Blackwell und genauso dickköpfig wie er. Ich möchte Sie kennenlernen. Und meinen Neffen.«

Ich lache. »Neffen? Glauben Sie etwa ebenfalls, dass es ein Junge wird?«

»Der Vater Ihres Kindes ist ein Blackwell. Bei den Blackwells sind alle Erstgeborenen Jungen.«

»Genau dasselbe hat Marc gesagt.«

»Ich bin entschlossen, den kleinen Burschen kennenzulernen«, sagt Michael. »Marc hingegen ist entschlossen, mich aus seinem Leben fernzuhalten.«

»Aber warum?«

»Das hat er mir nicht gesagt.«

Der Wagen fährt vor dem Stadthaus vor, und die großen Tore gehen auf.

»Ich glaube, jetzt ist der Zeitpunkt gekommen, ihn zu fragen.«

Als wir in die Tiefgarage rollen, erwartet uns Marc schon, die Hände in die Hüften gestemmt. Er eilt mit langen Schritten herbei und hilft mir aus dem Wagen. Dann legt er seine Hände an mein Gesicht. »Geht es dir gut?«

»Ja, ich bin nur ein bisschen durcheinander.«

Marc umarmt mich fest. »Verzeih mir. Bitte, verzeih mir. Ich hasse es, Geheimnisse vor dir zu haben. Aber ich wusste, dass du neugierig sein würdest, wenn ich dir davon erzähle. Und ich wollte nicht, dass die komplizierte Geschichte auf den Tisch kommt.«

»Warum sagst du mir nicht einfach, was los ist, Marc?« Michael steigt aus.

»Halte dich zum Teufel noch mal von meiner Familie fern!«, knurrt Marc. »Keith, tu mir den Gefallen und fahre Michael nach Hause.«

Michael sinkt in sich zusammen. »Marc, bitte! Sag mir wenigstens …«

»Du hättest unseren Onkel fragen sollen.«

Eine Pause tritt ein.

»Was soll das Ganze?«, fragt Michael schließlich. »Was hat der Bruder unseres Vaters damit zu tun, Marc? Er ist nur noch ein trauriger alter Mann. Und bei Weitem nicht so böse, wie du glaubst. Er hätte der Presse erzählen können, was es mit mir auf sich hat. Er hätte damit einen Haufen Geld verdienen können. Aber das hat er nie getan.«

»Er hat sich immer wie Vater verhalten und genauso Schuld daran, dass Annabels Leben ruiniert wurde. Ich will nichts mit ihm zu tun haben. Und ich werde meine Familie beschützen, koste es, was es wolle. Das heißt auch, dass ich dich von uns fernhalten werde. Und du irrst dich, wenn du glaubst, dass er sich nie an die Presse gewendet hat. Er hat versucht, die Geschichte zu verkaufen. Aber ich habe dafür gesorgt, dass sie nie erschienen ist. Wenn ich dich noch ein einziges Mal in der Nähe von Sophia erwische …«

»Marc, bitte!« Ich trete einen Schritt zurück. »Ich glaube nicht, dass Michael einem von uns beiden schaden möchte.«

»Natürlich will ich das nicht«, sagt Michael. »Ihr seid meine Familie. Marc ist mein Bruder, und du bist meine Schwägerin.«

»Ich habe es dir oft genug gesagt«, wirft Marc ein, »du hast deine Entscheidung getroffen.«

»Willst du deinen Bruder wirklich aus deinem Leben ausschließen, Marc?«, frage ich. »Nur weil er in der Nähe deines Onkels lebt?«

»Ja, das will ich.«

»Und das ist fair?«

»Das ist mir völlig egal. Mein Onkel ist nicht dumm. Wenn wir Zeit mit Michael verbringen, wird er über ihn etwas über unser Leben herauszufinden versuchen. Etwas, was er benutzen könnte, um uns nahezukommen. Der Kontakt muss komplett unterbunden werden. Sämtliche Bindungen müssen getrennt werden. Glaub mir, ich tue das auch dir zuliebe.«

»Wer weiß sonst noch von Michael?«, frage ich.

»Nur Baz, sonst niemand.«

»Ich kapiere es einfach nicht«, sage ich. »Ich habe doch Familienfotos von dir gesehen, aber Michael konnte ich auf keinem davon entdecken.«

»Wir haben nicht dieselbe Mutter«, sagt Marc. »Mein Vater hatte eine Affäre, und das Ergebnis ist Michael. Wir haben erst vor wenigen Jahren voneinander erfahren. Danach hat er sich nützlich gemacht und die Presse von mir abgelenkt.« Marc schenkt Michael ein kleines Lächeln. »Dafür bin ich ihm sehr dankbar. Die Öffentlichkeit weiß nichts von ihm. Aber jetzt … Ich bin felsenfest davon überzeugt, dass es am besten ist, wenn er sich von uns fernhält.«

»Hört mal«, sagt Michael, »warum gehen wir nicht ins Haus und bereden die Sache noch mal gründlich? Ich glaube, ich habe eine Idee, wie das Ganze doch funktionieren könnte.«

»Marc?«, sage ich fragend.

Marc verzieht das Gesicht. »Ich dachte, du würdest das verstehen, Sophia. Es ist mir überhaupt nicht recht, dass du jetzt über Michael Bescheid weißt. Er muss verschwinden. Er kann nicht

Teil unseres Lebens sein. Vor allem nicht dann, wenn unser Sohn da ist.«

»Bitte, Marc – lass uns darüber reden. Michael gehört zu unserer Familie, ob du es willst oder nicht.«

Marc schließt die Augen. »Genau davor hatte ich Angst. Na gut, gehen wir ins Haus. Aber ich kann für nichts garantieren.«

80

In der Küche erwartet uns Rodney mit frisch gebrühtem Kaffee. »Im Ofen sind Hörnchen, die ich später mit Creme füllen werde«, informiert er uns.

»Danke, Rodney.« Ich hieve mich auf einen Barhocker. Mein dicker Bauch presst sich gegen die Theke aus Eichenholz.

»Sophia«, ermahnt mich Marc, »du solltest nicht auf diesem Hocker sitzen.«

»Es ist schon okay«, erwidere ich. »Und jetzt hören wir uns an, was Michael zu sagen hat.«

Rodney gießt uns Kaffee ein.

»Hoffentlich ist dir etwas Vernünftiges eingefallen«, sagt Marc. »Ich bin nicht gerade erfreut, dass du Sophia benutzt hast, um an mich ranzukommen.«

»Ich habe sie nicht benutzt«, entgegnet Michael. »Ich wollte sie nur kennenlernen. Sie ist jetzt auch ein Teil meiner Familie. Und sie ist schwanger mit …«

»Also, was hast du uns zu sagen?«, unterbricht ihn Marc.

»Ich werde den Kontakt zu unserem Onkel einstellen.«

Marc nimmt einen Schluck Kaffee. »Was noch?«

»Er hat das Auto, das du ihm geschenkt hast, verkauft und den Großteil des Geldes ausgegeben.«

Marc zieht eine Braue hoch. »Das sieht ihm ähnlich.«

Michael seufzt. »Er ist sehr egoistisch. Das weiß ich jetzt und habe es tief in meinem Inneren schon immer gewusst. Ich wollte nur … Ach, ich weiß auch nicht, was ich wollte. Wahrscheinlich mich einfach an die Vorstellung klammern, dass Vaters Bruder im Kern ein guter Mensch ist. Aber ohne ihn geht es mir besser. So wie wahrscheinlich allen.«

Marc mustert ihn eindringlich. »Ist das dein Ernst?«

»Mein voller Ernst. In der Zeit, als wir Kontakt hatten, warst du ein guter Bruder für mich. Ich verstehe, dass du Sophia und dein Kind beschützen möchtest. Ich hatte mich geirrt, als ich dachte, dass ich den Kontakt zu dir aufrechterhalten könnte, ohne den zu unserem Onkel aufzugeben.«

»Ich möchte dich nicht zwingen, eine Wahl zu treffen …«

»Es gibt keine Wahl. Ich habe mich für dich und deine Familie entschieden.«

»Michael, sag mir die Wahrheit. Wenn du unseren Onkel immer noch sehen willst …«

»Das will ich nicht.«

Als ich Marcs strenge Miene sehe, überkommt mich plötzlich ein sehr seltsames Gefühl. Als würden riesige Hände meinen Bauch packen und zusammenpressen.

Puh!

Ich rutsche auf dem Hocker hin und her, finde aber keine bequeme Stellung.

»Marc?«, fragt Michael. »Was meinst du, können wir uns darauf einigen?«

Marc presst die Lippen zusammen, und kurz denke ich, er wird sich weigern. Doch dann senkt er den Blick. »Ich glaube, das sollten wir. Denn wenn ich nicht darauf eingehe, weiß ich, dass Sophia mich umbringen wird.«

»Komm her!« Michael drückt Marc an sich, und Marc klopft ihm auf die Schulter.

»Michael«, sagt Marc, »darf ich dir deine Schwägerin vorstellen, Sophia Blackwell.«

»Wir hatten schon das Vergnügen.« Michael zwinkert mir zu. »Ich mag sie. Du hast eine gute Wahl getroffen.«

»Pass auf, dass dir keine dummen Gedanken kommen, kleiner Bruder«, sagt Marc. »Wir ähneln uns ziemlich. Ich möchte nicht, dass du Sophia mit deinem Verhalten durcheinanderbringst.«

Ich lache. »Und wie wird es jetzt weitergehen?«

»Michael kann uns besuchen«, sagt Marc. »Und er kann seinen Neffen kennenlernen.«

»Das würde mich freuen«, sagt Michael.

»Ich bin sehr erleichtert«, sage ich. »Über alles.«

»Es tut mir leid, dass du das durchmachen musstest«, sagt Marc.

»Schon in Ordnung. Du hast gedacht, du müsstest mich beschützen. Das kann ich verstehen.«

Erneut überkommt mich dieses komische Gefühl, als würde etwas meinen Bauch zusammendrücken. Erst nur leicht, dann immer fester, bis ich einen heftigen Stich zwischen den Beinen spüre.

Vermutlich bin ich etwas blass geworden, denn Marc fragt: »Sophia? Alles in Ordnung?«

Das Gefühl verschwindet wieder, und ich nicke. »Ich glaube schon. Aber … Marc? Ich denke, unser Baby kommt jetzt.«

81

Marc starrt mich ungläubig an. »Hast du etwa Wehen? Komm her, ich helfe dir. Gehen wir in den Salon. Du musst dich irgendwo bequemer hinsetzen.«

Auf dem Weg zum Salon verspüre ich wieder dieses komische Gefühl. Eine Spannung kriecht mir die Beine hoch und zieht meinen Bauch zusammen. Ich bleibe stehen und packe Marcs Hand.

»Ist dir unwohl?«, fragt Marc.

»Nicht unbedingt«, erwidere ich. »Es fühlt sich einfach nur seltsam an.«

»Setz dich aufs Sofa«, fordert Marc mich auf.

»Ich glaube, ich sollte euch jetzt lieber allein lassen«, sagt Michael. »Kann ich etwas für euch tun? Soll ich jemanden anrufen?«

Marc schüttelt den Kopf. »Danke, aber ich habe Rodney schon alles Nötige erklärt. Es ist alles in Ordnung. Keith wird dich heimfahren. Komm wieder, wenn das Baby da ist.«

Michael grinst. »Ganz bestimmt.«

Das Sofa ist nicht bequem, und ich stehe auf. Dabei verkrampft sich mein Bauch erneut. Offenbar eine Wehe, aber ganz sicher bin ich mir nicht, weil ich davon ausging, dass Wehen schrecklich schmerzhaft sind.

»Vielleicht kommt das Baby ja doch noch nicht«, sage ich und laufe auf und ab. »Weißt du noch, was die Ärztin gesagt hat? Irgendetwas über Vorwehen, die noch nichts bedeuten.«

»Ja, ich erinnere mich.«

»Es wäre auch viel zu früh. Der Geburtstermin ist doch erst in ein paar Wochen.«

»Ich habe trotzdem das Gefühl, dass das Baby kommt.«

»Ich dachte immer, *ich* sollte dieses Gefühl haben.«

»Ich rufe jetzt die Ärztin an und bitte sie, mit der Hebamme herzukommen.«

»Lass uns noch ein bisschen warten«, sage ich. »Ich möchte sie nicht umsonst herbemühen.«

»Sophia, umsonst wird es bestimmt nicht sein«, sagt Marc. »Schau dich doch an – du kannst ja nicht einmal mehr still sitzen.«

»Aber es ist wirklich nicht sehr schlimm«, beharre ich. »Ehrlich. Es könnte auch falscher Alarm sein.«

»Und wenn nicht?«

»Wenn nicht, dann muss ich dich warnen: In unserer Familie pflegen Babys in der Regel sehr schnell zur Welt zu kommen. Meine Geburt hat drei Stunden gedauert.«

»Ich rufe jetzt die Ärztin an.«

In den nächsten Stunden werden die Wehen immer heftiger, aber Dr. Christian und die Hebamme sind immer noch nicht da.

Marc telefoniert pausenlos und versucht sogar, eine Nothebamme aufzutreiben, aber auch das gelingt ihm nicht.

»Was ist?«, frage ich und halte mich am Sofarücken fest. »Wo stecken alle?«

»In der City wird demonstriert«, sagt Marc. »Niemand kommt durch. Außerdem hat es auf der South Bank einen schweren Unfall gegeben. Die Notfallhubschrauber sind alle im Einsatz, und mein Privathelikopter steht am entgegengesetzten Ende von London. Ich versuche gerade, noch irgendeinen anderen Privathubschrauber zu organisieren, aber die sind alle in Verwendung, weil ihre Besitzer das Verkehrschaos vermeiden wollen.«

»Bist du nicht Millionär?«, will ich wissen und atme tief ein und aus.

»Ich habe dir das schon einmal gesagt: Ich bin Milliardär.«

Eine weitere Wehe kündigt sich an. Ich klammere mich stärker ans Sofa und beuge mich vor und zurück.

Marc hält mir die Hand.

Ich sehe ihm an, dass er gerade durch die Hölle geht. Er hält es kaum aus, dass er mir nicht helfen kann.

»Himmel noch mal, jemand muss sofort herkommen!«, brüllt er und rauft sich die Haare.

Ich versuche, mich auf meinen Atem zu konzentrieren, aber es fällt mir zunehmend schwer. Plötzlich wird mir siedend heiß. »Ich muss mich ausziehen«, sage ich.

»Ich mach das.« Marc streift mir den Pullover über den Kopf und hilft mir aus der Jeans. »Wenn die Hebamme auftaucht, ziehe ich dir wieder etwas an.«

»Das ist mir egal«, keuche ich. »Völlig egal. Marc, kannst du nicht etwas tun? Bitte? Ich halte es kaum noch aus.«

»Ich auch nicht.« Marc presst seine Hände auf meine Hüfte. Seltsamerweise hilft das ein wenig.

»Woher hast du gewusst, dass du das tun musst?«, frage ich.

»Ich habe mich schlaugemacht.«

Ich schaffe es zu lachen, aber gleich darauf muss ich wieder aufstöhnen. »Oh, Mist. Schon wieder eine. Wie können die Wehen nur so brutal sein?« In all meiner Qual höre ich, wie jemand gegen die Tür klopft. »Marc!«, schreie ich. »Sie sind da.«

»Aber ich kann dich jetzt doch nicht alleine lassen.«

»Lass mich allein und mach ihnen die Tür auf. Sie haben bestimmt Schmerzmittel dabei. Bitte, Marc«, flehe ich. Wieder umklammere ich den Sofarücken und wippe hin und her.

Bald höre ich Frauenstimmen und sehe eine hübsche Blondine in Cowboystiefeln und mit einem roten Schal, die zusammen mit Dr. Christian den Raum betritt.

»Sophia?«, sagt die junge Frau fragend. »Ich heiße Alice und bin Ihre Hebamme. Wie geht es Ihnen?«

»Was glauben Sie wohl, wie es ihr geht?«, faucht Marc.

Alice lacht. »Es ist alles in Ordnung, Mr Blackwell. Der Körper Ihrer Frau tut nur, was Millionen von Frauenkörpern vor ihm getan haben. Es besteht kein Grund zur Sorge.«

»Sie hat schreckliche Schmerzen«, knurrt Marc. »Wie soll ich mir da keine Sorgen machen?«

»Das ist ganz natürlich«, sagt Alice. »Sophia, ich würde Sie jetzt gern untersuchen, okay?«

Ich beiße die Zähne zusammen und nicke.

»Gut, dass Sie sich bereits ausgezogen haben«, sagt Alice und kniet sich auf den Boden. »Das macht die Sache etwas einfacher.«

Ich umklammere das Sofa, während sie mich untersucht, und stöhne laut auf.

»Ist das wirklich nötig?«, knurrt Marc. »Sehen Sie denn nicht, wie sie leidet?«

Alice bleibt stumm.

Ich blicke auf sie hinab und bemerke, dass sie blass geworden ist. »Was ist los?«, frage ich.

Alice hüstelt. »Wie lange haben Sie schon Wehen, Sophia?«

Ich schüttle den Kopf. »Keine Ahnung. Fragen Sie Marc.«

»Seit vier Stunden«, sagt Marc. »Die Schmerzen haben vor vier Stunden eingesetzt.«

»Sie hat seit vier Stunden Schmerzen?«, fragt Alice.

»Am Anfang waren sie nicht so schlimm«, keuche ich.

Alice blinzelt. »Aber davor haben Sie noch gar nichts gespürt? Keine Kontraktionen?«

Ich schüttle den Kopf. »Nein.«

»Und das ist Ihr erstes Kind?«

»Mein erstes.«

»Nun denn.« Alice schaut Dr. Christian an. »Die Wehen werden extrem rasch stärker. Ich kann es kaum glauben, aber das Baby ist schon fast da.«

»Das kann doch gar nicht sein«, entgegne ich. »Die Fruchtblase ist noch nicht mal geplatzt. O mein Gott!« Ich halte mich wieder am Sofa fest und spüre, wie eine heiße Welle durch meinen Bauch tobt. Die Schmerzen sind so stark, dass mir speiübel wird.

Als die Welle verebbt ist, legt Marc den Arm um meine Schulter. »Sophia, das Baby kommt. Hast du gehört, was die Hebamme gesagt hat?«

»Soll das etwa heißen, dass ich es hier zur Welt bringen soll?«, frage ich leicht panisch.

»In diesem Stadium dürfte es schwierig sein, Sie ins Krankenhaus zu transportieren«, sagt Alice. »Die Straßen sind noch immer verstopft, und in einem Krankenwagen wollen Sie bestimmt kein Kind gebären. Eine Hausgeburt wäre für Sie und das Baby besser.«

»Aber das geht doch nicht«, knurrt Marc. »Sie muss anständig versorgt werden.«

»Generationen von Frauen haben ihre Kinder zu Hause zur Welt gebracht«, erklärt die Hebamme. »Und Sophia macht mir einen stabilen Eindruck. Es besteht kein Grund zur Panik. Der Herzschlag des Babys ist deutlich zu hören.«

»Ich will aber nicht hier gebären!«, kreische ich.

»Sophia«, versucht Alice, mich zu beruhigen, »ich glaube nicht, dass Sie sich das noch aussuchen können.«

»Ich will in den Garten«, erkläre ich und taumle aus dem Salon.

»Sophia!«, schreit Marc. »Bleib lieber im Haus!«

»Nein, Marc. Ich muss ins Freie. Zusammen mit dir. Nur wir zwei.«

Die Hebamme nickt. »Wenn Ihnen das guttut. Wir lassen Sie ein paar Minuten in Ruhe. Rufen Sie, wenn Sie uns brauchen.«

Marc nimmt mich am Arm. »Komm, stütz dich auf mich.«

Irgendwie schaffe ich es, durch die Terrassentür ins Freie zu wanken. Ich sinke auf den herrlich kalten Rasen. Als meine Knie das Gras berühren, platzt die Fruchtblase. »O mein Gott!« Ich weiß vor Schmerzen nicht mehr ein noch aus.

Marc drückt mir die Hand, während ich auf dem Rasen sitze.

Es ist zwar etwas sonderbar, nackt im Garten zu sein, aber ich wüsste nicht, wo ich jetzt lieber wäre. Plötzlich hören die Schmerzen auf, und der Drang zu pressen überkommt mich. Ich gebe ihm nach, ohne Marcs Hand loszulassen.

»Sophia«, sagt Marc, »wir sollten die Hebamme rufen.«

»Nein«, sage ich. »Bitte, bleib einfach nur hier bei mir.«

Ich presse jedes Mal, wenn ich den Drang verspüre. Mir ist nicht mehr bewusst, was ich tue. Es ist mir egal, dass ich nackt bin, es ist mir auch egal, dass mir das Fruchtwasser die Beine hinunterläuft. Wichtig ist nur, dass Marc bei mir ist.

Etwas in mir verändert sich, und ich fasse mir mit den Händen zwischen die Beine. »Marc!«

Ich spüre den Kopf des Babys in meinen Händen, und dann gleitet auch schon der kleine Körper aus mir heraus.

»Alice!«, ruft Marc und hilft mir, das Köpfchen zu halten. »Dr. Christian!« Er nimmt mir das Baby ab und drückt es an seine Brust.

»Ist es gesund?«, frage ich. »Atmet es?«

Ein schwacher Schrei ertönt, gefolgt von einem Husten.

Ich lasse mich zurücksinken.

»Sie«, sagt Marc lächelnd. »Sie atmet, und sie ist wunderschön. Genau wie ihre Mutter.«

82

In Marcs Armen liegt ein winziges, mürrisch aussehendes Baby mit braunen Haaren. Es ist knallrosa und mit einer weißen Schmiere bedeckt. Die Augen sind zugekniffen, die knallroten Lippen verzogen, und es wimmert leise vor sich hin. Unsere Tochter ist das Schönste, was ich je gesehen habe.

»Kann ich sie haben?«

Marc legt mir unsere Kleine in die Arme.

»Hallo, du wunderhübsches Mädchen«, sage ich. »Hallo!«

»Hast du dir eigentlich einen Mädchennamen ausgedacht?«, fragt Marc lächelnd. »Ich nämlich nicht.«

»Was für ein Glück für dich, dass ich so flexibel bin«, sage ich, während ich die Kleine betrachte. »Ich habe den perfekten Namen für sie.«

»Und der wäre?«

»Ivy.«

In den nächsten Wochen verschwimmt alles miteinander, aber es ist eine glückliche Zeit.

Ein paar Tage nach der Geburt bleiben wir noch im Stadthaus. Ich erhole mich, esse Toast und trinke heiße Schokolade. Danach ziehen wir auf unseren Landsitz um, auf dem schon alles für das neue Familienmitglied vorbereitet ist.

Monatelang habe ich ein Nest gebaut, sodass das Haus jetzt blitzsauber und vollgestopft ist mit allem, was ein Baby braucht.

Marc und ich sitzen häufig bei unserem Töchterchen, wir beobachten die Kleine beim Schlafen und wenn ich sie stille.

Marc beharrt darauf, dass ich nicht koche. Er hat einen Koch engagiert, der uns frisch gebackenen Eltern jeden Tag eine leckere, gesunde Mahlzeit zubereitet. Ab und zu gibt es natürlich auch Pizza.

Es ist eine völlig neue Welt, in der man jede Nacht alle paar Stunden aufwacht, und es kostet einige Kraft, aber für Ivy würde ich alles tun. Wirklich alles. Und ich weiß, dass es Marc ebenso geht. Bevor wir uns recht versehen, steht Weihnachten vor der Tür.

Wir haben die ganze Familie zum Weihnachtsessen eingeladen. Natürlich auch Denise und Tom und Tanya, deren Familien in Übersee leben. Und Michael.

Am Weihnachtsmorgen trage ich die kleine Ivy ins Erdgeschoss und zeige ihr den Weihnachtsbaum und die Kerzen.

Marc beobachtet mich mit Adleraugen, als ich die Treppe herunterkomme. Er hat immer noch Angst, ich würde einen Schwächeanfall erleiden und Ivy fallen lassen.

Ich versichere ihm zwar ständig, dass es mir gut geht, aber er will es einfach nicht glauben. Ich vermute, das Erlebnis der Geburt hat ihn ein bisschen erschreckt. Dass er mich so schwach und ausgeliefert gesehen hat. Aber müsste es sein, ich würde die Schmerzen nächste Woche noch einmal über mich ergehen lassen.

Ich lächle über den Berg an Weihnachtsgeschenken unter dem Baum. Marc hat halb London für die kleine Ivy leergekauft. Sie wird das verwöhnteste Mädchen werden, das man sich nur vorstellen kann. Aber ich werde nach Kräften darauf achten, dass ihr die richtigen Werte vermittelt werden und sie für alles dankbar ist, was sie bekommt.

»Ich glaube nicht, dass Ivy schon versteht, was Geschenke sind«, sage ich zu Marc. »Sie kann ja noch nicht einmal lächeln.«

Marc runzelt die Stirn. »Meine Tochter bekommt von allem nur das Beste. Bist du dir sicher, dass du sie halten kannst, wenn du mit ihr die Treppe hinuntergehst?«

Ich lache. »Zum millionsten Mal: Ja, ich bin mir sicher.«

Wir öffnen ein paar von Ivys Geschenken – es sind hauptsächlich teure Kleidung und Spielzeug. Und Ivy scheint wirklich nicht zu verstehen, was los ist. Ich glaube, der Weihnachtsbaum gefällt ihr mehr als alles andere.

»Da unsere Tochter Bäume und Kerzen mehr zu schätzen scheint als Geschenke«, meint Marc schließlich, »solltest du vielleicht jetzt dein Geschenk öffnen.«

»Marc! In unserer Familie haben wir die Tradition, dass …«

»Du hast jetzt eine neue Familie, mich und Ivy. Und bei uns

gibt es die Tradition, dass am Weihnachtsmorgen als Allererstes die Geschenke aufgemacht werden. Die Kinder sollten nicht den ganzen Tag lang darauf warten müssen.«

»Na gut, aber nur heute. Für das nächste Jahr besprechen wir das noch einmal.«

»Es freut mich, dass Sie nach wie vor tun, was man Ihnen sagt, Mrs Blackwell. Zumindest ab und zu. Hier.« Er reicht mir ein Schächtelchen, das in ein edles cremefarbenes Papier eingewickelt ist.

»Leider habe ich es nicht geschafft, dir ein Geschenk zu besorgen«, gestehe ich zerknirscht. »Ivy ist etwas früher gekommen, als ich dachte. Und davor die Dreharbeiten – ich war dieses Jahr ziemlich beschäftigt.«

»Es sei dir verziehen«, sagt Marc. »Und jetzt öffne es.«

Ich reiße das Papier auf und entdecke ein lilafarbenes Schmuckkästchen. »Das sieht sehr hübsch aus.«

»Du hast es noch gar nicht geöffnet.«

Als ich das Schächtelchen aufmache, verschlägt es mir die Sprache. »O Marc!«, stammle ich schließlich. »Das ist – ich weiß gar nicht, was ich sagen soll.«

In der kleinen Box liegt eine Silberkette mit zwei Anhängern: ein Efeublatt und eine kleine Rose.

»Dreh den Efeu um«, sagt Marc.

Ich folge seiner Aufforderung und entdecke eine Gravur auf der Rückseite des Blattes: *Hell und Dunkel auf ewig zusammen. Marc*

Ich beiße mir auf die Unterlippe.

»Gefällt es dir nicht?«, fragt Marc besorgt.

Ich schüttle den Kopf und spüre, wie mir die Tränen in die Augen treten. »O Marc! Es ist wunderschön. Zum Weinen schön.«

Marc lacht und umarmt mich.

»Ich werde mich für alle Zeit um dich und unsere Tochter kümmern. Das weißt du, oder?«

»Ja, das weiß ich.«

83

Weihnachten ist so schön wie nie zuvor. Dad, Denise, Michael, Annabel und Daniel, Jen und Leo und Tom und Tanya versammeln sich in unserem riesigen Wohnzimmer vor dem hell brennenden Kaminfeuer. Wir reden und lachen und trinken und essen und können uns an der kleinen Ivy gar nicht sattsehen.

»So glücklich war ich noch nie«, erkläre ich Marc und kuschle mich an ihn.

»Meinst du nicht, dass es Ivy hier drinnen vielleicht zu heiß ist?«, fragt Marc, der stets besorgte Vater.

»Ich glaube, dass sie sich wohlfühlt. Denk doch nur an all die Liebe in diesem Raum. Hier kann ihr nichts passieren.«

Marcs Kiefer spannen sich an. »Ich würde mein Leben geben, um Schaden von ihr abzuwenden.«

»Ich weiß, Marc. Ich auch.«

Jen betrachtet Ivy andächtig, während sie Leos Hand umklammert hält.

»Vielleicht sollten wir auch bald so etwas Kleines bekommen, was meinst du?«, schlägt Leo vor und zwinkert Jen verschmitzt zu.

»Ist das dein Ernst?«, fragt Jen. »Ich habe mich doch gerade erst selbstständig gemacht, und wir sind noch nicht einmal verheiratet.«

»Dann beeilen wir uns eben mit der Hochzeit. Wir könnten noch heute Nacht nach Las Vegas fliegen, alles hinter uns bringen und dann ein Baby bekommen.«

»Leo!«, tadelt Jen ihn. »Ich plane schon seit Monaten unsere Hochzeit. Sie wird ein Jahrhundertereignis.«

»Dann planst du eben neu. Du kennst doch den Spruch: Je billiger die Hochzeit, desto länger hält die Ehe.«

Jen lächelt. »Ich würde sehr gern mit dir ein Kind haben. Das weißt du, oder?«

»Ja. Dann lass uns loslegen.«

Jen verdreht die Augen. »Leo, manche Dinge wollen einfach bedacht angegangen werden.«

»Aber die besten Dinge passieren spontan.« Leo drückt einen lauten Schmatz auf Jens Wange. »Wenn wir nächstes Jahr ein Kind bekommen, dann wäre es altersmäßig nicht weit von Ivy entfernt. Die beiden könnten beste Freunde werden.«

»Meine und Sophias Kinder werden sowieso beste Freunde werden, egal wie alt sie sind«, behauptet Jen zuversichtlich.

Solange unser Besuch da ist, benimmt sich die kleine Ivy mustergültig. Aber als alle sich verabschieden, beginnt sie, unruhig zu werden.

Wir versuchen, sie zu füttern, zu schaukeln und ihr vorzusingen, aber sie lässt sich nicht beruhigen.

»Vielleicht brütet sie etwas aus«, meint Marc besorgt. »Ich rufe lieber den Kinderarzt an.«

»Marc, ihr fehlt nichts. Am Abend ist sie doch öfter so. Lass uns mit ihr ein bisschen an die frische Luft gehen.«

»Draußen ist es eiskalt«, sagt Marc.

»Du hast ihr so viele Wintersachen besorgt, dass sie in der Antarktis überleben könnte«, erwidere ich. »Jetzt komm schon, sie braucht bestimmt nur ein bisschen Sauerstoff, um einzuschlafen.«

Zögernd hilft mir Marc, Ivy in Decken zu wickeln und in den Kinderwagen zu legen.

Wir schieben den Wagen auf den Gartenweg. Ich werfe einen Blick auf den sternenklaren Nachthimmel.

Ivy beruhigt sich sofort, sobald sie an der frischen Luft ist.

»Siehst du?«, sage ich zu Marc und gehe mit dem Kinderwagen noch ein Stück weiter. »Sie wollte noch ein bisschen ausgefahren werden, mehr nicht. Lass uns noch ein Stück über die Felder spazieren.«

Marc und ich schieben den Kinderwagen auf der dunklen Landstraße und beobachten Ivys hübsches weißes Gesichtchen und ihre Augen, die ihr immer wieder zufallen. Bald schläft sie tief und fest.

»Ich werde diesem Kind alles geben«, sagt Marc. »Ich werde für Ivy da sein, solange ich lebe.«

»Verwöhn sie bloß nicht zu sehr«, sage ich.

»Natürlich werde ich sie verwöhnen«, erwidert Marc. »Das ist meine Aufgabe als ihr Vater.«

»Also bist du nicht enttäuscht, dass du keinen Sohn bekommen hast?«, frage ich.

»Was denkst du?«

»Ich weiß, dass du es nicht bist.«

»Ich habe doch die ganze Zeit gesagt, dass mir das Geschlecht egal ist. Aber es stimmt schon, ich bin von einem Sohn ausgegangen. Die Blackwells haben bisher immer zuerst einen Sohn bekommen.«

»Nun, dann ist unsere Tochter vermutlich keine Blackwell.«

»O doch, das ist sie. Sie ist meine Rose, genau wie du.«

S. Quinn

hat als Journalistin, Ghostwriter, Buchgestalterin, Clubtänzerin und Partymasseuse gearbeitet, bevor sie sich ganz dem Schreiben von Romanen widmete. Mit ihren erotischen Romanen »Devoted« und »Passion« gelangen ihr auf Anhieb internationale Bestseller. »Blackwell Lessons« ist die Fortsetzung der »Devoted«-Trilogie. S. Quinn lebt mit ihrem Mann und ihrer kleinen Tochter in Brighton.

Die *Devoted*-Reihe von S. Quinn und die Fortsetzung *Blackwell Lessons*:

Devoted. Geheime Begierde. Band 1. Roman
Devoted. Verbotene Leidenschaft. Band 2. Roman
Devoted. Gefährliches Verlangen. Band 3. Roman
Blackwell Lessons. Leidenschaftliches Versprechen. Band 1. Erotischer Roman
Blackwell Lessons. Entfesselte Lust. Von Marc Blackwell erzählt. Band 2. Erotischer Roman (Februar 2017)
Blackwell Lessons. Endlose Liebe. Band 3. Erotischer Roman (März 2017)

(Alle auch als E-Book erhältlich)

Außerdem lieferbar:

Passion. Leidenschaftlich begehrt. Band 1. Erotischer Roman
Passion. Leidenschaftlich verführt. Band 2. Erotischer Roman
Passion. Leidenschaftlich verliebt. Band 3. Erotischer Roman

(Alle auch als E-Book erhältlich)

GOLDMANN
Lesen erleben

S.C. Stephens
Thoughtless – Effortless – Careless

640 Seiten
auch als E-Book erhältlich

ca. 650 Seiten
auch als E-Book erhältlich
erscheint im Juli 2015

ca. 650 Seiten
auch als E-Book erhältlich
erscheint im September 2015

Seit zwei Jahren ist die schüchterne Kiera in einer glücklichen Beziehung mit Denny. So überlegt sie nicht lange, als er ein Jobangebot in Seattle bekommt, und zieht mit ihm in die neue Stadt, um ihr Studium dort zu beenden. Bei Dennys Freund aus Kindertagen, Kellan Kyle, mieten sie ein Zimmer. Er ist der lokale Rockstar, Herzensbrecher und sieht verboten gut aus. Als Dennys Job ihn länger aus Seattle wegführt, kommt die einsame Kiera, die sich inzwischen in der Stammkneipe von Kellans Band etwas dazuverdient, ihrem neuen Mitbewohner näher. Was freundschaftlich beginnt, entwickelt sich bald zu etwas Intensiverem, Verbotenem – zu einem Spiel mit dem Feuer ...

www.goldmann-verlag.de
www.facebook.com/goldmannverlag

GOLDMANN
Lesen erleben

S. QUINN

Blackwell Lessons

Leidenschaftliches Versprechen

GOLDMANN
Lesen erleben

